KNAUR

TESSA BICKERS

Wir treffen uns

IM NÄCHSTEN KAPITEL

Roman

Aus dem Englischen
von Heike Reissig

KNAUR

Die englische Originalausgabe erschien 2024 unter dem Titel
»The Book Swap« bei Hodder & Stoughton, Hachette UK, London.

Besuchen Sie uns im Internet:
www.droemer-knaur.de

FSC
www.fsc.org
MIX
Papier | Fördert gute Waldnutzung
FSC® C083411

Deutsche Erstausgabe August 2024

Redaktion: Kerstin Kubitz
Covergestaltung: www.martinabaldauf.de
Coverabbildung: Collage von Martina Baldauf unter Verwendung
von Motiven von creativemarket.com / KiraApetek,
ArtCreationsDesign und Bigredsharks
Illustration im Innenteil: Ekaterina Mikheeva / Shutterstock.com
Satz und Layout: Adobe InDesign im Verlag
Druck und Bindung: CPI books GmbH, Leck
ISBN 978-3-426-44825-0

2 4 5 3 1

Für alle, die anderen etwas beibringen – danke.

Und für Mum und Dad, Maria und Penny –
von euch habe ich am meisten gelernt.

1 Erin

Es heißt, ein einziger Moment könne das gesamte Leben verändern. Mein Moment wird sich heute Nachmittag um zwölf nach drei ereignen, doch beim Aufwachen habe ich davon noch keine Ahnung.

An diesem Donnerstag ist alles wie sonst, abgesehen vom Datum. Es beherrscht meine Gedanken, noch bevor ich die Augen öffne. Es lastet auf mir, während ich mich für mein Frühstücksmeeting anziehe – langer weißer Rock, hellgraues T-Shirt, Lederjacke – und mir alle möglichen Ausreden überlege, um meiner Chefin Charlotte am Telefon zu sagen, dass ich heute nicht zur Arbeit komme. Es ist an meiner Seite, als ich die überfüllte U-Bahn von Brixton nach Oxford Circus nehme, und folgt mir beharrlich bis zur Brasserie The Ivy, wo ich draußen Platz nehme und mich für eines dieser lächerlichen Meetings wappne, die man in der PR-Branche über sich ergehen lassen muss. Eins von der Sorte, bei der das Wort Meeting tabu ist und wir stattdessen eine Stunde lang um den Grund des Treffens herumreden, bis ich schließlich die Rechnung übernehme und auf diese Weise alles bestätige, was nicht ausgesprochen wurde. *Du bringst in eurer Zeitschrift einen wohlwollenden Bericht über unser Label Traitor Fashion.*

Dabei ist Martha noch eine der netteren Journalistinnen, aber das Frühstück zieht sich endlos hin wie alles heute, und als sie endlich nach ihrem pinken Jacquemus-Täschchen aus der Frühjahr-Sommer-Kollektion greift und aufsteht, bin ich erleichtert.

»Bei unserer ersten Begegnung war ich übrigens nicht sicher, ob du das Zeug für diese Branche hast«, sagt sie und lächelt auf mich herab, Täschchen schon unter den Arm geklemmt. Mehr als ein Lippenstift passt da nicht rein. »Aber du hast es drauf, Erin. Noch ein paar Jahre, und Charlotte kann einpacken.«

Sie mustert mich anerkennend, bevor sie sich umdreht und geht. Am liebsten würde ich mich schütteln, aber damit muss ich warten, bis sie außer Sichtweite ist.

»Igitt«, sagt Cassie, als ich ihr später im Büro davon berichte, ich sei mit Charlotte verglichen worden. Das Head Office von Traitor in der Oxford Street ist ein Großraumbüro mit über hundert Leuten. Was für ein Glück, dass sie mich damals, als ich dort anfing, neben Cassie gepackt haben. Sie trägt heute eine Regenbogenlatzhose. Steht ihr super. Ich sähe darin wie eine wandelnde Einkaufstasche aus. Cassie öffnet ihre Schublade, holt eine Minitüte Haribo heraus und wirft sie mir zu. »Alles okay bei dir? Soll ich noch eins draufsetzen und dich Char nennen?« Sie mustert mich über den Rand ihrer transparenten Kunststoffbrille hinweg.

»Nein danke, eher tue ich mir was an.« Ich lege meine Traitor-Tasche, neue Saison, auf meinen Stuhl und öffne das Tütchen, schon wieder auf dem Sprung. Ich muss noch den Showroom aufräumen, um zehn kommen meine Influencerinnen.

»Scheiß drauf«, sagt Cassie. »Sollen wir nicht einfach abhauen und unser eigenes Ding machen? Irgendwas Sinnvolles?« Ich bleibe wie angewurzelt stehen.

Ein verlockender Gedanke. »Klingt traumhaft. Ein Job, der uns nicht die Seele aussaugt. Was schwebt dir vor?«

Cassies blaue Augen beginnen zu strahlen, ihre Locken wippen. »Okay, pass auf. Wir könnten Mäntelchen für Bienen entwerfen und dann …«

Charlotte taucht neben mir auf, mit rot lackierten Nägeln und frisch blondiertem Haaransatz. Wie schön, dass eine so viel beschäftigte Frau wie sie noch Zeit dafür findet, sich zu stylen. Vermutlich, weil sie einen Großteil ihrer Arbeit auf uns abwälzt.

»Schluss mit dem Geplauder, ihr beiden, und sofort mitkommen!«, ruft sie, bevor sie Richtung Showroom stöckelt und eine Duftwolke teuren Parfüms hinterlässt. Cassie zieht gespannt die Brauen hoch. Ich nicht, weil ich weiß, was jetzt kommt. Als wir uns dem gläsernen Raum nähern, sitzt das gesamte Team dort und wartet. Dabei haben wir unser reguläres Meeting doch erst in ein paar Stunden. Warum will sie jetzt noch eins machen?

»Wer war als Letztes hier?«, fragt Charlotte. Ihr Blick streift mich kurz, bevor er zu den anderen wandert. Natürlich konnte das nicht warten.

Ich schlucke. »Ich. Alicia Gold hatte gestern Abend nur um neun Uhr Zeit, und da ich wusste, dass Sie sie unbedingt wollten, habe ich …«

»Und findest du es in Ordnung, den Raum so zu hinterlassen?«

Ich schaue mich um. Der Boden ist mit Kleidungsstücken übersät, weil ich mir gestern Abend die Genehmigung erteilt habe, das Aufräumen während meiner regulären Arbeitszeit zu erledigen, statt eine Überstunde zu machen, aber das kann ich natürlich nicht laut sagen.

»Nein«, sage ich und werde knallrot. Alle starren mich an, erleichtert, nicht selbst am Pranger zu stehen. Nur Cassie leidet mit mir. »Entschuldigung. Ich werde mich sofort darum kümmern.«

»Das will ich auch hoffen! Glaubst du etwa, jemand postet über uns, wenn unser Showroom so aussieht? Eine Schande ist das!« Sie schaut mich mindestens einmal am Tag mit diesem Gesichtsausdruck an. Als wäre ich etwas, das ihr kahler Gruselkater Boris angeschleppt hätte. Gleich schickt sie bestimmt alle hinaus.

»Cassie«, sagt sie stattdessen. »Was ist an diesem Raum zu beanstanden?«

Ich bringe es nicht über mich, Cassie anzusehen. Sie muss die Frage beantworten, und ich will nicht, dass sie sich deswegen mies fühlt. Vor allem, weil Charlotte genau weiß, dass wir befreundet sind. Sie hat sich ganz bewusst Cassie ausgesucht.

»Die … ähm … die Kleidung ist nicht aufgehängt.«

»Dominique?«

»Der Mülleimer ist voller Dosen.«

»Sara?«

»Die Kleidung ist nicht nach Farben sortiert.«

Ich zittere vor Wut. Charlotte weiß genau, wie lange ich gestern Abend gearbeitet habe. Eigentlich hatte ich gedacht, sie würde mich endlich mal für etwas loben.

»Francesca?«

»Die Scheiben sind verschmiert.«

Verdammter Mist, jetzt muss ich auch noch die Fenster putzen! Und wegen dieses Meetings bleiben mir nur noch sieben Minuten, bis das DIY-Duo einläuft. Zwei Mädels, die irgendwann angefangen haben, sich vor der Schule gegenseitig beim Schminken zu filmen, und damit so erfolgreich geworden sind, dass sie seit ihrem Realschulabschluss nur noch das machen. Jetzt sind sie zwanzig und Millionärinnen.

Am liebsten würde ich schreien: Ihr alle solltet mir beim Aufräumen helfen, ihr habt den Showroom schließlich auch benutzt! Stattdessen warte ich, bis die anderen gegangen sind, und dann fange ich an, die Kleidungsstücke aufzusammeln, während ich mit den Tränen kämpfe, weil das alles so unfair ist.

Plötzlich will ich nur noch nach Hause, zu meiner besten Freundin Bonnie. Sie wird mich aufmuntern. Sie wird mir helfen, über den ganzen Mist zu lachen. Sie wird genau die richtigen Worte finden. Frustriert greife ich nach einem limettengrünen T-Shirt und schluchze kurz hinein, bevor ich es in den Abfallsack werfe, wo es hingehört.

Um eins hinke ich bereits meinem Zeitplan hinterher. Hastig schlinge ich ein Chicken Wrap hinunter und schaue gleichzeitig in meinen Kalender. Heute Abend soll der Launch eines neuen Energydrinks stattfinden. Das stand heute Morgen noch nicht in meinem Kalender. Ich verschlucke mich fast vor Schreck. Heute Abend muss ich unbedingt mein Kostüm für das Spendenevent dieses Wochenende in Frome nähen, wo ich herkomme. Wir sollen uns als etwas verkleiden, das mit B anfängt. Ich habe mir heute Abend extra frei gehalten. Mir ist natürlich sofort klar, wer mir den Launch reingedrückt hat. Als hätte es nicht schon gereicht, mich vor dem gesamten Team zu erniedrigen. Ich werfe den restlichen Wrap in den Müll, mir ist der Appetit vergangen.

Ich habe keine Ahnung, womit ich es verdient habe, dass Charlotte mich so behandelt. Ich bin gut in meinem Job. Ich schufte mich ab. Ich tue alles, was sie verlangt, aber es ist nie gut genug.

Eigentlich wollte ich nach dem Meeting, das gleich stattfindet, nach Hause zu meiner besten Freundin, um eine Flasche Wein oder auch zwei zu trinken und dabei das peinlichste Kostüm der Welt zu nähen. Aber jetzt kann ich nur kurz nach Hause, mich umziehen, damit ich um sieben bei diesem Launch bin. Ich starre auf den Mülleimer. Wie ranzig muss Hühnerfleisch sein, damit es für eine Lebensmittelvergiftung reicht? Bin ich jetzt schon so weit, dass ich mir lieber den Magen verderbe, als meinen Job zu machen? Unfassbar.

Ich bin so wütend auf Charlotte, dass ich ihrem Blick ausweiche, als ich Platz nehme. Während sie über Zahlen und Pläne für das nächste Quartal schwafelt, texte ich innerlich meinen eigenen Rap, und der besteht aus nur drei Worten: Halt die Klappe!

Um zehn nach drei schauen alle zu mir herüber, weil ich als Nächste dran bin, meine »größte Erkenntnis« und meinen »größten Erfolg« der Woche aufzuzählen. Alle warten darauf, dass ich den Showroom erwähne.

Cassie sitzt neben mir, sie hat die Glocke. Die Glocke geht reihum, wir sollen sie läuten, wenn wir etwas Aufregendes zu verkünden haben.

Ich verscheuche den Rap aus meinem Kopf und stehe auf. Mir bleibt nichts anderes übrig, als zu erzählen, was mit dem DIY-Duo passiert ist. Ich habe nichts anderes in petto.

»Meine größte Erkenntnis«, beginne ich mit zitternder Stimme, denn ich hasse diesen Teil immer, erst recht in dieser Situation, »ist, dass wir Regeln für die Leute brauchen, die wir in unseren Showroom lassen. Die Mädels vom DIY-Duo haben heute versucht, ein paar zusätzliche Sachen umsonst mitzunehmen, und … ähm …« Ich räuspere mich, schaue auf den Tisch runter und wieder hoch. Alle starren mich an. »Ich habe ihnen gesagt, sie sollen sie wieder zurückhängen, aber in Zukunft wäre es wahrscheinlich gut, wenn wir …«

»Die Mädels haben *was* gemacht?«, fällt Charlotte mir ins Wort, lehnt sich zurück und trommelt mit ihren langen roten Fingernägeln auf die Tischplatte.

»Sie … sie …« Aus den Augenwinkeln sehe ich, dass Cassie kaum merklich den Kopf schüttelt. Sie weiß, was passiert ist. Sie signalisiert mir, auf keinen Fall die Wahrheit zu sagen, und ich weiß, sie hat recht, aber mein Kopf ist völlig leer. Mir fällt so schnell keine Lüge ein, und Charlotte hat die Regel eingeführt, dass die Leute höchstens fünf Sachen mitnehmen dürfen. Vielleicht ist sie ja sogar stolz auf mich, wenn sie hört, dass ich ihre Regel durchgesetzt habe. »Sie waren total sauer und haben dann gar nichts mitgenommen«, sage ich schnell.

Cassie sinkt in sich zusammen.

Das Fingernageltrommeln hört auf.

Charlotte kann mein Geständnis kaum fassen, erst recht nicht nach der Sache von heute Morgen. Sie neigt den Kopf, ihr bleicher Hals hebt sich von dem mit Selbstbräuner bearbeiteten

Kinn ab. Ihre Finger schweben bewegungslos über der Tischplatte.

»Diese beiden Mädels haben über eine Million Abonnenten auf TikTok. Dank ihres letzten Beitrags hat sich unser Traffic um zweihundertfünfzig Prozent erhöht.«

Ich nicke. Wie dumm von mir zu hoffen, dass sie die Zahlen noch nicht kennt. »Aber dafür hat sich Alicia Gold Sachen genommen, und …«

»Alicia bringt uns nichts ein«, zischt Charlotte. Gestern, als sie mich aufforderte, für Alicia drei Überstunden zu machen, sagte sie das genaue Gegenteil. »Das DIY-Duo dagegen schon.« Sie ballt die Hand zur Faust. An fast jedem Finger funkelt ein großer Diamant. »Das war keine Erkenntnis, Erin, sondern ein verdammter Riesenpatzer.«

Ich schlucke und setze mich wieder. Cassie versucht, die Glocke geräuschlos weiterzuschieben, doch leider entweicht ihr dabei ein Klingeln. Cassie bemüht sich verzweifelt, sie zum Schweigen zu bringen, um nicht noch mehr Aufmerksamkeit auf meinen *verdammten Riesenpatzer* zu lenken.

Ich beiße mir auf die Oberlippe, meine Schultern beben.

»Von deinem Erfolg will ich natürlich auch noch hören, falls du einen zu vermelden hast«, sagt Charlotte leise, kaum dass ich mich wieder hingesetzt habe. Einen Augenblick lang denke ich, es tut ihr leid, wie sie mich heute behandelt hat, doch ihre Miene verrät das Gegenteil. Sie weiß nicht, was ich bei meinem Frühstücksmeeting erreicht habe: eine Doppelseite in der Sonntagsbeilage, die unseren Umsatz mindestens so steigern wird wie der Beitrag des DIY-Duos. Sie glaubt, ich habe keinen Erfolg zu verkünden, will sich stattdessen daran weiden, wie ich ein weiteres Mal vor versammelter Runde scheitere, bevor ich zu einer Veranstaltung hasten muss, die *sie* mir aufs Auge gedrückt hat, weil sie keine Lust hat, selbst hinzugehen.

Ich spanne die Kiefermuskeln an und stehe wieder auf.

»Mein Erfolg …« Ich halte inne. Überlege, ob ich ihr davon erzähle oder lieber abwarte, bis sie die glorreiche Vierfarb-Doppelseite mit eigenen Augen sieht.

»Klingt, als hättest du keinen zu vermelden …« Charlotte seufzt laut. Ich könnte tun, was ich immer tue. Ignorieren, wie sie mich behandelt, und mir erst recht Mühe geben, sie zu beeindrucken. Doch dieser laute Seufzer ist der Tropfen, der das Fass zum Überlaufen bringt.

»Eigentlich sollte ich heute zu Hause in Frome sein, auf dem Cley Hill, wo die Asche des Menschen verstreut wurde, den ich auf dieser Welt am meisten liebe, und mich danach durch alte Folgen von *Gilmore Girls* heulen. Eigentlich sollte ich heute bei meiner Familie sein, aber stattdessen bin ich hier, weil *Sie* mir nicht freigeben wollten. Sie haben noch nicht einmal gefragt, *warum* ich den Tag freihaben möchte. Sie meinten bloß, es ginge nicht, weil zu viel zu tun sei.«

Jetzt ist Charlotte das Grinsen vergangen. Allein, dass sie gegrinst hat, beweist, wie herzlos sie ist. Meine Angst vor ihr löst sich in Luft auf. Ich senke die Stimme, damit sie nicht zittert. Alles, was sich im Laufe des Tages aufgestaut hat, will nun heraus, es lässt sich nicht aufhalten. »Seit sieben Jahren arbeite ich jetzt hier in der Hoffnung, dass es besser wird. Dass mein Job eines Tages der Vorstellung gerecht wird, die ich hatte, als ich hier anfing. Aber es wird immer schlimmer.« Auf einmal sehe ich meine Schwester Georgia vor mir, die jedes Mal die Augen verdreht, wenn ich über meine Arbeit jammere. »Ich habe alles geopfert in der Hoffnung, dass sich etwas ändert. Aber inzwischen glaube ich, wenn ich hierbleibe, passiert nur eines: Ich werde so wie Sie. Und so wie Sie will ich nicht werden. Eine, die alle fertigmacht und sich dann nach Hause zu ihrem kahlen Kater verpisst.«

Irgendwer schnappt nach Luft. Mein Blick wandert zu der glänzenden Glocke, die noch immer verheißungsvoll vor Cassie steht.

Ich zittere. »Sie wollen wissen, was mein Erfolg der Woche ist? Ich habe eine Doppelseite in der *Hello Sunday* an Land gezogen. Aber das ist für mich kein Erfolg mehr.« Cassie und die anderen starren mich mit offenen Mündern an, ich sehe mindestens zehn Goldfüllungen. »Ich kündige.« Die Worte fühlen sich so herrlich an, dass ich unwillkürlich lächle. Ich schnappe mir die Glocke, läute sie und wiederhole: »Verdammt, ja, ich kündige!«

Dann pfeffere ich die Glocke auf den Tisch zurück, schnappe mir meinen Laptop und marschiere an Charlotte vorbei Richtung Tür. Und ihre Miene verrät, dass mein Erfolg tatsächlich einer war, denn neben all der Wut und Verblüffung kommt endlich auch etwas anderes zum Vorschein: ein winziger Funken Respekt.

»Meine Güte, Erin, was machst du denn schon hier?«, begrüßt mich Callum, als ich mehrere Stunden früher als sonst in unserer WG in Loughborough Junction eintrudele. Mein Mitbewohner sitzt vor dem Fernseher, in einen roten Adidas-Trainingsanzug gehüllt, das dunkelbraune Haar zur Seite gegelt, die dicken Koteletten reichen fast bis zum Kinn. Sein Sheffield-Akzent ist das erste Erfreuliche, das mir heute zu Ohren kommt, und für den Bruchteil einer Sekunde verspüre ich den Impuls, ihn zu umarmen. Aber dann ist der Moment auch schon vorbei.

»Arbeitest du heute nicht?«, frage ich stattdessen. Callum ist Produktdesigner.

»Hab mir heute freigegeben«, antwortet er, völlig von dem Radrennen auf dem Bildschirm absorbiert. Er hat sich also krankgemeldet. Das macht er immer, wenn ein Radrennen übertragen wird. Er fragt nicht, warum ich schon so früh zurück bin. Stattdessen stellt er die Lautstärke hoch. Typisch Callum.

»Ich habe gekündigt!«, rufe ich über die Stimme des Moderators hinweg. Ich muss es laut sagen, weil ich es kaum glauben kann.

»Super«, antwortet er, ohne aufzuschauen. Ich verziehe mich auf mein Zimmer und schließe die Tür.

Bonnie sitzt in der Ecke im Sessel, in eine Zeitschrift vertieft. Das ist der einzige Platz in meinem Zimmer, wo kein Chaos herrscht. Überall sonst stehen Tüten mit Giveaways von der Arbeit und Kisten, die ich seit dem Umzug aus meiner letzten Wohnung in Stockwell noch nicht ausgepackt habe. In der neuen Wohnung bin ich gelandet, weil ich eine Affäre mit dem Typ vom Sicherheitsdienst meines alten Wohnblocks laufen hatte. Als er mir sagte, er sei in mich verliebt und wolle seinen Job kündigen, griff ich zu einer Lüge und erklärte ihm, das könne nicht funktionieren, weil ich ausziehen wolle. Was dann natürlich bedeutete, dass ich Nägel mit Köpfen machen musste.

Die Schuhe, die ich letztens nach einem Vierzehnstundentag weggekickt hatte, liegen immer noch auf dem Boden. Und überall Bücher. So viele Bücher, dass sie nicht in das Regal über meinem Bett passen und sich stattdessen überall stapeln, wo noch Raum ist, in der Hoffnung, irgendwann gelesen zu werden.

»Du bist ja schon da«, sagt Bonnie, ein breites Grinsen im Gesicht. Sie trägt eine ihrer Perücken. Die rote, die so lang ist, dass sie ihr bis zum Hintern reicht.

»Ich hab's getan, Bon«, sage ich und werfe mich aufs Bett. »Ich hab gekündigt.«

»Du hast gekündigt? Wow!« Sie wirft den Kopf zurück und lacht. Ein tiefes, kehliges Lachen. Es wärmt mir das Herz. »Endlich! Wie fühlst du dich?«

»Als hätte ich nicht mehr alle Tassen im Schrank?« Ich kneife die Augen zu. »Aber auch … erleichtert. Als wäre das ein Neuanfang.«

»Ist es.«

»Als hätte das schon vor Jahren passieren sollen.«

»Hätte es.«

»Ich will alles zurück auf Anfang setzen, noch einmal ganz von vorn anfangen.« Mein Blick wandert zu dem Regal über mir und bleibt an einem weißen Buchrücken hängen, *Magic Cleaning: Wie richtiges Aufräumen Ihr Leben verändert*. Ich schaue Bonnie an. »Glaubst du, ich kann mein Leben auf Marie-Kondo-Art umkrempeln?«

»Probier's aus!«, ruft Bonnie, springt auf und beginnt zu tanzen. Und zum ersten Mal an diesem Tag, wenn nicht sogar in dieser Woche, grinse ich breit. »Raus mit dem Alten, rein mit dem Neuen … wobei ich ja noch gar nichts Neues habe. Aber bald. Neuer Job, neues Ich.«

Mein Blick wandert zu den Kisten vor Bonnies Füßen. Was ist überhaupt drin in den Kisten? Klamotten, die ich nicht trage. Bücher, die ich nicht lese. Sachen, die ich nicht brauche. Jedenfalls habe ich nichts davon vermisst, seit ich hier eingezogen bin. Das muss doch etwas zu bedeuten haben. Ich öffne ein paar Kisten und schaue hinein, erkenne den Inhalt kaum wieder.

Bonnie hat es sich wieder in dem Sessel bequem gemacht und schaut amüsiert zu, wie ich ein Paar Schuhe in einen Müllsack werfe, gefolgt von ein paar Sachen aus meinem Schrank. Dann durchforste ich mein Regal und lege alle Bücher, bei denen ich mir sicher bin, dass ich sie kein weiteres Mal lesen werde, in einen Koffer. Ich habe noch nie in meinem Leben ein Buch weggeworfen, aber ich muss Raum für die neuen schaffen. Für diejenigen, die ich noch lesen will. Die Stapel, die auf dem Boden liegen, stelle ich ins Regal und trete lächelnd einen Schritt zurück. Endlich sieht das Regal vielversprechend aus. Endlich freue ich mich wieder darauf, etwas zu lesen.

Ich miste weiter aus. Halb leere Tuben mit Bodylotion, kaputte Haarglätter, unbequeme BHs. Bonnie klatscht im Takt, schaut zu, wie ich eine Flasche leuchtend blauen Nagellack in den Mülleimer befördere. Sie fischt sie wieder heraus und fängt an, sich die linke Hand zu lackieren.

Ich bin jetzt in meinem Element. Räume meinen Nachttisch fast vollständig aus. Alte Batterien. Akkus für Geräte, die ich gar nicht mehr besitze. Weihnachtskarten, die nichts zu bedeuten haben. Eine Geburtstagskerze. Ich gerate ins Schwitzen, ziehe mein T-Shirt aus. Da klingelt mein Handy. Bestimmt Charlotte, die anruft, um mich zur Schnecke zu machen, doch es ist Mum.

»Sorry, aber du bringst *keine* Freude«, murmele ich und leite sie an die Mailbox weiter. Sieben Jahre lang bin ich von einer miesen Wohnung und Affäre zur nächsten gehetzt und habe mich an einen Job geklammert, der mich nur unglücklich macht, aber nun habe ich mit jedem kleinen Schritt das Gefühl, endlich Kontrolle über mein Leben zu gewinnen und in eine neue Richtung unterwegs zu sein.

Ich bin so in Schwung, dass ich die Säcke mit den aussortierten Sachen nach draußen zum Müllcontainer bringe und die Kisten in meinen kleinen alten Ford stopfe. Auf dem Weg nach Frome werde ich sie im Wohltätigkeitsladen abgeben. Wenn ich heute Nachmittag losfahre, schaffe ich es noch auf den Cley Hill. Jetzt kann ich doch noch durchziehen, was ich heute vorhatte. Jetzt habe ich keinen Job mehr, der Priorität hat.

Doch als Erstes sind die Bücher dran. Ich habe auch schon eine Idee, was ich damit mache.

»Bin gleich wieder da«, sage ich zu Bonnie und nehme den Koffer.

»Ich mach uns Tee!«, ruft sie mir hinterher. »Wenn du mit deiner verrückten Ausmistaktion fertig bist, erzählst du mir, was für ein Gesicht Charlotte gemacht hat, Falte für Falte. Ich will es genau wissen, bis ins kleinste Detail. Und Erin …« Sie wartet, bis ich mich umdrehe. »Ich bin so stolz auf dich.«

Ich lächle, Tränen steigen mir in die Augen. Auch wenn ich es ihr nicht sage: Ohne sie hätte ich mich das niemals getraut. Sie hat mir das nötige Selbstvertrauen gegeben. Ich habe mich getraut, weil ich wusste, dass es sie stolz machen würde.

Nicht weit von unserer Wohnung, an der Brücke Richtung Ruskin Park, befindet sich ein öffentlicher Bücherschrank, aufgestellt »in liebevoller Erinnerung an Eileen Gladys Day«. Wenn ich dort vorbeikomme, nehme ich ab und zu Bücher mit, habe aber noch nie selbst welche hingebracht. Bis heute.

Es ist fast nie jemand dort, und als er in Sicht kommt, muss ich lächeln. Der Schrank ist alt, und irgendjemand hat ihm ein Dach verpasst, sodass er wie ein Häuschen aussieht. Hellgelb, mit blauem Türrahmen, geriffelten Glasscheiben und drei spärlich gefüllten Regalen. Ich hole meine Bücher aus dem Koffer und stelle sie hin, wo noch Platz ist. Moderne Klassiker. Das Buch über die in vierundzwanzig Stunden drohende Apokalypse, letztes Jahr sprachen alle davon. Und noch ein paar andere vom selben Autor, gute Ferienlektüre. Je mehr Bücher ich dazustelle, desto gespannter bin ich auf diejenigen, die zu Hause auf mich warten. Und desto mehr habe ich das Gefühl, das Richtige zu tun.

Marie Kondo rät dazu, in solchen Momenten nicht genau hinzuschauen, weil man sonst vielleicht schwach wird.

»Du bringst keine Freude. Du bringst keine Freude. Und du bringst auch keine Freude«, murmele ich wie ein Mantra vor mich hin, während ich die Regale fülle.

Als ich das letzte Taschenbuch hineingestellt habe, ziehe ich den Reißverschluss des Koffers wieder zu und seufze.

Es macht mich glücklich, wenn ich mir vorstelle, dass andere Menschen diese Bücher lesen. Und darin etwas finden, das mir verborgen geblieben ist. Oder sie an Orte mitnehmen, die ich nicht kenne.

Auf dem Heimweg fühlt der Koffer sich natürlich viel leichter an, weil er leer ist, aber zu meiner Überraschung fühle ich mich ebenfalls leichter. Heute habe ich es endlich geschafft. Ich habe mein Leben von allem Ballast befreit und bin bereit, neu anzufangen. Das war überfällig.

Ich hätte mein Leben schon viel früher ändern sollen.

Ich habe es Bonnie bereits vor drei Jahren versprochen. Ich habe es ihr an dem Tag versprochen, als sie starb.

2 James

»Bist du bereit für heute Abend, JJ?«, fragt Mum, als ich von meiner morgendlichen Laufrunde zurückkomme.

Ich bin so erleichtert darüber, sie frisch geduscht und angezogen zu sehen statt im Morgenmantel auf dem Sofa zusammengerollt, dass ich sie spontan umarme und ihr einen Kuss auf den Kopf gebe. Ich bin ein ganzes Stück größer als sie.

»Wenn du dorthin willst, gehen wir dorthin«, sage ich, bevor ich sie loslasse.

Da es Mum nun wieder besser geht, fahre ich morgen nach London zurück. Heute Abend will sie mit mir zusammen auf das Spendenevent fürs Hospiz gehen. Seit drei Jahren, immer im September, findet es in der örtlichen Konzerthalle statt, dem Cheese and Grain, zu Ehren von Bonnie, einer Schulfreundin von mir. Ich habe wirklich nicht die geringste Lust auf ein Wiedersehen mit meiner alten Klasse, doch Mum zuliebe komme ich mit, weil gemeinsame Unternehmungen mit ihr fast nie möglich sind, und sie freut sich schon so.

Sie hat die ganze Nacht damit verbracht, mein Kostüm zu nähen, und es ist sogar gut geworden. Zu gut. Peinlich gut. Ich werde darin wie ein Vollidiot aussehen. Und mich fühlen, als wäre ich wieder in der Schule: Kaum betrete ich den Raum, brechen alle in Gelächter aus.

»Die Idee ist wirklich lustig, findest du nicht? Irgendwas, was mit B anfängt. Vielleicht klau ich sie nächstes Jahr für meine eigene Party.«

Wenn Mum eine schlimme bipolare Episode überstanden hat, setzt sie immer große Hoffnungen in ihren Geburtstag.

Da sitzt sie nun mit rosigen Wangen und funkelnden Augen, als wären die letzten sechs Wochen nie passiert. Sechs Wochen lang ist sie nicht aus dem Bett gekommen und hat ausschließlich Brathuhn gegessen. Hat jeden Vorschlag abgelehnt, mal aus dem Haus zu gehen, und so lange und bitterlich geweint, dass Dad und ich mehrmals den Arzt rufen mussten.

Als Elliot und ich noch klein waren, nannte Dad ihre Krankheit »Die kleine Raupe Nimmersatt«. Er erzählte uns, dass Mum sich in einen Kokon einspinnen würde, um nach einer Weile als wunderschöner lebenshungriger Schmetterling wiederaufzutauchen und dann all die Tage nachzuholen, die sie verpasst hatte.

»Eine Party ist es vielleicht nicht gerade, Mum. Aber mach ruhig. P wie Patricia klingt definitiv nach tollen Kostümen. Pampelmuse … Pimp …« Mir gehen die Ideen aus, doch das ist egal. Mum sitzt schon wieder in der Küche an der Nähmaschine und macht sich an Dads Outfit.

»Ich geh mich schnell umziehen«, sage ich und schnappe mir ein Glas Wasser. Dad sitzt am Tisch und spielt Diamond Crush. Das hat man davon, wenn man seinem Vater beibringt, wie man sein iPhone benutzt.

Nach dem Duschen ziehe ich eine Jeans und ein T-Shirt aus meinem vollgepackten Koffer, der seit sechs Wochen auf dem Boden liegt und auf den Tag wartet, an dem ich ihn wieder zuklappen und in mein anderes Leben in London zurückkehren kann.

Inzwischen habe ich mich an das Hin und Her zwischen meinen beiden Leben gewöhnt. An mein altes Kinderzimmer mit dem schmalen Bett in der Ecke und dem Schreibtisch am Fenster, den ich für Zoom-Meetings und Remote-Schulungen hergerichtet habe. An die Managementbücher, die ich zwischen die Bücher meiner Schulzeit gequetscht habe, *Sieben Wege zur Effektivität* und *Wie man Freunde gewinnt* neben *Fänger im Roggen* und *Porträt des Künstlers als junger Mann*. In meinem Zimmer in London, genauer gesagt in Penge, befindet sich viel weniger von mir, nur Klamotten und etwas Kleinkram in einer Schublade. Ich habe es von meinem Uni-Kumpel Nathan gemietet, aber zumindest das wird sich bald ändern. Seine Freundin Hannah will zu ihm ziehen, also muss ich mir eine neue Unterkunft suchen.

»Betrachte es als Chance«, hat mein bester Kumpel Joel gesagt, als ich ihm davon erzählte. »Endlich kannst du aus diesem Kaff raus und dich ins Leben stürzen. Genug Kohle hast du ja.«

Bei Joel dreht sich alles um Geld. So kam es dazu, dass ich bei Big Impressions Training gelandet bin. Da ich keine Ahnung hatte, was ich machen sollte, hielt ich mich einfach an Joels Motto: Wenn du nicht weißt, worin du gut bist, such dir 'nen Job, der dich stinkreich macht.

Das Gehalt eines Bankers lässt sich natürlich kaum toppen, aber meine neueste Beförderung hat mich dieser Liga immerhin ein Stückchen näher gebracht.

»Ich geh in die Stadt«, rufe ich auf dem Weg zur Haustür.

Dad taucht auf, er trägt Jeans, T-Shirt und Weste, sein langes graues Haar zu einem Pferdeschwanz gebunden.

»Ich komme mit«, sagt er und schaut in die Küche. »Wenn es dir nichts ausmacht, Schatz?«

Er geht kurz hinein, um Mum einen Kuss zu geben.

Wir machen uns auf den kurzen Fußmarsch ins Stadtzentrum, die Kopfsteinpflastergasse hinunter, die zu den Geschäften führt.

»Ich wollte noch ein letztes Mal beim Buchladen vorbei.«

»Die in London haben alle zugemacht, oder?«, grinst er mich an.

»Wenn du mich ab und zu besuchen kämst, wüsstest du's«, erwidere ich und schaue ihn an. Seine Welt ist hier. »Vermisst du's manchmal?«

Dad war ein waschechter Londoner, bis er Mum begegnete. 1974 tauchte sie bei einem seiner Konzerte in der ersten Reihe auf, und damit war die Sache gegessen. Er wusste es einfach. Von dem Moment an waren sie unzertrennlich. Als es ein paar Jahre später mit seiner Karriere bergauf ging, entschied er sich leider für Frome, wo erst Elliot und dann ich zur Welt kamen.

»Klar«, sagt er und winkt der Verkäuferin des Feinkostladens am oberen Ende der Catherine Hill durchs Schaufenster zu. »Aber wenn ich es vermisse, fällt mir sofort wieder ein, warum ich dort weg bin und was ich dadurch bekommen habe.«

Manchmal versuche ich, Dad dazu zu bringen, seine wahren Gefühle zuzugeben. Denn ich kaufe ihm seine Haltung nicht ab. Das Leben, für das er sich damals entschied, bedeutet, dass er bis in alle Ewigkeit als »One-Hit-Wonder« abgestempelt sein wird. Wann immer ein Zeitungsbericht über ihn erscheint, wird ihm dieses Etikett verpasst. Der Mann hinter dem Titelsong des Blockbusters *Nobody Boy, Der Junge, der ein Niemand war,* der seine Karriere als Sänger an den Nagel hängte. Ich kann mir nichts Schlimmeres vorstellen, aber ihm scheint es nichts auszumachen.

Er hat sich jedenfalls nie dafür geschämt, dass er früher Support Act auf der Stadiontour von Fleetwood Mac war und dann als Ausfahrer bei Domino's Pizza endete. Er hat sich selbst dann nicht geschämt, als ich meinen besten Grundschulfreund Geoff in den Sommerferien, bevor wir auf die Gesamtschule wechselten, einmal mit nach Hause brachte und Geoff beim Anblick meines Vaters, der in seiner blauen Polohemd-Uniform mit den roten Punkten und einer Baseballkappe mit Logo drauf die Treppe heruntergerannt kam, in Gelächter ausbrach.

»Ich bring uns nachher doppelte Peperoni-Pizza mit«, rief Dad und tätschelte mir den Kopf. Ich wich vor ihm zurück, während Geoff mir gackernd die Treppe hoch folgte.

An unserem ersten Tag auf der Gesamtschule hatte er schon allen davon erzählt. Rückblickend kommt es mir manchmal so vor, als hätte damals die schlimmste Zeit meines Lebens begonnen.

Dad und ich schaffen solche Spaziergänge in die Stadt nur selten. Bis vor ein paar Tagen musste Mum noch rund um die Uhr betreut werden. Wir haben uns abgewechselt. Ich bin insgeheim wütend auf Elliot, weil ihm das Helfen erspart bleibt, aus rein geografischen Gründen. Er lebt als Vollzeit-Dad in New York, und selbst wenn er es anbieten würde – was er noch nie getan hat – und den dreijährigen Jordan mitbrächte, wäre das zu viel für Mum. Sie würde nicht wollen, dass er sie so sieht.

Im Laufe der Jahre sind wir auch so ganz gut darin geworden, Dad und ich. Er hat kein schlechtes Gewissen mehr, mich zu fragen. Und ich biete meine Unterstützung inzwischen früher an: sobald Mum innerhalb von vierundzwanzig Stunden nicht auf eine Nachricht reagiert oder Dad »passt schon« antwortet, wenn ich ihn frage, wie es ihm geht. Wir sind ein eingespieltes Team, weil es nur so funktioniert.

»Hoffentlich ist es diesmal eine gute und lange Phase«, sage ich, als wir an dem großen Secondhandladen vorbeikommen, meinem Hauptzeitvertreib auf diesem Trip.

Dad zuckt die Schultern. »Man muss eben jeden guten Tag genießen«, sagt er. »Und für schöne Erinnerungen sorgen, von denen man zehren kann.«

Ich werfe ihm einen Blick zu, diesem Mann, der sein Leben so selbstlos aufgegeben hat, um sich um meine Mutter zu kümmern. Der sich nie mehr wünscht als das, was er hat. Ich setze an, etwas zu sagen. Wie bewundernswert sein Verhalten ist. Was für ein guter Mensch er ist. Ich sollte sagen: »Wie du dich um diese Familie kümmerst, ist wirklich heldenhaft. Du bist der Klebstoff, der uns alle zusammenhält. Ohne dich brächen wir auseinander.« Doch ich bringe es nicht über mich. Denn seine Entscheidungen, wie heldenhaft sie auch gewesen sein mögen, haben dazu beigetragen, dass meine Schulzeit die Hölle war. Es verging kein einziger Tag, an dem ich nicht angepöbelt, ausgelacht, angespuckt oder getreten wurde, von den Kaugummis, die sie mir ins Haar klebten, ganz zu schweigen. Ich wurde regelmäßig von einer Horde Jungs umkreist, die drauf und dran waren, mir etwas anzutun, außer es gelang mir irgendwie, sie davon abzuhalten.

Außerdem machten sie sich einen Spaß daraus, mir mehrmals am Tag Dads einzigen Riesenhit *Do You Know Me, Weißt du, wer ich bin?,* ins Gesicht zu brüllen.

Wir spazieren an dem italienischen Restaurant vorbei, das vor drei Jahren gebaut wurde. Ich erinnere mich daran, weil Mum damals eine ihrer schlimmsten Phasen hatte. Ich war so lange zu Hause bei meinen Eltern, dass ich den gesamten Bau mitverfolgen konnte. Als wir am Buchladen ankommen, ist der Moment, Dad etwas zu sagen, verstrichen. Aber ich sollte das irgendwann einmal nachholen.

Ich lege die Hand auf die Tür, um sie aufzudrücken, doch dann sehe ich durch die Glasscheibe eine Frau vor einem der Bücherregale stehen und halte inne. Ihr langes braunes Lockenhaar erkenne ich auf Anhieb, sie hat es sich hinters Ohr gestrichen, wie damals in der Schule. Sie trägt einen bodenlangen weißen Rock, dazu schwarze Docs und eine Lederjacke. Ich bin schon so oft nach Frome zurückgekehrt, und doch habe ich sie kein einziges Mal gesehen. Nicht seit dem Tag, als sie von der Schule abging. Ich strecke den Arm aus, um Dad zurückzuhalten, und beobachte, wie sie ein Buch aus dem Regal nimmt und sich in den Text auf der Rückseite vertieft. Ich komme oft in diesen Laden und weiß genau, vor welchem Regal sie steht. Vor dem Ratgeber-Regal.

»Lass uns lieber ein Bier trinken gehen«, sage ich zu Dad und schlendere Richtung Pub, damit Erin Connolly ungestört weiterschmökern kann.

Genau in dem Moment, als ich mein Kostüm anziehen will, ruft Elliot an. Wenn ich zu Hause bei Mum bin, macht er das jeden Tag, um sein schlechtes Gewissen zu beruhigen. Als ich noch in der Pubertät war, brach er mal zwei Jahre lang den Kontakt ab, aber das scheint er vergessen zu haben. Er ruft an, als sei es das Natürlichste der Welt für ihn.

»Wie geht's denn so im Irrenhaus?«, fragt er. Im Hintergrund läuft irgendeine Kindersendung mit kreischenden Stimmen und dröhnenden Soundeffekten.

Wenn du ab und zu heimkämst, wüsstest du's. Die Worte liegen mir auf der Zunge, doch ich spreche sie nicht aus. Die Gespräche, die ich mit meinem Bruder führen will, finden meist nur in meinem Kopf statt.

»Jeden Tag ein bisschen besser.«

»Super. Diesmal ging's ziemlich schnell vorbei, oder?« Er klingt fröhlich. Euphorisch. Als wäre die Normalität zurückgekehrt. Ich hatte allerdings nicht das Gefühl, dass es schnell vorbeiging, denn wegen unserer Mutter musste ich wochenlang bis drei Uhr nachts wach bleiben und morgens zu Beginn der Sprechstunde mehrmals den Arzt anrufen.

»Ja. Es geht ihr gut.«

»Hast du mal eine unserer alten Pisten ausprobiert, seit du zurück bist?«

Mir schnürt es das Herz zusammen. Als ich in der sechsten Klasse war, holte Elliot mich nach der Schule oft ab, Mountainbikes im Kofferraum seines Wagens, und dann kurvten wir durch ganz Somerset oder noch weiter, um neue Downhill-Pisten zu finden. Je steiler und schlammiger, desto besser. Dann hatten wir unsere besten Gespräche.

»Leider keine Zeit gehabt.« *Ohne dich würde ich das niemals machen.*

Wir schweigen beide.

»Wie geht's dir?«, frage ich schließlich.

Er seufzt. »Geht so. Ich wünschte, Carl würde nicht die Hälfte seiner Zeit an der Westküste verbringen.«

Immer wenn er Carl erwähnt, zucke ich innerlich zusammen. Natürlich ist es unfair, Carl die Schuld dafür zu geben, dass Elliot in meinem Leben fehlte, aber ich kann nicht anders. Ja, mein Bruder ist weggegangen, aber was ihn dort hält, ist sein Ehemann.

»Tut mir leid, das zu hören.«

»Hast du dein Kostüm schon an, JJ?«, ruft Mum von unten.

Als sie es mir in die Hand drückte, sagte sie, wie schade es sei, dass Elliot nicht dabei sein könne. Aber das ginge natürlich nicht, denn er müsse sich ja um seinen kleinen Sohn kümmern, und er sei wirklich ein großartiger Vater. Doch bei mir ist es gar nicht der Rede wert, dass ich meinen Eltern zuliebe mein Leben hintanstelle. Es wird sogar von mir erwartet. Von Mums Goldjungen natürlich nicht. Aber Elliot ist ja auch nicht dafür verantwortlich, dass Mum krank ist.

»Ich muss jetzt los«, sage ich und lege auf. Wie kann es sein, dass ich meinen Bruder vermisse, wo ich doch eben erst mit ihm telefoniert habe?

Helenas Reaktion bestätigt, dass meine Verkleidung zu weit geht. Sie öffnet uns die Tür in einem hautengen schwarzen Kleid, dazu trägt sie ein Bandana. Sie sieht genauso aus wie vor fünfzehn Jahren, als wir beide noch zur Schule gingen.

»Ach du Scheiße, James. Willst du den Preis für das beste Kostüm abräumen?«

Ich bin ein Buch. *Große Erwartungen* von Charles Dickens, genauer gesagt. Das Kostüm ist aus dunkelblauem Samt, der Titel ist in Goldbuchstaben vorn auf das Oberteil gestickt. Gekrönt wird das Ganze von einer dunkelblauen Kappe mit einer goldenen Quaste, die wie ein Lesezeichen hinabhängt.

Ich seufze. Von dem Preis wusste ich nichts, aber natürlich werden jetzt alle denken, ich hätte es darauf abgesehen.

»Aber schön, dass du dich rasiert hast. Jetzt kann ich immerhin dein perfekt geformtes Kinn bewundern.«

Sie fasst mir unters Kinn und zieht mich zu sich.

»B wie Bandana. Wir haben es mit unseren Kostümen vielleicht etwas übertrieben.« Ich beuge mich vor und gebe ihr ein Küsschen. Hinter mir tauchen Mum und Dad auf.

»Wow, Trish, du siehst göttlich aus«, sagt Helena über meine Schulter hinweg. »Gareth, wie willst du denn mit dem Schnuller im Mund etwas trinken?«

»Trish hat ein Strohhalmloch reingebohrt«, sagt Dad mit unverhohlenem Stolz.

Zusammen laufen wir zum Cheese and Grain, wobei mein Buchkostüm wie eine Art Kraftfeld funktioniert, dessen Seiten Helena davon abhalten, mir zu nah zu kommen. Ist wohl auch besser so, da ich ja morgen früh nach London zurückfahre. Das Ganze ist eh nur ein Frome-Ding. Angefangen hat es vor etwa zwei Jahren, als sie mir zufällig im Garden Café über den Weg lief. Ich war dort hingegangen, weil ich etwas Abstand von Mum brauchte. An dem Tag war Mum schlecht drauf und ließ es an mir aus. Ich sei ein Nichtsnutz. Ich solle verschwinden. Sie habe mich nicht darum gebeten zu kommen. Sie brauche meine Hilfe nicht. Es sei alles meine Schuld. Alles. Manchmal wünschte sie, sie wäre nie …

Ich war aus der Tür, bevor sie es laut aussprechen konnte.

Helena kam an dem Tag auf mich zu. Sie kannte mich noch aus der Schule. Sie setzte sich einfach zu mir, ohne vorher zu fragen, und bestellte ein Stück Kuchen mit zwei Gabeln dazu. Und dann erzählte sie mir, was für einen lustigen Tag sie gehabt habe, wie sie ihrem Schirm hinterhergejagt sei und dabei den örtlichen Abgeordneten angerempelt habe, als der aus seinem Büro trat. Nach fünf Minuten und drei Kuchenbissen hatte ich meine Probleme zu Hause ebenso vergessen wie die Tatsache, dass Helena zum Dunstkreis der Gruppe gehörte, die mir damals in der Schule das Leben zur Hölle gemacht hatte.

Einmal, als wir zusammen im Bett lagen, sprach sie davon. Sie schien jahrelang nicht mehr daran gedacht zu haben.

»Meine Güte, haben die anderen damals nicht einen Song über dich erfunden oder so was?«, fragte sie und lachte sogar. Ich erstarrte neben ihr, presste die Kiefer zusammen und wartete. Worauf, weiß ich nicht. Vielleicht auf eine Entschuldigung. Stattdessen sagte sie: »Ich hatte wirklich die schlimmste Frisur von allen.«

Das ist nun etwa zwei Jahre her, und inzwischen mag ich sie sogar. Sie hat Verständnis für meine familiäre Situation. Sie wird nie sauer, wenn ich ihr in letzter Minute absagen muss oder wenn ich sie sofort sehen will, weil mir bei meinen Eltern die Decke auf den Kopf fällt. Und sie scheint es total locker zu nehmen, wenn ich wieder nach London verschwinde.

»Und, Koffer schon gepackt?«, fragt sie, als wir uns in die Warteschlange der Bierflaschen, Bambis, Buddhisten und Bananen stellen.

»Hab ihn ja nie richtig ausgepackt«, sage ich achselzuckend, und sie lacht.

»Natürlich nicht.«

»Was willst du damit sagen?«

»Na ja, auspacken wäre, als würdest du dich darauf einlassen zu bleiben. Dich mit deinem Leben hier zu arrangieren. Aber du kannst es nur durchhalten, wenn du dir vor Augen führst, dass es nicht für immer ist.«

Ich schaue sie stirnrunzelnd an. Stimmt das? Will ich mir tatsächlich vor Augen führen, dass es nicht für immer ist? Denken nicht alle so?

»Hach, ist das aufregend!« Mum beugt sich von hinten zu mir, ihr Bienenfühler kitzelt meine Wange.

Wenigstens lenkt Helena mich davon ab, dass ich mir den Kopf zerbreche, wem ich hier begegnen werde. Wobei ich vermutlich ohnehin niemanden erkennen würde. Alle sind verkleidet, und als wir in die Halle kommen, ist es ziemlich düster, abgesehen von den blitzenden Discolichtern. Musik hämmert aus den Lautsprechern. Dad zieht sich die Windel hoch und fängt an, mit Mum zu tanzen. Um für eine schöne Erinnerung zu sorgen, von der er zehren kann.

Helena entdeckt ein paar Bekannte auf der Tanzfläche und verschwindet. Ich schlendere zur Bar und bestelle Sekt.

»Übrigens habe ich gute Neuigkeiten«, rufe ich, als ich Mum und Dad ihre Gläser reiche. Ich wollte damit warten, bis es Mum besser geht. Ich wollte es dieser Version von ihr erzählen, nicht der anderen. »Ich kann euch demnächst etwas mehr Geld schicken. Ich bin zum Partner befördert worden.«

Ihre Gesichter leuchten auf, und Mum kreischt so laut, dass ich die Blicke der anderen spüre, aber es ist mir egal. Dad schaut kurz weg und tätschelt mir die Schulter.

»Bin stolz auf dich«, sagt er und erhebt sein Glas. »Aber mach das nicht unsretwegen. Wir brauchen das Geld nicht unbedingt.«

»Das ist das Mindeste, was ich tun kann«, sage ich. Dad runzelt die Stirn. Mustert mich mit seinen hellbraunen Augen. Setzt an, etwas zu sagen.

»Letzter Aufruf für alle, die beim Talentwettbewerb mitmachen wollen!«, kommt ihm eine dröhnende Stimme aus den Boxen zuvor.

»Wie wär's, JJ, willst du nicht dein Kapitel vorlesen?«, fragt Dad schließlich und lässt mich nicht aus den Augen. Ich versuche, mir nichts anmerken zu lassen, verdrehe lachend die Augen, doch als er mein Kapitel erwähnt, stockt mir der Atem. Ich wünschte, ich hätte ihm nie davon erzählt, weil er immer wieder damit anfängt. Vor ein paar Jahren habe ich in London an einem Kurs für kreatives Schreiben teilgenommen, bei dem es auch einen Wettbewerb für das »beste erste Kapitel« gab, und ich kam auf die Shortlist. Seither habe ich meinen Text nicht mehr angerührt, er ist auf meinem Laptop gespeichert. Besser, ein perfektes Bruchstück zu haben, als zu versuchen, die Geschichte weiterzuschreiben und alles zu ruinieren.

»Kann ich machen – wenn du deine Weihnachtssingle singst, die nie erschienen ist«, erwidere ich mit hochgezogener Braue.

Dad legt den Arm um Mum und zieht ebenfalls die Braue hoch. »Da habe ich wohl einen Nerv getroffen.«

3 Erin

Ich zwänge mich durch die Doppeltür des Cheese and Grain. Hoffentlich gehen meine bereits lädierten Buchseiten aus Pappe dabei nicht kaputt. Irgendwann schluckte ich meinen Stolz hinunter und rief meine Schwester Georgia an, um zu fragen, ob sie mir mit meinem Kostüm hilft. Sie willigte ein, aber nur, weil ich meinte, es sei kein großer Aufwand. Sobald jemand niest, fällt das ganze Ding auseinander. Auf die Vorderseite hat sie mit Filzstift *One Night in Erin* geschrieben.

Georgia hat sich als Barbie verkleidet, stilecht mit neonrosa Schlauchtop und Langhaarperücke über ihrem kurzen braunen Bob. Das Outfit ist so untypisch für sie, dass es mir vorkommt, als wäre ich mit einer Fremden unterwegs.

»Dir ist aber schon klar, dass ›Erin‹ nicht im Geringsten wie ›Heaven‹ klingt?«, sage ich, während ich ihr zur Bar folge.

»Schlechte Wortspiele sind noch lustiger als gute.« Sie dreht sich um und zwinkert mir zu, ihre pinken Lippen glänzen im Licht.

Dann endet das Gespräch, denn vor uns erscheint die Fotowand von Bonnie. Die Bilder sind so stark vergrößert, dass man glauben könnte, sie wäre hier in diesem Raum. Auf das größte Foto war sie immer besonders stolz. Das Porträt entstand, als sie mit sechsundzwanzig Herausgeberin der Zeitschrift *Voice* wurde – die jüngste, die es dort jemals gegeben hat. Sie arbeitete ein knappes Jahr bei *Voice*.

Ich lasse Georgia an der Bar zurück, steuere auf die Wand zu und lasse den Blick über die Bilder schweifen. Bonnie als Baby mit dichten Locken. Bonnie als widerspenstiger Teenie, die Arme verschränkt, stets dieselbe Cargohose an. Bonnie und ich im The Griffin, diesen Pub mochte sie in Frome am liebsten. Mir war gar nicht bewusst, dass sie dieses Foto haben. Es wurde an dem Abend aufgenommen, als sie sich wünschte, noch einmal auszugehen, so wie früher. Eigentlich ging es ihr nicht gut genug, aber sie wollte es unbedingt, und irgendwie schaffte sie es. Zwei Wochen danach war sie im Hospiz. Vier Wochen später war sie tot.

An jenem Abend trug sie Pailletten. Sie wollte über Jungs und das Leben reden, wie wir es immer taten, nur dass es diesmal einen großen Unterschied gab. Wir konnten nur noch über meine Zukunft reden, nicht mehr über ihre. Es fiel mir schwer, mich so wie sonst zu verhalten. Wie konnte sie das von mir erwarten, wo sich doch alles verändert hatte?

»Ich möchte dich etwas fragen«, sagte sie. Wenn dieser Satz von ihr kam, wurde mir jedes Mal mulmig. »Was macht dich glücklich? Wirklich glücklich?«

»Du«, antwortete ich ohne Zögern. Sie verdrehte die Augen.

»Ich wollte gerade sagen, dass es keine Person sein darf.«

Ich schaute sie an. Schwarze Lockenperücke, sie sah fast genauso aus wie ihr echtes Haar, bevor es ihr ausfiel. Sie neigte den Kopf zur Seite. Ihre warmen braunen Augen funkelten noch. Das Funkeln war das Letzte, was sie verlor. Ihre Augen waren weit geöffnet, wie immer, wenn sie aufmerksam zuhörte. Sie ist der einzige Mensch, der mich jemals so angeschaut hat.

»Na gut«, sagte ich und griff über den Tisch nach ihrer Hand. »Wenn ich dich nicht nennen darf, würde ich sagen: dich stolz zu machen. Das macht mich glücklich.«

Dann schauten wir uns an, so vieles blieb ungesagt. Wir wussten beide, dass ich in diesem Moment zwar die Wahrheit sagte, aber zugleich andeutete, manchmal nicht ehrlich gewesen zu sein. Eher das Gegenteil.

»Bonnie, ich …«

Sie schüttelte den Kopf. »Schon gut.« Sie lächelte mir zu. »Du brauchst es nicht zu sagen, Erin. Versprich mir nur, dass du ein gutes Leben lebst. Ein glückliches. Du lebst es jetzt nicht mehr nur für dich, verstehst du? Du lebst es auch für mich.«

Mir traten Tränen in die Augen. Ich biss mir auf die Lippe und nickte.

»Falls du mal eine Erinnerungshilfe brauchst«, sagte sie und schob einen Umschlag über den Tisch. »Wehe, du öffnest den jetzt. Dann erzähle ich allen, dass du hinterm Laborraum mal mit Darren Whitcroft rumgemacht hast, obwohl du eigentlich ein Date mit seinem Bruder hattest.«

Ich starrte sie verblüfft an, und bei aller Traurigkeit spürte ich einen Hauch Freude. Bonnie ließ sich gern Drohungen einfallen, um ihren Willen durchzusetzen. Wer würde ihren Platz einnehmen, wenn sie nicht mehr da war?

»Das würdest du nicht wagen.«

»Und ob.«

Ich öffnete den Umschlag erst, als ich nach Hause kam. Er enthielt eine Karte mit einer Zeichnung von A. A. Milne und ein Zitat. Auf die Rückseite hatte Bonnie in ihrer schwungvollen Handschrift nur die Worte geschrieben: *Vergiss nicht, all deine Träume wahr werden zu lassen!*

Das ist mein kostbarster Besitz.

Georgia gesellt sich zu mir und drückt mir wortlos ein großes Glas Weißwein in die Hand.

»Ich würd dich ja gern umarmen, aber mit dem Kostüm, das ich dir gebastelt habe, geht das leider nicht«, sagt sie und tätschelt mich knapp überm Po, die einzige Stelle, die nicht mit Karton bedeckt ist.

»Ich vermisse sie so«, sage ich. »Ich dachte, es würde leichter werden.«

»Würde es vielleicht auch, wenn du meinen Rat annehmen und mal mit jemandem reden würdest.«

»Das ist nicht fair.« Mir kommen die Tränen. »Ich war bei dem Therapeuten, den du mir empfohlen hast. Dishy Rishi. In seiner Praxis stank es nach Putzmittel, und jedes Mal, wenn ich was gesagt habe, hat er mich angeschwiegen.«

Georgia verdreht die Augen. »Rishi ist einer der Besten, aber er ist nicht der einzige Therapeut auf der Welt. Es gibt buchstäblich Tausende von uns. Und immer mehr Leute wollen Therapeuten werden.«

Sie dreht mich sanft zu sich, damit ich nicht mehr auf die verschiedenen Gesichter meiner besten Freundin starre. Die Halle hinter mir ist nun voller Menschen. Alle kannten und liebten Bonnie. Auf der Bühne stehen mehrere Sammeldosen, die zu weiteren Spenden anregen sollen. Nur noch wenige Minuten, dann beginnt der Talentwettbewerb. Georgia droht, uns beide dafür anzumelden.

Auf der Tanzfläche tummeln sich bereits die ersten Leute, und inmitten dieser Menge steht jemand, der sich ebenfalls als Buch verkleidet hat. Sein Kostüm sieht viel raffinierter aus als meins, es scheint aus Samt zu sein. Und dann bietet sich mir der merkwürdigste Anblick seit Langem, denn als Nächstes legt das Buch die Arme um ein Baby und eine Biene.

Georgia führt mich zu einem der Rundtische in der Ecke und stellt unsere halb leere Weinflasche darauf. Ich deute mit dem Kopf auf ihr Schlauchtop, denn es ist inzwischen so weit nach unten gerutscht, dass ihre Brüste herauszufallen drohen. Sie wirken ungewöhnlich füllig.

»Hast du sie operieren lassen?«, frage ich entsetzt.

Sie hebt die Hand und schiebt die Perücke zurecht. »Ich fühle mich geschmeichelt, aber nein. Hab Klebeband benutzt für den vollen Barbie-Effekt!« Sie zieht das Schlauchtop wieder hoch. »Aber glaub bloß nicht, dass du mich mit Komplimenten ablenken kannst. Also: Warum zum Teufel hast du deinen Job gekündigt?«

Ich zucke die Schultern. In den letzten achtundvierzig Stunden kam mir schon mehrmals der Gedanke, dass ich komplett irre gewesen sein muss. Doch wenn ich mir vorstelle, am Montag wieder dort aufzutauchen und wie stolz Bonnie auf mich wäre, weiß ich, dass ich richtig gehandelt habe.

»Weil ich ihn nur noch schrecklich fand. Charlotte hat mir das Leben zur Hölle gemacht.«

»Ach, komm schon, Erin. Sie war bloß dein neuester Blitzableiter für alles, was in deinem Leben schiefläuft.«

»Was soll das denn heißen?«

»Mum. James. Derek. Charlotte. Sogar Bonnie. Dabei weißt du doch, dass nur ein einziger Mensch für dein Leben verantwortlich ist, nämlich du selbst. Oder?« Sie hebt die Hand, um einem unserer alten Lehrer in Bon-Jovi-Verkleidung zuzuwinken, als sei das, was sie eben gesagt hat, nur eine beiläufige Bemerkung.

»Das ist nicht fair. Charlotte hatte es auf mich abgesehen, weil sie eine Schlampe ist, die …«

»Charlotte hatte es auf dich abgesehen, weil du schon seit Monaten ein depressives Wrack bist und noch immer nichts dagegen unternehmen willst.«

Ich will etwas entgegnen, will die Geschichte, die ich mir selbst einrede, seit Bonnie gestorben ist, verteidigen. Aber ich bringe kein Wort heraus.

»Was hast du denn jetzt vor?«, fragt Georgia mit sanfter Stimme und schaut mich fürsorglich an. »Ich mache mir Sorgen um dich.«

Ich könnte kotzen. Sie stellt genau die Frage, der ich bisher ausgewichen bin, weil ich darauf keine Antwort habe. »Du brauchst einen Plan. Es sei denn, du willst in dieser widerlichen kleinen Wohnung mit deinem nichtsnutzigen Mitbewohner verschimmeln, um dann mit fünfzig festzustellen, dass du dein halbes Leben verschwendet hast, im festen Glauben, jemand anders ist dafür verantwortlich.«

»Willst du mir etwa eine Motivationsrede halten?«

»Bin ich jetzt die Nächste auf deiner Du-bist-schuld-Liste?«

»Hör auf, darauf rumzureiten!«, keife ich und kippe meinen Wein hinunter. Sie greift nach meiner Hand.

»Darf ich dir ein paar Vorschläge machen?«

Ich spare mir eine Antwort, weil sie so oder so weiterreden wird.

»Sprich mit jemandem über Bonnie. Und am besten auch über dein ganzes Leben. Versuch, einen Sinn in alldem zu finden. Und such dir endlich einen Job, der dir Spaß macht, damit ich nicht mehr jeden Sonntagabend diese Jammernachrichten von dir bekomme.«

»Du hast leicht reden. Du liebst deinen Job natürlich. Du brauchst ja auch nichts weiter zu tun, als andere Leute reden zu lassen, und wenn sie weg sind, kannst du dich in dem Gefühl sonnen, ihr Leben für sie geregelt zu haben.«

»Es gehört zwar noch ein bisschen mehr dazu, aber ja, er gibt mir tatsächlich das Gefühl, etwas Sinnvolles zu tun. Es gibt viele Jobs, die so sind. Such dir auch so einen.«

Bonnies Eltern erscheinen auf der Bühne, ihre Mum tritt ans Mikro, als Barbecue verkleidet, eine Zange in jeder Hand.

»Danke euch allen, dass ihr wieder zur Gedenkfeier für unsere Bonnie gekommen seid.« Sie schluckt und schaut Bonnies Dad an, der ein Baguette-Kostüm trägt und ihren Arm umklammert. »Wir haben zwar mit euch gerechnet, weil uns natürlich klar ist, was unsere Tochter euch bedeutet hat, aber es ist schön, die Bestätigung dafür zu bekommen.« Sie lächelt. Leises zustimmendes Gelächter ertönt. »Dann lasst uns nun Spenden für einen guten Zweck sammeln und dabei einen schönen Abend haben, denn so hätte Bonnie es sich gewünscht.«

Sie erhebt ihr Glas, und wir tun es ihr nach. Alle prosten ihr zu.

Der Talentwettbewerb beginnt wie jedes Mal mit einer Tanznummer, die von Bonnies jüngeren Schwestern präsentiert wird.

Danach folgt ein Potpourri aus schlechten Zaubertricks, mittelmäßigem Gesang und der perfekten Darbietung eines Whitney-Houston-Songs. Eine von Bonnies *Voice*-Kolleginnen erntet tosenden Beifall dafür, bestimmt gewinnt sie den Wettbewerb.

Georgia und ich trennen uns, um mit unterschiedlichen Leuten zu plaudern, die wir aus der Schule oder anderswoher kennen. Auf dem Weg zur Bar stoße ich mit Bonnies Eltern zusammen. Wir bleiben alle stehen und nicken uns steif lächelnd zu.

»Erin«, sagt Bonnies Dad.

»H… hallo.« Ich bringe nur ein Flüstern zustande. Mein Gesicht fängt an zu brennen, und ich drücke mein Weinglas dagegen, um es zu kühlen.

»Wie geht es dir?«, fragt Bonnies Mum und neigt den Kopf zur Seite. »Hast du die Fotos gesehen?«

Ich nicke, und mir kommen die Tränen. Ich zwinge mich zu einem Lächeln. »Ja«, stoße ich hervor. »Danke.«

Ihr Blick wandert zu der Wand, dann wieder zu mir. Beide warten darauf, dass ich etwas sage, und das möchte ich auch, ich muss. Doch mir fehlen die Worte. Meine Kehle ist wie zugeschnürt.

»Wir müssen die Tombola vorbereiten«, sagt Bonnies Dad schließlich. Er legt seiner Frau die Hand auf die Schulter und verzieht den Mund zu einem schmalen Lächeln.

»Natürlich«, murmele ich. Er tritt einen Schritt zurück, um mich vorbeizulassen. Ich bahne mir den Weg zur Bar und bestelle mir einen Wein und einen Shot.

In der Menge entdecke ich Georgia, die sich mit Bon Jovi unterhält. Als wir noch zur Schule gingen, war sie in ihn verknallt, obwohl er zwanzig Jahre älter war. Sieht aus, als würden ihre Gefühle endlich erwidert. Ich drängle mich zur Fotowand zurück und proste Bonnie mit dem Shotglas zu, bevor ich es herunterkippe.

Der Abend endet mit den Preisen für das beste und das schlechteste Kostüm, prämiert werden Bigfoot und eine Bulette, und dann strömen alle hinaus.

Georgia und ich übernachten heute bei Mum – ich habe nur deshalb eingewilligt, weil es keine Alternative gibt, seit Dad mit seiner neuen Frau nach Spanien gezogen ist. Ein Hotel kann ich mir nicht leisten. Als wir wieder zusammenkommen, sind ihre Augen noch glasiger als vorher.

Wir gehen Richtung Ausgang, an einer Gruppe von Männern vorbei. Die Männer fangen an zu lachen, jemand schreit, eine Bierflasche wird auf den Boden geschleudert. In dem Moment, als ich den Knall höre, durchfährt ein stechender Schmerz meinen Fuß.

»Verdammt!« Ich bücke mich. Blut quillt aus meiner Sandale.

»Was ist los?« Georgia schaut zu mir herunter. »O Gott.«

Jemand reicht mir ein Taschentuch. Der Ärmel des Jemands ist aus dem gleichen blauen Samt wie das Buchkostüm, das ich vorhin gesehen habe. Ich schaue auf, und mir bleibt das Herz stehen. Der Ärmel gehört James. Als ich ihn das letzte Mal sah, waren wir fünfzehn. Ich hatte gehofft, ihm nie wieder zu begegnen. Was hat er überhaupt hier zu suchen? Bonnie und ich konnten ihn nicht ausstehen. Und warum starrt er mit seinen hellblauen Augen so besorgt auf mich hinab?

»Alles okay bei dir? Vielleicht hast du eine Glasscherbe abbekommen.«

Er hat aufgehört, sich die Haare zu bleichen, sie sind nun hellbraun, und in Kombination mit den dichten schwarzen Wimpern wirken seine blauen Augen noch stechender. Damals in der Schule konnte man sich ihnen kaum entziehen. Ich zwinge mich, woanders hinzuschauen, knülle das Taschentuch zusammen und werfe es ihm entgegen.

»Mir geht's prima«, zische ich.

Er fängt den Taschentuchball und hebt blinzelnd die Hände.

»Tut mir leid, ich …«

»*Jetzt* tut es dir leid?«

Er zuckt zurück, als hätte ich ihn geschlagen.

»Das kommt ja verdammt spät! Aber gut zu wissen, dass du inzwischen gelernt hast, dich zu entschuldigen!«

Das Licht geht an, der Hinweis darauf, dass der Abend vorbei ist. Ich starre James an. Er runzelt die Stirn, fährt sich durchs Haar, den Blick weiter auf mich geheftet.

»Komm jetzt, Erin«, sagt Georgia, packt meine Hand und zieht mich hoch.

Die Wunde an meinem Fuß brennt wie Feuer, aber egal, ich will diesen Kerl nicht um mich haben.

Die Männer lachen laut. Irritiert schaue ich erst zu ihnen, dann zu meiner Schwester. Als mir klar wird, was sie so lustig finden, schlage ich mir vor Schreck die Hand auf den Mund. Georgia hat sich anscheinend zu schnell aufgerichtet, als sie mich hochzog, das neonpinke Schlauchtop ist ihr auf die Taille hinabgerutscht, sodass jeder ihre getapten Brüste sehen kann.

Georgia kneift kurz die Augen zu. Dann zieht sie wortlos ihr Schlauchtop hoch und stapft mit mir davon.

Als ich am nächsten Morgen aufwache, höre ich Mum und Derek unten in der Küche reden. Ich greife nach dem Kissen neben mir und ziehe es mir übers Gesicht.

»Hey!« Georgia reißt mir das Kissen wieder weg, und ich fahre vor Schreck in die Höhe.

»Sorry. Hab vergessen, dass du neben mir liegst.«

Als Mum und Dad sich trennten, hat sie das oft gemacht. Wenn wir bei Dad waren, kroch sie einfach wortlos zu mir ins Bett. Meine einzige schöne Erinnerung an diese Zeit.

»Kaffee?«, fragt sie, und ich stutze. Georgia würde niemals aufstehen, um uns beiden Kaffee zu machen. Irgendetwas ist hier faul.

Doch bevor ich etwas sagen kann, ruft sie: »Guten Morgen, Mum!«

»Guten Morgen, Schatz!«, höre ich Mum unten auf der Treppe sagen. »Kaffee?« Georgia zwinkert mir zu. Ich verdrehe die Augen.

»Ja, bitte. Erin ist auch schon wach.«

Mum geht in die Küche zurück und sagt etwas zu Derek.

»Hast du ernsthaft geglaubt, du könntest das ganze Wochenende bei Mum verbringen, ohne die beiden zu Gesicht zu kriegen?« Georgia faltet das Kissen zusammen, klemmt es sich unter den Kopf und dreht sich zu mir.

»Hat doch früher auch schon geklappt.«

»Da waren sie im Urlaub, in Griechenland.«

»Na und?«

Sie beißt sich auf die Lippe. Blinzelt. »Was glaubst du, warum James gestern Abend da war?«

Ich setze mich auf, lehne den Kopf gegen die Wand und ziehe die Beine an. Da ist mir selbst Mum als Gesprächsthema lieber.

»Keine Ahnung, aber es war respektlos. Bonnie gegenüber, und auch mir gegenüber.«

»Seltsam, dass er sich dazu entschieden hat. Vielleicht will ein Teil von ihm …«

»Fang jetzt bitte nicht an, den Kerl zu analysieren. Wahrscheinlich hatte er einfach nur Lust, mir nach all den Jahren mal wieder eins auszuwischen.«

»Klar. Natürlich dreht sich alles nur um dich, Erin. So wie imm…«

»Kaffee ist fertig!«, ruft Mum von unten. Georgia springt aus dem Bett, schlüpft in ihre Leggins, geht zur Tür und schaut mich an.

»Bring mir meinen hoch«, sage ich und betrachte meine Nägel. Der weiße Lack blättert bereits ab.

»Vergiss es«, sagt sie und öffnet die Tür. »Wir kommen!«

Ich seufze laut. Dann schwinge ich die Beine aus dem Bett und folge ihr.

Derek sitzt am Tisch mit einem Buch, das letztes Jahr herauskam, er hat es schon zu einem Drittel durch. Die Leserschaft fand es entweder total klasse oder total nervig. Ich fand es klasse und würde gern wissen, was er davon hält, aber natürlich frage ich ihn nicht.

Mum kommt Georgia entgegen und reicht ihr eine Tasse.

»Danke, super«, sagt Georgia und gibt Mum einen Kuss auf die Wange, bevor sie neben Derek Platz nimmt.

Mum reicht mir ebenfalls eine Tasse. Ich nehme sie und setze mich ans Tischende.

Derek legt sein Buch weg und lächelt uns beide an.

»Schön, dass meine wunderbaren Stieftöchter sich heute Morgen zu uns gesellen. Ich hatte schon befürchtet, es wäre die Elefantenherde, die gestern Abend die Treppe hochtrampelte.«

Er steht auf und schiebt sich die Brille hoch. Er trägt weiße Tenniskleidung. Er nimmt seine Tasse, trinkt sie aus und geht zu Mum hinüber, die am Herd steht und Speck in die Pfanne legt.

»Bis später, Liebling. Ich bringe die Zeitungen mit.«

Ich schließe die Augen, damit ich nicht sehen muss, wie er sie küsst.

»Macht's gut, Mädels«, sagt er und drückt Georgias Schulter. Als er an mir vorbeigeht, hält er inne.

»Bis jetzt bin ich ziemlich beeindruckt«, sagt er und deutet mit dem Kopf auf das Buch. »Ihre Methode, die geistige Gesundheit der Protagonistin zu thematisieren, indem sie diese Szenen in einer anderen Welt mit zahlreichen abstrakten Metaphern ansiedelt, ist sehr raffiniert. Wirklich sehr raffiniert.«

Ich heuchle Desinteresse, doch im Stillen jauchze ich. Ihm gefällt das Buch auch, aus den gleichen Gründen wie mir. Er wartet nicht auf eine Reaktion. Er weiß, dass er keine von mir bekommen wird. Stattdessen schlendert er aus der Küche, den Flur hinunter zur Haustür. Ich tue so, als bemerkte ich nicht, dass Mum und Georgia mich anstarren.

»Wollt ihr ein Specksandwich?«, fragt Mum.

»Unbedingt«, antwortet Georgia und nimmt einen Schluck Kaffee.

Mein Magen verrät mich. Er knurrt unüberhörbar.

»Klar«, sage ich und nippe an meiner Tasse. »Danke.«

Mum wendet den Speck in der Pfanne und dreht sich zu uns. Ich schaue sie an. Sie lässt das Haar grau nachwachsen. Seit ich denken kann, hatte sie die gleiche Farbe wie ich, ging alle sechs Wochen zum Friseur. Anfangs ließ sie sich nur Strähnchen machen, später auch den Ansatz färben. Doch inzwischen ist ihr Haar silbern, die Farbe beginnt erst auf Höhe der Ohren. Als sie merkt, dass ich sie anschaue, streicht sie sich über den Kopf. Sie ist verlegen. Ich wende den Blick ab.

»Und, wie war's gestern Abend?« Ihre Frage ist an mich gerichtet. Sie sieht mich an. Ich warte darauf, dass Georgia antwortet, doch sie schweigt.

Ich möchte ihr die Wahrheit sagen. Ich möchte so mit ihr reden wie früher, bevor sie alles kaputtgemacht hat. Ich möchte ihr sagen, wie niederschmetternd es war, meine beste Freundin in dieser Halle nur auf Fotos zu sehen statt als strahlenden Mittelpunkt. Und dass es nur dadurch erträglicher wird, dass ich Bonnie immer noch sehe, als lebte sie noch. Ich weiß, das klingt verrückt, doch Mum würde mich das niemals spüren lassen. Sie würde es verstehen. Als ich jünger war, hat sie mich immer verstanden, egal was in mir vorging. Doch dann hat sie Dad betrogen und uns verlassen, und auf einmal war sie diejenige, die alle schlimmen

Gefühle verursachte, und ich konnte nicht mehr mit ihr darüber reden. Sie war fort. Sie hat unsere Familie auseinandergerissen, und anstatt bei uns zu bleiben und uns zu helfen, damit fertigzuwerden, zog sie weg – in dieses Haus, zu Derek.

»Es war okay«, sage ich.

Sie schaut mich weiter an, nickt langsam.

Ich spüre einen Kloß im Hals und starre auf meinen Kaffee.

»Es gab sogar Tittenalarm, und rate mal, bei wem!«, platzt Georgia schließlich heraus, weil sie es nicht mehr aushält. Sie zeigt mit den Daumen auf sich. »Bingo!«

* * *

Später, auf der Rückfahrt nach London, drehe ich jedes Mal, wenn Georgia die Sprache auf Mum bringt, das Radio lauter. Denn der Grund dafür, dass ich Mum nicht sehen will und jede Begegnung mit ihr vermeide, ist, dass es mich nur traurig macht. Und ich bin schon traurig genug.

Als ich Georgia in Clapham absetze, beugt sie sich noch einmal zu mir ins Auto.

»Rede mit jemandem. Ich übernehme die Kosten.«

Sie braucht nicht zu wissen, dass ich schon mit jemandem rede. Mit jemandem bei mir zu Hause, zu dem ich jetzt fahren werde. Ich rede mit Bonnie.

Als ich hereinkomme, sitzt Callum mit einem Freund auf dem Sofa und trinkt Bier. In ein paar Stunden, wenn der Freund weg ist, wird Callum bei mir anklopfen. Ich werde ihn hereinlassen, und dann werden wir beschwipsten Sex haben. Das Ganze fing vor einigen Monaten an. Wir reden fast nie miteinander. Aber wenn wir beide zu Hause sind und wenigstens einer von uns beiden etwas getrunken hat, landen wir meistens zusammen im Bett.

»Hallo!«, schreie ich, um den Sportkommentator zu übertönen, der aus dem Fernseher dröhnt. Callum hebt die Hand zum Gruß. Er trägt denselben Trainingsanzug wie vor meiner Abreise. Hat er sich in der Zwischenzeit überhaupt umgezogen?

Meine Ausmistaktion hatte ich schon vergessen. Zum ersten Mal, seit ich denken kann, bekomme ich keine Krise, als ich mein Zimmer betrete. Es sieht erstaunlich ordentlich aus. Aufgeräumt. Wie ein Zimmer, das für eine Dreißigjährige angemessen ist, im Gegensatz zu dem Chaos, in dem ich zuvor gehaust habe.

Ich weiß, dass Georgia recht hat und dass ich einiges ändern muss. Ich beschließe, als Erstes die Karte einzurahmen, die Bonnie mir gegeben hat. Die Erinnerung daran, mein Leben für uns beide zu leben. Ich steige auf mein Bett und suche auf dem Bücherregal nach dem Buch, in welchem ich die Karte aufbewahre. Das Buch ist mein anderer Schatz. Meine Ausgabe von *Wer die Nachtigall stört,* die ich zuerst in der Schule und später während meines Literaturstudiums gelesen habe und von der ich mich nie trennen konnte. Auf jeder Seite sind unterstrichene Sätze und Randnotizen. Ich habe alle Bücher, die ich als Schülerin oder Studentin gelesen habe, behalten, aber in dieses habe ich mich verliebt. Früher habe ich es mindestens einmal im Jahr gelesen, aber das ist schon lange her. Vielleicht finde ich jetzt wieder die Zeit dafür. Ich entdecke immer etwas darin, das nur für mich geschrieben scheint. Doch auf dem Regal kann ich es nicht entdecken. Das Buch ist weiß mit einem schwarzen Bild. Ein Mädchen auf einer Reifenschaukel. Gezackte schwarze Schrift. Ich würde es überall erkennen. Ich werfe alle Bücher vom Regal aufs Bett und durchwühle sie. Mir klopft das Herz bis zum Hals. Ein paar alte Favoriten sind dabei: *Jane Eyre*, *Betty und ihre Schwestern*, *Sturmhöhe*. Doch mein Lieblingsbuch fehlt.

»Nein, nein, nein, nein, nein«, sage ich und schaue zu Bonnies Sessel hinüber, doch sie ist nicht dort.

Ich überlege fieberhaft, welche Exemplare ich in den öffentlichen Bücherschrank gestellt habe. Dieses wäre mir doch aufgefallen, oder? Ich kann es unmöglich in den Koffer gepackt und weggegeben haben, es sei denn in einem plötzlichen Anfall geistiger Umnachtung. Vom Wunsch besessen, mein Zimmer von allem zu befreien, was mich nicht glücklich macht.

Vor lauter Verzweiflung schießen mir Tränen in die Augen. Ich stürze aus meinem Zimmer und aus der Wohnung, renne, so schnell ich kann, die Straße hoch bis zum Bücherschrank an der Brücke.

Ich reiße die kleine Schranktür auf und lasse den Blick hastig über die Buchrücken wandern. Ich sehe einige Exemplare, die ich dort gelassen habe, und ein Funken Hoffnung glimmt in mir auf. Es muss hier sein. Doch als ich die vordere Buchreihe herausziehe, um dahinterzuspähen, wird mir klar, dass meine Hoffnung vergebens ist.

Mein Buch ist verschwunden. Und mit ihm das Letzte, das mir von Bonnie geblieben ist.

4 James

»Entschuldigung, du hast was verloren!«, ruft mir eine Frau, die ungefähr in meinem Alter ist, in der Bank Station hinterher. Ganz in der Nähe bin ich auf einen Drink mit Joel verabredet. Die Frau läuft auf mich zu und reicht mir meine Kreditkarte.

»Oh! Vielen Dank!« Ich nehme die Karte entgegen.

Die Frau lächelt mich an, streicht sich das lockige blonde Haar über die Schulter. »Meine gute Tat für heute. Das kann ich jetzt mit einem Glas Wein feiern.«

Ich lache. Sie hat warme braune Augen, und wenn sie lächelt, zeigt sie sämtliche Zähne. Ich starre sie an, überlege, sie zum Dank auf einen Wein einzuladen. Wie würde sie reagieren? Sofort fällt mir Kelly aus der Oberstufe ein. Wie sie das Gesicht verzog, als ich sie zum Abschlussball einlud, und sagte: »Unfassbar, dass du überhaupt auf die Idee kommst, ich würde mit *dir* auf den Ball gehen wollen.« Wie sie mit ihren Freundinnen davonstolzierte und lachte.

»Also, vielen Dank nochmals«, sage ich schließlich und wedle mit der Karte. Vielleicht flackert Enttäuschung in den Augen der Frau auf, vielleicht auch nicht. Es wäre nicht das erste Mal, dass ich mich irre.

Ich laufe zum Ausgang, überquere die Straße und steuere auf den Pub zu, der sich neben Joels Büro befindet. Joel hat viel zu tun, der Pub ist der einzige Ort, an dem ich mich mit ihm treffen kann. Von Penge aus dorthin zu gelangen, ist eine Tortur, aber wenn ich erst einmal umgezogen bin, wird es einfacher. Ich habe mich für Brixton entschieden. Dort gibt es gute Zugverbindungen nach Frome und zurück, und jedes Mal, wenn ich auf dem Rückweg nach Penge durch Brixton fahre, fühlt es sich lebendig an. Quirlig. Voller Energie. So möchte ich mich fühlen, wenn ich in London bin.

Ich stoße die Pubtür auf, gehe zum Tresen und bestelle zwei Pints. Joel wird sich verspäten. Er verspätet sich immer. Ich suche mir einen Tisch und hole mein Handy hervor, um meine Mails zu checken. Der Vertrag, den ich nach meiner Rückkehr ins Büro unterzeichnet habe, sieht eine märchenhafte Provision vor, falls ich eigene Kunden für Schulungen gewinne, und ein Grundhonorar, von dem ich nur träumen konnte, als ich meinen BWL-Abschluss von der Uni in der Tasche und keinen blassen Schimmer hatte, was ich damit anfangen sollte. Alle dachten, ich würde Literatur studieren. Ich selbst auch, doch dann bekam ich Panik, dass ich es nicht schaffen würde, und womit sollte ich dann Geld verdienen? Ich wollte nicht wie Dad in einer Domino's-Uniform enden. Also googelte ich, mit welchen Abschlüssen man garantiert Arbeit fand. Literatur war nicht dabei, BWL schon. Und so kam es, dass ich mich in letzter Minute umentschied.

Joel schlendert durch die Tür, als wäre er einer Hugo-Boss-Werbung entsprungen: stylisher dunkelblauer Anzug, weißes Hemd, blitzende Manschettenknöpfe. Jedes Mal, wenn ich ihn durch eine Tür kommen sehe, muss ich daran denken, wie er am ersten Tag der zwölften Klasse in unsere Schule in Frome schlenderte, nur wenige Monate nachdem meine Freundschaft mit Bonnie und Erin in die Brüche gegangen war. Außer ihm gab es niemanden, der mit mir reden wollte. Er war groß – ungewöhnlich groß für einen halben Malaysier, wie er sagt –, und das bedeutete, dass ich nicht nur ganz unerwartet einen Kumpel bekam, sondern auch von den Mobbern in Ruhe gelassen wurde. Ich war fast eins achtzig, aber mager. Joel war knapp zwei Meter groß und gebaut wie ein American-Football-Spieler. Ohne dass er es wusste, wurde er zu meinem Verteidiger. Seitdem habe ich ihn nicht von meiner Seite gelassen.

»Hey, Champ«, sagt er, als er auf den Tisch zusteuert, und hält die Hand zum High five hoch. Als ich einschlagen will, zieht er die Hand weg und grinst. »Gratuliere zur Beförderung! Kaum bist du wieder in London, kriegst du eine Gehaltserhöhung.«

»Was soll ich sagen. Ich hatte den besten Lehrer.« Ich weiß gar nicht, wie viel Joel inzwischen verdient. Es würde mich nicht wundern, wenn er die Million geknackt hat. Ich deute mit dem Kopf auf das Pint gegenüber von mir, und er packt sich theatralisch an die Brust.

»Endlich spendierst du mal 'ne Runde! Deine Beförderung gefällt mir.« Ich verdrehe die Augen. Er nimmt Platz, öffnet den obersten Hemdknopf und lehnt sich zurück. »Schön, dass du wieder da bist! Warst diesmal ja ziemlich lange weg. Wie geht's deiner Mum?«

»Besser, danke.« Ich traue Joel mehr als irgendjemandem sonst auf der Welt, aber es fällt mir noch immer schwer, ihm gegenüber offen zu sein. Und wieder einmal sage ich viel weniger, als ich eigentlich sagen möchte.

»Das freut mich. Und dein Dad?«

»Kriegt allmählich mit, dass er inzwischen eine Internetberühmtheit ist.«

Joel lacht, zeigt eine Reihe perfekter weißer Zähne. »Was für 'ne Type. Möge er so bleiben, wie er ist.«

»Von mir aus kann er sich ruhig ein bisschen ändern.«

»Ist nicht dein Ernst.«

Ich zucke die Schultern, trinke einen Schluck Bier. Es ist mein Ernst. Es macht mich traurig, wie Dad sein Leben lebt, er hätte so viel mehr erreichen können.

»Was macht Frome? Immer noch das alte Drecksloch?« Joel hat seinen Eltern bis heute nicht verziehen, dass sie ihn in Orlando aus der Schule nahmen und in unser Kaff verpflanzten. Auch wenn ich es dort schwer hatte: Frome ist mir trotzdem sympathisch. Joel wird niemals so denken.

»Wenn du mal zu Hause vorbeischauen würdest, wüsstest du's.«

»Frome ist nicht mein Zuhause.« Seine Miene verdüstert sich kurz. Er schüttelt den Kopf. »Und, hattest du eine gute Zeit dort?«

»Ja.« Plötzlich sehe ich Erin im Buchladen vor mir, wie sie gedankenverloren vor dem Ratgeber-Regal steht. Hoffentlich geht es ihr gut. »War ganz okay.« Ich starre auf den Tisch. »Wie läuft's auf der Arbeit?«

Joel grinst und greift nach seinem Pint. »Gut. Viel zu tun. Komme kaum zum Schlafen, aber da ich mit vierzig in den Ruhestand gehen will, nehme ich das in Kauf.« Er wirft einen Blick auf seine silbern glänzende Uhr. »Ich muss gleich auch wieder zurück.«

Deshalb habe ich aufgehört, in Joels Liga zu spielen. Mir fehlt die Kondition dazu. Sein Leben kreist ausschließlich darum, im Büro zu sitzen und Geld zu scheffeln. Das ist zwar inspirierend, aber auch erschöpfend.

»Warst du bei dieser Bonnie-Sache letzten Monat?«, fragt er, und ich schüttele gespielt vorwurfsvoll den Kopf, weil er es »Sache« nennt.

»Meinst du die Gedenkfeier? Das Spendenevent in liebevoller Erinnerung an unsere ehemalige Schulfreundin?«

»*Deine* ehemalige Schulfreundin. Falls du dich erinnerst, hattest du dich bei meiner Ankunft schon so in die Scheiße geritten, dass Bonnie mich hasste, nur weil ich mit dir redete.« Er beißt sich auf den Daumen. »Hast du Erin gesehen?«

Ich nicke.

Erin war natürlich für das Spendenevent nach Frome zurückgekehrt. Ich war so mit mir selbst beschäftigt gewesen, dass ich nicht weiter darüber nachdachte, warum sie in dem Buchladen stand, bis ich im Cheese and Grain in ihr wütendes Gesicht starrte. Ich hatte ganz vergessen, welche Gefühle sie in mir auslösen kann. Wie ein einziger Blick in ihre Augen Erinnerungen an die Schulzeit wachrufen kann. An die besseren Zeiten, als ich Erin und Bonnie an meiner Seite hatte. Freundinnen, mit denen ich abhängen konnte. Ein kleines, aber starkes Kraftfeld, das mir Sicherheit bot.

Die Umstände, unter denen unsere Freundschaft damals begann, hätten mir eigentlich peinlich sein müssen, aber ich war wohl einfach zu dankbar. Ich war im achten Schuljahr, und zu dem Zeitpunkt waren die Mobber von verbalen zu körperlichen Attacken übergegangen. An dem Tag steuerte ich gerade mit einem Essenstablett auf einen Tisch am Rande des Speisesaals zu. Ich hörte sie kommen, bevor ich sie sah. Als ich sie hinter mir spürte, bekam ich eine Gänsehaut.

»Weißt du, wer ich bin?«, sang einer der Mobber mit hoher Stimme. Er klang überhaupt nicht wie mein Vater. Dann sang er die nächste Zeile: »Ich bin dein Domino's-Pizzafahrer.« Sie hatten inzwischen Fotos und Videos von meinem Dad. Sie bestellten sich mittags Pizzen in die Schule, nur um ihn antanzen zu lassen, und abends wiederholten sie das Spiel mit dem Geld ihrer Eltern und filmten dann vom Fenster aus, wie Dad versuchte, die Pizzen auszuliefern. Die Videos teilten sie dann mit allen, um sich am folgenden Morgen auf meine Kosten darüber lustig zu machen.

An dem Tag versuchte ich, sie zu ignorieren. Doch einer von ihnen stellte mir ein Bein. Ich stürzte, und das Tablett mitsamt Teller landete krachend auf dem Boden. Der gesamte Speisesaal schien in Gelächter auszubrechen. Ich fühlte mich so gedemütigt, dass ich die stark blutende Wunde an meinem Kinn erst bemerkte, als Erin und Bonnie sich einmischten.

»Ich hab genau gesehen, was du gemacht hast, du kleiner Scheißkerl«, sagte Bonnie, packte den Anführer Marky, der schon im Begriff war wegzugehen, und schubste ihn nach hinten, so wie ich es selbst am liebsten getan hätte.

Eine Mädchengruppe ging an mir vorbei und schaute zu mir herunter, ohne anzuhalten. Helena war dabei, das weiß ich noch.

»Du musst zur Krankenschwester«, sagte Erin und reichte mir die Hand, um mich hochzuziehen. Bonnie hockte sich hin, sammelte meine Sachen ein und legte sie aufs Tablett zurück.

Ich stand auf, nahm das Taschentuch, das Erin mir hinhielt, und presste es gegen mein Kinn, während ich mich von ihnen zur Krankenschwester führen ließ.

Zu den Dingen, die ich in meinem Leben am meisten bereue, zählt, dass ich all das später kaputtgemacht habe, indem ich Erin verletzte. Bonnie hielt ihr damals grimmig die Treue, selbst als Erin nicht mehr bei uns auf der Schule war.

»Ja, ich habe Erin gesehen«, sage ich nun zu Joel. »Ich hatte übrigens ein Kostüm aus Samt, Mum hat die ganze Nacht daran herumgenäht.«

»Zeig mir Fotos. Sofort.« Joel deutet auf mein Handy. Ich suche ein Bild von mir und Helena aus und zeige es ihm. Er kriegt sich nicht mehr ein vor Lachen.

»Wahnsinn«, japst er schließlich. »Machst du noch immer mit Helena rum?«

»Sieht so aus«, sage ich.

Joel war von Anfang an dagegen, dass ich was mit Helena am Laufen habe. Was ich auch verstehen kann, wenn man bedenkt, mit wem sie während unserer Schulzeit abhing. Aber er weiß nicht, dass ich manchmal das verzweifelte Bedürfnis habe, meiner Familie zu entfliehen. Und wie schlecht Mum manchmal drauf ist. Irgendwann kann ich es mir einfach nicht mehr anhören, dass sie am liebsten sterben würde, und dann brauche ich Abstand zu ihr, damit meine Schuldgefühle mich nicht auffressen. Sie findet es in Ordnung, mir das zu sagen, weil sie durch meine Geburt so geworden ist. Vorher ging es ihr gut. Doch meine Geburt hat alles verändert.

»Ab und zu muss ich einfach mal raus«, füge ich hinzu und schiebe die Erinnerungen beiseite.

»Aber warum ausgerechnet Helena? Sie gehörte doch zu denen.«

»Das stimmt nicht so ganz. Und außerdem hat sie sich seither verändert.«

»Das will ich auch stark hoffen. Die haben dir das Leben zur Hölle gemacht.« Joel ist immer zur Stelle, um mich an Dinge zu erinnern, die ich lieber vergessen würde.

»Sie hat doch gar nichts gemacht.«

»Wie heißt es so schön? Wenn du nicht Teil der Lösung bist, bist du Teil des Problems. Schweigen ist auch eine Form von Gewalt.« Er zieht die Braue hoch, und ich schlucke. Schlucke meine Scham hinunter.

»Hey, hast du eigentlich schon mitbekommen, dass der gute alte Mr Marsden ein Buch veröffentlicht hat?« Joels Themenwechsel verblüfft mich. Mr Marsden war unser Rektor. Wie zum Teufel hat er die Zeit dafür gefunden? »Es geht darin um fliegende Würmer, die die Weltherrschaft an sich reißen. Er hat wohl jahrelang daran geschrieben, jeden Morgen vor der Arbeit. Meine Mutter hat mir den Artikel aus der *Somerset News* geschickt. Da musste ich sofort an dich und deine Idee von damals denken.«

Ich runzele die Stirn. »Welche Idee?«

»Willst du mich auf den Arm nehmen? Na, das Buch, das du schreiben wolltest, als wir noch zur Schule gingen. Ständig hast du irgendwelche Zettel vollgekritzelt und in deinen Rucksack gestopft. Das war verdammt gut. Ich war sicher, das wird ein Bestseller, und eines Tages laden sie dich ein, in die Schule zurückzukommen und darüber zu reden.«

»Die ultimative Erfolgsstory. Die Rückkehr eines Ehemaligen auf die Bühne der Aula.«

»Genau.«

Joels Handy vibriert. Er schaut auf das Display und reißt die Augen auf. »Scheiße. Ich muss los. Die Aktien, in die ich investiert habe, fallen gerade in den Keller.« Kreidebleich springt er auf, trinkt schnell sein Pint leer. »Glückwunsch nochmals zur Beförderung«, sagt er, dann rennt er Richtung Ausgang. An der Tür dreht er sich noch einmal um, Handy ans Ohr geklemmt.

»Bei deiner Buchidee ging es um den ganzen Mist mit Erin!«, ruft er mir zu, bevor er verschwindet.

Ich brauche über eine Stunde nach Hause, und die ganze Fahrt über kann ich es kaum fassen, dass ich nicht schon viel früher an einen Umzug gedacht habe. Erst als Nathan mich gebeten hat auszuziehen, habe ich den Hintern hochgekriegt. Jetzt kann ich es gar nicht mehr abwarten, dort rauszukommen. Etwas Neues zu finden, näher am Zentrum.

Als ich in meinem Zimmer bin, durchsuche ich meine Schreibtischschubladen nach den Zetteln, von denen Joel gesprochen hat. Wie konnte ich meine Idee bloß vergessen? Nur dank ihr habe ich das letzte Schuljahr überstanden. Während dieser grauenhaften Zeit, in der mir Erin und Bonnie furchtbar fehlten und ich mich hasste für das, was ich getan hatte, notierte ich mir immer wieder Gedanken zu diesem Buch, das alles für mich verändern würde. Ich traf mich sogar manchmal nach der Schule in einem Café mit unserem allseits beliebten Englischlehrer Mr Carter, um mit ihm über meine Idee zu reden. Er hatte die Schule damals bereits verlassen, aber ich hielt weiter Kontakt zu ihm. Ich wollte meinen Traum nicht aufgeben, wie mein Vater es getan hatte, sondern dranbleiben. Und ich hatte mir fest vorgenommen, einen Bestseller zu schreiben. Eine Coming-of-Age-Geschichte über einen

Jungen, der sich in ein Mädchen verliebt, das ihn vor den Mobbern in der Schule rettet, nur um ihr und sich selbst dann das Herz zu brechen.

In einer der Schubladen stoße ich auf ein Buch und ziehe es heraus. Meine Ausgabe von *Das also ist mein Leben*. Allein der Anblick des Covers lässt einen ganzen Film von Erinnerungen in meinem Kopf ablaufen. Das war *unser* Buch. Meins und Erins, und später auch Bonnies. Ich blättere es durch, auf jeder Seite springen mir Sätze entgegen. Jeder einzelne Moment in diesem Buch war nachvollziehbar für mich. Für uns. Es fühlte sich an, als hätte jemand über unsere Freundschaft geschrieben. Ich lege es mir auf den Schoß und ziehe die Kiste heraus, die hinter dem Buch verborgen war. In ihr finde ich einen meiner Zettel.

Sein schlimmster Tag wird zu seinem schönsten, als er aufschaut und sie über sich stehen sieht, die Hand ihm entgegengestreckt.

Irgendwann handelte mein Traum nicht mehr davon, ein Buch zu schreiben, sondern es ging nur noch ums Geldverdienen. Ich wollte meinem künftigen Sohn die Demütigung, dass sein Vater in einer Domino's-Uniform endete, unbedingt ersparen. Und das gelang mir auch. Ich nahm einen Job im Geschenkeladen des Science Museum an, um währenddessen nach einer Arbeit zu suchen, auf die ich wirklich Lust hatte. Das Ganze endete damit, dass ich für das Museum Schulungen konzipierte und durchführte. Das Einzige, was mir daran Spaß machte, war das Storytelling. Ich erzählte zum Beispiel die Geschichte des Urknalls, aber so, dass die Kinder es verstehen konnten und Spaß daran hatten. Ich gab wirklich mein Bestes für diese Geschichten. Ich machte Überstunden, um dafür zu sorgen, dass die Präsentatoren die richtigen Stellen betonten. Dass sie wussten, wo sie die Kinder mit Komik zum Lachen bringen konnten. Nach einer der Urknall-Vorführungen kam Dorothy, die Geschäftsführerin von Big Impressions, mit ihrer Enkelin auf mich zu und bot mir sehr viel Geld, um mich abzuwerben.

Ich wollte auch andere Sachen machen. Anfangs wollte ich keinen Job, der mein Leben dominiert, und meldete mich deshalb bei dem Schreibkurs an. Wenn ich schon meine Seele an die Welt der Unternehmensschulungen verkaufte, wollte ich wenigstens nebenbei schreiben. Das war der Kurs, bei dem ich das Kapitel schrieb, das auf der Shortlist landete. Mein Tutor schlug mir ein Masterprogramm vor. Oder noch einen Kurs. Er machte mir richtig Dampf, und ich fing an, es mir ernsthaft zu überlegen. Dann machte Dorothy mich zum Senior Consultant. Ich verdiente mehr Geld, als ich je für möglich gehalten hätte. Und hatte bald keine Freizeit mehr.

Und nun habe ich die nächste Stufe auf der Karriereleiter erklommen und suche nach einer eigenen Wohnung. Und alle Träume, die ich früher hatte, scheinen weiter denn je in die Ferne gerückt zu sein. Ich muss mir die Gründe ins Gedächtnis rufen, warum ich trotzdem weitermache. Um Mum und Dad zu helfen. Um zu verhindern, dass ich als One-Hit-Wonder ende. Um meiner künftigen Familie, sollte ich jemals eine haben, finanzielle Stabilität zu bieten.

Ich nehme mein Handy und schicke Dad eine Nachricht.

JAMES: Alles okay?

Dad antwortet fast sofort, obwohl es schon spät ist.

DAD: Alles prima. Mum bewirbt sich auf Teilzeitstellen. Frome, sieh dich vor! Weißt du, wie ich dieses Tick-Tock-Gedöns runterladen kann? Anscheinend parodiert irgendein Typ mein Do-You-Know-Me-Video.

Er schickt ein GIF hinterher, das ihn höchstpersönlich beim Tanzen zeigt. Irgendwer hat es aus einem seiner *Top of the Pops*-Auftritte gebastelt. Hätte ich ihm doch nie beigebracht, sein Handy zu benutzen!

Ich öffne Facebook, in Gedanken wieder in der Oberstufe. Meine Gedanken wandern ständig dorthin, obwohl ich diese Zeit am liebsten vergessen würde. Als ich »m« tippe, kommt sofort der Vorschlag »Marky Backhouse«. Ich klicke ihn an. Er hat nun ein anderes Profilbild als vor sechs Monaten. In Filmen enden die Mobber immer als übergewichtige Kahlköpfe. Als Loser, was dem Opfer Genugtuung und das Gefühl verschafft, mit alldem abschließen zu können. Marky nicht. Er ist Immobilienmakler. Lebt in Dubai. Sein Profilbild zeigt ihn auf einem Jetski, Sixpack im Sonnenlicht, hinter sich eine Blondine, die ihm am Hals hängt.

Ich ziehe den Zettel zu mir und lese ihn noch einmal.

Sein schlimmster Tag wird zu seinem schönsten, als er aufschaut und sie über sich stehen sieht, die Hand ihm entgegengestreckt.

Ich kann die Geschichte schon vor mir sehen.

5 Erin

Seit ich letzten Monat meinen Job gekündigt habe, verbringe ich meine Zeit hauptsächlich damit, im Bett sitzend Erdnussbutter aus dem Glas zu löffeln und dabei nach Stellenanzeigen zu suchen. Zwischendurch war ich ein paar Mal am Bücherschrank, in der Hoffnung, dass mein Buch dort auftaucht. Anrufe von Mum, Georgia und vom Büro habe ich ignoriert. Beim letzten Anruf wurde keine Nachricht hinterlassen. Ich tippe auf Charlotte, Angriffsversuch aus dem Hinterhalt.

Cassie schickt mir jeden Tag Nachrichten, entweder um nach mir zu fragen oder um mir Infos zu schicken, die meine Stimmung heben sollen.

CASSIE: Grund Nr. 806, warum deine Kündigung eine gute Idee war: Charlotte hat den Montag gerade für alle zum Veggie Day erklärt. Sara musste ihr Steak-Sandwich in den Müll werfen.

CASSIE: Grund Nr. 1014, warum deine Kündigung eine gute Idee war: Bis auf eins sind alle Damenklos verstopft, und wir müssen aufs Herrenklo gehen. HORROR! Seither bin ich im Hungerstreik und trinke auch nichts mehr. Da kriegen mich keine zehn Pferde mehr rein.

CASSIE: Grund Nr. 22 314 806, warum deine Kündigung eine gute Idee war: Es ist Montag. MONTAG. Und ich muss arbeiten.

Ich wische ihre neueste Nachricht weg, gehe auf Instagram und lande irgendwie auf der Seite meines letzten Ex, Dylan. Nachdem ich mit dem Typ vom Sicherheitsdienst meines alten Wohnblocks Schluss gemacht hatte, war ich ein halbes Jahr mit Dylan zusammen, aber wir trennten uns einige Monate, bevor ich meinen Job kündigte. Er wollte ständig wissen, wo ich gewesen war und was in mir vorging, was irgendwann in wütenden Vorwürfen endete, ich sei »kalt« und »distanziert«. Ich sagte ihm, wenn er so empfände, verdiente er etwas Besseres als mich, und er stimmte zu, womit ich nicht gerechnet hatte.

Ehe ich michs versehe, falle ich ins Kaninchenloch, klicke auf Leute, die seine Fotos gelikt haben, und fantasiere herum, welche attraktive Blondine wohl seine neue Freundin ist. Bestimmt Isabella Gordon, denn sie hat die widerlichste Bio von allen. »Model. Entrepreneurin. Hundeliebhaberin. Wenn du *Before Sunset* nicht magst, lass mich in Ruhe.«

Als mein Handy wieder klingelt, gehe ich ran, ohne nachzudenken. Hauptsache, ich werde von der Tussi abgelenkt, die Dylan mir vorgezogen hat.

»Bist du schon aufgestanden?«, fragt Georgia. Ich springe sofort aus dem Bett.

Nach Mums Affäre und allem, was das auslöste, verkroch ich mich bei Dad zu Hause mit meiner Jogginghose in meinem Bett und wollte es wochenlang nicht mehr verlassen. Ich konnte nicht. Niemand schaffte es, mich zum Aufstehen zu bewegen, noch nicht einmal Bonnie oder Georgia.

»Ja, klar.«

»Und wann?«

»Was kann ich für dich tun?«

»Sag mir, dass du einen Plan hast.«

Ich lasse mich zurück aufs Bett fallen.

»Ich bin auf der Suche, aber die Jobs, für die ich qualifiziert bin, will ich nicht haben. Ich glaube, ich sollte den Beruf wechseln.«

Ich höre Georgias Absätze auf dem Asphalt klackern. Sie ist immer unterwegs, wenn sie mich anruft.

»Das wäre eine Möglichkeit, aber wo willst du anfangen? Arbeitsamt? Kleinanzeigen? Schaufensteraushänge?«

»Bei Letzterem. Ich wollte sowieso gerade spazieren gehen.« Ich schaue auf mein T-Shirt und meine Jogginghose hinunter. In den Sachen habe ich geschlafen. »Ich suche mir was zum Überbrücken, bis ich weiß, was ich machen will.«

»Der Pub bei mir nebenan sucht eine Küchenhilfe. Dringend. Den Aushang haben sie mit der Hand geschrieben und ans Fenster geklebt. Sie scheinen so verzweifelt zu sein, dass sie sogar dich nehmen würden.«

»Na bitte, klingt doch super.«

Georgia seufzt. Bestimmt kneift sie gerade die Augen zu und unterdrückt den Impuls, mich anzuschreien. Das macht sie schon, seit ich denken kann.

»Ich möchte doch nur, dass du glücklich bist.« Ihre Stimme bricht weg, als sie das sagt.

Ich starre verblüfft auf mein Handy.

»Weinst du?«

»Das geht jetzt schon viel zu lange so, Erin.« Sie weint tatsächlich. »Ich kann dir nicht helfen, wenn du dir nicht selbst hilfst, also bitte versuch es wenigstens. Ich muss jetzt los.«

Bevor ich etwas erwidern kann, hat sie aufgelegt, und Isabella Gordons Nacktmodell-Aufnahme erscheint wieder auf meinem Display. Diese selbstgefällige Bitch.

Eine Stunde später schicke ich Georgia ein Foto von einem Schaufenster, an dem ich gerade vorbeigekommen bin. Das Nähstudio in East Dulwich sucht eine Verkäuferin. Keine Erfahrung nötig.

Direkt im Laden bewerben. Durch die Scheibe sehe ich viele schöne Stoffe und bunte Garnspulen.

Deine Jogginghose spiegelt sich im Fenster,

antwortet Georgia nur.

Ich laufe zum gegenüberliegenden Café und bestelle mir einen Kaffee. Ich könnte mich für diesen Job bewerben. Mit meinem Fashion-Hintergrund würde ich ihn vielleicht sogar bekommen. Aber wie soll es dann weitergehen? Meine Gedanken wandern zu Bonnies Postkarte. Die mich daran erinnern soll, meinen Traum zu leben. Und glücklich zu sein. Georgia hat es mir vorhin ja auch gesagt.

So weit bin ich nicht. Noch nicht. Ich verstoße gegen alles, was ich Bonnie versprochen habe, aber nicht, weil ich sie im Stich lassen will. Sie sollte noch am Leben sein, aber sie ist tot, und jeder Tag ohne sie erscheint mir nicht lebenswert. Sie hatte so viel vor, aber sie kam nicht mehr dazu, es zu verwirklichen. Sie wusste genau, was sie beruflich erreichen wollte. Wo sie leben wollte. Welche Klamotten sie tragen wollte. Sie kannte ihre Grenzen. Wusste, wann der richtige Moment war, zu jemandem auf Distanz zu gehen oder Nein zu sagen. Sie respektierte sich und stand für ihre Überzeugungen ein. Ich habe in letzter Zeit nur eine einzige und noch dazu impulsive Entscheidung getroffen. Ich habe nicht die Spur eines Plans. Keine Ahnung, welche Richtung ich einschlagen soll. Warum bin ich diejenige, die noch am Leben ist?

Bonnie würde mich dafür zurechtweisen. Sie wollte nicht, dass ich so denke. Wenn sie die Verantwortung für mein Leben hätte, würde sie jetzt den Arm um mich legen, sodass ich ihren bunt leuchtenden Jackenärmel sehen könnte, und mit mir in diesen Laden marschieren. Sie würde sagen: »Meine Freundin hier ist die beste Kandidatin für diesen Job! Am besten stellen Sie sie sofort ein. Alles andere wäre, um es mit den Worten von Julia Roberts in *Pretty Woman* auszudrücken, ein blöder Fehler. Blöd! Idiotisch!«

Mein Leben wäre so viel einfacher, wenn Bonnie dafür die Verantwortung trüge. Sie hatte vor nichts Angst. Schämte sich nicht dafür, wer sie war oder woran sie glaubte. Niemals hätte sie einer Frau wie Charlotte auch nur einen Tag lang erlaubt, sie herumzukommandieren, geschweige denn sieben Jahre lang. Sobald es ihr keinen Spaß mehr gemacht hätte, wäre sie gegangen und hätte allen klargemacht, wem das zuzuschreiben wäre. Dass ich gekündigt habe, war eigentlich typisch Bonnie, und es hat sich gut angefühlt, auch wenn ich mich jetzt in Selbstmitleid suhle. Es hat sich richtig angefühlt. Wenn ich anfange, mein Leben so zu leben, wie Bonnie es täte, kann ich vielleicht etwas daraus machen.

Ich wippe mit dem Fuß und starre auf die gläserne Zuckerwürfeldose vor mir auf dem Tisch. Angesichts meiner aktuellen Lage ist die Idee gar nicht so übel. Erin würde nie in diesen Laden gehen und sich um diesen Job bewerben, aber Bonnie wäre schon längst drin. Sie hat stets im Hier und Jetzt gelebt und sich das genommen, was sie wollte.

Ich trinke meinen Kaffee aus, stehe auf, überquere die Straße und betrete das Nähstudio.

»Ich würde mich gern um die Stelle bewerben«, sage ich zu der Frau hinter der Theke. Sie freut sich sichtlich.

Bonnies Wortwahl will ich allerdings nicht übernehmen, das geht mir zu weit. So etwas könnte ich ja nur über jemand anderen sagen.

Lächelnd verlasse ich den Laden, ein Bewerbungsformular in der Hand. Meine erste offizielle Bonnie-Tat ist vollbracht, und mein Herz hämmert vor Aufregung. Es fühlt sich an, als lebte ich ihr Leben anstatt meins, und das erscheint mir wesentlich besser.

Auf dem Weg nach Hause mache ich einen Abstecher zum Bücherschrank.

Das ist die einzige Fitnessübung, zu der ich mich aufraffen kann. Jeden Tag laufe ich hierher, manchmal sogar zwei oder drei Mal, nur für alle Fälle. Das Buch war bisher nicht dort. Tief in meinem Herzen weiß ich, dass ich es wohl für immer verloren habe, aber Bonnie würde niemals aufgeben, also kann ich es auch nicht.

Als ich dort ankomme, fällt mein Blick auf die Gedenktafel für Eileen. Die Messingtafel hängt unter der Dachschräge, zwischen handgeschriebenen Schildern, auf denen »Eins mitnehmen, eins dalassen« und »Hier sind alle willkommen« steht. Ich starre auf die Tafel, weil ich mich noch nicht dazu durchringen kann, in den Schrank hineinzuschauen. Solange ich nicht hineinschaue, kann ich mich an den winzigen Funken Hoffnung klammern, mein Buch dort zu finden. Die Widmung für Eileen habe ich zuvor nie beachtet. Dort steht in kleiner Schrift: *Ihr Leben – und ihre Sprache – waren so bunt wie dieser Bücherschrank.*

Ich schaue auf meine Klamotten hinunter. Graue Jogginghose und fleckiges weißes T-Shirt. Die Sachen trage ich, seit ich letzten Montag zum ersten Mal ohne Job aufgewacht bin. Jetzt verstehe ich Callum. Das Leben ist viel einfacher, wenn einem die tägliche Entscheidung, was man anziehen soll, erspart bleibt. Aber ich schäme mich und fühle mich schuldig. Denn mein Leben ist nicht bunt, sondern grau.

Das sandpapierartige Dach des Bücherschranks wölbt sich an einigen Stellen. Die hellgelbe Farbe hat mehreren Wintern getrotzt, doch nun beginnt sie abzublättern. Ob das Eileens letzte Worte auf dem Sterbebett waren, Lockenwickler im lila getönten Haar, umgeben von Literatur und Liebe? *Baut mir einen bunten Bücherschrank …*

Als ich durch die Scheibe sehe, landet mein Blick auf einem Buchrücken, und mein Herz macht einen Riesensprung. Der Buchrücken ist schwarz-weiß und steht genau in der Mitte, als hätte er nur auf mich gewartet.

Ich reiße die Tür auf und greife mit zitternden Händen nach dem Buch. *Wer die Nachtigall stört.* Meine Schulausgabe mit den gelben Seiten, die ersten paar mit Tesafilm festgeklebt, weil sie sich durch mein emsiges Blättern gelöst hatten. Die Rückseite des Titelblatts ist mit meinen handschriftlichen Notizen übersät, Themen und Figuren mit dazugehörigen Seitenangaben, das Buch mit selbst gebastelten Klebestreifen bestückt, zur Markierung der wichtigsten Stellen. Ich wage kaum zu hoffen, dass Bonnies Karte noch in dem Buch steckt, aber ich blättere es trotzdem durch – und dann steigen mir Tränen in die Augen, denn dort steckt sie, mitten im Buch, zwischen all den Seiten, die ich damals in der Schule mit Notizen vollgekritzelt habe.

Danke, danke, danke.

Wenn mich jetzt jemand sehen könnte, würde er sich bestimmt fragen, was los ist. Eine Frau in schäbigen Klamotten sinkt am öffentlichen Bücherschrank auf die Knie, eine Postkarte an die Brust gedrückt, und heult hemmungslos. Aber das ist mir egal. Sie ist zu mir zurückgekehrt. Bonnie ist wieder bei mir.

Als ich mir über die Augen wische und die Buchseiten betrachte, zwischen denen die Karte gelegen hat, bemerke ich unter meinem schwarzen Gekritzel ein paar Worte in roter Schrift. Die Zeile, in der steht, dass es Sünde ist, auf eine Nachtigall zu schießen, hatte ich unterstrichen und daneben mit schwarzem Kugelschreiber geschrieben: *Die Schwachen schützen – aus diesem Grund will Atticus Tom verteidigen.*

Darunter hat jemand in ordentlichen Druckbuchstaben geschrieben: *Welche Tat ist schlimmer – ein Buch vollzukritzeln oder eine Nachtigall zu erschießen?*

Ich erstarre, lasse den Blick mehrmals über beide Sätze gleiten. Es kommt mir fast vor, als wollte die Person sich über mich lustig machen oder mich zurechtweisen. So ein Quatsch. Ich muss lachen.

Als ich weiterblättere, muss ich schlucken. Denn überall entdecke ich diese rote Schrift zwischen meinen schwarzen Notizen, die nur für mich gedacht waren. Ich bin zutiefst dankbar dafür, dass jemand mein Buch zusammen mit der Postkarte zurückgebracht hat, und deswegen kann ich dieser Person auch nicht böse sein, aber ich fühle mich bloßgestellt. Neben eine Zeile, die von Atticus handelt, hatte ich damals *Absoluter Traummann* geschrieben, um mich an den Moment zu erinnern, als ich mich in ihn verknallte. Die unbekannte Person hat meine Notiz offenbar gelesen, denn sie hat Folgendes daruntergeschrieben:

> *Wir sind uns einig, dass Atticus die beste Vaterfigur ist, die es in einem Roman je gegeben hat, oder? Sollte ich jemals Vater werden, nehme ich ihn mir zum Vorbild.*

Aha. Die unbekannte Person ist also ein Mann. Mystery Man.

Er stellt meine Notizen infrage. Lacht über meine Beobachtungen, kommentiert sie mit einem LOL – *stimmt!* oder einem *Ha! Das gefällt mir*. Weiter hinten schreibt er Folgendes:

> *Erst durch deinen Kommentar ist mir klar geworden, wie stark diese Zeile über Mut ist.*
> *Hat mich total inspiriert. Danke.*

Als ich das lese, werde ich rot. Zum ersten Mal seit Tagen kann ich wieder einen Erfolg vermelden, konnte jemandem etwas über dieses Buch beibringen, das mir so am Herzen liegt. Doch er hat das Gleiche getan. Seine Anmerkung *Ist das traurig oder irgendwie auch schön?* kurz vor Schluss lässt mich diese Stelle aus einer ganz neuen – und auch positiveren – Perspektive sehen.

Kopfschüttelnd schlage ich die letzte Seite auf, um Bonnies Postkarte zurückzulegen. Unter dem Wort »Ende« steht: *Treffen wir uns in Große Erwartungen?*

Irgendwo hinter mir kreischt ein Kind, das auf einem Tretroller durch den Tunnel saust. Ich lese den Satz noch einmal und muss grinsen. Bedeutet er, was ich vermute? Ich fange an, die Regale nach *Große Erwartungen* abzusuchen. Könnte ich recht haben? Hat er das Buch dagelassen? Keine Ahnung, wer dieser Mann ist, aber jetzt bin ich neugierig. Er hat mich zum ersten Mal in dieser Woche und seit langer Zeit zum Lachen gebracht. Und wenn ich *Große Erwartungen* noch einmal aus seiner Sicht lese, wäre das vielleicht so, als läse ich es zum ersten Mal.

Mein Blick landet auf einem cremefarbenen Buchrücken mit dem Wort »DICKENS« in Großbuchstaben. Da ist das Buch, es wartet auf mich wie ein Geschenk zu meinem Geburtstag. Ich ziehe es heraus und schlage wahllos eine Seite auf. Da ist eine rot umkreiste Zeile, in der steht, das Leben sei aus lauter zusammengeschweißten Trennungen gemacht. Das muss ein Zeichen sein. Wer auch immer dieser Mann ist, er versteht genau, an welcher Stelle meines Lebens ich mich gerade befinde. Ich trauere über die Trennungen und fürchte mich vor der Zukunft. Der Raum daneben scheint nur darauf zu warten, dass ich eine Antwort schreibe.

»Danke, Eileen«, flüstere ich dem Bücherschrank zu, als ich beschließe, den Dickens mitzunehmen. »Ich werde bunt für dich, versprochen.«

Mir kommt spontan der Einfall, ein neues Dach für den Bücherschrank zu organisieren. Ihn anzustreichen. Mich bei ihm dafür zu revanchieren, was er mir eben zurückgegeben hat.

Ich erhebe mich und mache mich auf den Weg, und dabei habe ich das Gefühl, als nähme ich einen eigensinnigen, doch zugleich einfühlsamen neuen Freund mit. Eine Trennung, zusammengeschweißt durch die beiden Bücher in meinen Händen.

6 James

Vor einem Haus am Rande vom Ruskin Park, nur einen Katzensprung von Brixton entfernt, treffe ich mich mit einem Immobilienmakler. Es ist das achte Appartement, das ich mir anschaue, und ich habe noch nicht einmal ein Foto davon gesehen. Angeblich »ist die Nachfrage so hoch, dass wir uns das sparen können«.

Der Typ, der mit seinem Babyface und seinem geschwätzigen Enthusiasmus noch wie ein Schüler wirkt, führt mich durchs Treppenhaus in den dritten Stock und öffnet die Tür zu einer Wohnung, die zur Abwechslung mal frisch gestrichen ist und eine anständige Größe hat. Die Küche ist offen und geht ins Wohnzimmer über, daneben befindet sich das Bad, doch das Schlafzimmer gibt schließlich den Ausschlag für mich.

Am Fenster steht ein Schreibtisch mit Blick auf den Park. Mir geht das Herz auf. Ein Anblick voller Hoffnung, wenn man das Gary-Lineker-Buch außer Acht lässt, das auf dem Tisch liegt.

Die Einrichtung sieht neu aus, es riecht nicht nach Schimmel, und die Aussicht ist top. Die Wohnung verströmt Optimismus. Sie wäre der perfekte Ort für einen Neuanfang.

»Was muss ich tun, um sie zu bekommen?«, frage ich, und der Makler strahlt mich an.

»Wenn Sie mir die Kaution sofort überweisen, gehört sie Ihnen.«

Ein Babyface, aber knallhart. Er erinnert mich an Joel, der sofort nach dem Schulabschluss eine Stelle in der City antrat, als wäre es das Natürlichste der Welt für ihn.

Ich schüttele dem Makler die Hand und folge dann meinem Stadtplan zurück nach Brixton. Ich kann kaum fassen, dass dies in einer Woche meine neue Pendelstrecke sein wird. Die Karte führt mich eine Straße auf der gegenüberliegenden Seite des Parks hinunter, an Kartons mit Spielzeug vorbei, die jemand »zum Mitnehmen« auf den Bürgersteig gestellt hat. Eine Katze beäugt mich misstrauisch, als ich etwas zu nah an der Mauer vorbeigehe, auf der sie sitzt. Als ich auf eine Brücke zulaufe, fällt mein Blick auf einen öffentlichen Bücherschrank zu meiner Linken. Der einzige Farbtupfer in einer ansonsten düsteren Londoner Gegend, umgeben von Müll. Er steht an einem Blumenbeet, auf dem sämtliche leere Chipstüten Londons zu landen scheinen. Ich habe solche Bücherschränke schon gesehen. Gute Gelegenheit, mir den in meiner neuen Nachbarschaft mal anzusehen. Er hat eine Gedenktafel und ist einer gewissen Eileen gewidmet.

Die Auswahl ist ziemlich gut. Wäre es ein Laden, würde ich ein paar Bücher kaufen. Aber hier käme es mir schäbig vor, gleich mehrere mitzunehmen. Als ich mir die Rückseite eines Buchs durchlese, das letztes Jahr total angesagt war – es handelt vom Ende der Welt –, taucht hinter mir jemand auf.

»Wollte das nur eben zurückbringen«, sagt eine Frau um die fünfzig und schiebt das Buch direkt vor meiner Nase in das Regal, bevor sie davonspaziert.

Wer die Nachtigall stört. Ich ziehe es heraus und drehe es herum. Das Buch ist völlig hinüber. Wenn ich noch zu der Ex-Freundin Kontakt hätte, die sich immer über meinen schlechten Umgang mit Büchern aufregte, würde ich ihr ein Foto schicken. Eingeklebte Seiten. Stellen mit Textmarker. Neonfarbene oder unterstrichene Sätze. Allein vom Anblick bekomme ich Herzrasen. All das habe ich früher auch gemacht. Ich lebte für den Literaturunterricht. Er war der Hauptgrund, warum ich überhaupt noch zur Schule ging, obwohl ich ja wusste, dass die Mobber dort auf mich warten. Unser Lehrer, Mr Carter, war so gut, dass man gar nicht anders konnte, als sich in die Bücher, die er uns zu lesen gab, zu verlieben. Er schaffte es, eine Faszination für Worte und deren Bedeutung in mir zu erzeugen. Kaum betrat ich seinen Unterrichtsraum, wurde ich in eine andere Welt versetzt. Als Mr Carter uns kurz vor Ende des zehnten Schuljahrs verließ, war ich völlig fertig. Es erschien mir undenkbar, mich auch ohne ihn weiter für dieses Fach zu begeistern. Aus diesem Grund kam mir damals nach den Ferien die von Joel erwähnte Buchidee, damit diese Begeisterung lebendig blieb. Seit ich einige von meinen alten Zetteln wiederentdeckt habe, geht mir die Idee nicht mehr aus dem Kopf – und jetzt, wo ich Harper Lees Meisterwerk in den Händen halte, fällt mir alles wieder ein. Wie sehr ich meinen Teenager-Herzschmerz in Kreativität umwandeln wollte. Schon damals begriff ich, dass es mein Leben verändern würde, so verletzt zu haben und verletzt worden zu sein. Ich wollte mich an alles erinnern, um meine Geschichte mit anderen teilen zu können.

Ich schlage das Buch auf, überfliege die Randnotizen. Sie sind erhellend, zum Teil berührend. Fast scheint es, als sei die Frau hinter mir nur vorbeigekommen, um mir mit diesem Geschenk zu zeigen, worin die Kunst des guten Schreibens besteht.

»Entschuldigen Sie!«, rufe ich ihr hinterher, und sie dreht sich um und schaut mich an. »Wäre es in Ordnung für Sie, wenn ich das hier mitnehme?«

»Das gehört mir gar nicht«, sagt sie. »Ich hab's hier gefunden und mitgenommen, aber die vielen Kommentare darin lenken mich nur vom Lesen ab.«

Sie geht weg, und ich wende meine Aufmerksamkeit wieder dem Buch zu, blättere zur ersten Seite, auf deren Rückseite die nützlichen Zitate notiert sind, mit der Seitenzahl daneben. Das muss ein Zeichen sein. Mir fehlt zwar gerade die Zeit, selbst kreativ zu werden oder nach der Arbeit an Kursen teilzunehmen, aber das bekomme ich sicher hin. Lesen, was ein anderer Mensch entdeckt hat. Von den Großen lernen. Den Klassikern.

Eine Postkarte fällt heraus, auf den Boden. Ich hebe sie auf und lese: *Vergiss nicht, all deine Träume wahr werden zu lassen!* Ich zucke unwillkürlich zusammen. Ausgerechnet dieser Spruch. Lächelnd drehe ich die Karte um und erblicke Pu den Bären und das Ferkel. Vorsichtig lege ich die Karte in das Buch zurück.

»Mach's gut, Eileen«, sage ich zu dem Bücherschrank und klopfe auf das verwitterte Dach, bevor ich mich mit meinem neuen Buch Richtung U-Bahn aufmache.

Ich bin so in das Buch vertieft, dass ich viel länger als sonst wach bleibe. Der Kommentar über die Tiefe der Figuren von Harper Lee und die klare Trennung von Gut und Böse gefällt mir, doch was mich weiterlesen lässt, sind die persönlicheren Anmerkungen. Nach etwa der Hälfte weiß ich, dass sie von einer Frau stammen. Sie bezeichnet Atticus als »Traummann« und schreibt, dass sie ihren Namen zu »Scout« ändern will. Ihre Randnotizen zeigen so viel Persönlichkeit, dass es mir nach einer Weile nicht mehr reicht, sie nur zu lesen. Ich suche mir einen Stift in einer anderen Farbe und fange nur zum Spaß an, etwas zu erwidern.

Bisschen heftig! Ich brauch jetzt erst mal 'nen Tee,

schreibt sie an einer Stelle.

Nette Methode, den Schmerz zu vermeiden, den ein gutes Buch auslöst,

erwidere ich.

Du scheinst eine Vermeidungsleserin zu sein. Schmeckt der Tee besser, wenn Tränen drin sind?

Kein anderes Buch, das je geschrieben wurde, hat dermaßen gute Namen für die Figuren. Atticus! Jem! Scout! Finch! Da können alle anderen EINPACKEN!

Ich lache und schreibe in Rot darunter:

Findest du wirklich, dass wegen der Namen niemand mehr Bücher schreiben sollte? Dann hättest du aber so manche Granate verpasst. Zum Beispiel … Jack Reacher.

Irgendwie fühlt es sich an, als würde ich nicht bloß auf ihre Randbemerkungen reagieren, sondern mit einer Seelenverwandten reden. Einer Seelenverwandten, mit der ich zwar nicht immer einer Meinung bin – sie nimmt die Figuren ziemlich auseinander –, aber mit der ich über Literatur diskutieren kann. Mir war gar nicht klar, wie sehr ich das vermisse. Früher habe ich es mit Elliot versucht, aber er schaut sich lieber Verfilmungen an, statt das Buch zu lesen. Und Joel hört mir zwar zu, wenn ich über Literatur rede, aber eigentlich interessiert es ihn nicht. Er tut nur so, mir zuliebe. Bei der Kritzelqueen dagegen habe ich das Gefühl, wir könnten stundenlang reden.

Als ich am nächsten Morgen im Zug zur Arbeit sitze, öffne ich die Notizen-App auf meinem Handy, und ohne groß nachzudenken, beginne ich zu tippen. Keine Fortsetzung meines Kapitels, das damals auf die Shortlist kam. Sondern meine Geschichte aus der Oberstufe. Die, die ich immer schreiben wollte. Ich ziehe das jetzt durch.

Es soll eine Mischung aus allem werden, woran Joel mich erinnert hat, und allem, was seit damals passiert ist. Es gibt Leute in meinem Leben, bei denen ich mich entschuldigen muss, und irgendwie fühlt es sich so an, als würde ich nun damit anfangen. Es ist kein Brief, aber nah dran. Als ich aufschaue, habe ich meine

Haltestelle Highbury & Islington verpasst, bin sogar schon zwei Stationen zu weit. Zum ersten Mal überhaupt habe ich nicht auf die Strecke geachtet.

Schließlich komme ich im Büro an und finde jede Menge Mails in meinem Posteingang vor. Unwillkürlich denke ich an einen Kommentar der Kritzelqueen in *Wer die Nachtigall stört:* Atticus sei vor allem deshalb sexy, weil er seine Überzeugungen über Geld stellt. Er übernimmt den Fall, obwohl ihm klar ist, dass er ihn verlieren wird, weil es moralisch richtig ist, so zu handeln. Wenn meine Arbeit mir wirklich wichtig wäre, würde ich bestimmt auch so handeln. Dann würde ich mich bestimmt auch jedes Mal dafür entscheiden, das Geld sausen zu lassen und stattdessen das Richtige zu tun.

In der Mittagspause gehe ich zum Buchladen in die Klassiker-Abteilung und lasse den Blick über die Buchrücken wandern. Ob die Kritzelqueen manchmal auch hierherkommt? Könnte ich mich vielleicht auf irgendeine Art bei ihr dafür revanchieren, dass sie mir auf die Sprünge geholfen hat?

Große Erwartungen. Damals stimmten wir in der Klasse darüber ab, welches Buch wir lesen wollten. Wir konnten zwischen Dickens und *Emma* von Jane Austen wählen. Da die Mädchen in der Mehrzahl waren, fiel die Wahl auf *Emma.* Ich nahm mir damals vor, Dickens trotzdem zu lesen. Mr Carter schwärmte immer von ihm. Davon, wie gut er Geschichten erzählen konnte.

Ich ziehe das Buch heraus, schlage eine beliebige Seite auf. Keine Ahnung, ob ich solche Randnotizen wie die Kritzelqueen hinbekomme, aber einen Versuch ist es wert. Ein Satz sticht mir sofort ins Auge: »Das Leben ist aus lauter zusammengeschweißten Trennungen gemacht.« Meine Gedanken wandern zu Elliot und Mum und Dad, sogar zu Helena. Und dann landen sie bei der Person, die mir am meisten fehlt. Was ich nie gedacht hätte. Denn in den letzten Monaten ihres Lebens geschah etwas, was wir beide nie für möglich gehalten hatten: Sie wurde meine beste Freundin. Das größte Geheimnis, das ich je bewahren musste, denn würde Erin davon erfahren, wäre sie am Boden zerstört. Ich würde alles dafür geben, wenn diese Trennung sich noch einmal zusammenschweißen ließe – weil das hieße, dass diese Person noch da wäre. Und dass ich sie noch einmal sehen könnte. Meine Gedanken landen bei Bonnie.

7 Erin

Das Büro hat sich nicht mehr gemeldet, aber mein letztes Monatsgehalt ist inzwischen auf meinem Konto eingetrudelt. Die Lohnsteuerbescheinigung der Personalabteilung kam per E-Mail im November. Charlotte hat kapituliert, und ich weiß nicht, ob ich stolz darauf oder eher enttäuscht sein soll.

»Stolz natürlich«, sagt Bonnie eines Abends, während sie ihre türkis lackierten Fingernägel betrachtet. Sie trägt eine schwarze Bob-Perücke. »Sie bewundert dich insgeheim, sonst hättest du dein Geld nicht bekommen.«

»Hm. Ich hab tatsächlich das volle Monatsgehalt bekommen, obwohl ich ja längst weg war.«

»Da siehst du's!« Sie grinst mich an, der Stolz steht ihr ins Gesicht geschrieben, und wie immer beim Anblick ihres Lächelns geht mir das Herz auf. »Du hast deine Horrorchefin abserviert, und deine Schwester kann dich jetzt auch nicht mehr nerven, weil du dir was Neues geangelt hast. War mir natürlich klar, dass du den Job kriegen würdest.«

»Ich weiß. Deshalb habe ich mich ja beworben«, sage ich und nehme einen Schluck Wein.

»Braves Mädchen. Was hat Cassie dazu gesagt?« Bonnie zieht die Braue hoch.

Ihre Brauen sahen immer perfekt gezupft aus, bis zu dem Tag, als sie ausfielen. An dem Abend, als wir in den Pub gingen und sie mir die Karte gab, waren sie wieder da, perfekt von Hand aufgemalt.

»Ich hab's ihr nicht erzählt«, sage ich. »Hauptsache, du weißt Bescheid.«

Bonnie lehnt sich im Sessel zurück und verschränkt die Arme.

»Du solltest es ihr sagen. Lad sie auf einen Drink ein.«

»Wir hatten außerhalb der Arbeit eigentlich kaum Kontakt.« Ich nehme einen Pullover von meinem Bett und falte ihn ordentlich, bevor ich ihn in den Schrank lege.

»Das lässt sich doch ändern.«

Ich zucke die Schultern. »Mag sein, aber …« Ich suche nach den richtigen Worten, um Bonnie etwas zu gestehen, das mich schon eine Weile beschäftigt. So lange wie jetzt war ich noch nie ohne einen Freund, und das macht mir ziemlich zu schaffen. »Vielleicht melde ich mich wieder bei Dylan. Seit wir Schluss gemacht haben, hatte ich kein Date mehr, und …«

Bonnie schüttelt energisch den Kopf.

»Du langweilst dich nur.«

Ich nehme noch einen Schluck Wein. »Ich glaube, ich bin einsam.«

In dem Moment, als ich es ausspreche, wird mir bewusst, dass es stimmt. So fühle ich mich immer, wenn ich niemanden in meinem Leben habe – und wenn ich dann jemanden habe, gerate ich ständig in Panik. So war es auch bei Dylan: *Wer hat ihm gerade eine Nachricht geschickt? Warum antwortet er nicht? Ist er zu spät dran, oder kommt er womöglich gar nicht?*

Callum taucht an meiner Tür auf, als könne er meine Gedanken lesen. Er war heute arbeiten, statt des roten Trainingsanzugs trägt er eine dunkelblaue Jeans, ein T-Shirt mit der Aufschrift *Es gibt keine Ozeane – schon die Größe ist absurd* und eine Beanie. Ein silbernes Schlangenkettenarmband schmiegt sich um sein Handgelenk, und seine Augen sind leicht glasig, als hätte er sich nach Feierabend ein paar Bier reingezogen.

Er ist länger nicht mehr an meiner Tür gewesen. Nicht seit dem

Abend nach Bonnies Gedenkfeier. Ich hatte schon gedacht, er datet jemanden, und mich leicht panisch gefragt, was dann aus mir und unserer kleinen Abmachung werden würde.

Er verschwendet keine Zeit mit Small Talk und schiebt auch keinen anderen Grund vor, warum er kurz vor Mitternacht bei mir hereinschneit.

»Ich hab gesehen, dass bei dir noch Licht brennt«, sagt er, und ich stelle mein Weinglas auf den Nachttisch – das reicht ihm als Antwort.

Er packt mich an der Hüfte, zieht mich zu sich heran. Der Geruch des Abends haftet an ihm. Ein paar Pints Lager, gefolgt von etwas Stärkerem. Ein Whiskey, vielleicht zwei.

»Auf dem Heimweg hatte ich nur das im Kopf«, sagt er und küsst mich fordernd.

Ich ziehe ihm die Beanie vom Kopf. Seine Lippen wandern meinen Nacken hinunter, seine Hände unter mein T-Shirt.

Als er feststellt, dass ich keinen BH trage, stöhnt er und beißt mich sanft in die Haut am Schlüsselbein.

Er will nicht wissen, wo ich gewesen bin oder was in mir vorgeht, so wie Dylan es immer tat. Das alles interessiert ihn nicht. Er will nur diesen Moment mit mir, und das ist ein Wunsch, den ich erfüllen kann.

Ich schaue rasch zu Bonnies Sessel hinüber, um mich zu vergewissern, dass sie weg ist. Dann ziehe ich Callum aufs Bett.

Als er am nächsten Morgen zur Arbeit geht, habe ich noch drei Stunden, bis meine Probeschicht im Nähstudio beginnt. Die Frau, mit der ich dort gesprochen habe, hat mich angerufen und mir einen bezahlten Nachmittag angeboten. Jede Faser meines Körpers wollte Nein sagen, aber Bonnie hätte Ja gesagt, also habe ich eingewilligt. Ich recke den Arm nach oben und fische *Große Erwartungen* vom Regal. Ich versuche, mir beim Lesen Zeit zu lassen, weil es sonst kaum etwas gibt, das ich genießen kann. Mystery Man ist mit seinen Randnotizen etwas sparsamer als ich. Zu manchen Kapiteln hat er gar nichts geschrieben. Umso gieriger stürze ich mich auf das, was ich von ihm entdecken kann. Es sind nicht bloß Kommentare, es sind Einblicke in sein Leben, und irgendwie habe ich das Gefühl, davon profitieren zu können.

Ein Zitat hat er markiert: »Das gebrochene Herz. Du glaubst, du stirbst, aber du lebst einfach weiter, einen schrecklichen Tag nach dem anderen.« Darunter hat er geschrieben:

Sehe ich genauso, Dickens! Aber ich würde gern hinzufügen, dass es mit der Zeit besser wird. Wie wäre es an dieser Stelle mit einem Funken Hoffnung, für diejenigen, die optimistisch sind?

Zuerst muss ich laut lachen, aber dann bringen mich seine Worte zum Nachdenken. Hoffentlich hat Mystery Man recht, denn bisher fühlt sich jeder Tag ohne Bonnie schrecklich an.

Weiter unten, neben eine Zeile dazu, wie Pip von seiner Schwester gewaschen wird, hat er geschrieben:

Liebe kann manchmal ganz schön ruppig sein. Sollte ich mich jemals über meine Mutter beschweren, erinnere mich bitte daran, dass sie mich zumindest nie brutal abgeschrubbt hat.

Prompt denke ich an meine eigene Mum, die mich nach dem Baden immer aus der Wanne hob, in ein Handtuch wickelte und mit mir herumalberte – eine meiner liebsten Erinnerungen. Plötzlich bekomme ich ein schlechtes Gewissen. Seit meiner Rückkehr nach London habe ich all ihre Anrufe ignoriert. Wenn ich bei ihr bin, packt mich ein Gefühl von Machtlosigkeit. Als würde die Gleichgültigkeit, die ich empfinde, wenn Mum weit weg ist, verschwinden und ich wieder zu dem Kind werden, das sie liebte. Das dachte, sie wäre der liebste Mensch auf der Welt.

Ich lese das Buch gar nicht mehr richtig, blättere es nur durch auf der Suche nach weiteren Kommentaren. Auf einer Seite hat er ein Zitat unterstrichen, und den Rand daneben vollgeschrieben. Das Zitat lautet: »Haltet inne, Ihr, die Ihr dieses leset, und denkt einen Augenblick an die lange Kette von Eisen oder Gold, von Dornen oder Blumen, die Euch nie gefesselt haben würde, wäre nicht an jenem denkwürdigen Tage ihr erstes Glied gebildet worden.«

Dein Buch im Bücherschrank zu finden, war das erste Glied für mich. Auf dem Rand hier ist kaum genug Platz, um zu erklären, wie wichtig das für mich war. Das hat eine Flamme in mir entzündet. Mich daran erinnert, wer ich bin. Mich aufge… – verdammt, der Rand ist zu schmal! – …weckt. Ich weiß nicht, wer du bist, aber danke. Danke, liebe Unbekannte, dass du dieses Glied bist, das ich so dringend brauchte. Dieser Moment wird für mich genauso unvergesslich bleiben wie du.

Ich lese die Worte wieder und wieder, bis sie vor meinen Augen verschwimmen. Hätte ich das Buch nicht aus Versehen in den Bücherschrank gestellt, wäre das nie passiert. Aus irgendeinem Grund wollte das Schicksal es so.

Jetzt kommt der Teil des Buchs, an den ich mich immer am besten erinnere. Pip kehrt zu Miss Havishams Anwesen zurück und erfährt, dass seine Jugendliebe Estella einen anderen heiraten soll. Sie sagt ihm, er solle sich keine Sorgen machen. Dass er sie in einer Woche schon vergessen haben werde. »Vergessen! Sie sind ein Teil meines Daseins, ein Teil meines Selbst. Ich habe Sie in jeder Zeile gefunden, die ich je gelesen habe«, erwidert er und fährt mit einer Rede fort, die in meinen Augen auf den Punkt bringt, wie furchtbar Liebe ist. Dass Liebe bedeutet, jemanden aufzusaugen. Mystery Man hat den Ausschnitt eingerahmt, und daneben hat er nur drei Worte geschrieben: *Ach du Scheiße!* Ich muss lachen, denn treffender hätte er es nicht ausdrücken können. Denkt er das Gleiche wie ich? Dass allein die Vorstellung, von jemandem so besessen zu sein, Grund genug ist, der Liebe aus dem Weg zu gehen?

Ich weiß schon, welches Buch ich ihm als Nächstes geben werde. Mal sehen, wie er reagiert, wenn er liest, was Catherine über Heathcliff sagt. Ich habe eine Ausgabe in meinem Regal, inklusive Anmerkungen. Wie *Große Erwartungen* handelt auch *Sturmhöhe* davon, wie maßlos Liebe sein kann. Ich habe beide mit einer Mischung aus Neid und Schrecken gelesen. Fühlt es sich gut an, so zu lieben, oder macht es einen kaputt?

Zuerst war es mir ja peinlich, dass ein Fremder meine intimsten Gedanken über mein Lieblingsbuch gelesen hat, aber da er seine eigenen nun mit mir geteilt hat, macht es mir gar nichts mehr aus. Ich bin sogar darauf gespannt, wie unser Austausch weitergeht. Vielleicht sieht er das nächste Buch ja ganz anders als ich. Wenn er ein Optimist ist, kann er mich vielleicht davon überzeugen, dass die Liebe in diesen Büchern doch nicht so schauderhaft ist, wie ich glaube.

Ich hole einen Stift aus meiner Nachttischschublade, und dann schlage ich die letzte Seite von *Große Erwartungen* auf und schreibe in Schönschrift: *Treffen wir uns in Sturmhöhe?*

Auf dem Heimweg von meiner Probeschicht im Nähstudio rufe ich Georgia an. »Der neue Job ist vom Tisch«, sage ich und blicke freundlich lächelnd in den Verkehr auf der Lordship Lane, damit jemand anhält und mich über die Straße lässt.

»Hast du etwa schon aufgegeben?«

»Wärst du Optimistin, hättest du das anders formuliert«, sage ich und denke sofort an Mystery Man.

»Dann bin ich wohl eine Pessimistin.«

»Wie auch immer, das war nichts für mich. Die Frau aus dem Laden steht auf komische Rollenspiele. Erst verschwand sie, und dann tauchte sie mit Kopftuch wieder auf und fragte mir mit verstellter Stimme Löcher in den Bauch! Das war echt gruselig. Jedenfalls verschwende ich keine Zeit mehr mit Jobs, die mir nichts bringen. Ich nehme mir Bonnie zum Vorbild.«

Georgia seufzt. »Und was genau meinst du damit, dass du dir Bonnie zum Vorbild nimmst?«

»Dass ich ein neues Mantra habe: Was würde Bonnie tun?«

»Du meine Güte. Trägst du schon eins von diesen *Was-würde-Jesus-tun-*Armbändern und hast das Wort Jesus durch Bonnie ersetzt?«

»Quatsch. Aber ich hätte Garn und Perlen mitgehen lassen sollen. Dann hätte ich mir eins basteln können.«

»Super Einstellung. Klauen und abhauen. Bonnie wäre stolz auf dich.«

Ich laufe den Berg hoch, Richtung Supermarkt, weiche einer Frau mit Wollmütze und Schal aus, die in hohem Tempo mit einem Doppelkinderwagen auf mich zukommt.

»Ja, darauf wäre sie tatsächlich stolz. Ich finde gerade heraus, was ich nicht will. So erkenne ich, was ich will.«

»Und was wäre das?«

»PR und Knöpfe verkaufen will ich jedenfalls nicht.«

Schweigen.

»Ist das alles? Mehr hast du nicht? Es gibt so vieles, was du gut kannst, da muss dir doch was einfallen.«

»Hast du mir gerade … ein Kompliment gemacht?«, frage ich. Der Witz klingt leider nicht so knackig wie geplant, weil ich außer Atem bin, der Berg ist ziemlich steil. Wie gut, dass ich das Nähstudio habe sausen lassen, der tägliche Hin- und Rückweg wäre mir viel zu anstrengend.

»Ich habe mir nur zum Vorbild genommen, was Bonnie sagen

würde. Warte mal …« Georgia verschwindet kurz, und als sie wieder auftaucht, klingt ihre Stimme weiter weg.

»Wie würdest du dich selbst beschreiben: als Quasselstrippe, Gewohnheitstier, Frohnatur, Ruhepol oder Macherin? Du kannst nur eine Antwort wählen.«

»Ist das ein Onlinequiz?«

»Antworte einfach.«

»Steht da ernsthaft ›Gewohnheitstier‹?«

»Erin.«

»Okay, Frohnatur.«

»Ich habe ›Gewohnheitstier‹ angekreuzt. Und weiter geht's …«

Georgia stellt mir zig von diesen Fragen, während ich weiter nach Hause stapfe, eine bevormundender als die andere. Angeblich habe ich eine gute Schreibe, bleibe auch unter Stress gelassen und scheue Veränderungen. Die meisten Fragen beantwortet Georgia für mich.

»Okay, Trommelwirbel, bitte …«

Ich bin schon fast zu Hause und habe fast den ganzen Weg mit Georgias Fragen verbracht.

»Wenn es hiernach ginge, solltest du … Ha!«

»O Gott, was kommt jetzt?«

»Vielleicht wäre es doch passender, wenn du dein Motto zu ›Was würde Jesus machen‹ umformulierst. Hier steht nämlich, du solltest Geistliche werden.«

»Aha. Danke, dass du meine kostbare Zeit verschwendet hast.«

»Warte … Ich habe bloß das Lustigste genommen. Hier sind noch andere Vorschläge … Künstlerin? Eventmanagerin?«

»Mach's gut, Georgia.«

»Lehrerin?«

Ich beende das Gespräch genau in dem Moment, als ich am Bücherschrank ankomme. Und dann hole ich die beiden Bücher aus meiner Tasche und stelle sie in das Regal.

8 James

Meine Chefin Dorothy wollte unbedingt mit Champagner darauf anstoßen, dass ich ein Pharmaunternehmen an Land gezogen habe. Ich werde also später als geplant zu Hause sein, wo ich mit Helena verabredet bin.

Letzte Woche schickte sie mir eine Nachricht, sie käme beruflich für ein paar Tage nach London und fände es »lustig«, bei mir zu übernachten, falls es mir recht wäre. Kaum hatte ich eingewilligt, fügte sie hinzu, dass sie »doch eigentlich auch« übers Wochenende bleiben könnte. Sie hat mich noch nie hier besucht. Ich bin ziemlich nervös deswegen. Außerhalb von Frome haben unsere Leben keinerlei Berührungspunkte, und eigentlich hatte ich gedacht, wir wollten es beide dabei belassen.

Als ich aus dem Park gerannt komme, sitzt sie schon auf der Treppe, neben sich einen Rollkoffer, und reibt sich die Hände wegen der Kälte.

»Tut mir echt leid!«, rufe ich und hechte zu ihr.

Für den neuen Kunden, den ich an Land gezogen habe, erhalte ich eine Provision, zusätzlich zu dem Geld, das ich für die Schulungen bekomme. Diesen Monat werde ich so viel verdienen wie sonst in einem halben Jahr. Vor ein paar Wochen hätte ich darüber noch gejubelt, doch jetzt denke ich ständig an Atticus aus *Wer die Nachtigall stört*. Und daran, wie sehr die Kritzelqueen ihn bewundert. Würde sie mich und meine Arbeit auch bewundern, oder wäre sie der Meinung, ich hätte meine Seele an eine Branche verkauft, die vom seelischen und körperlichen Leid anderer Leute profitiert? *Das kannst du dir doch denken.*

»Kein Problem«, sagt Helena. »Ich habe solange die Aussicht genossen. Joggen die Leute hier im Winter eigentlich immer mit nacktem Oberkörper durch den Park?«

»Die Männer schon«, sagte ich grinsend. Sie lacht, steht auf und gibt mir einen Kuss auf die Wange.

»Bist du gut hergekommen?«, frage ich.

»Ja, es war ganz unkompliziert. Kein Wunder, dass alle nach Frome ziehen! Von dort kann man sogar nach London pendeln.«

»Aber das Beste ist, dass Frome von den *Unabhängigen* regiert wird und als Touristenattraktion einen Schreiner hat, der sich mit nacktem Oberkörper bei der Arbeit zuschauen lässt.«

»Wenn das kein Grund ist, dort zu leben.«

Wir lächeln uns an, und ich warte. Auf das Gefühl, das ich bekomme, wenn mir jemand gefehlt hat.

Ich schließe die Haustür auf und trage Helenas Koffer hinein.

»Kaum zu fassen, dass ich hier bin«, sagt sie und folgt mir die Treppe hoch. Wir überbrücken ein Schweigen, das vorher nie da war.

Ich stelle ihren Koffer in mein Schlafzimmer und lasse meinen Blick wie sonst auch über die paar Sachen gleiten, die ich für meinen Schreibtisch gekauft habe. Den Laptop, den Füllfederhalter und das Buch von Stephen King, das von zig Autorinnen und Autoren auf Twitter empfohlen wird.

»Schön«, sagt Helena und bewundert den Ausblick. Dann geht sie zu meinem Schreibtisch und greift nach dem Buch von Stephen King. »*Das Leben und das Schreiben*. Wofür ist das?« Sie dreht sich stirnrunzelnd zu mir um.

Ich zucke mit den Achseln. »Nur zum Recherchieren. Für die Arbeit.«

Samstagabend treffen wir uns mit Joel zum Essen in einem Pub namens The Crooked Well in Camberwell. Joel und Helena konnten sich in der Schule zwar nicht ausstehen, aber ich habe ihn trotzdem eingeladen, weil mir ein Samstagabend mit ihr allein zu pärchenmäßig wäre. Ich habe ihr erzählt, dass Joel es kaum erwarten kann, sie wiederzusehen. Sie hat mich garantiert durchschaut, lässt sich aber nichts anmerken.

»Lange nicht gesehen«, sagt sie und gibt Joel einen Kuss auf die Wange.

Als er uns gegenüber Platz nimmt, bricht mir plötzlich der Schweiß aus. Was habe ich mir nur dabei gedacht, Helena zum Dinner mit meinem besten Freund mitzubringen? Jetzt denkt er bestimmt, das mit ihr ist was Ernstes.

»Und wie läuft's im guten alten Frome?«, fragt Joel und signalisiert dem Kellner, wir etwas bestellen wollen – er greift sich an die Kehle, als sei er kurz vor dem Verdursten. Der Kellner lacht und kommt zu uns herüber.

Joels Abneigung gegenüber Helena hat natürlich nicht nur damit zu tun, wie sie früher in der Schule war. Er kann sie auch deshalb nicht leiden, weil sie in einer Stadt geblieben ist, die er schon immer gehasst hat.

»Eine Flasche Champagner, bitte«, sagt er zum Kellner und setzt sein breitestes Lächeln auf.

»Alles prima in Frome«, sagt Helena grinsend und wirft mir einen Blick zu. »Übrigens hab ich deine Eltern neulich im Griffin bei einem romantischen Dinner gesehen. Als die Band anfing zu spielen, haben sie sogar getanzt.«

»Die beiden sind wirklich der Inbegriff wahrer Liebe«, sagt Joel. Ich bekomme eine Gänsehaut. Wenn das Liebe ist, kann sie mir gestohlen bleiben. Da bleibe ich lieber solo.

Was Helena gesehen hat, war einer der seltenen guten Momente zwischen Arztgesprächen, Jobwechseln, Pizzalieferungen und einem verpassten Plattenvertrag. Einer der seltenen Momente, in denen sie einander ebenbürtig waren und zusammen essen gegangen sind. Einer der seltenen Momente, in denen Dad zur Abwechslung mal nicht ausschließlich der Pfleger seiner Frau war.

Wo bleibt der Kellner nur? Meine Kehle ist wie zugeschnürt. Als er endlich auftaucht, braucht er unfassbar lange, den Champagner zu öffnen und unsere Gläser zu füllen. Ich trinke meins sofort zur Hälfte leer. Joel nimmt einen Schluck und schaut mich stirnrunzelnd an.

»Es war wirklich rührend«, sagt Helena. »Ich hoffe, ich bin später mal so wie sie.«

Sie sagt nicht »wir«. Sie denkt womöglich gar nicht an uns, aber ich greife trotzdem wieder nach meinem Glas und kippe den Rest hinunter. Ich fühle mich grässlich, weil ich eingewilligt habe, dass sie bei mir übernachtet, und weil das ein Fehler ist. Ich kann das nicht. Auf keinen Fall.

»Alles okay bei dir, Alter?«, fragt Joel und lächelt mir zu.

»Alles okay«, erwidere ich. Helena greift nach meiner Hand und drückt sie kurz, bevor sie sie wieder loslässt.

»Da James mir gesagt hat, dass du unfassbar erfolgreich bist und heute die Rechnung übernimmst, gönne ich mir das Filetsteak«, sagt Helena lächelnd und nippt an ihrem Glas.

Ich erstarre. Rastet Joel jetzt aus? Nein. Er lehnt sich zurück und lacht schallend. *Das hier ist nur ein netter Abend mit Freunden, James. Mehr muss es auch nicht sein. Hör auf, dich verrückt zu machen.*

Wir leeren den Champagner während der Vorspeise und wechseln passend zu den Steaks zu einem Rotwein, der so viel kostet, wie ich für ein ganzes Essen zu zweit ausgeben würde. Joel meidet das Thema Schule und bombardiert Helena stattdessen mit Fragen über ihre Arbeit und darüber, was sie in ihrer Freizeit gern macht. Es fühlt sich beinahe wie ein Kreuzverhör an, aber sie spielt mit und löchert ihn gleichfalls mit Fragen. Nach einer Weile lachen sie sogar. Das läuft überhaupt nicht nach Plan. Das Letzte, was ich gebrauchen kann, ist, dass die beiden sich anfreunden.

»Mit wem warst du damals in der Schule eigentlich am besten befreundet?«, frage ich Helena und nehme einen Schluck Rotwein.

Die Frage habe ich ihr noch nie gestellt, weil ich nicht an früher denken wollte. Doch jetzt bleibt mir gar nichts anderes übrig. Es scheint der einzige Ausweg aus diesem Dilemma.

Helena runzelt die Stirn. »Jess, Benita, Felix, Zoe … Zoe ist aber die Einzige, zu der ich noch Kontakt habe.«

Sie hat seinen Namen genannt. Felix. Felix war anfangs nett. Redete sogar mit mir. Aber in der Achten war er dann einer von denen – und Helenas Erwähnung, dass sie mit ihm befreundet war, bestätigt, was ich bereits geahnt habe. Das mit uns kann unmöglich etwas Ernstes werden.

»Lust auf Nachtisch?«, fragt Joel. Er hat einen winzigen Fleck Rotwein auf dem Kragen seines frischen weißen Hemdes. Wenn ich es ihm sage, wird er es sofort, wenn er nach Hause kommt, in den Müll werfen und sich ein neues kaufen. Wahrscheinlich liegen schon zwanzig brandneue Hemdenpackungen in seinem begehbaren Kleiderschrank für ihn parat. Er verkauft seine Seele, um Geld zu scheffeln, genau wie ich. Ihm ist das allerdings egal, während es mir allmählich zu schaffen macht.

»Für mich nicht, danke.«

»Für mich auch nicht. Obwohl … ein Blick auf die Karte kann ja nicht schaden«, sagt Helena.

Am nächsten Morgen bringe ich Helena zum Bahnhof. Je weiter wir uns von meiner Wohnung entfernen, desto leichter fällt mir das Atmen.

»Warum kommst du eigentlich so gut wie nie nach Frome, wenn es deiner Mum gut geht?«, fragt sie plötzlich, als wir den Park durchqueren.

»Weil es für mich nur so funktioniert«, sage ich, zu verkatert, um zu lügen. »Ich muss mein Leben aufteilen. In Frome und London. Wenn Mum krank ist, bin ich dort. Wenn es ihr gut geht, bin ich hier.«

»Aber warum musst du es aufteilen? Wer sagt das?«

Ein paar Leute kommen an uns vorbei, albern herum, lachen.

»Ich sage das«, antworte ich, bücke mich nach einem Stock, werfe ihn weg. »An einem Ort glücklich sein kann ich nur dann, wenn ich den anderen ausblende.«

»Könnte es sein, dass du so an beiden Orten unglücklich bist?«

Ich lächle, schaue zu ihr hinüber. Vielleicht hat sie recht, aber wenn ich mir das eingestehe, ergibt nichts mehr einen Sinn. »Nein. So bin ich glücklicher.«

»Weil du dich so nicht langfristig binden musst. Deshalb.«

Sie stupst mich mit der Schulter, läuft dann ein Stückchen vor. Erst nach einer Weile geht sie wieder neben mir her.

Als wir die Brücke erreichen, bleibt sie am Bücherschrank stehen.

»Wow!«, ruft sie und öffnet die Tür. »Vielleicht finde ich da drin ja was zu lesen, für die Rückfahrt.«

Ich bleibe stehen und schaue ihr zu. Mein Herz zieht sich zusammen. Der Bücherschrank gehört ihr nicht. Es gehört mir. Und Eileen. Und der Kritzelqueen.

»Huuuuh. *Sturmhöhe* wäre doch ein lustiger Schmöker.«

Unwillkürlich blicke ich mich um. Was, wenn sich genau in diesem Moment meine Bücherlieferantin nähert? Mein Herz macht einen Hüpfer bei der Vorstellung. Verrückt. Sie könnte fünfzehn sein. Oder fünfzig. Und wer sagt, dass sie eine Frau ist, nur weil sie das Wort »Traummann« benutzt? Idiotisch, über ein Kennenlernen überhaupt nachzudenken. Aber ich würde sie wirklich gern kennenlernen. Um mich dafür zu bedanken, dass sie mich so inspiriert hat.

»Meine Güte, *Große Erwartungen* ist ja völlig verhunzt. Fast jede Seite vollgekritzelt.«

Sie stellt das Buch wieder weg. Ich greife so schnell ins Regal, dass ich sie aus Versehen anrempele.

»Aua!«, ruft sie und reibt sich die Stelle.

»Entschuldigung«, sage ich, schnappe mir den Dickens und schlage die letzte Seite auf. Hat sie meine Einladung angenommen? Wenn nicht, würde ich es verstehen. Gut möglich, dass sie mit meinen Kommentaren nichts anfangen konnte. Doch! Die Kritzelqueen hat geantwortet, das ist ihre Schrift, eindeutig. Ich überfliege die Seite, und als ich ihren letzten Satz lese, wird mir ganz warm ums Herz. Statt zu kritzeln, hat sie fein säuberlich geschrieben: *Treffen wir uns in Sturmhöhe?* Ich kann es kaum glauben. Sie hat geantwortet! Ich greife wieder ins Regal und nehme mir den Schmöker, über den Helena sich lustig gemacht hat.

Sie schaut mich stirnrunzelnd an.

»Könnte ja noch was lernen«, sage ich achselzuckend. »Sorry für den Rempler. Alles okay bei dir?«

Der restliche Weg zum Bahnhof von Brixton kommt mir vor, als hätte ich eine tickende Zeitbombe dabei. Ich kann es kaum erwarten, mich von Helena zu verabschieden, damit ich endlich nach Hause kann, zu meinem Date mit der Kritzelqueen und Emily Brontë.

»Du bist ja auf einmal so gut gelaunt«, sagt Helena, als ich unwillkürlich lache, weil ich in Gedanken bei der Kritzelqueen bin. »Gehen wir noch kurz ins Pret, damit ich mir ein Sandwich holen kann?«

»Gibt's Pret nicht auch im Bahnhof?«

Aber Helena ist schon halb im Laden und zieht mich hinterher. Ich folge ihr seufzend. Warum muss sich das Ganze jetzt noch in die Länge ziehen?

»Club Sandwich?«, schlage ich vor und reiche ihr eins. Sie liest sich die Inhaltsstoffe durch und legt es zurück.

»Die Wraps sind gut«, füge ich hinzu.

»Ich nehm lieber ’nen Salat«, sagt sie und sucht das untere Kühlregal ab. Ich schlage *Große Erwartungen* auf und suche nach Kommentaren der Kritzelqueen.

Du hast ja so recht!, steht da, und ich grinse. Sie ist einer Meinung mit mir.

»Bestellst du mir einen Haferlatte?«

* * *

Um zwei Uhr nachmittags bin ich endlich wieder zu Hause und setze mich aufs Sofa. Mir klopft das Herz bis zum Hals.

Ich lese alle Antworten, verschlinge sie geradezu.

Es kommt mir vor, als wüsstest du, was ich durchmache, steht neben dem Satz über zusammengeschweißte Trennungen, den ich rot umkreist habe. Der Satz hat mich dazu gebracht, dieses Buch auszuwählen. Die Kritzelqueen fand ihn auch berührend. Und sie hat sogar etwas Persönliches von sich preisgegeben. Auch an anderen Stellen:

> *Wegen dir habe ich jetzt tatsächlich ein schlechtes Gewissen bekommen, weil ich mich nicht mehr bei meiner Mutter melde …*

Neben eine Zeile über Erfolg und Scheitern hat sie geschrieben: *Immerhin hat sie auch Erfolgsmomente!* Was mich zum Lachen bringt und gleichzeitig traurig macht. Wer ist diese Frau, deren Leben nur aus Scheitern und Trennungen zu bestehen scheint?

Sie hat eine Stelle unterstrichen, die ich gar nicht kommentiert habe. Die Stelle, an der Miss Havisham erklärt, was wahre Liebe ist. »Es ist blinde Ergebenheit, selbstvergessende Demut, vollständige Unterwerfung, Vertrauen und Glauben gegen die eigene Vernunft und die ganze Welt, das Hingeben Deiner ganzen Seele und

Deines ganzen Herzens an den Bezwinger.« *Und deshalb verzichten wir darauf!*, hat sie geschrieben.

Begierig schlage ich *Sturmhöhe* auf. Am liebsten würde ich das Buch durchblättern und nur ihre Kommentare lesen, aber das entspräche natürlich nicht unserer stillschweigenden Vereinbarung. Ich überspringe das Vorwort des Herausgebers und vertiefe mich ins erste Kapitel, ins Jahr 1801.

Beim dritten Kapitel habe ich bereits mein Notizbuch vom Schreibtisch geholt, um Beobachtungen zum Text festzuhalten, die mir bei meinem eigenen Roman helfen könnten. Die Struktur. Randkommentare, die ich im Gedächtnis behalten will. Die schriftstellerischen Fähigkeiten lassen mich staunen. Die Überlegungen dazu, wie die Geschichte erzählt wird. Ich schreibe meine Erwiderungen an den Rand, tief beeindruckt von der Qualität des Geschriebenen und auch vom Scharfsinn der Kritzelqueen. Einige Kommentare sind in einer anderen Farbe geschrieben, vielleicht wurden sie später hinzugefügt.

Kannst du dir vorstellen, jemanden so sehr zu lieben, dass du ohne denjenigen sterben würdest? Fairerweise muss ich zugeben, dass ich als Kind wohl ganz ähnlich über mein Meerschweinchen Hazel geredet hätte. Als Hazel starb, half meine Mutter mir, sie im Garten zu begraben, und ich wollte mich unbedingt in einem Schlafsack neben sie legen, damit sie nicht allein war. Ich glaube, ich hielt nur zehn Minuten durch, aber das Gefühl war da.
Findest du nicht auch, dass die Leute damals viel bessere Klamotten trugen? Wäre es heute noch salonfähig, eine Haube zu tragen, wäre mein Leben perfekt.
Sie hat sich nur fünf Tage im Zimmer eingeschlossen? Ich habe mal einen ganzen Monat geschafft. Tatsächlich wird es leichter, je länger man durchhält. Ich weiß nicht, warum ich

> *dir das erzähle. Ich würde es ja durchstreichen, aber aus irgendeinem Grund ist Durchstreichen tabu, Kritzeln aber okay. O Gott, ich höre mich immer schräger an, oder?*

Ganz im Gegenteil, denke ich, als ich den letzten Satz lese.

> *Ich laufe,*

erwidere ich.

> *Ich versuche jeden Tag zu laufen, weil ich fürchte, mich sonst in meinem Bett zu verkriechen und nie wieder aufzustehen. Sich jeden Tag aus dem Haus zu zwingen, ist schwieriger, oder?*

Beim Lesen dieser Worte kann ich kaum fassen, dass ich sie geschrieben habe. Davon habe ich noch nie jemandem erzählt. Dass ich laufe, weil ich solche Angst habe, wie Mum zu enden.

9 Erin

»Ehrlich, dein Spruch macht noch immer die Runde«, sagt Cassie und beugt sich grinsend über den Tisch. »›Verdammt, ja, ich kündige!‹ Charlotte hat uns übrigens die Glocke weggenommen. Stattdessen müssen wir jetzt alle klatschen – peinlicher geht's nicht.« Sie verdreht die Augen und schenkt uns beiden noch ein Glas blassen Rosé ein.

Wir sitzen im Hope & Anchor, einem Pub in Brixton, um der bitteren Dezemberkälte zu entfliehen.

»Tja, falls ich sterbe, habe ich wenigstens eine Spur in der Welt hinterlassen.« Ich grinse ebenfalls, doch dann wird mir bewusst, was ich gerade gesagt habe. Wie konnte ich nur! *Verzeih mir, Bonnie.*

»Oh ja, das hast du. Charlotte ist sogar ein kleines bisschen netter geworden, auch wenn ich das nur ungern zugebe. Nicht dass sie ein neuer Mensch geworden wäre. Allen, die nach dir gekommen sind, jagt sie natürlich noch immer Angst ein. Aber wir, die wir damals dabei waren, nehmen die Veränderung wahr. Als wären wir so eine Art Geheimclub.«

»Aha. Ich habe also meine ganze Karriere sausen lassen, damit es euch dort gut geht.«

Cassie zieht eine Grimasse. »Ich fürchte, ja. Aber dafür kannst du dir jetzt einen neuen Beruf suchen, der nicht dein ganzes Leben auffrisst.« Sie greift nach meiner Hand. »Ich freue mich so, dich zu sehen. Ich war nicht sicher, ob …«

»Ob was?«

»Na ja … ob ich dich wiedersehen würde. Ob das nicht bloß … du weißt schon … auf die Arbeit beschränkt war.«

Ich werde rot vor Scham. Wie muss ich mich ihr gegenüber verhalten haben, dass sie so etwas denkt. Cassie hat keine Ahnung, dass sie nach Bonnie und Georgia wahrscheinlich meine engste Freundin ist. Was sagt das über mich aus, wenn eine Person, der ich mich nahe fühle, unsicher ist, ob ich mit ihr in Kontakt bleiben möchte oder nicht?

»Das war nicht bloß auf die Arbeit beschränkt«, sage ich. »Tut mir leid, ich … Vor drei Jahren ist meine beste Freundin gestorben, und seitdem bin ich ziemlich durch den Wind.« Ich greife nach meinem Weinglas und nehme einen großen Schluck. Ich kann kaum fassen, dass ich es laut ausgesprochen habe. Auf der Arbeit habe ich niemandem von Bonnie erzählt. Hauptsächlich, um zu verhindern, dass Charlotte davon Wind bekommt und mir einen Strick daraus dreht.

»Oh mein Gott!« Cassie springt auf und läuft um den Tisch, um mich zu umarmen. »Warum hast du mir das nicht erzählt? Das tut mir so leid!«

»Ich hab versucht, die Arbeit separat zu halten.« Plötzlich wird mir klar, warum Cassie so verunsichert war. Ich habe sie als Teil dieses separaten Lebens behandelt.

»Woran ist sie gestorben?«

»Krebs. Sie war so alt wie ich.«

»Gott, wie traurig«, sagt Cassie, als sie sich wieder hinsetzt. »Erzähl mir von ihr.« Sie schenkt mir noch etwas Wein nach und schaut mich mit großen Augen an.

»Sie war wunderbar.« Ich suche nach den richtigen Worten. Normalerweise rede ich *mit* Bonnie, nicht *über* sie. Das hier ist neu für mich. Die Vergangenheitsform. »Sie hatte ein unglaublich kehliges Lachen, das jeden Raum ausfüllte. Sie hatte immer die besten Ratschläge. Hat sich resolut für Frauen eingesetzt, besonders für ihre Freundinnen. Sie war loyal. Witzig. Sie wollte immer die Wahrheit hören. Ausreden ließ sie nicht durchgehen. Die hat sie sofort durchschaut.« Ich lächle, überrascht darüber, wie gut es sich anfühlt, sich auf diese Weise an sie zu erinnern. Jemandem von ihr zu erzählen. Cassie. »Danke«, sage ich. »Ich rede nicht oft über sie. Jedenfalls nicht so.«

Cassie erwidert mein Lächeln. »Klingt, als zählte sie zu den großen Lieben deines Lebens.«

Sie versteht es. »Ja. Das stimmt. Wo wir gerade beim Thema sind …« Ich schaue Cassie fragend an. Sie verdreht stöhnend die Augen.

»Ich gebe die Hoffnung nicht auf, auf keinen Fall«, sagt sie.

»Aber?«

»Aber mein letztes Date lief genauso wie immer. In seinem Profil stand, er wäre auf der Suche nach einer Beziehung, und vor unserem Treffen hat er mehrmals erwähnt, wie wichtig ihm Ehrlichkeit ist.«

»Oh-oh.«

»Also habe ich ihm direkt bei unserem ersten Drink die Wahrheit gesagt. Dass ich keine Spielchen spielen, sondern jemanden kennenlernen will. Dass ich auf der Suche nach dem Menschen bin, mit dem ich den Rest meines Lebens verbringen will. Und wenn ihm das Angst macht, würde aus uns nichts werden.«

Als ich das höre, bekomme ich eine Gänsehaut. Wie kann Cassie sich ihrer Sache so sicher sein?

Ich nehme einen Schluck Wein und nicke, damit sie weiterredet.

»Er hat mir dann versichert, es macht ihm keine Angst. Bei unserem zweiten Drink hat er mich sogar geküsst. Aber als ich dann später nicht mit zu ihm wollte, hat er gesagt, auf mich würde sich sowieso keiner einlassen, weil ich total verbohrt wäre, und dann ist er davongestürmt. Seitdem habe ich nichts mehr von ihm gehört.«

»Das tut mir wirklich leid, Cassie. So etwas hast du nicht verdient.«

»Das braucht dir nicht leidzutun«, sagt sie und leert ihr Weinglas. »Ich mache das ja nicht ohne Grund. Irgendwie muss ich ja herausfinden, ob die Typen Arschlöcher sind. Leider bin ich bisher nur an solche geraten, aber irgendwo muss es doch einen geben, der das Gleiche will wie ich.«

»So einen gibt es bestimmt«, sage ich. »Und wir werden ihn finden.«

Cassie lächelt. Die Leute am Tisch nebenan johlen, ihre lang ersehnten Pizzen werden endlich serviert. »Ich wünschte nur, es müsste nicht alles online laufen. Kann mir nicht mal jemand persönlich über den Weg laufen? Kann ich nicht mal eine echte Verbindung zu jemandem spüren, statt das mit Worten herbeizwingen zu müssen?«

»Irgendwann wirst du es erleben«, sage ich. »Für mich wäre es der größte Horror, aber wenn du dir das wirklich wünschst, wird es auch passieren. Ganz bestimmt.«

Als ich später nach Hause torkele, will ich das genaue Gegenteil von dem, was Cassie sucht. Kaum bin ich in der Wohnung, klopfe ich bei Callum.

»Mit wem hast du gevögelt?«, fragt Georgia, als sie mich vormittags anruft. Ich bin gerade dabei, den Stempel meiner French Press herunterzudrücken und Arbeitsangebote auf Nextdoor zu überfliegen, der mit Abstand trostlosesten Nachbarschaftsseite im Internet.

Die Frage scheint aus dem Nichts zu kommen, aber mir ist natürlich klar, warum sie sie stellt. Gestern Abend hat sie mir eine Nachricht geschickt, auf die ich nicht reagiert habe, weil ich bei Callum war. Jetzt schäme ich mich dafür. Sie würde das nicht gutheißen. Auf keinen Fall.

»Was? Mit niemandem.«

Mein Handy beginnt zu piepen. Georgia will zu einem Videoanruf wechseln. Ich drücke auf Annehmen.

»Schau mir in die Augen und sag das noch mal«, fordert sie mich auf.

»Mit niemandem«, sage ich und halte mir die Kamera direkt vor die Augen.

»Ich *wusste* es! Keine Zeit, sich einen Job zu suchen, aber genug Zeit, die Probleme wegzuvögeln.«

»Ich vögele keine Probleme weg.«

»Aber du vögelst.«

»Bist du eifersüchtig?«

Sie lacht, schaut zur Seite, dann wieder in die Kamera.

»Oh mein Gott«, sage ich. »Du vögelst auch!«

»Lass uns nächste Woche beim Essen darüber reden. Jetzt brauche ich erst mal ein Update zu deiner Jobsuche.«

Ich drücke so fest auf den Stempel der French Press, dass heißer Kaffee herausquillt und die Anrichte hinunter auf meine Jeans läuft.

»Verdammt. Aua! Ich ruf dich zurück.«

Ich lege das Handy beiseite und schaue mich nach irgendetwas zum Saubermachen um. Mein Blick fällt auf ein Geschirrtuch, und ich greife danach. Leider bemerke ich zu spät, dass die French Press halb auf dem Geschirrtuch steht, und so fliegt sie auf den Boden und zerbricht. Ich starre wie betäubt auf den Kaffee, der über die Scherben sickert.

Warum fühlt sich momentan alles so schwer an? Noch nicht einmal Kaffeekochen bekomme ich richtig hin. Stöhnend vergrabe ich den Kopf in den Händen.

»Wenn du eine Therapeutin hättest, bei der du dich über die echten Probleme ausweinen könntest, würdest du nicht an solchen Kleinigkeiten verzweifeln!«, schallt Georgias Stimme aus dem Handy. Warum ist meine Schwester überhaupt noch in der Leitung?

»Okay, dann besorg mir eine, verdammt!«, schreie ich zurück und zeige ihr den Mittelfinger, obwohl sie mich gar nicht sehen kann.

Sie verabschiedet sich nicht, aber ich weiß auch so, dass sie aufgelegt hat. Sie ist garantiert schon dabei, eine ihrer Kolleginnen anzurufen, um einen Termin für mich zu vereinbaren.

»Wo bleibt der Kaffee?«, ruft Callum aus seinem Zimmer. Ich hatte völlig vergessen, dass er noch da ist. Scheint sich wieder einen Tag freizunehmen. Soll mir nur recht sein. Das lenkt mich prima von meinen Grübeleien ab.

Ich gehe zurück in sein Zimmer. Meine Jeans lasse ich in der Küche.

* * *

Nachmittags bewerbe ich mich für ein paar Jobs auf Nextdoor – eine Frau sucht jemanden zum Gassigehen mit ihrem Hund, eine andere braucht Hilfe beim Abtippen ihrer handschriftlichen Notizen –, und als ich damit fertig bin, mache ich mich auf den Weg zum Bücherschrank. Mystery Man lässt sich diesmal viel Zeit damit, das Buch zurückzubringen. Allmählich frage ich mich, ob er aufgegeben hat. Der Gedanke macht mich traurig, und das gefällt mir nicht. Das letzte Buch kam genau im richtigen Moment, als ich es wirklich brauchte. Jetzt bin ich wieder in dieser Stimmung. Ich muss ständig an Bonnie denken. Ich habe nicht den blassesten Schimmer, warum ich mich immer wieder auf Callum einlasse. Ich bin arbeitslos und habe das Gefühl, mein Leben ist komplett vermurkst. Ich versuche, so wie Bonnie zu denken, aber manchmal fällt mir das schwer. Wenn ich zu niedergeschlagen bin, kann ich mich nicht in sie hineinversetzen. Dann fehlt mir die positive Energie.

Als ich die Brücke erreiche, sehe ich einen Mann vom Bücherschrank weggehen. Ich habe bisher noch nie jemanden dort gesehen. Schon klar, dass Leute herkommen, es werden ja ständig neue Bücher gebracht oder mitgenommen, aber in meiner Vorstellung gibt es hier nur mich und Mystery Man. Ich schaue dem Mann hinterher. Hat er gerade ein Buch in den Schrank gestellt? Ist er vielleicht sogar derjenige, dem ich schreibe?

Ich öffne die Tür und sehe meine Ausgabe von *Sturmhöhe* auf dem Regal. Mit zitternden Händen greife ich danach und schlage die letzte Seite auf. Als ich die Handschrift sehe, schlägt mir das Herz bis zum Hals. *Treffen wir uns in Mansfield Park?* Ich lächle. Eine interessante Wahl. Statt *Stolz und Vorurteil* oder *Sinn und Sinnlichkeit* hat er Jane Austens kontroversesten Roman genommen. Er wird mir immer sympathischer. An einer Stelle hat sich etwas Schrift durchgedrückt. Ich blättere um. Auf der Rückseite steht die Überschrift »Fragen für den Mystery-Buchclub«. Darunter hat er einige Fragen aufgelistet. Sie sind für mich gedacht.

Ich schlage *Sturmhöhe* zu, kann es kaum erwarten, das Buch zu Hause in Ruhe unter die Lupe zu nehmen. Zuerst muss ich aber meine Austen finden. Doch sie steht nicht auf dem Regalbrett. Auch nicht auf den anderen beiden. Ich ziehe ein Buch nach dem anderen heraus, bis sämtliche Exemplare auf dem Bürgersteig verstreut sind.

»Tut mir leid, Eileen, ich stelle sie wieder zurück«, sage ich und überfliege die Titel, doch mein Buch ist nicht dabei.

Das will ich dir auch raten, würde Eileen bestimmt sagen.

Ich deponiere alles wieder im Schrank und nehme meine Brontë. Kann es sein, dass …?

Ich drücke die Tür zu, blicke mich um und eile dem Mann hinterher, den ich eben habe weggehen sehen.

»Entschuldigung, Sir!«, rufe ich immer wieder, als wäre ich selbst in einem Austen-Roman, während ich seinem dunkelblauen Regenmantel die Straße hoch folge.

Vor einem kleinen Café an der Ecke Coldharbour Lane bleibt der Mann endlich stehen und dreht sich um.

Mein Herz hämmert. Jetzt, wo ich ihn eingeholt habe, bin ich nicht sicher, wie ich nach dem Buch fragen soll, ohne dass es schräg und übergriffig klingt.

Der Mann ist um die fünfzig. Er neigt den Kopf zur Seite und mustert mich stirnrunzelnd mit stechend grauen Augen.

»Verzeihung, haben Sie gerade ein Buch aus dem Bücherschrank mitgenommen?«, frage ich, völlig außer Atem. »Ich weiß, wie seltsam sich das anhören muss, ich bin nur …«

Er greift in seine große Manteltasche und zieht ein Buch heraus. Als ich das Cover sehe, traue ich meinen Augen nicht.

»Meine nächste Frage wird noch seltsamer klingen«, keuche ich, »aber könnte ich das bitte haben? Ich mache gerade bei … einer Art *Tausch* mit, und das Buch, das Sie haben, ist eigentlich für mich bestimmt, ich war nur zu …«

»Nein«, sagt er. Sein Mund lächelt, seine Augen nicht. »Tut mir leid, aber meine Tochter nimmt gerade Austen durch, und leider tut sie sich sehr schwer damit. Die Anmerkungen in dem Buch werden ihr helfen.«

Er wendet sich ab, um sich wieder auf den Weg zu machen. »Bitte!«, rufe ich verzweifelt. »Ich weiß nicht, wie ich es erklären soll, aber ich brauche dieses Buch wirklich dringend. Wenn Sie wollen, gebe ich Ihrer Tochter Nachhilfe. Die Anmerkungen in dem Buch stammen nämlich von mir.« Ich halte ihm meine Ausgabe von *Sturmhöhe* hin, schlage verschiedene Seiten auf, damit er sehen kann, dass es die gleiche Schrift ist. »Ich habe einen Abschluss in Literatur von der Uni Durham. Zugegeben, es ist kein Einser-Abschluss, aber das Leben kann ja nicht nur aus Lernen bestehen, oder? Jedenfalls helfe ich Ihrer Tochter gerne. Ich wohne ganz in der Nähe und …« Der Mann starrt mich weiter an. Wahrscheinlich fragt er sich gerade, ob es klug wäre, seine Tochter einer Verrückten anzuvertrauen.

Schließlich holt er seine Geldbörse hervor, nimmt eine Visitenkarte heraus und reicht sie mir zusammen mit dem Buch.

»Na gut«, sagt er. »Schicken Sie mir eine E-Mail, dann machen wir einen Termin.«

Dann dreht er sich um, überquert die Straße, verschwindet in der U-Bahn-Station Loughborough Junction und lässt mich mit seiner Visitenkarte, zwei Büchern und hochroten Wangen stehen. Ich kann meinen Triumph kaum fassen.

»Jetzt bist du völlig durchgeknallt«, sagt eine Stimme in meinem Kopf, und diesmal bin ich nicht sicher, ob es die von Bonnie oder meine eigene ist.

10 James

»Hey, hallo!« Joel joggt auf mich zu. Er trägt ein enges Top, das sich über seine Brustmuskeln spannt, und graue Handschuhe.

Auf dem Kopf hat er eine Wollmütze mit integriertem Headset. Als er bei mir ankommt, vollführt er eine akrobatische Dehnübung.

»Bist du bereit, Laufpartner?«

Wir treffen uns im Ruskin Park, weil er beschlossen hat, dass wir unseren Oberstufen-Laufclub reaktivieren müssen. Damals fühlte ich mich nur beim Radfahren mit Elliot oder beim Joggen mit Joel sicher. Wenn wir zusammen waren, ließen die Mobber mich in Ruhe, und Joels Anblick bringt das alte Gefühl nun wieder zurück.

»Hängt davon ab, ob du mithalten kannst«, erwidere ich, und er sprintet grinsend davon.

»Helena ist gar nicht übel«, sagt er, als ich ihn einhole. »Sie …«

»Ich werde Schluss machen mit ihr«, falle ich ihm ins Wort.

Er schüttelt den Kopf und läuft an der Stelle vorbei, an der ich normalerweise abbiege, weiter den Berg hinauf. Den Berg der ultimativen Quälerei.

»Sie glaubt, ich will mich auf nichts einlassen.«

Er lacht. »Und du willst ihr das Gegenteil beweisen, indem du mit ihr Schluss machst?«

Wir erreichen den steilsten Abschnitt des Parks, und bis auf Weiteres bringe ich kein Wort mehr heraus. Als es wieder bergab geht, drosseln wir das Tempo zu einem leichten Trab. Mir brennt die Lunge, meine Beine tun weh.

Ich habe Joel den Büchertausch bisher verschwiegen. Ich wüsste nicht, wie ich ihn erklären könnte, ohne dass es seltsam klingt, aber er beschäftigt mich rund um die Uhr. Wie gut, dass Joel das Thema auf Helena gebracht hat, dann laufe ich wenigstens nicht Gefahr, mich zu verplappern. Seit *Sturmhöhe* denke ich ständig über die Kommentare nach. Und über die Person, die sie geschrieben hat. Durch ihre brillanten Buchanalysen und persönlichen Alltagseinblicke hat die Kritzelqueen eine neue Seite in mir erweckt. Sie hat meine Leidenschaft für Geschichten erweckt und mich dadurch wieder zum Schreiben gebracht.

»Stimmt es denn, dass du dich auf nichts einlassen willst?«, reißt Joel mich aus meinen Gedanken.

Diese Frage habe ich mir natürlich bereits selbst gestellt, und ich habe auch schon eine Antwort darauf gefunden.

»Nein«, sage ich. »Es gibt vieles, worauf ich mich einlasse.«

»Red weiter«, sagt Joel, als das Gelände flacher wird. Wir erhöhen unser Tempo leicht, machen längere Schritte.

»Mum«, sage ich. Es auszusprechen, fühlt sich gut an. »Wann immer sie mich braucht, bin ich sofort zur Stelle. Ich fahre sie zu Terminen. Kümmere mich darum, dass sie ihre Medikamente nimmt. Erledige den Haushalt und besorge ihr gesunde Lebensmittel, damit sie nicht bloß Brathuhn isst.«

»Ja, das machst du«, sagt Joel, loyal, wie er ist.

»Und an der Uni habe ich mich auf Jenny eingelassen. Okay, nicht besonders lange, aber ein paar Monate waren es schon.«

Joel läuft jetzt ein Stückchen vor mir. Er schweigt.

Ich atme tief ein, die Luft ist herrlich frisch für Londoner Verhältnisse. Meine Gedanken schweifen zu Bonnie.

»Bonnie!«, rufe ich.

Sie ist der Grund, warum ich diese tiefen Atemzüge mache und versuche, sie bewusst zu genießen, denn gegen Ende sagte sie zu mir, welches Glück ich hätte, so mühelos ein- und ausatmen zu können. Wie selbstverständlich das für uns sei. Dass wir so vieles als selbstverständlich betrachten.

»Auf Bonnie habe ich mich eingelassen!«

Joel ist jetzt zu weit vor mir, beim Laufen fällt es ihm schwer, sich auf den anderen einzulassen.

Wann immer Bonnie mich brauchte, habe ich sie abgeholt und zur Chemo gefahren, seit dem Tag unserer Wiederbegegnung.

Vor fast vier Jahren, zu Frühlingsbeginn, hatte Mum nach einer ganzen Reihe von schlimmen Tagen einen echten Horrortag. »Ich will nicht mehr, James. Ich halt es nicht mehr aus«, sagte sie und drückte meine Hand. »Mach, dass es aufhört. Mach, dass es aufhört, sonst tue ich es selbst.«

»Es geht dir bald besser, Mum«, sagte ich. »Das weißt du doch. Es dauert ein paar Tage, bis die Medikamente wirken.«

»So lange kann ich nicht warten. Ich will einfach nur, dass es aufhört. Wenn ich jetzt ein Messer hätte, würde ich Schluss machen, James. Glaub mir.«

Ich nickte. Lief nach unten und schnappte mir einen Beutel, um sämtliche Messer im Haus einzusammeln. Auch alles, was einem Messer ähnelte und als Waffe dienen konnte. Dad war gerade im Wohnzimmer damit beschäftigt, Mums Tabletten in den Wochendispenser einzusortieren. Ich sagte ihm, er solle nach oben gehen. Dann legte ich den Beutel mit den Messern auf den Rücksitz meines Autos und fuhr los.

Ich hatte kein bestimmtes Ziel vor Augen. Zu Helena konnte ich nicht, sie war arbeiten. Hauptsache, weg von zu Hause. Dad konnte eine Weile einspringen. Darin war er gut. Er fühlte sich nicht schuldig, so wie ich.

Als ich von der Bath Street abbog, sah ich sie. Bonnie. An der Bushaltestelle vor dem Kino. Sie war schon immer unverwechselbar gewesen mit ihrem wilden Lockenkopf und den bunten Klamotten. Dann sah ich, dass sie weinte. Ich fuhr sofort an den Straßenrand, parkte mitten auf dem Zebrastreifen und lief zu ihr. Ihr Schmerz lenkte mich von meinem eigenen ab, und in jenem Moment war das alles, was ich wollte.

»Alles okay bei dir?«, fragte ich. Erst dann wurde mir bewusst, dass sie nicht mehr die Bonnie aus der Schule war, sondern die erwachsene Bonnie, die mich ebenso hasste, wie Erin es tat. Und die seit kurz vor unserem Schulabschluss kein Wort mehr mit mir geredet hatte.

»Lass mich in Ruhe.«

Sie schaute auf die digitale Anzeigetafel. Der nächste Bus kam erst in neunzehn Minuten.

»Verdammt«, murmelte sie und wischte sich über die Augen.

»Soll ich dich irgendwo hinfahren? Mein Auto steht da drüben.« Als ich Richtung Zebrastreifen zeigte, sah ich, dass ein Ordnungsbeamter neben meinem Wagen stand und im Begriff war, mir ein Knöllchen zu verpassen. »Scheiße.«

Ich lief zu ihm hinüber. »Entschuldigen Sie! Ich fahre sofort weiter!«

»Sie dürfen hier nicht parken«, belehrte mich der Beamte.

»Ich weiß. Tut mir leid. Ich fahre sofort weg.«

Ich sprang ins Auto und fuhr bis ans Ende der Straße, um zu wenden. Als ich zurückkam, stand sie an der Ecke und hielt den Daumen hoch. In ihrer knallbunten Jacke sah sie aus, als wäre sie dem Musical *Joseph and the Amazing Technicolor Dreamcoat* entsprungen.

»Mir bleibt keine Wahl«, sagte sie beim Einsteigen. »Zu Fuß ist es zu weit, und meine Eltern müssen heute arbeiten.«

»Verstehe.« Ich bog auf die Hauptstraße. »Wohin willst du?«

»Nach Bath, ins Krankenhaus. Royal United«, sagte sie mit fester Stimme.

»Ins gute alte Royal United also«, sagte ich und klang dabei wie mein Dad. Sie sah mich kopfschüttelnd an.

»Wenn ich es nicht schon vorher gewusst hätte, wäre mir spätestens jetzt klar geworden, dass du James aus der Schule bist.«

»Gut, dass es dir schon beim Einsteigen klar war«, sagte ich lächelnd. Wenn sie plaudern wollte, sollte es mir nur recht sein. »Wäre sonst ziemlich riskant gewesen. Männer, die beim Anblick einer Anhalterin sofort bremsen und die Tür aufreißen, sind nicht gerade vertrauenswürdig, oder?«

»Ich glaube, so ziemlich jeder ist vertrauenswürdiger als du«, erwiderte sie, und ich wurde knallrot. Mein Gesicht glühte dermaßen, dass ich das Fenster öffnen musste.

Den Rest der Strecke schwiegen wir uns an. Als ich sie am Krankenhaus absetzte, fragte ich sie, ob ich warten solle. Sie lehnte ab. Ich wartete trotzdem. Denn sonst hätte ich nach Hause zu Mum fahren müssen, und davor graute mir. Als Bonnie wieder herauskam und mich noch immer dort stehen sah, schüttelte sie den Kopf und zog lachend die Beifahrertür auf.

»Du willst es dir echt geben, oder?«, sagte sie. Beim Einsteigen fiel ihr Blick auf die Rückbank. Sie setzte sich und drehte sich zu mir. »Hast du die Messer eben erst besorgt, oder lagen die vorhin schon da? Muss ich mir Sorgen machen?«

Ich schaute nach hinten. Den Beutel mit den Messern hatte ich vollkommen vergessen. Hastig sprang ich aus dem Auto, nahm den Beutel von der Rückbank und verstaute ihn im Kofferraum, außer Sichtweite.

»Willst du lieber die lange oder die kurze Antwort hören?«, fragte ich, als ich wieder am Steuer saß. »Die lange dauert wahrscheinlich die ganze Rückfahrt.«

»James«, sagte Bonnie mit einem müden Lächeln. »Wir waren zusammen im Literaturkurs. Deinen endlosen Aufsätzen konnte niemand entkommen. Du bist eben ein Geschichtenerzähler. Jetzt leg schon los.«

Sie lehnte sich in ihrem Sitz zurück und schloss die Augen, und ich begann, von Mum zu erzählen. Ich erzählte Bonnie alles, was sie seit unserem Kontaktabbruch verpasst hatte. Ich weiß nicht, ob sie die ganze Fahrt hindurch wach war, aber das spielte keine Rolle. Gott, fühlte sich das gut an, es jemandem zu erzählen. Noch dazu einer Person, die mich von früher kannte. Der ich sogar mal wichtig gewesen war. Vor ihrem Haus hielt ich an und klopfte ihr sanft auf die Schulter.

»Falls Erin fragt, hab ich dich nicht gesehen«, sagte sie, als sie ausstieg. Dann schaute sie noch einmal durchs Fenster zu mir herein. »Aber trotzdem danke. Von den Messern mal abgesehen. Ach, und James?«

»Ja.«

»Das mit deiner Mutter wusste ich nicht. Ich konnte mir zwar einiges zusammenreimen, weil du manchmal in der Schule darüber geredet hast, aber du hast nie durchblicken lassen, wie schwer es für dich gewesen sein muss. Dazu dann noch Marky und seine Kumpel … Und trotz allem bist du erstaunlicherweise kein übler Kerl geworden.«

Danach ging sie ins Haus, und ich sah sie hinter der dunkelgrünen Tür verschwinden. Ich sah sie danach noch viele Male hinter dieser Tür verschwinden, aber dieser eine Moment hat sich mir ins Gedächtnis gebrannt.

Als ich mich keuchend dem höchsten Punkt des Parks nähere – Joel steht dort und wartet auf mich, keine einzige Schweißperle auf der Stirn –, hole ich mein Handy hervor, denn ich muss Helena eine Nachricht schicken, und zwar sofort.

Ich will mich einlassen. Aber nicht auf sie. Und je eher ich es ihr mitteile, desto besser.

Meine Mittagspause auf der Arbeit nutze ich, um beim Buchladen vorbeizuschauen. Ich gehe direkt in die Klassiker-Abteilung. *Sturmhöhe* war wie ein Geschenk für mich, und deshalb möchte ich mich bei der Kritzelqueen revanchieren. Auch wenn ich die Beweggründe für ihr Handeln nicht kenne. Es fühlt sich an, als hätte sie die Bücher für mich ausgesucht, aber das kann natürlich nicht sein. Dass ich *Wer die Nachtigall stört* mitgenommen habe, war reiner Zufall. Das Buch war nicht für mich bestimmt, jeder hätte es mitnehmen können. Und dass *Sturmhöhe* mich dermaßen inspirieren würde, konnte sie auch nicht ahnen. Aber wer weiß, vielleicht sind meine Bücher für sie ja genauso hilfreich wie ihre für mich.

Als mein Blick über das Regal schweift, bleibt er an einem Buch hängen, von dem ich zwar gehört, das ich jedoch nie gelesen habe. Ich nehme es in die Hand, und wie schon beim letzten Mal schlage ich eine zufällige Seite auf. Kaum beginne ich zu lesen, muss ich lachen. Eine Figur aus dem Buch redet über London: »Was unsere Moral angeht, sind die großen Städte jedenfalls keine Paradebeispiele.« Ich muss sofort an Joel und seine Arbeit denken, auch an mich selbst und meinen eigenen Job. Ich kaufe das Buch, schlendere zu der kleinen Grünfläche hinüber, die den Stadtteil Angel in zwei Hälften teilt, und setze mich dort auf eine Bank.

Ich ziehe *Sturmhöhe* und einen Stift aus meiner Tasche und schlage die letzte Romanseite auf. Unter das Wort »Ende« schreibe ich: *Treffen wir uns in Mansfield Park?* Weiter hinten folgt noch eine Liste mit weiteren Titeln des Verlags, aber zwischen dieser Liste und dem Romanende entdeckte ich vier leere Seiten. Mir kommt eine Idee, doch ich verwerfe sie sofort. Wahrscheinlich interpretiere ich zu viel in diesen Austausch hinein. Für die Kritzelqueen ist er bestimmt nur ein netter kleiner Zeitvertreib für zwischendurch. Es würde sie vielleicht irritieren oder sogar erschrecken, wenn ich noch einen Schritt weiter ginge.

Ich schlage das Buch zu und will wieder ins Büro zurückkehren, doch dann halte ich inne.

Wäre ich ihr persönlich begegnet, würde ich diesen Schritt niemals erwägen, aber sie ist eine Fremde. Eine Fremde, der ich allerdings trotzdem irgendwie vertraue. Sie antwortet auf meine Anmerkungen. Sie ist offen und ehrlich. Witzig ist sie auch. Und sie verurteilt mich nicht. Vielleicht ist sie auf ihre Art genauso einsam wie ich.

Ich könnte einen Versuch wagen. Wenn sie nicht will, braucht sie ja nicht zu antworten. Aber irgendwie habe ich das Gefühl, dass die Randnotizen nicht mehr genügen. Ich will mehr.

Am besten fange ich einfach an zu schreiben, statt mir weiter den Kopf darüber zu zerbrechen, ob ich das Richtige tue. Wenn ich erst einmal angefangen habe, gibt es kein Zurück mehr.

Oben auf die erste leere Seite kommt die Überschrift *Fragen für den Mystery-Buchclub,* die ich unterstreiche, und darunter meine erste Frage:

1. Warum schreibst du auf die Ränder?

Eine leichte Frage. Oder besser gesagt, *mir* kommt sie leicht vor, aber vielleicht gibt es ja mehr als eine Antwort. Allein bei der Vorstellung, was sie darauf erwidern wird, macht mein Herz wieder den vertrauten Hüpfer. Ich hätte nie gedacht, dass mich unser Austausch so begeistern würde.

Ich tippe mir mit dem Stift gegen die Lippen und betrachte den Baum im Zentrum der kleinen Grünfläche. Er sieht anders aus als die Bäume in Ruskin Park. Nachdem ich eine Weile über meine morgendliche Unterhaltung beim Laufen mit Joel nachgedacht habe, schreibe ich die nächste Frage:

2. Was ist besser: Mehr auf die eigene Meinung zu geben oder auf die Meinung, die andere von einem haben?

Helena meint, ich könne mich nicht einlassen. Ich sehe das anders. Aber ich weiß nicht, wer von uns beiden recht hat.

3. Warum Sturmhöhe?

Ich möchte wissen, warum sie ausgerechnet dieses Buch ausgesucht hat. Das Thema macht ja nicht gerade gute Laune. Während ich über die Person auf der anderen Seite dieses Austausches nachdenke, schreibt meine Hand:

4. Kommt es dir manchmal so vor, als wäre dies das Einzige im Leben, worauf du dich freuen kannst?

Meine Güte, James. Willst du sie verjagen? Zu dumm, dass ich das Blatt nicht herausreißen kann, denn auf der Vorderseite befindet sich das Romanende. Ich will aber auch nicht die Ästhetik ruinieren, indem ich die vierte Frage dick durchstreiche. Sie verdeutlicht, dass ich zu viel gegrübelt habe. Aber sie kam spontan – als sei es in Ordnung gewesen, sie zu stellen. Als schaute die Kritzelqueen auch jeden Tag beim Bücherschrank vorbei, so wie ich, wenn ich mit Warten an der Reihe bin. Als freute sie sich vielleicht ebenfalls auf die Bücher und die Kommentare darin. Ich habe keine Ahnung, ob es so ist, aber ich möchte es herausfinden. Mit dieser Frage kann ich allerdings unmöglich aufhören. Viel zu dramatisch. Brauche noch eine Frage, die die Stimmung auflockert.

5. Benutzt du das Wort »Traummann« häufig?

Bevor ich es total vermassele, schiebe ich das Buch besser in meine Tasche zurück und schlage *Mansfield Park* auf, um mir die Einführung durchzulesen.

Fanny Price gilt zwar eher nicht als die Nummer eins unter Austens Heldinnen, aber ich entscheide mich trotzdem für sie. Anhand ihrer Figur will ich herausfinden, was eine Heldin populär oder unpopulär macht. Ich muss das wissen, denn irgendwie geht es jedes Mal, wenn ich weiter an meinem Buch schreibe, um diese mysteriöse Frau, die mir nicht mehr aus dem Kopf will. Sie ist zur Protagonistin meiner Geschichte geworden. Sie ist eigensinnig und witzig, offen und ehrlich. Sie analysiert die Dinge, hinterfragt sie. Weist andere auf deren Schwächen hin, ist sich ihrer selbst jedoch nicht sicher. Sie hält dem Helden einen Spiegel hin, zeigt ihm, welche Fehler er in seinem Leben gemacht hat und was er tun muss, um sie wiedergutzumachen.

Mit jeder Antwort, die ich bekomme, wird meine Protagonistin der Kritzelqueen ähnlicher.

11 Erin

Ich hätte nie gedacht, dass ich mal einen Sonntagnachmittag im Zimmer einer Fünfzehnjährigen verbringen würde, die von Harry Styles besessen ist. Die Wände sind buchstäblich zugepflastert mit Postern und Bildern des berühmten Popstars, selbst die schmalen Zwischenräume, wo der Anstrich hervorlugt, sind mit Mini-Bildchen vollgeklebt. Ziemlich beeindruckend eigentlich. Wenn sie genauso viel Energie ins Lernen stecken würde, wäre sie wahrscheinlich Klassenbeste. Den Mittelpunkt dieser Anordnung bildet ein gerahmtes Foto von Harry, auf dem er einige Jahre jünger ist, Wange an Wange mit meiner neuen Nachhilfeschülerin, einen Ausdruck purer Ekstase im Gesicht – ich kann nur hoffen, dass er sie niemals enttäuschen wird. Auf dem Foto daneben hat er den Arm um eine Frau gelegt, die einen Blumenrock trägt. Das Gesicht der Frau ist komplett mit Kugelschreiber zerstört.

Erst als ich vorhin vor diesem Haus stand, zwei Straßen von meiner Wohnung entfernt, und auf die Klingel drückte, ist mir klar geworden, dass ich dem Vater gar keine E-Mail hätte schicken müssen. Das Buch hatte ich ihm ja längst abgeluchst, und die Wahrscheinlichkeit, dass wir uns noch einmal über den Weg gelaufen wären, lag mehr oder weniger bei null. Aber was soll's. Nun bin ich hier, um seiner Tochter Nachhilfe zu geben, an einem Sonntag ein paar Wochen nach Weihnachten. Ich habe keine Ahnung, wie man Literatur unterrichtet. Ich habe noch nie in meinem Leben Unterricht gegeben. Hoffentlich bleibt es bei dieser einen Stunde. Ich muss mich nur blöd genug anstellen, dann werden sie nicht wollen, dass ich wiederkomme. Eigentlich gebe ich diese Nachhilfestunde ja als Gegenleistung dafür, dass der Vater mir *Mansfield Park* überlassen hat, aber er meinte, er will mir trotzdem fünfzig Pfund zahlen. Ich habe nicht protestiert. Bis jetzt bin ich mit meinem letzten Monatsgehalt und meinen Ersparnissen ausgekommen, aber ich brauche dringend Geld und eine neue Stelle. Kleine Nebenjobs helfen zwar, reichen aber keinesfalls aus, um sich in London über Wasser zu halten, selbst wenn man nur kostenlos verfügbare Bücher liest und sich eine Wohnung mit einem Kerl teilt, den man ab und zu vögelt.

Meine Nachhilfeschülerin, Savannah, sitzt an ihrem Schreibtisch in der Ecke und begrüßt mich mit einem schüchternen Lächeln. Die Pausbacken, die sie auf dem gerahmten Foto hat, sind verschwunden, und ihr langes braunes Haar sieht aus wie mit einem Bügeleisen geglättet. Bonnie und ich haben diese Phase auch durchgemacht. Ich weiß noch, dass sie schallend lachte, als ich mein Haar auf dem Bügelbrett ausbreitete. Sie legte ein Geschirrtuch darüber und rief: »Das klappt nie im Leben!« Als ich mich wieder aufrichtete, bekam sie sich vor Lachen nicht mehr ein, denn mein Haar war oben lockig und unten schnurgerade.

»Ich habe gehört, du könntest etwas Nachhilfe in Literatur gebrauchen?«, frage ich Savannah, als wäre ich ihrem Dad nicht wie eine Irre hinterhergelaufen, sondern von ihm engagiert worden. »Dein Vater hat mir gesagt, in der Probeklausur hättest du deine Wunschnote nicht bekommen?«

»Ich habe *seine* Wunschnote nicht bekommen.«

»Und wie siehst du das?«

»Ich mag Literatur nicht. Ist einfach nicht mein Fach.«

Ich lasse mir nichts anmerken, aber ihre Antwort trifft mich wie ein Dolchstoß mitten ins Herz. Wie kann jemand Literatur nicht mögen? Ich hätte mir kein schöneres Schulfach vorstellen können. Und ich hatte einen wirklich tollen Lehrer. Ich habe schon immer gern gelesen, aber erst Mr Carter hat mir beigebracht, Bücher wirklich zu verstehen. Sie zu respektieren. Mich in die Sprache der Autorinnen und Autoren zu verlieben und herauszufinden, was sie eigentlich sagen wollten. Aber daran darf ich jetzt nicht denken.

»Ich stehe eher auf Mathe«, erklärt sie. »Mein Traum ist, die nächste Assistentin bei *Countdown* zu werden.«

Es stimmt also. Die Menschheit wird nie ein Heilmittel gegen Krebs finden, wenn selbst die cleversten Kids ihre Intelligenz für ein bisschen Ruhm im Fernsehen verschwenden wollen. Um als Spielshow-Assistentin engagiert zu werden, die vor laufender Kamera beweist, dass wir gleichzeitig klug und schön sein können, und die Männer so zum Johlen bringt.

»Ich hab schon meinen eigenen TikTok-Kanal. Wenn ich live gehe, kann ich wahnsinnig viel Geld verdienen. Manche Videos bekommen Tausende Views.«

»Wow.« Ich nicke verblüfft und würde liebend gern mehr darüber erfahren, aber wir haben nur eine Stunde Zeit. »Du weißt ja, dass Jane Austen dieses Buch geschrieben hat«, sage ich, um wieder auf unser eigentliches Thema zurückzukommen, und deute auf die Ausgabe von *Stolz und Vorurteil* auf Savannahs Schreibtisch. »Sie hat mit ihrer Schriftstellerei so viel Geld verdient, dass sie nicht zu heiraten brauchte.«

Ein schwacher Versuch. Savannah rümpft die Nase. »Entweder heirate ich Harry, oder ich heirate gar nicht«, sagt sie und klingt so überzeugt, dass ich ihr fast glaube.

»In der heutigen Zeit kannst du dich zum Glück frei entscheiden«, erwidere ich. »Aber als Jane Austen lebte, blieb Frauen oft nichts anderes übrig, als zu heiraten, weil sie kaum Möglichkeiten hatten, ihr eigenes Geld zu verdienen. Damals gab es *Countdown* leider noch nicht.« Ich gebe mir Mühe, nicht ironisch zu klingen. Wer bin ich, mich über ihren Traum lustig zu machen. Wenigstens hat sie einen.

»Das muss blöd gewesen sein.« Ihr Blick schweift zum Buch, dann wieder zu mir. »Und wenn Frauen damals nicht heiraten wollten? Was passierte dann?«

»Dann konnte es passieren, dass sie dazu gezwungen wurden. Oft wurden Ehen auch arrangiert. Wenn sie sich weigerten, riskierten sie, von ihrer Familie ausgegrenzt zu werden. Genau darum geht es übrigens in dem Buch«, sage ich vorsichtig und versuche, meine Begeisterung zu bremsen. »Lies mal den allerersten Satz.«

Zuerst runzelt sie skeptisch die Stirn, aber dann nimmt sie das Buch, schlägt das erste Kapitel auf, und als sie den ersten Satz gelesen hat, der davon handelt, was Junggesellen angeblich wollen, schaut sie mich verblüfft an.

»Warum wissen Sie so was?«

Ich lache. »Aus dem gleichen Grund, warum du gut in Mathe bist. Weil es mich interessiert.«

Sie liest nun von selbst weiter, ohne dass ich sie dazu motivieren muss. Als ich ihr zuschaue, geht mir das Herz auf. Ihre Augen fliegen geradezu über den Text, sie lächelt sogar. Wenn ich Mystery Mans Antworten auf meine Randkommentare lese, empfinde ich genauso. Wenn er schreibt, dass er durch mich etwas über die Bücher gelernt hat.

»Was glaubst du, welche Rolle Elizabeth Bennet in dem Buch spielt?«, frage ich Savannah.

Sie schaut auf und zuckt die Achseln.

»Ihre Rolle besteht darin zu verdeutlichen, warum Menschen nur aus Liebe heiraten sollten«, erkläre ich.

Savannah nickt.

»Solche Fragen werden dir diesen Sommer bei deiner Abschlussprüfung gestellt. Wenn du willst, kann ich dir helfen, dich darauf vorzubereiten. Wir haben noch vier Monate Zeit.«

Sie lächelt zaghaft und wirkt sofort jünger als mit ihrer ernsten, konzentrierten Miene.

»Wollen Sie die Herausforderung denn annehmen?«, fragt sie.

»Ich kann mir keine bessere Herausforderung vorstellen«, erwidere ich und lächle ebenfalls.

Sie zuckt mit den Schultern, aber ich durchschaue sie. Als Mum Dad verlassen hatte und mich fragte, ob sie mich von der Schule abholen solle, zuckte ich auch immer gleichgültig mit den Schultern, aber in Wahrheit war es mir alles andere als egal.

»Na gut.« Sie reicht mir das Buch, und ich schlucke den Kloß im Hals hinunter.

Als unsere erste Nachhilfestunde vorbei ist, habe ich zwar nicht unbedingt den Eindruck, bei Savannah eine Leidenschaft fürs Lesen entfacht zu haben, aber zumindest konnte ich ihr helfen zu verstehen, worum es in dem Roman eigentlich geht. Den Humor darin zu erkennen, und auch, welche Ansichten über die damalige Gesellschaft die Verfasserin durchblicken lässt. Ich konnte erreichen, dass Savannah sich ein kleines bisschen in Jane Austen verknallt, und das ist viel mehr, als ich mir für die erste Stunde erhoffen konnte. Meine Gedanken wandern zu meinem alten Job, der mir kein einziges Mal dieses berauschende Gefühl gegeben hat, wirklich etwas erreicht zu haben. Und zum Lächeln gebracht hat er mich auch nicht. Ich will weitermachen. Ich will dieses berauschende Gefühl, jemandem helfen zu können, etwas zu verstehen, das mir wirklich am Herzen liegt.

Als ich wieder zu Hause bin, schicke ich Cassie eine Nachricht in der Art, wie ich sie Bonnie früher immer geschickt habe.

ERIN: Heute habe ich einer Harry-Styles-verrückten Fünfzehnjährigen Nachhilfe zu Jane Austen gegeben. Ihr Zimmer war mit Postern ZUGEPFLASTERT. Wie läuft dein Sonntag?

Sie fängt sofort an zu tippen, und allein davon wird mir schon warm ums Herz.

CASSIE: SABBER! Wenn es nicht so schräg rüberkäme, würde ich mir auch sofort die Wände mit Postern von Hazza tapezieren. Du würdest ihn aber nicht mögen. Er steht nicht auf Bücher.

ERIN: Woher weißt du das?

CASSIE: Ich wünschte, ich könnte jetzt sagen, von meiner kleinen Schwester, aber die peinliche Wahrheit ist, dass ich gern Klatschmagazine lese. Er hat das mal in einem Interview erwähnt.

ERIN: Okay, das erzähle ich Savannah besser nicht, sonst nimmt sie nie wieder ein Buch in die Hand.

Georgia hat darauf bestanden, ausgerechnet an dem Tag eine Therapiesitzung für mich zu vereinbaren, an dem wir zum Essen in einer kleinen Brasserie in Covent Garden verabredet sind. Als ich ankomme, sitzt sie schon am Tisch, das dunkle Haar zu einem glatten Bob gestylt, es glänzt noch mehr als sonst. Wahrscheinlich hat sie ein neues Serum entdeckt, das sie mir gleich andrehen will, obwohl ich pleite bin.

»Wie war dein großer Tag?«, fragt sie und steht auf, um mich zu umarmen.

»Meinst du meinen Zehn-Uhr-Termin bei Philippa oder meinen Sechzehn-Uhr-Termin zum Gassigehen?«

»Beide.«

»Tja, der Hund war unglaublich dick und hätte mich fast in eine Pfütze gezogen, und meine Erfahrung mit der Therapeutin war ganz ähnlich, metaphorisch gesprochen.«

Georgia lacht. »Das klingt doch ziemlich positiv. Dann habt ihr offenbar über wichtige Dinge geredet.«

Sie kann es anscheinend kaum erwarten, mehr zu erfahren,

aber ich rufe lieber den Kellner. Georgia wird die Rechnung übernehmen. Das muss ich ausnutzen.

»Können wir bitte eine Flasche von Ihrem besten Champagner haben?«

»Kommt nicht infrage«, sagt Georgia sofort. Das war klar. Ich wollte sie nur foppen. »Für mich ein Sprudelwasser, bitte.«

»Und für mich dann bitte ein großes Glas trockenen Rosé.« Ich gebe dem Kellner die Weinkarte zurück.

»Warum sind wir eigentlich nicht bei dir und bestellen uns was beim Lieferdienst?«, fragt Georgia.

Ich schüttele meine Jacke ab. »Weil es viel mehr Spaß macht, dein Konto in einem teuren Restaurant zu plündern.« Natürlich ahnt sie, dass wir uns wegen Callum nicht bei mir treffen.

»Liegt es etwa an deinem …«

»Philippa vermutet, dass ich tief sitzende Verlustängste habe«, falle ich ihr ins Wort. Ich will sie von der Callum-Fährte weglocken, was allerdings nur funktioniert, wenn ich ihr Lieblingsthema anschneide: die menschliche Psyche, speziell meine. »Übrigens hat Philippa gelacht. Ist das ethisch überhaupt vertretbar?«

»Klar dürfen Therapeuten lachen. Wir sind ja keine Roboter.«

»Wenn du es sagst.«

Der Kellner bringt uns die Getränke, und ich nehme sofort einen Schluck Wein.

»Und was hast du über deine Verlustängste erfahren?«, fragt Georgia.

»Dass sie an dem Tag anfingen, als Mum uns verlassen hat«, sage ich widerstrebend. »Und dass sie bis heute anhalten und ich deshalb ständig damit rechne, von anderen verlassen zu werden.« Mir fällt wieder ein, wie panisch ich wurde, als Mystery Man sich mit dem letzten Buch so viel Zeit ließ. Das fühlte sich nicht gerade gesund an. Vielleicht gehört das alles dazu.

»Und hat sie gesagt, welche Auswirkungen das haben kann?«

»Du kennst die Antwort ja sicher schon.«

Georgia schüttelt den Kopf. »Nicht unbedingt. Es gibt auch keine allgemeingültige Antwort. Nur verschiedene Ansichten.«

»Sie hat gesagt, dass es mir möglicherweise schwerfällt, Leute ins Vertrauen zu ziehen aus Angst, sie könnten mich verletzen«, sage ich und nehme noch einen Schluck Wein. »So was steht doch in jedem Ratgeber.«

Manches will ich lieber für mich behalten. Zum Beispiel, dass es sich gut anfühlte, für meine Reaktionen auf bestimmte Dinge eine Bezeichnung zu haben. Und ein bisschen besser zu verstehen, warum ich mich in solchen Momenten möglicherweise so verhalte.

»Ich bin stolz auf dich. Dass du hingegangen bist«, sagt Georgia. »Ich glaube nur …« Sie hält inne. Schüttelt den Kopf.

»Was?«

»Ich habe mir geschworen, mich nicht in deine Therapie einzumischen.« Sie hebt die Hände, lehnt sich zurück. »Ich bin einfach nur froh, dass du mit jemandem redest. Mehr wollte ich nicht.«

»Aber …?«

Sie versucht zu schweigen, aber sie kann nicht widerstehen. Sie konnte ihre Meinung noch nie zurückhalten. Man kann sie dafür lieben oder hassen, je nachdem, welche Meinung sie hat.

»Versuch einfach, nicht nur das Verhalten der anderen, sondern auch dein eigenes zu betrachten. Manchmal hilft es mehr, sich zu überlegen, was man selbst besser machen könnte, statt sich auf die Fehler der anderen zu konzentrieren. Die anderen kannst du nicht ändern, dich selbst schon.«

»Na toll!« Ich werfe meine Serviette auf den Tisch. »Selbst in der Therapie mache ich alles falsch.«

Georgia schaut zur Decke hoch.

»Du machst das super. Und mehr werde ich nicht dazu sagen. Lass uns bestellen.«

Sie ruft den Kellner, bestellt erst das Beefsteak-Tatar, entscheidet sich dann aber um und nimmt die Fischpastete. Ich bestelle ein Hähnchenschnitzel und schaue Georgia an.

»Was ist denn mit dir los? Fischpastete?«

Georgia bestellt sonst immer Beefsteak-Tatar, wenn es auf der Karte ist. Ich rechne damit, dass sie einen Witz macht oder mir eine Beleidigung an den Kopf wirft, aber stattdessen bricht sie in Tränen aus.

»Gott, so schlecht wird die Fischpastete schon nicht sein«, sage ich und schaue mich um. »Die Frau da drüben isst gerade eine, und sie scheint ihr zu schmecken.«

»Ich heule doch nicht wegen der verdammten Pastete!« Georgia fährt sich mit dem Finger unter den Augen entlang und schaut mich fragend an, ob sie ihr Make-up wieder in Ordnung gebracht hat. Ich schüttele den Kopf und reibe die verschmierte Mascara mit meiner edlen Leinenserviette weg.

Wenn es nicht wegen der Pastete ist, warum weint sie dann? Sie hat einen Job, der ihr gefällt, und ein schickes Appartement ganz für sich allein. Genug Geld hat sie auch, und die Männer reißen sich um sie. Mir fällt nur ein Grund ein.

»Bist du etwa todkrank? Wenn du bis jetzt damit gewartet hast, mir das zu sagen, nach allem, was ich dir gerade über Verlustängste erzählt habe, werde ich dir das *niemals* verzeihen.«

»Wow«, sagt sie. »Wenn ich todkrank wäre, würde ich genau das hören wollen.«

Ich schaue auf die Tischplatte.

»Ich bin schwanger, verdammt noch mal!«, sagt sie so laut, dass die Frau mit der Fischpastete zu uns herüberschaut.

Ich muss unwillkürlich lachen. »Was? Das glaub ich nicht. Wie? Von wem?«

Ich überlege fieberhaft, worüber wir die letzten Male gesprochen haben. Vor ein paar Monaten sagte sie mal, sie sei mit jemandem zusammen, erwähnte es dann aber nicht mehr. Ich war davon ausgegangen, dass es vorbei ist. Weil sie zu viel zu tun hat. Sie rackert sich ja nonstop mit ihren Klienten und mir ab, und ihre Rolle als Lieblingstochter unserer Eltern muss sie natürlich auch noch erfüllen. Für alles andere fehlt ihr die Zeit.

»Warum erfahre ich das jetzt erst? Du bekommst ein Baby? Von wem? In der wievielten Woche bist du?«

»Oh Gott, ist das *peinlich*«, sagt sie. »Dass ich mir in meinem Alter noch aus Versehen ein Kind andrehen lasse.«

»Jetzt antworte endlich!«

»Ich bin in der siebten Woche schwanger«, sagt sie. »Von Rishi.« Ich traue meinen Ohren nicht.

»Von Rishi? Rishi, dem Therapeuten? Sexy Rishy, zu dem du mich geschickt hast, damit er mich die ganze Zeit anschweigt? *Dieser* Rishi?«

»Ja.«

»Du bist von *meinem* Therapeuten schwanger?«

»Deinem *Ex*-Therapeuten. Der mein Kollege ist.«

»Ach du Scheiße. Das wird ein Seelenklempner-Baby.« Ich starre sie an. Das ganze Restaurant scheint unserem Gespräch zu lauschen. »Aber natürlich ein ganz wunderbares«, schiebe ich nach. »Jetzt weiß ich wenigstens, warum dein Haar so glänzt. Das ist doch nicht peinlich. Peinlich wäre es zum Beispiel, wenn du einem Kerl hinterherjagst, um ihm sein Buch wegzuschnappen. Aber schwanger werden ist doch in Ordnung.« Ich beuge mich zu ihr hinüber und nehme ihre Hand. Georgia hat mich bisher noch nie gebraucht. Ich weiß gar nicht, was ich machen soll. »Geht es … geht es dir gut?«, frage ich.

»Nein!«, schluchzt sie.

So kenne ich sie gar nicht. Jetzt bekomme ich auch feuchte Augen.

»Die meisten Leute vergießen Freudentränen bei so einer Nachricht«, sage ich lächelnd.

»Die meisten Leute, die so eine Nachricht bekommen, sind aber nicht Mitte dreißig und Single, und deshalb bleibt ihnen der Vorwurf, dass sie einem Kerl beim One-Night-Stand ein Baby unterschieben wollten, wahrscheinlich erspart!«

»War *das* seine Reaktion?«, frage ich fassungslos.

»Nein. Ich hab's ihm noch nicht gesagt. Aber wenn ich es tue, wird er mir das garantiert unterstellen.«

Ich zucke die Achseln. Gut möglich, dass sie recht hat. Viele Männer glauben ja wirklich, dass wir es ab Ende zwanzig nur noch darauf anlegen. Callum hat letztens sogar einen Witz darüber gemacht: Ich solle besser nicht versuchen, ein Kind von ihm zu bekommen, weil man an den krausen Haaren sofort erkennen könne, dass er der Vater sei. Ich tat es mit einem Lachen ab, aber inzwischen bin ich überzeugt, dass er es ernst meinte.

»Bist du … willst du es denn?«

Sie nickt. Schüttelt den Kopf. Nickt wieder.

»Ich weiß es nicht.«

Sie trinkt etwas Sprudelwasser. Dann greift sie nach meinem Weinglas und nimmt einen großen Schluck. »Habe ich das eben richtig verstanden? Du bist einem Kerl hinterhergerannt, um ihm sein Buch wegzuschnappen?«

Also erzähle ich ihr von Mystery Man, um sie abzulenken. Aber auch, weil ich dem Drang, darüber zu reden, anscheinend nicht widerstehen kann. Sie hört mir staunend zu, fängt an zu grinsen, und als ich fertig bin, beugt sie sich zu mir herüber.

»Tu mir einen Riesengefallen, und frag ihn nach seiner Telefonnummer, hörst du? Damit du endlich aufhören kannst, deinen ätzenden Mitbewohner zu vögeln!«

12 James

Auf dem Weg zur Arbeit mache ich am Bücherschrank halt, um die Regale nach dem vertrauten Exemplar von *Mansfield Park* abzusuchen. Schon wieder nichts. Schon wieder habe ich die Situation vollkommen falsch interpretiert und die Kritzelqueen durch meine fordernde Art verschreckt. Ich wurde gierig, wollte mehr als nur ihre Randkommentare. Hätte ich einfach so weitergemacht wie bisher, hätte ich bestimmt schon längst das nächste Buch gefunden.

Ich laufe schließlich weiter, unter der Brücke hindurch Richtung U-Bahn-Station Brixton, und rufe Dad an.

»Alles okay?«, frage ich, als er nach einer gefühlten Ewigkeit endlich ans Telefon geht.

»Ja, alles bestens, Junge, danke. Habe nur eben deiner Mutter Tschüss gesagt. Sie ist auf dem Weg zum Teppichladen.«

Mum hat seit einigen Wochen einen Job, und Dad scheint die Zeit, in der sie arbeiten geht, einzig und allein damit zu verbringen, auf sie zu warten.

»Hört sich gut an. Wie geht es ihr?«

»Sie hat vor, im ganzen Haus neuen Teppich zu verlegen. Bisher ist ihr Enthusiasmus im Normbereich, aber ich behalte das im Auge.«

Sofort nagt das altvertraute Gefühl der Sorge an mir. Wenn Mum sich auf etwas fixiert, kann das eine manische Episode einläuten, die in einer Depression endet. Es ist dann schwer zu sagen, ob die Begeisterung, die sie für ihren neuen Job hegt, noch ein gesundes Maß hat oder ob mehr dahintersteckt.

»Das klingt vielversprechend. Könnte ein guter Zeitpunkt für dich sein, neue Auftrittstermine als Motivationsredner zu vereinbaren, oder? ›*Wie ich es ganz nach oben schaffte* von Gareth Parr‹.«

»Ja, ich warte noch eine Woche, bis sie sich eingewöhnt hat, dann rufe ich meinen Agenten an. Ich gehe lieber auf Nummer sicher, denn ich will niemanden enttäuschen, falls ich absagen muss.«

Ich massiere mir die Nasenwurzel. »Willst du dich nicht jetzt schon bei ihm melden? Vielleicht gibt es ein paar Unis, die kurzfristig einen Motivationsredner brauchen. Falls was passiert, kann ich ja kommen, um zu helfen, aber es scheint ihr doch gut zu gehen, oder?«

Im Hintergrund ertönt das Klicken des Wasserkochers, gefolgt vom Geräusch des Eingießens. Dann das Klirren eines Löffels, der auf Porzellan trifft.

»Ja, es geht ihr gut. Wie läuft dein Job?«

Ich bin drauf und dran zu sagen, was ich immer sage. Der Job zahlt die Rechnungen, also läuft er prima. Nur stelle ich das, seit ich mit dem Schreiben begonnen habe, immer mehr infrage.

»Er hält mich auf Trab. Ich lerne viel dazu.« Und er liegt in der Nähe des Buchladens, aber auch das lasse ich unerwähnt.

»Klingt gut. Macht sicher Spaß, was dazuzulernen.«

Ich lache. »Schätze schon.« Dann zögere ich. Ich möchte mich vergewissern, dass es ihm wirklich gut geht. Ich habe mich schon oft gefragt, wie es sich für Dad anfühlt, wenn ihm seine Aufgabe genommen wird. Wer ist er, wenn er sich nicht um Mum kümmern kann? »Dann ist also alles okay bei dir?«, frage ich schließlich. Doch es hört sich eher wie eine Feststellung an.

»Alles prima«, antwortet er, und mir treten Tränen in die Augen. Ich weiß gar nicht, warum.

Kaum sitze ich im Zug, hole ich mein Handy hervor, öffne die Notizen-App und fange an zu tippen. Inzwischen ist es mir zur Gewohnheit geworden, ich freue mich sogar darauf. Wenn ich laufen gehe, denke ich über meine Figuren nach. Was ich sie als Nächstes erleben lassen will. Sie verlieben sich gerade ineinander, wie Erin und ich damals in der Schule. Ich muss unweigerlich an uns denken, wenn ich über Carmen und Arthur schreibe. Es bringt die altvertrauten Gefühle sofort zurück.

Einige Monate nachdem wir uns angefreundet hatten, fehlte Bonnie wegen der Geburt ihrer jüngsten Schwester zwei Tage in der Schule. Bis dahin waren wir immer nur zu dritt gewesen, und als Erin sich nun im Literaturkurs neben mich setzte, grinsten wir beide verlegen.

»Hast du das hier schon gelesen?«, fragte sie und zog eine Ausgabe von *Das also ist mein Leben* aus ihrer Tasche. Die Verfilmung lief schon seit einer Weile im Kino.

Ich sah sie erstaunt an, dann lachte ich und zog das gleiche Buch aus meinem Rucksack. »Klar!«

Sie riss verblüfft den Mund auf, ihre warmen grünen Augen strahlten. Ich hatte sie schon immer hübsch gefunden, aber in jenem Moment verwandelte sich dieser Gedanke in ein Gefühl.

Sie stupste mich am Arm. »So ein Zufall!«

Ich wurde knallrot und musste wegschauen. Ihre Berührung brachte mich ganz durcheinander, und ich begriff, dass ich mich zu Erin auf eine vollkommen andere Weise hingezogen fühlte als zu Bonnie. Den Rest der Stunde brachte ich kaum ein Wort heraus, im Gegensatz zu sonst. Ich konnte nur noch an Erins Stupser denken. Und sehnte mich nach weiteren Berührungen von ihr.

»Ich finde, dieses Buch hier gehört in den Lehrplan, Mr Carter«, sagte Erin am Ende der Stunde.

Er winkte sie zu sich, und ich folgte ihr.

»Alle Schülerinnen und Schüler sollten das lesen«, sagte sie.

Er sah sich den Titel an und lächelte. »Ich bin ganz deiner Meinung. Ein wunderbares Porträt über die Schwierigkeiten der Pubertät.«

»In dem Buch steckt aber noch viel mehr«, platzte ich heraus. »Denn erst als Charlie Menschen findet, die ihn so akzeptieren, wie er ist, kann er wachsen.« Ich schaute zu Erin hinüber in der Hoffnung, dass sie verstand, was ich damit sagen wollte. Dass ich dieses Buch so liebte, weil es mich daran erinnerte, dass ich sie und Bonnie gefunden hatte und was mir das bedeutete. Erin schaute mich mit großen Augen an, die Lippen leicht geöffnet. »So habe ich es jedenfalls verstanden«, fügte ich hinzu.

»Aber was ist mit der Liebesgeschichte?«, erwiderte Erin. »Er öffnet sich durch seine Liebe zu Sam. Erst dadurch kann er sich entwickeln. Es geht nicht bloß um Akzeptanz und Verständnis. Auch um Liebe.«

Mr Carter lächelte uns an. »Das ist ja das Wunderbare an Büchern. Sie bringen euch genau das bei, was ihr lernen wollt. Sie sind für alle da.«

Wir wurden unzertrennlich in diesen beiden Tagen. Sie nannte mich »Mauerblümchen«, und ich nannte sie »Nichts« – zwei Insider-Witze aus dem Buch, von dem wir beide so begeistert waren. Im Speisesaal hielten wir Ausschau nacheinander, und wenn wir uns fanden, winkten wir uns zu. Setzten uns hastig zusammen, um die Mittagspause zum Reden zu nutzen. Sie konnte *Die Tribute von Panem* in- und auswendig. Der Literaturkurs war alles, was sie interessierte.

Erin war unsicher, ob sie Frome je verlassen würde, weil sie in der Nähe ihrer Mutter bleiben wollte. Ich erzählte ihr, dass ich es kaum abwarten könne, endlich zu verschwinden. Dass meine Mum an jenem Morgen nackt aus dem Haus gelaufen war und mein Dad sich den Bademantel vom Leib hatte reißen müssen, um sie zuzudecken und wieder hineinzubringen. Erin drückte meine Hand – und alles, was ich konnte, war, auf ihre schlanken Finger zu starren und mir zu wünschen, dass die Welt stehen blieb. Auf dem Heimweg lachten wir die ganze Zeit, stupsten uns gegenseitig an. Manchmal berührten sich unsere Schultern, und wir schauten uns an, und dann passierte etwas zwischen uns. Obwohl ich Bonnie sehr gernhatte, graute mir vor dem Tag, an dem sie zurückkam und all diese Momente nur noch Erinnerungen sein würden.

In der Szene, die ich gerade schreibe, berührt Carmen Arthur. Er ist mutiger als ich. Er macht, was ich mich nie getraut hätte. Er nimmt ihre Hand und zieht sie zu sich herüber. Die Szene wechselt in die Gegenwart. Arthur versucht, sich bei Carmen für seine Fehler zu entschuldigen. Bis zu diesem Moment scheint mein Buch ein reiner Liebesroman zu sein. Dann verändert es sich. Erlösung bedeutet manchmal mehr, als nur zu sagen, dass es einem leidtut: Es geht auch darum, die Fehler, die man begangen hat, wiedergutzumachen. Die beste Form der Entschuldigung besteht darin, ein besserer Mensch zu werden.

Meine Gedanken wandern zu Helenas Nachricht auf meinem Handy. Helena hat gefragt, warum sie nicht genügt, und ich suche noch nach der richtigen Antwort. Sie hat mir die Nachricht gestern geschickt.

Als ich nach meinem Handy greife, um ihr zurückzuschreiben oder es wenigstens zu versuchen, leuchtet eine Nachricht von Joel auf: *Zeit für ein Bier heute Abend?*

Das letzte Mal haben wir uns beim Laufen gesehen. Wir verabreden uns sonst immer Tage im Voraus, es sieht ihm gar nicht ähnlich, ein spontanes Treffen vorzuschlagen. Eigentlich will ich nach Hause und weiter an meinem Buch schreiben. Es ist schon fast zur Hälfte fertig. Es fließt nur so aus mir heraus. Aber vielleicht würde mir etwas Ablenkung ganz guttun.

Klar, Alter, antworte ich.

Ich bin als Erster im Pub, bestelle uns zwei Pints und nutze die Zeit, um darüber nachzudenken, was meine Protagonistin Carmen im nächsten Kapitel anstellen könnte, um Arthur und die Leserschaft zu schocken. Das Problem ist nur, dass Carmen immer mehr mit der Kritzelqueen verschmilzt, und so führt das Grübeln über meine Protagonistin automatisch zu der Frage, was die Kritzelqueen wohl gerade macht. Hoffentlich ist sie damit beschäftigt, diverse Fragen am Ende eines gewissen Buchs zu beantworten

Obwohl wir uns noch nie begegnet sind, habe ich das Gefühl, sie gut zu kennen. Ich kenne ihren Sinn für Humor, durch die Buchstellen, über die sie lacht. Ich kenne ihre Einstellung zu Geld. Ihre Moralvorstellungen und Werte. Ihr graut vor einer alles verzehrenden Liebe, und zugleich sehnt sie sich anscheinend danach. Ich weiß, welche Art Mann sie sucht. Einen, der freundlich und klug ist, doch auch entschlossen, wenn es sein muss. Einen, der sich für andere einsetzt. Die Art Mann, zu der ich hoffentlich auch gehöre.

Ich bin so in Gedanken, dass ich Joel erst bemerke, als er direkt vor mir steht. Er wirkt ganz anders als sonst. Bei unserer letzten Begegnung ist er noch strahlend auf mich zugejoggt. Heute sieht er völlig fertig aus, hat dunkle Ringe unter den Augen. Als er sich zu mir setzt, fährt er sich nervös durchs Haar.

»Danke, dass du gekommen bist«, sagt er und nimmt einen großen Schluck von seinem Bier. »Mir war nach einem Freund.«

»Kein Problem«, sage ich lächelnd. »Alles okay bei dir?«

»Nein, Alter. Im Gegenteil«, erwidert Joel. Seine Antwort verblüfft mich, obwohl er sichtlich mitgenommen wirkt, denn sonst sagt er immer, es gehe ihm prima. »Der Kerl, der mir vier Jahre lang im Büro gegenübersaß, hat sich gestern das Leben genommen.« Joel starrt mich an. »Ich hab gemerkt, dass irgendetwas nicht stimmte, aber wir haben uns immer nur zugelächelt. Uns erzählt, was wir an den Wochenenden gemacht haben. Er ist vom Dach gesprungen.«

»Das tut mir leid, Mann.« Ich weiß nicht, was er jetzt braucht. Am besten behandele ich ihn wie Mum und höre ihm zu.

»Ich hätte ihn fragen müssen, wie es ihm geht. Dann hätte er vielleicht geredet, und dann wäre das nicht passiert. Ich hätte ihm vielleicht helfen können.«

»Gib dir nicht die Schuld daran. Du konntest doch nicht wissen, was in ihm vorging.«

Joel schüttelt den Kopf. »Aber ich hätte ihn fragen können!« Er schaut weg, presst die Lippen zusammen. »Was ist mit uns Männern nur los? Warum reden wir nie miteinander? Das ist doch nichts, wofür man sich zu schämen braucht, oder?« Er schaut mich wieder an. »Frag mich. Los. Frag mich, wie es mir geht. Aber richtig. Dann antworte ich dir. Und danach frage ich dich. Lass es uns einfach versuchen.«

Er lehnt sich zurück und wartet. »Wie geht es dir, Joel?«, frage ich.

»Mir geht es beschissen, danke. Jemand, um den ich mich hätte kümmern sollen, hat sich umgebracht, und ich gebe mir die Schuld daran. Ich war so auf meinen Job fixiert, dass ich nicht gemerkt habe, wie schlecht es meinem Kollegen ging.«

Puh, denke ich. Ganz schön heftig.

»Das hat sich echt gut angefühlt«, sagt Joel. »Jetzt bist du dran. Wie geht es dir, James?«

Ich schaue mich seufzend um. »Ich bin in eine Frau verknallt, der ich noch nie begegnet bin, und hab die Schnauze voll von meinem Job.« Jetzt ist es raus. Und ich bin selbst geschockt. Joel lacht leise.

»Ich warte schon seit Jahren darauf, dass du es endlich zugibst.«

»Was?«

»Dass du von deinem Job die Schnauze voll hast.«

Ich schaue ihn verblüfft an. »Du hast mir doch geraten, ihn anzunehmen. Nach dem Motto: ›Wenn du nicht weißt, worin du gut bist, such dir ’nen Job, der dich stinkreich macht.‹ Weißt du noch?«

Er seufzt. »Alter, bei dem Spruch ging es doch gar nicht um dich. Verdammt, ich beneide dich um das, was du hast! Um deine Leidenschaft fürs Schreiben. Um dein Talent, das mir schon in den Texten aufgefallen ist, die du mir damals in der Schule gezeigt hast. Glaubst du im Ernst, ich wäre in meinem Job gelandet, wenn ich auch nur einen Hauch von deinem Talent hätte? Ich mache meinen Job, weil ich nichts anderes kann!« Er schaut auf sein Bier, dann wieder zu mir. »Weißt du noch, als wir letztes Mal hier waren? Du konntest dich noch nicht mal an deine eigene Buchidee aus der Schule erinnern! Ich konnte es kaum fassen, echt. Wie konntest du das jemals vergessen?«

Ich senke den Blick und schlucke. Joel denkt also, er hätte keine Wahl, im Gegensatz zu mir. So etwas hat er noch nie zu mir gesagt.

»Ich habe angefangen, das Buch zu schreiben«, sage ich schließlich. Joel reißt die Augen auf.

»Was? Im Ernst? Du schreibst wieder?« Er beginnt zu strahlen wie schon lange nicht mehr. »Warum weiß ich das nicht längst? Alter, du solltest wirklich öfter mit mir reden. Ich versteh ja, dass es für dich anders ist, weil du im Gegensatz zu mir noch einen Bruder hast, mit dem du reden kannst, aber …«

»Mit Elliot hab ich schon seit Jahren nicht mehr richtig gesprochen«, erwidere ich. Habe ich Joel wirklich so wenig erzählt, dass er gar nicht weiß, wie sehr mein Bruder und ich uns entfremdet haben? Er hat noch den Elliot vor Augen, der mich damals von der Schule abholte. Der extra ein Jahr Pause gemacht hat, um mich in meinem letzten Schuljahr zu unterstützen.

Damals habe ich mit meinem Bruder noch über alles geredet, während wir auf unseren Bikes die Pisten hinunterfuhren und uns der Matsch nur so ins Gesicht flog. Als dann der Sommer begann und ich meinen Schulabschluss in der Tasche hatte, nahm er sich ein weiteres Jahr und ging auf Reisen. Aus einem Jahr wurden zwei. Mein Bruder blieb fort, er kontaktierte uns noch nicht einmal, weder Dad noch Mum, noch mich. Er verschwand einfach von der Bildfläche. Er zog seinen Selbstfindungstrip durch und ließ mich allein zurück. Als er wieder auftauchte, hatte er ein vollkommen neues Leben. Einen Ehemann, dann auch noch ein Baby. Er hatte jemand anderen zum Reden gefunden.

»Und mit wem redest du dann?«, fragt Joel. Ich denke sofort an die Kritzelqueen.

»Weiß nicht. Ich dachte, mit dir, aber scheint ja nicht so zu sein.«

»Wir reden zwar, aber nur oberflächlich, oder? Ich weiß zum Beispiel, dass du dich nicht auf Helena einlassen willst, aber den genauen Grund dafür weiß ich nicht. Ich ahne, wie sehr du Bonnie vermissen musst, aber ich habe keine Ahnung, wie du damit klarkommst. Ich weiß, dass du dich für die Krankheit deiner Mum verantwortlich fühlst, aber wie schwer sich diese Last für dich anfühlt, kann ich nicht sagen.« Er öffnet den oberen Knopf seines Hemdes, fasst sich an den Nacken. »Ist das nicht verrückt? Wenn man mal drüber nachdenkt?«

Ich lache. »Schätze schon.«

»Komm.« Er steht auf und leert sein Bier in einem Zug. »Um die Ecke ist ein guter Thai. Lass uns beim Essen weiterreden.«

Als ich zu Hause ankomme, ist es nach Mitternacht, und dank meines Treffens mit Joel habe ich endlich den Mut gefunden, die Nachricht zu versenden, die ich schon vor Wochen hätte versenden sollen. Und auch die richtige Antwort habe ich endlich gefunden. Ich nehme mein Handy und schreibe an Helena.

James: Ich muss den James, der ich in der Schule war, hinter mir lassen, aber wenn ich mit dir zusammen bin, schaffe ich das nicht. Es tut mir wirklich leid. Du bist ein wunderbarer Mensch. Du verdienst es, mit jemandem zusammen zu sein, der nicht seine Vergangenheit sieht, wenn er dich anschaut, sondern seine Zukunft. X

13 Erin

Es gibt viele Arten zu trauern. Diesen Satz warf meine Therapeutin bei unserer letzten Sitzung ein, und er hat etwas in mir aufgebrochen, das ich seit dem Tag verschlossen hielt, als Bonnie mir von ihrer Diagnose erzählte.

Damals lebten wir bereits seit vier Jahren in London, und an jenem Tag schickte sie mir eine Nachricht, um zu fragen, wann ich mit der Arbeit fertig sei. Das machte sie manchmal. Sie war gern spontan. Als ich aus dem Traitor-Gebäude kam, lehnte sie schon an einem Poller und wartete auf mich. Sie trug einen langen braun-grünen Batikrock mit passendem Crop-Top. Sie sah einfach umwerfend aus, wie immer. Ich lief lachend auf sie zu, um sie zu umarmen, und sie hielt mich ein wenig länger fest als sonst. Ich war überglücklich, sie zu sehen. Wegen ihrer Beförderung hatte sie so viel zu tun, dass ich sie kaum noch ans Telefon, geschweige denn zu sehen bekam.

Sie sah wirklich toll aus. Ihre Augen hatte sie mit Liquid Eyeliner und Wimpernextensions betont. Ihre krausen Locken trug sie offen, wie ich es am liebsten mochte, sie füllten den Raum um sie aus, so wie sie selbst jeden Raum ausfüllte, den sie betrat. Allein ihr Anblick war, als ginge die Sonne auf. Sie wärmte mir das Herz.

»Ich bin so froh, dich zu sehen.«

Sie biss sich auf die Lippe. »Ich auch. Was ist das denn?« Sie deutete auf meine lilafarbene Samtlatzhose, ein neues Traitor-Fashion-Modell, das ich bei einem Meeting mit ein paar Influencerinnen hatte tragen müssen. Die Latzhose stand mir zwar nicht, aber ich hatte sie anbehalten, damit mein spanischer Boyfriend Pablo sich zu Hause kaputtlachen konnte, bevor er sie mir hoffentlich auszog.

»Entsetzlich, oder?«

»Ja, unfassbar. Und sie passt überhaupt nicht zu meinem Outfit. Aber egal!«

Sie streckte mir ihren Arm entgegen, und ich hakte mich bei ihr ein.

»Wo wollen wir denn hin?«

»Ich dachte, wir könnten ein bisschen spazieren gehen.«

Ich drehte mich stirnrunzelnd zu ihr. Bonnie ging nie einfach so spazieren, sie hatte immer ein Ziel, verschwendete keine Sekunde. Irgendetwas war los mit ihr. Sie war gekommen, um mir etwas zu sagen. Im Hintergrund ertönte ein Martinshorn.

»Was ist los, Bon?«

Ich blieb stehen, und im nächsten Moment wurde mir eiskalt, denn sie verlor die Fassung. Mit Tränen in den Augen schaute sie zu mir herunter.

»Es geht mir nicht gut. Ich bin krank.« Sie nahm meine Hände und drückte sie. »Ich habe Lungenkrebs, Stadium vier.«

Ich schlug die Hände vor den Mund. Mir wurde schwindlig. Ich konnte es nicht glauben. Das durfte nicht sein.

»Das kann man aber doch behandeln, oder? Da gibt es doch bestimmt eine Therapie?«

In ihrem Blick flackerte etwas auf, als hätte sie ein Déjà-vu. Als wäre sie das Gleiche schon von anderen gefragt worden.

»Man kann es versuchen. Ich kann eine machen, aber sie sind nicht sicher, ob das was bringt.«

»Doch!« Ich nickte eifrig. Versuchte, uns beide zu überzeugen. »Das muss was bringen! Du bist jung. Du bist …« Mir fehlten die Worte. »Bonnie. Die Welt ergibt keinen Sinn ohne dich.« Meine Kehle war wie zugeschnürt. Ich wollte stark bleiben, aber es war zu schwer.

Sie lächelte traurig, als gäbe es da etwas, wovon ich noch nichts wusste, und ich begann zu zittern.

»Es tut mir so leid«, sagte sie mit brechender Stimme.

Ich schüttelte den Kopf. »Sag das nicht, hörst du?« Ich zog sie an mich und umarmte sie fest. Ein paar Männer kamen an uns vorbei und pfiffen anzüglich.

»Ich fahre nach Frome, um mich dort behandeln lassen«, sagte sie und ließ mich los.

»Wann?«

»Morgen.«

Es fühlte sich wie ein Abschied an. Ich war noch gar nicht bereit dafür. Sie hatte es mir doch eben erst gesagt.

»Ich komm dich am Wochenende besuchen«, sagte ich und wischte mir die Tränen aus den Augen.

»Prima.« Sie zwang sich zu einem Lächeln, und das brach mir das Herz. Denn sie lächelte nur mir zuliebe. Sie hatte keine Hoffnung mehr.

»Alles wird gut«, sagte ich. »Du wirst wieder gesund.«

Doch ihr Lächeln war gewichen. Etwas anderes hatte bereits von ihr Besitz ergriffen. Angst. Trauer. Sie war noch da, aber eigentlich war sie schon weg.

Philippa erklärte mir, dass viele auf die Krebsdiagnose einer nahestehenden Person ähnlich reagieren. Sie fangen unwillkürlich an zu trauern, obwohl die betreffende Person ja noch da ist. Sie fangen an, sich ein Leben ohne sie vorzustellen, sich darauf vorzubereiten. Und dann fühlen sie sich schuldig, überhaupt solche Gedanken zu haben.

Als ich Richtung Burgess Park laufe, dick eingemummelt gegen die Spätwinterkälte, wird mir klar, dass mein Leben ohne Bonnie ganz anders geworden ist, als ich dachte. Ich hatte mit einer klaffenden Lücke an der Stelle gerechnet, wo sie einst war. Darauf hatte ich mich vorbereitet. Doch das Gegenteil ist eingetreten. Sie füllt diesen Raum noch immer aus. In meinen Gedanken ist sie noch immer so präsent, dass ich mich permanent nach ihr sehne. Als ich Cassie gestern Abend beim Essen davon erzählt habe, hat sie mich fest umarmt.

»Das muss schlimm sein für dich«, hat sie gesagt, während sie mich an sich drückte. »Erschöpfend, sie so schmerzlich zu vermissen. Sie konnte sich wirklich glücklich schätzen. Glücklich, eine Freundin wie dich zu haben.«

Meine Tränen tropften auf Cassies hellgrünen Pulli. Ich kniff die Augen zu. Sie hätte das nicht gesagt, wenn sie die Wahrheit wüsste.

Kurz vorm Park schicke ich Georgia eine Nachricht. Nichts Dringendes. Ganz unverfänglich.

ERIN: Wie geht's dir?

Sie antwortet sofort.

GEORGIA: Du willst doch bloß wissen, ob ich das Baby behalte, und die Antwort lautet …

Ich starre gebannt auf das Display.

GEORGIA: Ich sag's dir heute Abend. Mums Geburtstag. 19 Uhr. Ich zahle.

Ich schiebe das Handy zurück in meine Jackentasche, ziehe den Schal enger und marschiere weiter.

In Burgess angekommen, betrete ich einen kleinen umzäunten Garten am Rande des Parks und setze mich unter einem Baum auf eine Bank.

Schon vor einer Weile habe ich die Fragen, die Mystery Man in den Emily-Brontë-Roman geschrieben hat, hinten in den Jane-Austen-Roman übertragen, und jetzt bin ich bereit, sie zu beantworten. Ich freue mich sogar schon darauf. Schmunzelnd hole ich meinen Stift hervor und schlage die letzte Seite auf.

1. Warum schreibst du auf die Ränder?
Das habe ich schon immer gemacht. Die Ränder sind dazu da, beschrieben zu werden, sonst würde der Text doch bis zur Kante gehen, oder glaubst du nicht? Ich stelle mir immer vor, wie traurig die Autorin wäre, wenn jemand ihre Worte liest und das Buch dann einfach weglegt, als hätten sie keine Bedeutung. Das könnte ich nicht. Bücher bringen uns etwas bei, und ich möchte sichergehen, dass ich alles darin mitbekomme. Ich schreibe auf die Ränder, um das Buch im Gedächtnis zu behalten. Und die Worte im Herzen.

2. Was ist besser: Mehr auf die eigene Meinung zu geben oder auf die Meinung, die andere von einem haben?

Die Frage bringt mich zum Lachen. Wie mag er wohl darauf gekommen sein? Meine Gedanken wandern zu dem Leben, das ich gerade führe. Ich ignoriere meine eigenen Bedürfnisse, um so zu leben, wie Bonnie es von mir gewollt hätte.

Oh, es ist auf jeden Fall besser, mehr auf die Meinung der anderen zu geben. Ich glaube, sie sind nicht so streng mit uns wie wir selbst.

Wahrscheinlich ist das nicht die Antwort, die er hören will. Aber er wünscht sich ja Ehrlichkeit von mir.

3. Warum Sturmhöhe?
Weil es das einzige Buch war, das nach Dickens infrage kam. Estella und Pip versus Heathcliff und Cathy. Dickens versus Brontë. »Du bist ein Teil meines Daseins, ein Teil meines Selbst« versus »Er ist mehr ich selbst, als ich es bin«. Leidenschaft versus unerwiderte Liebe. Ich glaube, diese beiden Bücher, so unterschiedlich sie auch sind, bringen uns alles bei, was wir über die Liebe wissen müssen. Egal wie die Umstände sind, sie bringt entweder Kummer oder Freude mit sich. Manchmal auch beides. Mir war gar nicht klar, wie ähnlich sie sich sind. Oder besser gesagt, wie ähnlich die Reaktionen waren, die sie in mir ausgelöst haben. Warum macht mir diese Art von Liebe solche Angst? Das ist eine rhetorische Frage. Wenn ich die Antwort nicht kenne, wirst du, Mystery Man, sie vermutlich auch nicht kennen.
4. Kommt es dir manchmal so vor, als wäre dies das Einzige im Leben, worauf du dich freuen kannst?

Bis jetzt sind mir die Antworten leichtgefallen. Aber diese Frage bringt mich dazu, *Sturmhöhe* fest an meine Brust zu drücken. Ich bin überrascht, dass er sie stellt, aber noch mehr bin ich erleichtert.

Du hast ja keine Ahnung. Ich könnte noch viel mehr schreiben, aber diese fünf Worte bringen eigentlich alles zum Ausdruck.

5. Benutzt du das Wort »Traummann« häufig?

Jetzt versucht er, die Stimmung aufzulockern. Das ist gut.

Nur bei Atticus. Er ist der einzige Mann, der diesen Titel verdient.

Ich tippe mit dem Stift auf die Seite. Unter meiner Antwort ist noch jede Menge Platz für weitere Fragen. Da könnte ich doch noch ein paar eigene hinzufügen.

6. Was für ein Mensch war Eileen wohl? Was glaubst du?

Darüber habe ich schon öfter nachgedacht. Ob er überhaupt versteht, auf wen sich die Frage bezieht? Hat er die Gedenktafel im Bücherschrank gesehen?

7. Wenn du eine Figur aus einem Buch sein könntest, welche würdest du sein wollen und warum?
8. Wie oft gehst du zum Bücherschrank?
9. Glaubst du, wir würden uns im wirklichen Leben verstehen?
10. Fragst du dich manchmal, warum zum Teufel du nicht mehr aus deinem Leben machst?

Er hat sich ja verletzlich gezeigt, also kann ich es auch.

Als ich wieder beim Bücherschrank bin, lege ich *Der große Gatsby* kurz beiseite, um meine Antworten auf den letzten Seiten von Austen und die Fragen, die ich daruntergeschrieben habe, noch einmal zu überfliegen. Nicht dass ich mich total blamiere. Aber selbst wenn: *Mystery Man* ist ein Fremder, wir kennen uns nicht, ich kann also ganz ich selbst sein. Diese Freiheit ist geradezu berauschend. Dann schnappe ich mir den Fitzgerald, und auf eine leere Seite am Ende schreibe ich: *Danke, dass du mir die Freiheit gibst, ich selbst zu sein.*

Für Mums Geburtstag hat Georgia einen Tisch im Megan's in Clapham reserviert. Ich bin zu spät dran, und als ich eintrudele, sind die beiden längst da. Mum hat sich in ihr London-Outfit geworfen, Jeans mit glänzendem Gürtel, dazu ein Oberteil in leuchtendem Pink. Und beim Friseur war sie auch, ihr frisch gefärbtes Haar fällt in sanften Wellen um ihr Gesicht. Als sie mich sieht, strahlt sie. Also hat sie sich entschieden, das Grau doch nicht nachwachsen zu lassen. Warum nur? Das Grau stand ihr. Wobei es mir so auch gefällt. Aber früher wäre sie zuerst zu mir gekommen. Sie hätte mich nach meiner Meinung gefragt, bevor sie in den Salon geht. Ich fühle mich übergangen, und das tut weh.

Sie streckt die Arme aus, um mich zu drücken, und ich bekomme sofort ein schlechtes Gewissen, weil ich weder ein Geschenk noch eine Karte für sie habe. Ursprünglich hielt ich das für eine gute Idee, um ihr eins auszuwischen, doch jetzt, wo sie mir gegenübersitzt, sichtlich erfreut darüber, dass ich wenigstens zum Essen aufgetaucht bin, denke ich, ein kleines Geschenk wäre nett gewesen. Als wir noch Kinder waren, habe ich mir immer sehr viel Mühe zu ihrem Geburtstag gemacht. Ich brachte Dad dazu, mit mir zu Anokhi zu fahren, ihrem Lieblingsladen in Bath, um dort eine Halskette oder ein Accessoire für sie auszusuchen. Sie hat jedes Mal vor Freude geweint. Ich glaube, den Gürtel, den sie heute trägt, hat sie auch von mir.

»Alles Gute zum Geburtstag«, sage ich und lasse mich von ihr drücken, ohne sie selbst zu umarmen. Dann schnappe ich mir Georgia und flüstere ihr ins Ohr.

»Ja oder nein? Ich bin nur deshalb gekommen!«

Sie umarmt mich. »Ja«, flüstert sie, und mein Herz macht einen Sprung. Mir war gar nicht klar, dass mir ihre Antwort so wichtig ist. Ich drücke meine Schwester fest an mich, bevor ich ihr und Mum gegenüber Platz nehme.

»Hattet ihr einen schönen Tag in Smog City?«, frage ich Mum, während ich die Speisekarte studiere.

»Da du so spät dran bist, haben wir für dich mitbestellt«, sagt Georgia, um mich zu zwingen, die Speisekarte wegzulegen und Mum anzuschauen.

»Ja, es war wundervoll, danke. *Matilda* war herrlich. Schade, dass du nicht mitkommen konntest.«

Ich werfe Georgia einen Blick zu, und sie lächelt kaum merklich. Sie hat mich gar nicht erst eingeladen. Sie weiß, wie viel Mum ich vertrage.

»Jetzt ist Erin ja endlich da, und wir können dir unser Geschenk geben«, verkündet Georgia. »Erin, magst du was dazu sagen?«

Schon erstaunlich, wie schnell aus Liebe Hass werden kann, wenn es um meine Schwester geht.

»Nein, mach du ruhig«, sage ich mit honigsüßem Lächeln. »Hattest du nicht sogar eine Ansprache vorbereitet?«

»Hier, Mum«, sagt Georgia und ignoriert meine Bemerkung geflissentlich. »Das ist von Erin und mir.«

Sie reicht Mum eine Geschenkbox mit Schleife. Was könnte da wohl drin sein? Geschenke besorgen ist nicht so Georgias Ding. Entweder googelt sie und kauft, was ganz oben auf der Liste steht, oder sie gibt Unsummen für irgendeinen unnützen Luxus aus.

Mum entfernt die Schleife, nimmt den Deckel ab und holt ein gerahmtes Foto heraus. Sie betrachtet es sehr lange, bevor sie es an die Brust drückt.

»Danke, das ist wirklich lieb.« Sie stellt den Rahmen vor sich auf. Ich kann das Foto nicht sehen und habe nicht die geringste Ahnung, was Georgia ausgesucht hat.

»Gern geschehen«, sage ich lächelnd, und Georgia grinst mich an. Sie hat den Spaß ihres Lebens.

Mum schaut mich an.

»Das mit deiner Arbeit tut mir leid«, sagt sie. »Du hattest letztens gar nicht davon gesprochen. Georgia hat es mir dann erzählt. Wie geht es dir denn?«

»Ganz gut!« Eigentlich finde ich ja, dass Mum ihr Recht, über mein Leben Bescheid zu wissen, in dem Moment verwirkt hat, als sie es zerstörte, aber ich verspüre plötzlich den überwältigenden Wunsch, sie zu beeindrucken. Von ihr umarmt und gelobt zu werden. Von ihr gehalten zu werden, so wie früher. Und genau aus diesem Grund wollte ich nicht kommen. Weil ich genau wusste, dass das passieren würde. Denn es ist viel einfacher, den Anschein, dass es mir egal ist, zu wahren, wenn ich sie nicht direkt vor mir sehe. »Ich habe viele Bewerbungsgespräche, von meinem neuen Freund ganz zu schweigen. Ich bin kaum noch zu Hause.«

Sie schürzt die Lippen. »Ich dachte mir schon, dass du viel zu tun hast. Ich habe angerufen. Mehrmals.«

Meine Gedanken wandern zu all den Momenten, als ich ohne Freund und Job-Interview zu Hause auf meinem Bett lag, das Wort »Mum« auf meinem Handy aufleuchten sah, wartete, bis es wieder verschwand, und mir einredete, dass ich nicht drangehen konnte, weil meine Finger mit Erdnussbutter verschmiert waren. Der Kloß in meinem Hals wird immer dicker. Ich schlucke.

»Du kennst mich eben …« Ich zucke mit den Schultern. »Hab immer viel zu tun.«

Georgia beobachtet mich, Ellenbogen auf dem Tisch, Hände zusammengepresst.

»Welche Bewerbungsgespräche?«, fragt sie. »Davon weiß ich ja gar nichts.«

»Ich erzähl dir eben nicht jede Kleinigkeit«, sage ich. Obwohl das gar nicht stimmt.

Georgia zieht die Braue hoch. Mum schaut uns beide an.

»Ich habe jetzt eine Nachhilfeschülerin, Savannah. Sie hat bei der Probeklausur in Englisch eine Vier bekommen und macht im Mai ihren Abschluss. Wir treffen uns jede Woche für ein paar Stunden. Als ich letzte Woche bei ihr war, hat sie von sich aus Shakespeare gelesen und wollte sogar darüber diskutieren.« Ich muss meine Begeisterung zügeln. Ich habe Mum schon mehr erzählt, als mir lieb ist, nur weil Georgia da ist.

»Das ist ja fabelhaft, Erin!« Mum strahlt. Ich zucke mit den Schultern und nehme meine Gabel. Fange an, auf dem Tisch damit herumzustochern. Mum greift nach meiner Hand, um mich davon abzuhalten. Ich lege die Gabel wieder hin. Fehlt nur noch, dass ich die Augen verdrehe, wie damals als Teenager.

Sie lässt ihre Hand auf meiner liegen. »Lass uns einfach ehrlich zueinander sein, Erin. Ich ertrage es nicht, wenn …«

»So, ich habe hier eine Buddha Bowl und einen gegrillten Lachs«, sagt der Kellner. Ich könnte ihm um den Hals fallen.

»Die Buddha Bowl ist für mich«, sagt Georgia und hebt die Hand. Mum senkt den Blick. Ich nehme jede ihrer Bewegungen wahr, und als sie die Schultern hängen lässt, zieht sich mir die Brust zusammen.

»Lachs, bitte«, sagt sie leise und schiebt den Rahmen in meine Richtung, um Platz für den riesigen Teller zu machen, der ihr serviert wird. Dabei dreht sich der Rahmen, und als ich unser Geschenk sehe, zerreißt es mir das Herz. Es ist ein Foto von mir und Georgia, als wir noch klein waren. Wir schmiegen uns beide an Mum, küssen sie auf die Wange und schauen dabei in die Kamera, während sie lacht. Früher verbrachte ich meine Zeit am liebsten mit Mum. Jetzt tut es nur noch weh. Innen und am ganzen Körper.

»Hähnchen-Kebab«, sagt der Kellner.

»Perfekt, danke.« Ich lächle Georgia zu, die genau das Richtige für mich bestellt hat.

»Ich dachte, das schmeckt dir vielleicht«, sagt Mum, ein zufriedenes Lächeln im Gesicht, das den Schmerz verdrängt.

»Danke, Mum«, sage ich mit zugeschnürter Kehle. Liebe wogt in mir auf, schwappt über all den Groll und das hinweg, was ungesagt blieb. Ich schneide das Fleisch klein und schaue auf. »Die Frisur steht dir wirklich gut«, sage ich und schiebe mir einen Bissen in den Mund, bevor ich meine Worte bereuen kann.

14 James

Mein Buch hat schon einen Arbeitstitel: *Zehn Arten, sorry zu sagen.* Durch mein Treffen mit Joel ist mir nämlich ein weiteres Element bewusst geworden, das ich einflechten will: die Schuldgefühle, die wir selbst dann in uns tragen, wenn wir gar nicht schuld sind. So oft sagen wir, dass es uns leidtut, dabei bräuchten wir das gar nicht zu tun. Und sollten es auch nicht.

Ich war zwölf, als Mum mir zum ersten Mal erzählte, dass ihre bipolare Störung nach meiner Geburt anfing. Lange Zeit seien alle davon ausgegangen, es handele sich um eine postnatale Depression, bis Dad auf der Diagnose durch einen Arzt bestand. Was mein Kopf damals abspeicherte, war: Wäre ich nicht geboren worden, wäre sie gesund geblieben. Dann hätte sie eine Vollzeitstelle haben können. Jeden Tag lachen können. Einmal, als sie eine ihrer besonders schlimmen Phasen hatte, entschuldigte ich mich bei ihr. Seit drei Wochen war sie nicht mehr in der Lage gewesen, ihr Zimmer zu verlassen. Sie hatte diesen leeren Gesichtsausdruck, als würde sie uns nicht einmal mehr erkennen. Dad schickte mich hoch, um sie zu fragen, ob sie nicht hinunterkommen wolle, einen Film schauen, doch sie schüttelte nur den Kopf. Ich rannte zu ihr, drückte ihre Hand, wünschte mir verzweifelt, dass es ihr gut ging.

»Es tut mir so leid, dass du wegen mir so geworden bist«, sagte ich.

In der Filmversion meines Lebens erwiderte sie meinen Händedruck und sagte, es sei nicht meine Schuld. Dass sie das tausend

Mal durchmachen würde, Hauptsache, sie hätte mich. In der Realität lag ihre Hand wie ein kalter Stein in meiner, bis sie sie wegzog und sich auf die Seite drehte.

Es war dumm, auf Vergebung zu hoffen, und seither habe ich es auch nie wieder gewagt. Stattdessen habe ich mich damit abgefunden, dass sie wegen mir so ist, wie sie ist. Das Leben, das sie kannte, hörte in dem Moment auf, als meines anfing.

Die größten Schuldgefühle habe ich wegen meiner Mutter, schrieb ich in einem meiner Kommentare an die Kritzelqueen.

Wie gut, dass es Geschwister gibt, oder?,

antwortete sie.

Weil sie die einzigen Menschen sind, die unsere abgefuckte Familiendynamik verstehen können. Wenn ich nicht meine Schwester zum Reden hätte, hätte ich bestimmt längst den Kontakt abgebrochen!

»Was verschafft mir die Ehre?«, fragt Elliot, als ich ihn an einem Samstagnachmittag anrufe, weil mir ihre Worte nicht mehr aus dem Kopf gehen. Vielleicht muss ich mir mehr Mühe geben.

»Ach, ich dachte, ich melde mich einfach mal bei meinem Bruder und meinem Lieblingsneffen. Hallo, Jordan!« Elliot und Jordan stehen normalerweise gegen sechs Uhr auf. In New York ist es zwar noch früh, aber ich wusste, er ist schon wach.

»Wer ist das?«, ertönt eine Stimme im Hintergrund, und ich zucke innerlich zusammen. Wenn ich öfter anrufen würde, hätte er meine Stimme sofort erkannt. Ich weiß auch nicht, warum es mir so schwerfällt zu telefonieren.

»Das ist dein Onkel James.«

»Welcher James?«

Elliot schaut in die Kamera und zieht eine Grimasse. Irgendwie sieht er anders aus als sonst. Ich runzele die Stirn.

»Was ist denn mit deinem Gesicht passiert?«

»Meinst du die hier?« Er zeigt mir seine Zähne, die ungefähr zehn Mal weißer sind als in unserer Kindheit.

»Ja, die auch. Aber das ist nicht alles, oder?«

»Botox«, flüstert er.

Ich bin fassungslos. »Du bist zweiunddreißig.«

»Umso besser, dass ich jetzt jünger aussehe.«

»Wenn du lachst, kannst du aber nur noch den Mund bewegen. Das sieht total schräg aus.«

Mein Bruder lacht, und seine Mimik bleibt seltsam starr. Aber da sind sie wieder: die gegenseitigen Neckereien, in die wir verfielen, als wir noch jünger waren. Wenn wir so miteinander reden, erinnert mich das an die guten Zeiten, die wir als Familie hatten. Die Zeiten, als wir alle zusammen am Strand waren und Mum uns im Sand einbuddelte und uns Eiscreme kaufte. Und Dad uns in die Wellen warf. Und Elliot und ich ausgeschimpft wurden, weil wir uns geprügelt hatten. Die Tage, an denen wir wie eine ganz normale Familie waren.

»Und wie läuft's in New York?«, frage ich schließlich.

»Ach, alles wie gehabt. Carl ist immer noch ständig unterwegs. Schließt irgendwelche großen Werbedeals in L. A. ab. Jordan lernt jetzt Football, er hat gute Chancen, der nächste Tom Brady zu werden, oder, Kumpel?«

Das ist mir schon öfter aufgefallen: Wenn ich Elliot frage, wie es ihm geht, redet er von Carl und Jordan, so ähnlich wie Dad, der nur von Mum erzählt.

»Klingt super, Jordan!«, rufe ich. Vielleicht kann er mich ja hören.

»Und was essen Football-Stars zum Frühstück?«, sagt Elliot, erhebt sich vom Sofa und geht in die Küche. »Proteine. Speck. Eier. Pfannkuchen. Ist gleich fertig!«

»Ab wann gilt man eigentlich offiziell als Amerikaner? Wenn man einen heiratet, oder wenn man Eier und Pfannkuchen zum Frühstück isst?«

»Ich glaube, ab dem Moment, wenn man sich dabei erwischt, ein ›Soda‹ zu bestellen.«

Wir ziehen beide eine Fratze, mein Gesicht wird runzlig, Elliots bleibt glatt. Wir brechen in Gelächter aus.

»Denkst du manchmal darüber nach zurückzukommen?«, frage ich. Seit ich den Kommentar der Kritzelqueen über Geschwister gelesen habe, frage ich mich, wie es wäre, wenn er wieder nach Hause käme. Wie das die Situation vielleicht verändern würde.

Er schaut direkt in die Kamera, und ich versuche, seine Miene zu lesen.

»Andauernd«, sagt er. »Aber ich bin schon so lange weg, dass ich kaum noch weiß, wie.«

»Du hast ja bestimmt schon von Flugzeugen gehört …«

»Haha.«

Eigentlich will ich nicht, dass wir darüber Witze machen. Ich will, dass er heimkommt.

»Du könntest uns auch besuchen, das weißt du«, sagt er. »Ich bin immer hier. Ich geh nirgendwohin.«

»Ja …« Ich nage an meinem Daumen, und meine Gedanken wandern wieder zu der Zeit, als er nicht da war.

Er nickt, wendet den Blick ab, schaut dann wieder in die Kamera. »Ich muss jetzt leider los …«

»Kein Problem.«

»Tschüss, Jordan!«, rufe ich in dem Moment, als Elliot das Gespräch beendet, das Schweigen dröhnt einen Moment lang lauter als seine Stimme, dann wird es still.

Uns fehlen die Worte. So geht das jedes Mal. Sobald wir über meine Arbeit, unsere Eltern und sein Leben in New York gesprochen haben, bleibt uns nichts mehr. Oder aber uns bleibt alles andere, aber keiner von uns will es zur Sprache bringen. Ich lasse es, weil ich zu großen Schiss davor habe, wie er reagieren würde, und er lässt es, weil er sein ganzes Leben damit verbringt, sich von der Atmosphäre unseres Elternhauses abzugrenzen. Nach vorn zu schauen.

Ich schnappe mir meine Barbour-Jacke mit den großen Taschen, um beim Bücherschrank vorbeizuschauen. Denn ich habe das Gefühl, dass die beiden Bücher, auf die ich so ungeduldig warte, heute endlich da sein könnten. Samstagvormittag ist die perfekte Tageszeit, um zu Eileens Bücherschrank zu spazieren. Bestimmt hat die Kritzelqueen ihre letzten Kommentare bei einer Tasse Kaffee geschrieben, und dann ist sie durch den Park gelaufen – in meiner Vorstellung ist das nämlich ihre Strecke – und hat die Bücher ins Regal gestellt, wahrscheinlich auf dem Weg zu ihrem Pilateskurs oder so. Ich habe bis heute Nachmittag gewartet, für den Fall, dass sie mehr Zeit braucht, aber jetzt werde ich ungeduldig. Ich rechne wirklich fest damit, dass die Bücher jetzt dort sind. Wenn nicht, weiß ich nicht, was ich dieses Wochenende machen soll. Meine Planung dreht sich momentan nur darum, ihre Bücher zu lesen und mein eigenes zu schreiben.

Ich verlasse den Park am unteren Ausgang, wickle mir den Schal ums Gesicht und stopfe die Hände in die Taschen. Die beiden Bücher warten bestimmt schon im Regal auf mich, es kann gar nicht anders sein. Mein Herz hämmert vor Aufregung. Das ist doch nicht normal. Sich dermaßen über das Geschenk einer wildfremden Frau zu freuen. Aber genau das treibt mich zum Bücherschrank. Denn ich hoffe, dass die nächsten Bücher mir mehr darüber verraten, mit wem ich es zu tun habe. Wenn sie geantwortet hat, kann ich vielleicht einen Schritt weiter gehen. Und versuchen herauszufinden, wer sie ist.

Als ich an der Ecke Northway Road ankomme und die Straße überqueren will, sehe ich, dass schon jemand am Bücherschrank ist. Ich zucke zurück und gehe hinter dem letzten geparkten Auto auf der Straße in Deckung. Eine Frau hockt vor dem Schrank, sie hat mir den Rücken zugewandt. Sie hat eine Regenbogentasche über der Schulter, und links von ihr liegt ein Buch auf dem Bürgersteig. Sie balanciert ein wenig, über etwas gebeugt, das auf ihrem Schoß liegt.

Mir stockt der Atem, als ich mich ein Stückchen vorwage und zu der Frau hinüberspähe. Sie könnte irgendwer sein. Eine von zig Bücherschrank-Besucherinnen. Nichts deutet darauf hin, dass sie es ist. Die Frau wendet den Kopf, hebt das Buch auf und legt ein weiteres obenauf. Ein Buch mit schwarzem Cover und Bild darauf. Ich gehe wieder in Deckung. *Das ist sie*. Sie hat das Buch, das ich ausgesucht habe. *Mansfield Park*. Verdammt! Ich bin nur wenige Meter von der Kritzelqueen entfernt und weiß nicht, was ich machen soll! Ich habe überhaupt nicht damit gerechnet, ihr hier zu begegnen. Soll ich sie ansprechen? Angenommen, die Frau dreht sich um, streicht sich das lange braune Haar aus dem Gesicht und schaut mir direkt in die Augen. Was soll ich dann sagen? Was, wenn ihr mein Anblick nicht gefällt? Oder wenn sie überhaupt kein Interesse daran hat, mir persönlich zu begegnen? Sobald ich mich zu erkennen gäbe, wäre unser Austausch vorbei. Vielleicht würde sie sogar die Bücher mitnehmen, und dann würde ich nie erfahren, wie sie auf meine Fragen reagiert hat. Und ob überhaupt. Ich kneife die Augen zu, um einen klaren Kopf zu bekommen. Seit das Ganze anfing, habe ich nur ein einziges Ziel: Ich will herausfinden, wer die Frau ist, die hinter diesen Kommentaren steckt. Und jetzt, wo ich sie direkt vor mir sehe, bekomme ich Schiss. Ich bin noch nicht bereit. Vorsichtig spähe ich wieder zum Bücherschrank. Die Tür ist zu. Die Frau ist weg.

Ich höre Schritte, die näher kommen. Ich drehe mich nach links und bin sicher, die Frau mit der Regenbogentasche zu sehen. Doch stattdessen erblicke ich einen Mann, der auf die Brücke zuläuft und am Bücherschrank stehen bleibt. Nein, nein, nein! Hastig stehe ich auf und renne über die Straße.

»Entschuldigung, aber da wurde etwas für mich hinterlegt«, sage ich. Der Mann runzelt die Stirn und schaut mich kopfschüttelnd an.

»Was hat dieser Bücherschrank nur an sich, dass die Leute sich so seltsam benehmen?«

Er verschwindet in die Richtung, aus der er gekommen ist. Ich atme auf und schaue auf die Gedenktafel.

»Hallo, Eileen«, flüstere ich, öffne die Tür und greife nach meinen Büchern. Vielleicht werde ich langsam wahnsinnig, aber ich könnte schwören, dass das Parfüm der Frau noch in der Luft hängt. Ein blumig süßer Duft, Rosen vielleicht.

Ich schlage die letzte Seite von *Mansfield Park* auf und überfliege sie lächelnd. *Treffen wir uns in Der große Gatsby?* Das Buch will ich schon seit einer Ewigkeit lesen, bin bloß nie dazu gekommen. Als hätte sie's geahnt! Von der Rückseite hat sich Handschrift durchgedrückt. Sie hat meine Fragen beantwortet!

Ich ziehe den Fitzgerald heraus und blättere ihn rasch durch. Meine Augen hungern nach ihren Worten. Ganz hinten finde ich etwas, auf einer leeren Seite am Ende.

Danke, dass du mir die Freiheit gibst, ich selbst zu sein.

Plötzlich spüre ich einen Kloß im Hals. Ich schlucke ihn herunter. Was ist nur in mich gefahren? Da bietet sich die einmalige Chance, diese Frau kennenzulernen, und was mache ich? Ich vergeige sie. Typisch James. Ich hatte solchen Schiss davor, nicht perfekt zu sein, dass ich mich nicht getraut habe, auf sie zuzugehen. Die Chance kommt vielleicht nie wieder. Niedergeschlagen schließe ich die Tür, klopfe auf das Dach des Bücherschranks und schaue mich um, vielleicht kann ich sie ja noch irgendwo entdecken.

Doch sie ist weg. Wenigstens habe ich sie nicht ganz verloren, denke ich, als ich die Bücher in meine Jackentasche schiebe. Der wichtigste Teil von ihr ist noch bei mir, und immerhin weiß ich jetzt ein bisschen mehr über sie.

Zum Beispiel, dass sie eine schwarze Daunenjacke trägt. Und langes braunes Haar hat und eine bunte Tasche, die Eileen bestimmt gefallen hätte. Und ich weiß jetzt, dass sie sich viele Gedanken macht. Trotz der Eiseskälte hat sie sich die Zeit genommen, sich ihre Kommentare noch einmal durchzulesen, bevor sie die Bücher in den Schrank gestellt hat. Von diesen Erkenntnissen kann ich zehren, bis sie das nächste Mal antwortet.

Als ich die Bücher durch den Park nach Hause trage, kommt die Sonne heraus. Ich recke ihr mein Gesicht entgegen, atme tief ein, und wie so oft wandern meine Gedanken zu Bonnie.

Sie sitzt neben mir im Auto, die Sonne scheint durchs Fenster und taucht Bonnie in strahlendes Licht. Es ist das dritte oder vierte Mal, dass ich sie zur Chemo gebracht habe.

»Danke«, sagt sie lautlos und schließt die Augen, und in diesem Moment wird mir klar, dass Erin vielleicht niemals dazu bereit sein wird, doch Bonnie hat mir vergeben. Ich nicke, wende den Blick ab, damit sie meine Tränen nicht sieht, und fahre sie nach Hause. Wenn ich jetzt an Bonnie denke, sehe ich sie vor mir wie damals, in Sonnenlicht getaucht, wie ein strahlender Engel. Sie würde das bestimmt *hassen*. Sie würde kein Engel sein wollen.

Ein paar Wochen, nachdem ich sie zum ersten Mal zur Klinik gebracht hatte, schickte sie mir eine Nachricht. Die Babysitterin, die auf ihre kleinen Schwestern hätte aufpassen sollen, hatte abgesagt, und sie wollte nicht, dass ihre Mum sie mit ins Krankenhaus nahm. Ob ich zufällig Zeit hätte? Ich antwortete ihr sofort. Danach stellten wir einen Plan auf. Dienstags und mittwochs kümmerte ich mich um Bonnie, um den Druck abzufedern.

»Wenn du willst, kannst du mit reinkommen«, sagte sie, als sie nach unserer fünften Fahrt zur Klinik aus dem Auto stieg und die Tür hinter sich zuschlug. Mir blieb kaum Zeit, das Parkticket zu bezahlen. Ich sprang aus dem Wagen und lief ihr hinterher. Sie sah sich nach mir um, schüttelte den Kopf und lachte.

An jenem Tag hielt ich noch nicht ihre Hand – schaute nur staunend zu, wie ihr der Infusionsschlauch gelegt wurde und sie währenddessen mit der Krankenschwester plauderte, als wäre sie nur zum Vergnügen dort. Die beiden lachten darüber, dass Bonnie eine neonfarbene Laufhose trug und aussah, als wollte sie zu einem Marathon.

»Was kann ich für dich tun?«, fragte ich, als sie auf dem bequem aussehenden braunen Stuhl saß und, Infusionsständer neben sich, an der Chemo hing.

Sie zuckte die Schultern. Dann leuchteten ihre Augen auf. »Zeig mir die schlimmsten YouTube-Videos, die du finden kannst.«

Ich straffte die Schultern. »Das kriege ich hin.«

Zurück in der Wohnung, lasse ich mich ohne Umschweife aufs Sofa fallen, fische die Bücher aus meiner Jackentasche und schlage den Schluss von *Mansfield Park* auf. Sie hat meine Fragen abgeschrieben, ihre Antworten stehen darunter. Und am Ende von *Der große Gatsby* hat sie fünf weitere Fragen gestellt. Wow.

Ich lese mir ihre Antwort auf meine erste Frage durch. Ihre Begründung dafür, warum sie auf die Ränder schreibt, übertrifft meine kühnsten Erwartungen. Mein Herz fühlt sich an, als wollte es mir aus der Brust und direkt ins Buch hüpfen. Je mehr ich über die Kritzelqueen erfahre, desto stärker spüre ich ein Gefühl in mir, das eine besorgniserregende Ähnlichkeit zu dem aufweist, was manche Leute als Liebe bezeichnen würden. Jedenfalls vermute ich, dass es sich um dieses Gefühl handelt, weil ich es noch nie zuvor verspürt habe. Dieses Hämmern in der Brust. Die Art, wie mein Körper beim Anblick ihrer Worte vibriert. Das verzweifelte Sehnen nach dem nächsten Buch. All das verstärkt sich mit jeder weiteren Antwort, die ich lese. Bei der zweiten Frage hätte ich schwören können, dass sie das Gegenteil antworten und mir schreiben würde, wir sollten lieber mehr auf unsere eigene Meinung geben als auf das, was andere von uns denken. Aber die Tatsache, dass sie genau das nicht getan hat, bringt mich zum Lachen. Wahrscheinlich hat sie recht, und andere sind uns gegenüber tatsächlich wohlwollender als wir selbst.

Dann gelange ich zu der vierten Frage.

Kommt es dir manchmal so vor, als wäre dies das Einzige im Leben, worauf du dich freuen kannst?

Und ihre Antwort lautet:

Du hast ja keine Ahnung.

Eine Sekunde lang hört die Welt auf, sich zu drehen, und mir wird schwindlig. Ihr kommt es auch so vor. Eine Welle der Erleichterung erfasst mich, als ich mich auf dem Sofa zurücklehne.

Fünf Worte nur. Ich kann es schon jetzt kaum erwarten, mehr von ihr zu lesen. Das Warten dauert mir viel zu lange. Vielleicht schaffe ich *Der große Gatsby* ja schon in zwei Tagen und kann ihn dann gleich hinbringen. Aber käme sie überhaupt so schnell zum Bücherschrank zurück? Sie kann natürlich nicht ahnen, dass ich, während ich auf ihre Antworten gewartet habe, schon mein nächstes Buch für sie vorbereitet habe. Es ist eins, von dem ich denke, dass sie es wohl eher nicht aussuchen würde, es liegt schon für sie bereit, mit meinen Kommentaren. Aber was, wenn ich es zu schnell zum Bücherschrank bringe und es dann von jemand anderem mitgenommen wird? Quatsch, das wird schon nicht passieren. Irgendwie spüre ich, dass sie genau im richtigen Moment zum Bücherschrank zurückkommen wird.

Ich starre auf den *Gatsby*, den ich noch lesen muss, aber meine Gedanken preschen schon wieder zum nächsten Buch, das ich ihr geben will. Ein Buch, in dem es vor Sätzen, die man kommentieren könnte, nur so wimmelt. Aber bei einer Zeile musste ich sofort an meine Kritzelqueen denken. Sie lautet: »Man kann so manches mit einem Fremden anfangen! Sogar anfangen, ein besserer Mensch zu werden.«

Keine Ahnung, wie es sein kann, dass eine fast vollkommen fremde Frau diese Gefühle in mir weckt, aber sie schafft es. Seit wir angefangen haben, uns Kommentare zu hinterlassen, möchte ich mein Schreiben perfektionieren. Ich möchte ein Buch kreieren, das sie dazu bringt, jeden einzelnen Satz zu unterstreichen und unter die Lupe zu nehmen. Ein Buch, das sie – wie hat sie es formuliert? – im Herzen behalten will. Ich möchte mir mehr Mühe geben. Ein besserer Sohn sein, und ein noch besserer Onkel. Ich möchte all meine Fehler wiedergutmachen. Und versuchen, durch meinen Roman zu sagen, dass es mir leidtut. Ich will mich selbst neu erfinden, damit ich, falls – oder wenn – ich ihr irgendwann begegne, ein besserer Mensch bin.

Ich greife nach meinem Stift, und dann schreibe ich: *Treffen wir uns in Middlemarch?*

15 Erin

Der Wasserkocher brodelt, und ich greife nach den Teebeuteln im Schrank, aber leider hat Callum die Schachtel leer gemacht. Ich bin an der Reihe, Nachschub zu besorgen, und normalerweise würde ich mir deswegen auch keinen Kopf machen, aber momentan halte ich mich mit meinem Dispo und dem Geld über Wasser, das ich mit Nachhilfestunden und Gassigehen verdiene. Einen Moment lang beneide ich Georgia um ihren Lifestyle und ihre Wohnung, die sie mit niemandem teilen muss. Wenn das so weitergeht, werde ich sie fragen müssen, ob sie mir die Miete für diesen Monat leiht. Das letzte Mal, als es um meine Finanzen ging, meinte sie allerdings, dass Mum mir sicher gern helfen würde. Meine Schwester zieht wirklich alle Register, um mich dazu zu bringen, mir eine Arbeit zu suchen, aber ich will keinen x-beliebigen Job. Sondern einen, der mir wirklich Spaß macht.

Auf dem Weg in die Klinik, wo wir für Georgias 12-Wochen-Ultraschall verabredet sind, mache ich am Bücherschrank halt. Zu meiner Verblüffung steht mein Buch schon wieder im Regal – als hätte Mystery Man geahnt, dass ich eine Aufmunterung brauche. Lächelnd nehme ich den *Gatsby* heraus und schlage begierig die letzten Seiten auf, um nachzuschauen, was Mystery Man für mich hinterlegt hat. *Middlemarch*. Fast bekomme ich den Eindruck, er will ein paar Wochen Ruhe vor mir haben! Das Buch ist mit Abstand der dickste Wälzer in diesem Schrank. Doch ich bin trotzdem gespannt, weil ich es noch nicht kenne und mich schon auf seine Kommentare freue. Auf das, was ihm aufgefallen ist, mir aber vielleicht entgehen würde. Aber warum hat er ausgerechnet dieses Buch ausgesucht? Beim Durchblättern stoße ich auf eine Seite mit einem Eselsohr, auf der eine Zeile unterstrichen ist: »Man kann so manches mit einem Fremden anfangen! Sogar anfangen, ein besserer Mensch zu werden.«

Mir wird kurz schwindlig, aber ich darf nicht zu viel in diese Zeile hineininterpretieren. Sie bezieht sich bestimmt nicht auf mich. Sie hat ihm einfach nur gefallen. Er hat etwas daneben gekritzelt: *Wie wahr!*

Am liebsten würde ich mich sofort hinsetzen und alles lesen, aber dann komme ich zu spät. Diese eine Zeile muss jetzt genügen. Ich stopfe die Bücher in meine Tasche, und auf dem Weg zum Krankenhaus versuche ich, jeden Gedanken an Mystery Man zu verdrängen, damit ich voll und ganz für Georgia da sein kann.

»Vergiss es!«, ruft sie mir zu, als ich auf sie zukomme. Sie steht draußen vorm Phoenix Pub. »Heute behältst du deinen Scheiß für dich, Erin, verstanden?«

Hat wohl nicht geklappt mit dem Verdrängen. Meine Schwester sieht es mir sofort an, wenn ich in Gedanken woanders bin.

Georgia ist sonst die Ruhe selbst, doch heute wirkt sie sehr nervös, beißt sich auf die Lippe, wippt ununterbrochen mit dem linken Bein. Ich fasse sie am Arm, um sie zu beruhigen. Nehme mir Bonnie zum Vorbild. Sie würde jetzt das Kommando übernehmen.

»Da unten rechts steht es, zweite Etage«, sage ich, als wir im Eingangsbereich der Klinik ankommen. Sie hebt skeptisch die Braue, lässt sich aber trotzdem führen.

Im Aufzug quetschen wir uns neben eine Hochschwangere, die so aussieht, als gehörte sie sofort in den Kreißsaal. Georgia fallen fast die Augen aus dem Kopf, und ich drehe sie sanft weg. Ihr zuliebe und auch der Frau zuliebe, damit sie von meiner Schwester nicht weiter angestarrt wird.

Zum ersten Mal, seit ich denken kann, bin ich einer Situation anscheinend mehr gewachsen als Georgia, und das ist irgendwie ein erhebendes Gefühl. Meine Schwester befindet sich gerade außerhalb ihrer Komfortzone – etwas, das mir seit dem Tag vertraut ist, als ich bei Traitor gekündigt und meine Existenz auf den Kopf gestellt habe. Es kommt mir sogar fast vor, als sei das Leben außerhalb meiner Komfortzone zu meiner *neuen* Komfortzone geworden.

Ich melde Georgia am Empfang an, während sie im Wartebereich Platz nimmt, Hände auf dem Schoß. Ihr Anblick erinnert mich an ein Foto, auf dem sie als kleines Mädchen zu sehen ist und darauf wartet, mich kurz nach meiner Geburt im Arm halten zu dürfen. In ihrer Miene spiegelt sich Nervosität. Aufregung. Die Angst davor, zu lieben.

Als ich auf meine Schwester zugehe, halte ich kurz inne, weil mich irgendetwas irritiert. Dann wird mir klar, was.

»Komm mal kurz mit«, sage ich und führe sie Richtung WC. Sie folgt mir stumm – ein untrügliches Zeichen dafür, wie nervös sie ist.

Ich ziehe sie ins Behinderten-WC und verriegele die Tür.

»Was hast du dir dabei gedacht?«, frage ich und deute auf ihr Outfit.

Sie schaut an sich herunter, dann wieder zu mir.

»Versteh mich nicht falsch«, sage ich. »Du siehst toll aus. Aber du trägst ein knöchellanges, hautenges Kleid. Und hast gleich einen Ultraschall. War dein Plan, es dir bis über die Titten zu ziehen und mehr oder weniger nackt dort zu liegen?«

Georgia schlägt die Hand vor den Mund. »Ich hab nicht nachgedacht. Verdammt, ich hab mir noch nicht mal die Beine rasiert. Von meiner Muschi ganz zu schweigen. Oh Gott, was mach ich denn jetzt?«

»Zum Glück haben wir einen Plan B«, sage ich.

Georgias Lippen zittern, als ich rasch meine Jeans ausziehe und sie ihr in die Hand drücke, gefolgt von Pulli und T-Shirt.

»Schnell, gib mir dein Kleid.«

Georgia schält sich aus ihrem Kleid und reicht es mir. So nervös habe ich sie noch nie zuvor erlebt. Ich versuche auszublenden, dass ihre feuchten Schweißflecken sich gleich an meine Achselhöhlen schmiegen werden. Georgia würde das für mich auch tun. Oder jedenfalls glaube ich das.

Als wir aus dem WC kommen, fühle ich mich seltsam fremd in dem Kleid. Dass Georgia das Gesicht verzieht, hat wohl auch eher mit den ungewohnten Klamotten als mit dem Ultraschall zu tun. Ein Krankenpfleger taucht auf und lächelt uns freundlich an.

»Georgia?«

»Ja.«

Er nickt, und wir folgen ihm das Glasgeländer entlang. Mir wird schwindlig, weil der Blick tief hinunter bis ins Erdgeschoss geht. Der Pfleger führt uns in einen Raum mit einer Liege und einem Ultraschallgerät.

Am Computer sitzt eine Ärztin. Sie dreht sich zu uns um und steht auf.

»Ich werde heute den Ultraschall bei Ihnen durchführen, und mein Kollege hier wird mir assistieren«, sagt sie.

»Wir sind kein Paar, sondern Schwestern«, platzt Georgia heraus, als sie sich auf die Liege setzt. »Es gibt keinen Vater. Oder besser gesagt, es gibt zwar einen, aber der weiß noch nichts, und …«

»Sie ist nervös«, falle ich Georgia ins Wort. »Am besten erledigen Sie das hier so schnell wie möglich, so wäre es für alle Beteiligten am angenehmsten.«

Georgia sagt lautlos »danke« zu mir und lehnt sich dann stumm zurück.

Als meine Schwester bereit ist, Jeans herunter-, Pulli und T-Shirt hochgezogen, beginnt die Ärztin, den Schallkopf über Georgias flachen Bauch zu ziehen.

Oft wird gewitzelt, auf solchen Scans sei gar kein Baby zu sehen, nur ein Klecks. Aber ich kann meine Nichte beziehungsweise meinen Neffen sofort auf dem Bildschirm erkennen. Staunend schlage ich die Hand vor den Mund und schaue zu Georgia hinüber. Sie beißt sich auf die Lippe und starrt auf den Monitor am Ende der Liege.

»Wir haben einen Herzschlag«, sagt die Ärztin und schaut uns lächelnd an. »Ich muss noch ein paar Routinechecks machen, aber so weit sieht alles gut aus.«

Ich greife nach Georgias Hand. Sie fühlt sich kalt an, und ich reibe sie, damit sie warm wird.

»W… wie groß ist es denn?«, fragt Georgia.

»Etwa so groß wie eine Limette«, sagt die Ärztin. Sie schaut wieder auf den Bildschirm und fängt an, dem Assistenten leise etwas zu diktieren, damit er es in den Computer eingibt.

»Hast du keine App für das Baby?«, frage ich erstaunt. »Eine, die dir anzeigt, wann es Wimpern bekommt und so? Bei uns auf der Arbeit waren immer alle völlig verrückt danach.«

Georgia schüttelt den Kopf, und ich verstumme. Denn auf einmal dämmert mir, was seit Wochen in ihr vorgeht. Sie will es nicht wahrhaben. Sie scheint erst jetzt zu begreifen, dass sie ein Baby in sich trägt. Vielleicht hat sie im tiefsten Inneren gedacht, das Ganze sei ein Irrtum. Es vielleicht sogar gehofft.

»Soll ich dir was vorlesen, solange das hier dauert?«, frage ich schließlich, und Georgia nickt, Tränen in den Augen. Ich ziehe *Middlemarch* aus meiner Tasche. Am liebsten würde ich sofort nachschauen, ob darin ein paar Fragen auf mich warten, aber ich kann mich gerade noch beherrschen.

Ich beginne mit dem Prolog. Georgia kneift die Augen zu, als ich ihr von dem »kleinen Mädchen« vorlese, »das sich eines Morgens Hand in Hand mit seinem noch kleineren Bruder aufmachte«, doch nach einer Weile lässt ihre Anspannung nach. Die Runzeln auf ihrer Stirn verschwinden. Sie hält zwar weiter meine Hand umklammert, aber weniger fest.

Sie starrt auf den Bildschirm, während sie mit halbem Ohr mir und mit halbem Ohr der Ärztin lauscht und sich vermutlich fragt, was nun aus ihrem Leben wird. Ich sehe die Gefühle über ihr Gesicht flackern und bin einfach nur froh, dass ich daran teilhaben kann. Und irgendwie rührt es mich auch, dass Mystery Man ein bisschen daran teilhaben kann.

* * *

Nach dem Ultraschall macht Georgia sich auf den Weg in ihre Praxis. Wahrscheinlich hilft es ihr jetzt, sich mit den Problemen anderer abzulenken. Und ich gehe zurück nach Hause, um mich meinen Büchern zu widmen. Zum Glück ist Callum heute arbeiten, und ich muss mir nicht schon wieder Gedanken darüber machen, warum wir uns momentan aus dem Weg gehen. Wir haben schon seit Längerem nicht mehr beim anderen geklopft.

Ich werfe mich aufs Bett und freue mich über die Decke, die ich daraufgelegt habe, um den Raum etwas bunter zu machen. Sie ist leuchtend gelb, mit weißen Strichen.

»Du lernst dazu«, sagt Bonnie grinsend. Sie trägt ein leuchtend oranges T-Shirt und ein Stirnband in Regenbogenfarben über ihrem glänzend schwarzen Bob.

Mein Handy piept, eine Nachricht von Cassie. Sie hatte gestern Abend ein Date, und ich habe mich schon erkundigt, wie es war, doch sie antwortet erst jetzt. Das kann nur ein gutes Zeichen sein.

CASSIE: KATASTROPHE! Schon als sie sich setzte, war mir klar, dass ich sie nicht leiden kann, aber ich bin so daran gewöhnt, bei jedem Date meinen Vortrag zu halten, dass ich einfach losgelegt habe in der Hoffnung, sie abzuschrecken. HAT NICHT GEKLAPPT, IM GEGENTEIL. Sie war entzückt und interpretierte das Ganze so, als seien wir im Grunde schon ein Paar. Also musste ich so tun, als hätte ich eine schlimme Nachricht bekommen und müsste mich um meine nicht-existierende kranke Katze kümmern. Daraufhin hat sie mich mit so vielen netten mitfühlenden Nachrichten zugeschüttet, dass ich mich erst jetzt wieder auf WhatsApp zurückgetraut habe. Und jetzt muss ich ihr die Wahrheit sagen. Hilfe!

Lachend schreibe ich ihr zurück, dass sie mit ihrer Liebesmission weitermachen soll. Dann schnappe ich mir *Der große Gatsby* und schlage die letzten Seiten auf, um Mystery Mans Antworten zu lesen. So habe ich mich nicht mehr auf ein Buch gefreut, seit James und ich unsere gemeinsame Liebe für *Das also ist mein Leben* entdeckten. Wir brachten unsere Exemplare jeden Tag mit zur Schule und lasen einander fasziniert die neuesten Zeilen vor, die wir darin gefunden hatten. »Weißt du noch die Stelle, wo Patrick zu Charlie sagt, dass er ihn versteht?« »Oh nein! Mir kommen sofort die Tränen, wenn ich dran denke!« Wir sprachen so oft darüber, dass Bonnie sich auch ein Exemplar besorgte, weil sie sich ausgeschlossen fühlte. Wir versprachen einander, sobald jemand von uns den Führerschein bestanden hatte, nachts zusammen durch den Tunnel zu fahren und dabei unseren Lieblingssong zu hören. Das ist der Moment, wo die drei befreundeten Figuren im Buch sich unendlich fühlen. Wir wollten wissen, wie das ist, sich unendlich zu fühlen.

»Du wirst auf jeden Fall diejenige von uns sein, die schreit, wie Sam«, sagte James und stupste mich an. Bonnie lachte. Ich rückte weg. Ich wollte nicht, dass Bonnie meinen Gesichtsausdruck sah, wenn James mich berührte.

Bonnie war die Erste von uns, die den Führerschein bestand, aber zu dem Zeitpunkt waren wir nicht mehr mit James befreundet. Wir sind nie zusammen durch den Tunnel gefahren.

6. Was für ein Mensch war Eileen wohl? Was glaubst du?
Sie hat bestimmt geraucht wie ein Schlot, ständig geflucht und ihre Enkelkinder bis zum Gehtnichtmehr verwöhnt.

Dann ist ihm die Gedenktafel am Bücherschrank also auch aufgefallen, und er hat die gleiche Vorstellung von Eileen wie ich.

7. Wenn du eine Figur aus einem Buch sein könntest, welche würdest du sein wollen und warum?
Atticus Finch, ist doch klar. Bevor ich sterbe, will ich unbedingt noch erleben, dass mich jemand »Traummann« nennt.

8. Wie oft gehst du zum Bücherschrank?
Dein Buch war das erste, das ich mitgenommen habe, als ich zum allerersten Mal dort war. Und seitdem bin ich öfter da, als Eileen in einer Stunde fluchen könnte.

9. Glaubst du, wir würden uns im wirklichen Leben verstehen?
Nach unserem bisherigen Austausch (der hoffentlich weitergeht) habe ich den Eindruck, dass du genau die Eigenschaften hast, die ich bei anderen am meisten schätze. Du hast Humor. Bist klug. Hast deine eigene Meinung und stehst dazu. Darf ich ehrlich sein? Argh! Ich bin's jetzt einfach mal. Du hast mir in den letzten Wochen mehr über Literatur und auch über mich selbst beigebracht, als ich seit Jahren gelernt habe. Also ich glaube … Wenn du dich im wirklichen Leben

eine Weile gedulden würdest, während ich mich vor lauter Bewunderung zum Affen mache, und wir diese Phase überwunden haben, würden wir uns gut verstehen.

Ich muss schlucken und lasse das Buch sinken. Mir wird schwer ums Herz. Er hat mich völlig falsch verstanden. Die Version von mir, die er auf den Buchseiten sieht, ist ja nicht real. Und weil das so ist, darf ich ihm niemals persönlich begegnen. Denn ich würde ihn nur enttäuschen. So wie er mich beschreibt, würde ich jemand anderen beschreiben. Nämlich Bonnie. Vielleicht habe ich aus diesem Grund unbewusst das nächste Buch ausgewählt. Bonnies Lieblingsbuch: *Menschenkind* von Toni Morrison. Ich lese es gerade wieder, und es kommt mir vor, als wolle sie die Botschaft darin nutzen, um sich zu verabschieden. Ich habe schon eine Zeile unterstrichen. »Was geliebt wird, geht niemals verloren.«

Ich wende mich seiner letzten Antwort zu. Die, auf die ich mich am meisten gefreut habe.

10. Fragst du dich manchmal, warum zum Teufel du nicht mehr aus deinem Leben machst?
Erst seit Kurzem. Und seitdem habe ich gelernt, dass es viel besser ist, Dinge zu hinterfragen, statt, ohne Fragen zu stellen, durchs Leben zu gehen. Wenn ich jetzt Panik bekomme, habe ich eine Vision davon, wie ich mir meine Zukunft wünsche. Das hast du mir ermöglicht. Du hast mich daran erinnert, wie gern ich schreibe. Ich wollte schon immer Schriftsteller werden. Diesen Traum hatte ich jedoch verdrängt – bis zu dem Tag, als ich Wer die Nachtigall stört *im Bücherschrank entdeckte. Deine Kommentare darin, zusammen mit der Postkarte, auf der steht, dass man all seine Träume wahr werden lassen soll, haben mich dazu inspiriert, weiterzuma-*

chen und meinen Traum in die Tat umzusetzen. Genau das tue ich gerade. Wobei ich zugeben muss, dass ich ein wenig von diesem Weg abgekommen bin, weil ich eine Beförderung in einem Job angenommen habe, den ich eigentlich hasse, aber es gibt doch einen bestimmten Grund für alles, was wir tun, und alles, was uns widerfährt, oder? Jedenfalls rede ich mir das ständig ein, um irgendwie klarzukommen.

Es gibt doch einen bestimmten Grund für alles. Für diesen Büchertausch. Dafür, dass Savannahs Vater das Buch mitnahm, das Mystery Man ja eigentlich für mich hinterlassen hatte, was dann dazu geführt hat, dass ich jetzt Nachhilfeunterricht gebe. Dafür, dass ich seit Bonnies Tod nur noch daran denke, mein Leben für sie zu leben. Zu tun, was sie tun würde. Jede Gelegenheit beim Schopf zu packen. Irgendwelche Jobs auszuprobieren, um herauszufinden, ob einer davon passt – und jetzt passt tatsächlich einer. Wenn ich eine Vision davon hätte, wie ich mir meine Zukunft wünsche, würde sie darin bestehen, das weiterzuführen, womit ich hier angefangen habe. Anderen Menschen beizubringen, Bücher zu lieben, auf meine Art.

16 *James*

Seit unserem Gespräch neulich im Pub joggen Joel und ich immer nebeneinander, wenn wir uns im Ruskin Park treffen. So können wir uns besser unterhalten.

»*Middlemarch?* Alter, sogar ich weiß noch aus der Schule, was für ein fetter Wälzer das ist. Sie wird glauben, du willst Ruhe vor ihr haben!«

»Hast ja recht. Ich weiß auch nicht, was ich mir dabei gedacht habe.«

Natürlich weiß ich das sehr wohl. Ich wollte der Kritzelqueen nämlich beweisen, dass mir nicht nur unser Austausch etwas bedeutet, sondern auch das Lesen. Und der beste Beweis dafür war in meinen Augen, ein besonders dickes Buch für sie auszusuchen, aber das bereue ich jetzt. Ich hätte ein schmaleres nehmen sollen, *Farm der Tiere* oder *Herr der Fliegen*. Irgendwas von John Steinbeck. Die passen alle in die Gesäßtasche einer Jeans, und sie bräuchte sich damit nicht so abzuschleppen.

»Du liebst sie also.«

Ich lache und erhöhe das Tempo, doch Joel fasst mich am Arm.

»Hey, jetzt warte doch mal. Ich rede von *Liebe*. Du weißt schon, das Wort mit fünf Buchstaben, das Jenny damals an der Uni zu dir sagte, woraufhin du sofort über alle Berge warst.«

Ich stoße seinen Arm weg und laufe ein Stück vor. Nach einer Weile drehe ich mich wieder zu ihm um. »Bei ihr würde ich zumindest nicht sofort das Weite suchen!«

Es lässt sich nicht leugnen, die Kritzelqueen beherrscht meine Gedanken. Die Protagonistin meines eigenen Romans hat nun ebenfalls braune Haare und trägt eine Regenbogentasche. Ich stelle mir ihr Gesicht vor. Blaue Augen. Warme und freundliche Augen, in denen der Schalk aufblitzt. Eine kleine Nase. Die Ohren ein wenig zu groß geraten – weil jeder Mensch einen Makel hat und ich außerdem nicht möchte, dass ihr wahres Ich durch meine Vorstellung von ihr in den Schatten gestellt wird. Es wäre ohnehin unmöglich, eine Version zu erschaffen, die die lebende, atmende Verfasserin all dieser Worte übertreffen könnte. Sie hat etwas in mir zum Schwingen gebracht. Wenn ich an sie denke, gerät mein ganzer Körper in Aufruhr.

»Übrigens habe ich das Kapitel gelesen, das du mir geschickt hast«, sagt Joel, der nun wieder neben mir joggt. Ich werfe ihm einen Blick zu, erleichtert über den Themenwechsel. Ich hatte gar nicht damit gerechnet, dass er sich das Kapitel anschaut, aber jetzt bin ich natürlich neugierig, was er davon hält. »Das ist klasse, Alter. Richtig stark. Ich weiß zwar schon seit der Schule, dass du schreiben kannst, aber jetzt hast du ein neues Level erreicht. Das liest sich wie ein richtiges Buch. Wie eins von Dan Brown.«

»Danke. Ich bin froh, dass es dir gefällt.« Joel hat recht. Selbst mir fällt auf, dass ich besser werde. Vielleicht, weil ich gerade im Flow bin, aber der Hauptgrund ist meiner Meinung nach, dass ich durch die Kritzelqueen so viel lerne. »Ich habe der Agentin übrigens eine Mail geschickt. Der Agentin, die damals in der Wettbewerbsjury saß und mir ihre Stimme gegeben hat.«

»Echt?« Joel grinst mich an, wie jedes Mal, wenn ich über meine Schreiberei rede. »Und was hat dich dazu gebracht?«

»Die Kritzelqueen«, erwidere ich. »Sie wollte wissen, ob ich mich manchmal frage, warum ich nicht mehr aus meinem Leben mache. Und erst als ich ihr geantwortet habe, ist mir klar geworden, wie viel es mir bedeutet, Schriftsteller zu werden.«

»Endlich«, sagt Joel. »Ich versuche ja schon seit *Jahren*, dir das klarzumachen, aber gut, dass diese Fremde es mit nur einer Frage geschafft hat! Heute Abend kommst du aber trotzdem, oder?«

Seit sein Kollege gestorben ist, versucht Joel, zu einer Work-Life-Balance zu finden, und er will mich unbedingt dabeihaben. Lauftreff, neue Restaurants ausprobieren – und jetzt auch noch ein Double Date. Eigentlich habe ich schon genug Work-Life-Balance mit meinem Job, meiner Schreiberei und dem Büchertausch, aber nach allem, was Joel schon seit unserer Schulzeit für mich getan hat, kann ich ihm unmöglich absagen.

»Na klar«, sage ich, doch mir graut schon davor.

Auf der Arbeit hat einer von den Senior Executives einen Teil seines Aufgabenbereichs an mich übergeben. Ich habe jetzt noch mehr Kunden zu betreuen und komme kaum noch dazu, mal eine Pause zu machen. Alles andere entgleitet. Früher rief ich Dad auf dem Weg zur Arbeit an, aber jetzt nutze ich die Zeit zum Schreiben oder Lesen oder dazu, ein neues Schulungsprogramm zu planen. Früher ging ich aus, aber jetzt sitze ich zu Hause am Schreibtisch und schreibe oder plotte. Oder kritzele Bücher mit Kommentaren voll, für eine Frau, die ich nicht kenne.

Auf meinem Weg zu meinem Double Date mit Joel komme ich endlich dazu, meine Eltern anzurufen. Mum geht ans Telefon.

»Schatz, wir haben gerade noch von dir gesprochen. Bist so mit deinem Job beschäftigt, und wir sitzen hier und überlegen, alle Teppiche rauszureißen!«

»Ach, wollt ihr das jetzt durchziehen?«, frage ich stirnrunzelnd, während ich mir den Nacken massiere.

»Na, einen Rabatt von dreißig Prozent können wir ja schlecht ausschlagen.«

»Mehr kriegst du nicht? Aber du arbeitest dort. Du solltest mindestens …«

»Dein Dad sorgt sich, dass ich es mit den Farben übertreibe, aber ich glaube, ein dunkles Rotbraun würde wirklich prima ins Wohnzimmer passen. Ich habe nach Promis gegoogelt, und wusstest du, dass Pamela Anderson wirklich *überall* Flieder hat? Und Sandra Bullock liebt Hellblau, also …«

»Die wohnen aber bestimmt nicht dort, Mum. Die haben sich dort nur fotografieren lassen und dafür eine Gage kassiert.«

Schritte ertönen, dann taucht Dad auf.

»Hallo, James!«, ruft er im Hintergrund.

»Ich habe ihm gerade von unseren Teppichplänen erzählt.«

»Hab's mitbekommen.« Dads Stimme klingt leicht ungeduldig, woraus ich schließe, dass Mum vermutlich schon seit Tagen nur noch über Teppiche redet. Das ist kein gutes Zeichen. Mir wird schwer ums Herz bei der Vorstellung, Mum nach so kurzer Zeit schon wieder zu verlieren.

»Fürs Schlafzimmer dachte ich an Türkis, also habe ich ein paar Muster besorgt, um zu testen, wie das aussieht.«

Vielleicht lässt sie ja vernünftig mit sich reden. Vielleicht ist sie ja offen für Vorschläge und in besserer Verfassung, als es gerade den Anschein hat. Ein Krankenwagen fährt an mir vorbei, und ich schaue ihm nach, bevor ich weiterrede.

»Mum, willst du deinen Lohn nicht lieber sparen? Sonst gibst du ja alles für den Laden aus, und dann wäre dein Job irgendwie sinnlos. Versteh mich nicht falsch, ich find's wirklich toll, dass du arbeitest, aber …«

»Es macht dir doch nichts aus, wenn wir in deinem Zimmer auch Teppich verlegen, oder? Du bist ja kaum noch hier.«

»Kein Problem. Kann ich mal kurz mit Dad sprechen?«

»Das ist mal wieder typisch für euch beide«, sagt sie, und ihr Tonfall verändert sich. Sie hasst es, wenn ich mit Dad telefonieren will. Sie weiß, dass ich ihn fragen werde, wie es ihr geht. »Jetzt wollt ihr wieder über mich flüstern, während ich versuche, etwas Schönes für uns alle zu machen. Ihr zwei steckt immer unter einer Decke und wollt mir doch nur einen Strich durch die Rechnung machen. Ständig versucht ihr, mich zurückzuhalten – tu dies nicht, tu das nicht.« Sie äfft meine Stimme nach. Früher wurde mir jedes Mal eiskalt, wenn sie das tat. »Aber ich mache, wozu ich Lust habe, hört ihr? Was ist denn schon dabei, ein bisschen Teppich zu verlegen? Warum wollt ihr mich davon abhalten? Als hättet ihr Spaß daran, mir wehzutun. Mich zu demütigen …« Ein dumpfes Geräusch ertönt, und ich höre Dad etwas sagen, bevor er ans Telefon kommt.

»Alles okay bei dir? Entschuldige bitte wegen eben.«

»Hör gefälligst auf, dich wegen mir zu entschuldigen!«, kreischt eine Stimme im Hintergrund. »Bin ich dir etwa peinlich?«

Dad scheint eine Tür hinter sich zuzumachen.

»Ich sollte wohl bald zurückkommen, oder?«

»Noch nicht«, sagt Dad. »Du wirst es nicht glauben, aber bis eben ging es ihr noch gut. Ich rufe gleich den Arzt an. Vielleicht können wir ihre Dosierung ändern.«

»Okay.«

»Bleib in London. Du bist doch gerade erst befördert worden. Ich komm hier schon klar.«

»In Ordnung, Dad.« Ich schließe die Augen. »Tut mir leid.«

»Sag das nicht. Das darfst du nicht sagen«, erwidert er mit rauer Stimme.

»Ich wollte nur …«

»Es gibt nichts, was dir leidtun müsste. Wirklich gar nichts.«

Im Hintergrund wird gegen die Tür gehämmert und geschrien, die Worte kann ich nicht verstehen. »Ich ruf dich morgen noch mal an«, stoße ich hervor.

»In Ordnung. Wir haben dich lieb.«

Dad legt auf, und ich starre auf mein Handy.

Bestimmt lässt er jetzt wieder alles stehen und liegen, für Mum. Ruft ihren Arzt an, um Notfallmedikamente zu organisieren. Versucht, sie zu beruhigen, während sie ihm eine endlose Reihe an unverzeihlichen Beleidigungen an den Kopf wirft. Geht voll und ganz in seinem Gelübde auf, Mum beizustehen, in guten und schlechten Tagen, in Gesundheit und Krankheit. Man muss jemanden bedingungslos lieben können, um der Ehemann zu sein, der er für Mum ist. Zum ersten Mal seit langer Zeit, inmitten all der Angst und Wut, die ich über die Beziehung meiner Eltern verspüre, verspüre ich etwas anderes. Bewunderung und Respekt. Dad sorgt dafür, dass diese Beziehung funktioniert, weil er meine Mum liebt. Auf einmal sehe ich etwas Schönes darin, vielleicht, weil ich es gerade mit der Kritzelqueen erlebe.

All das geht mir bei unserem Double Date durch den Kopf, während ich mir beim Türken nahe der Union Chapel mit Joel, Dana und Jodie eine Mezze-Platte mit Fleisch und Hummus teile.

Joel findet sichtlich Gefallen an Jodie, er legt schon den Arm auf ihre Rückenlehne, lehnt sich näher zu ihr, lacht über etwas, das sie gerade gesagt hat. Ich gebe mir Mühe, auf Dana einzugehen. Sie ist wirklich nett, Yogalehrerin aus Clapham, interessante Gesprächspartnerin. Wir plaudern über unsere Jobs und unsere Lieblingspubs im Londoner Süden, aber es will mir einfach nicht gelingen, die Stimme in meinem Hinterkopf abzuschalten, die mich ständig fragt, ob ich Dana lieben könnte. Wenn sie krank werden würde, wäre ich dann bereit, mein Leben aufzugeben, um mich um sie zu kümmern? Das ist zu meinem Maßstab für wahre Liebe geworden. Jemanden wirklich zu lieben, bedeutet, sich so um diese Person zu kümmern, wie Dad sich um Mum kümmert.

Als wir nach dem Essen Richtung Union Chapel schlendern und an der Ampel auf der Upper Street stehen, hält neben uns ein Auto. Aus den offenen Fenstern dröhnt lärmende Musik, dazu die Stimme meines Dads: *Weißt du, wer ich bin?*

Jodie fängt an, über die Straße zu tanzen, und Joel wirft mir einen Blick zu. Das Auto fährt weiter.

»So ein geiler Remix«, sagt sie, als wir die Straße überquert haben.

»Remix?«, frage ich unwillkürlich.

»Sag bloß, du kennst den nicht, James. DJ Tenderbass? Der läuft doch gerade in allen Clubs!« Sie hakt sich bei Dana unter. »Ich glaub, der passt nicht zu dir. Geht anscheinend nicht aus.«

Joel holt uns ein. »Hat sie gerade erwähnt, dass es einen Remix gibt?«

»Ich glaub, der passt auch nicht zu dir«, sagt Dana zu Jodie und deutet mit dem Kopf zu Joel.

»Sieht ganz so aus«, sage ich zu Joel. Jemand hat Dads Song wieder herausgebracht. Er wird schon in allen Clubs gespielt. Dadurch könnten sich neue Möglichkeiten für Dad eröffnen. Die Chance, sich zu beweisen und endlich sein One-Hit-Wonder-Etikett loszuwerden.

Den restlichen Abend verbringen wir auf einem Konzert. Dana und ich versuchen angestrengt, den gefühlvollen Balladen eines akustischen Folk-Duos zu lauschen, während Joel und Jodie neben uns flüstern. Kaum ist das Konzert vorbei, renne ich zur U-Bahn, und als ich in Brixton aussteige, regnet es in Strömen. Ich flitze über die Straße und springe in einen Bus, der in der Nähe meiner Wohnung hält. Wenn ich eine Station früher aussteige, kann ich auf dem Heimweg sogar noch beim Bücherschrank vorbeischauen. Nur für alle Fälle. Wenn das Buch nicht da ist, könnte ich der Kritzelqueen ja vielleicht eine Nachricht hinterlegen, damit sie sie findet, wenn sie das Buch zurückbringt. Vielleicht könnte ich ihr sogar meinen Namen verraten. Und meine Telefonnummer. Aber diese Idee würde ich am nächsten Morgen garantiert bereuen.

Ich hole mein Handy hervor, checke meine Mails und traue meinen Augen kaum: Die Agentin hat geantwortet!

Hallo James,
bitte schicken Sie mir drei Kapitel und ein Exposé. Ich freue mich schon auf die Lektüre.
Beste Grüße
Sophia

Ich lese die Worte wieder und wieder, kann gar nicht mehr aufhören zu grinsen. Ich hatte ihr geschrieben, dass ich an etwas Neuem arbeite, etwas anderes als das Kapitel, das ich damals beim Wettbewerb eingereicht hatte – aber sie hat trotzdem Ja gesagt! Ich freue mich total und bekomme gleichzeitig Angst vor der eigenen Courage.

An der nächsten Haltestelle steigen viele Leute ein. Jemand quetscht sich neben mich und entschuldigt sich, es ist die Stimme einer Frau. Eine Daunenjacke schmiegt sich wie ein weiches Kissen an meinen Arm, und mir steigt der vertraute Duft eines Parfüms in die Nase. Woher kenne ich ihn bloß?

Die Frau neben mir bewegt den Arm, streift sich eine Regenbogentasche von der Schulter und legt sie sich auf den Schoß.

Ich schlucke. Starre auf die Tasche. Mir bricht der Schweiß aus. Ich wende mich ab, schaue aus dem Fenster, versuche, mich zu beruhigen. *Das ist sie.* Die Jacke. Die Tasche. Der Duft. Ich muss ihr Gesicht sehen! Mein Körper übernimmt die Regie, und mein Gesicht lächelt ganz von selbst, als ich mich zu ihr drehe, um ihr endlich in die Augen zu schauen. Meiner Kritzelqueen.

17 Erin

Erst als ich mich neben ihn gequetscht habe, erkenne ich ihn: *James Parr.*

Ich bin ihm so nahe wie nie zuvor, selbst in der Schule saßen wir nicht so eng beieinander, bis auf das eine Mal, als ich seine Hand berührte. Jetzt berühren sich unsere Schultern. Ich spüre seinen warmen Atem und seinen ungläubigen Blick, als ihm klar wird, dass ich es bin.

Seine Augen weiten sich, spiegeln meine eigene Bestürzung wider. Der Regen hat ihn offenbar auch erwischt, seine hellbraunen Haare sind klatschnass, seine dichten Wimpern von Tropfen benetzt. Und er hat Bartstoppeln – ein vollkommen neuer Anblick, bei dem mir ganz schwindlig wird, wenn auch auf andere Art als bei Bonnies Gedenkfeier. Das ist James, nur viel älter. Erst in diesem Moment wird mir klar, dass er ein Mann geworden ist.

Er schluckt, sein Adamsapfel tanzt auf und ab. Sein Blick wandert zwischen meinem Arm und meinem Gesicht hin und her, dann hebt er die Hände und weicht zurück, um Abstand zwischen unseren Schultern zu schaffen, bis er gegen die beschlagene Fensterscheibe stößt. »Hallo, Erin«, murmelt er und schluckt abermals. Schaut mich an und schüttelt den Kopf, und das Lächeln auf seinen Lippen erstirbt.

In meiner letzten Sitzung mit Philippa ging es hauptsächlich um James. Ich sollte noch einmal durchgehen, was zwischen uns vorgefallen war und wie ich reagiert hatte, als ich ihn auf Bonnies Gedenkfeier wiedersah. Wie heftig meine Reaktion war, nach all den Jahren. Möglicherweise war es auch für ihn ein Schock, wie nun auch unsere zufällige Begegnung in diesem Bus. Das Ganze kommt mir wie eine Prüfung vor, bei der ich durchfallen werde, weil ich nicht einfach so tun kann, als wäre nichts. Ein Blick in sein Gesicht, und ich bin wieder in meinem Kinderzimmer. Dem Zimmer, in dem ich mich wochenlang verkroch nach allem, was passiert war. Ich lag einfach nur da, starrte auf die Wand und wünschte mir, mein Leben wäre wieder so wie vorher.

Wenn ich daran denke, was James damals getan hat und was ich deswegen alles durchmachen musste, zerreißt es mir das Herz.

Mein Körper beginnt zu zittern, und ich klammere mich so fest an meine Tasche, dass meine Fingerknöchel weiß werden. Ich drehe den Kopf weg, starre auf den Arsch des Mannes, der mir den Ausgang versperrt. Sinke in den Sitz zurück, starre geradeaus, schaue auf meine Uhr. Es ist schon zu spät, um zu Fuß zu laufen, aber ich muss unbedingt aus diesem Bus raus. Ich halte es nicht aus, neben ihm zu sitzen und seine Wärme zu spüren. Eine Erinnerung blitzt auf, schießt mir in die Wangen. Wir sind auf einer Party, damals waren wir noch befreundet. Ich habe mich im Badezimmer eingeschlossen, ziehe an der Tür, bekomme sie jedoch nicht auf. Auf der anderen Seite versucht jemand, mir zu helfen. Es ist so laut, dass ich nicht hören kann, wer. Jedenfalls ziehe ich, so fest ich kann, an der Tür, während die andere Person dagegen drückt – bis die Tür endlich aufgeht und James mir entgegenfliegt, auf mich prallt und mich dabei gegen die Wand drückt. Wir reißen beide überrascht die Augen auf. Ich weiß noch, dass es mir gefiel, sein Gewicht auf mir zu spüren. Dass ich instinktiv das Gesicht zu ihm drehte. Dass ich unbedingt wissen wollte, wie es sich anfühlte, ihn zu küssen. Dann rauschte Bonnie herein und gackerte über jemanden, der gerade die Küche vollkotzte.

Ich schlucke, drücke mehrmals auf den Haltewunsch-Knopf, als der Bus an einer Ampel stehen bleibt. James starrt mich an.

Was hat er überhaupt hier zu suchen? Ich dachte, er ist in Frome. Nicht zuletzt deshalb fühle ich mich in London so wohl. Mein größter Albtraum war immer, nach Frome zurückzukehren und ihm dort zufällig über den Weg zu laufen. Aber genau das ist jetzt passiert, in London. Ich kann es nicht fassen.

Meine Beine zittern. Mir ist heiß. Ich muss die Jacke ausziehen, aber dafür ist nicht genug Platz. James schaut mich schon wieder an. Jetzt öffnet er auch noch den Mund. Was auch immer er zu sagen hat, ich will es nicht hören. Ich will nur noch raus hier.

»Entschuldigung«, sagt er und greift an mir vorbei, um den Mann, der mir den Weg versperrt, am Arm zu tippen. »Könnten Sie kurz zur Seite gehen? Ich glaube, die Lady hier will aussteigen.«

»Pardon«, sagt der Mann mit heiserer Stimme. Er weicht zurück, und ich springe sofort auf und nutze die entstandene Lücke.

»Danke«, murmele ich und quetsche mich nach Luft schnappend an den Leuten vorbei, bis ich den Bereich für die Rollstühle und Rollatoren erreiche, wo es nicht ganz so eng ist. Der Bus macht einen Satz nach vorn, und ich pralle gegen das Fenster, stütze mich mit den Händen ab. Aus dem Augenwinkel sehe ich, dass James spontan aufspringt, sich dann aber wieder hinsetzt. Warum ist er so besessen davon, mir zu helfen? Das erste Mal hat er es versucht, als mir jemand eine Schnittwunde am Fuß verpasste, und jetzt, weil ich im Bus gestolpert bin. Aber es ist zu spät, den Retter zu spielen. Das hätte er damals tun sollen, als er die Chance dazu hatte.

Ich warte so lange im Regen auf den nächsten Bus, dass ich klatschnass bin, als ich endlich in der Wohnung ankomme, und überall Wasserpfützen hinterlasse. Ich schließe die Zimmertür hinter mir und streife die Klamotten ab. Mir zittern die Hände, wegen der Kälte oder wegen James, oder wegen beidem.

Bonnie sitzt in ihrem Sessel und liest *Menschenkind*. Sie schaut auf, langes blaues Haar über der Schulter.

»Alles okay, Schatz?«

»Nein«, sage ich und wische mir das Haar aus dem Gesicht, meine Stimme überschlägt sich fast. »Ich bin gerade James begegnet.«

Sie runzelt die Stirn. »In London? Wie kommt das denn?«

»Keine Ahnung, wie das kommt. Er ist jedenfalls hier.«

Sie verzieht das Gesicht. »Igitt.«

Ob sie sich noch an die Party erinnert? Als sie in Islas Badezimmer rauschte und uns dort zusammen sah? Als ich eben neben ihm saß, fühlte es sich genauso an – die Nähe, die Verwirrung, die Spannung. Ich muss dieses Gefühl vergessen. Es irgendwie loswerden.

Bonnie legt ihr Buch nieder und mustert mich. »Aber schon seltsam, ihm jetzt zu begegnen. In London.«

»Stimmt.«

»Im selben Bus.«

»Mmh.«

»Und direkt neben ihm zu landen.«

»Ja.« Ich schlüpfe in meine Trainingshose und schnappe mir Callums »Es gibt keine Ozeane«-T-Shirt, das inzwischen mehr oder weniger mir gehört.

»Glaubst du nicht, es hat was zu bedeuten, dass du ausgerechnet ihm begegnet bist? Scheint wie eine Botschaft des Universums, dass du dich mit deiner Vergangenheit auseinandersetzen sollst.«

Ich schüttele den Kopf und fluche gleichzeitig, weil ich mich im T-Shirt verheddert habe.

»Das sehe ich anders. Und es heißt ja nicht umsonst, dass man die Vergangenheit nicht reinlassen soll, wenn sie anklopft.«

»Ich glaube, das gilt nur in Horrorfilmen.«

Endlich schaffe ich es, mir das T-Shirt über den Kopf zu ziehen und glatt zu streichen. »Ich werde ihm jedenfalls niemals verzeihen.«

Bonnie sieht mich schulterzuckend an. »Dann tue ich es auch nicht.«

In der Millisekunde, bevor ich wegschaute, leuchteten seine blauen Augen ganz warm. Sein Haar war vom Regen zerzaust. Als ich von ihm wegrückte, sah er plötzlich unendlich traurig aus.

Es klopft an meine Tür. Sie wird aufgestoßen, schlägt gegen die Wand. Callum steht da, leicht schwankend, mit glasigen Augen.

»Oh. Du siehst aus, als könntest du eine Aufmunterung gebrauchen«, sagt er und kommt auf mich zu. Er trägt seine Boxershorts, sonst nichts. Warum ist mir bisher nie aufgefallen, wie dünn seine Beine sind? Ich muss fast lachen, als es mir bewusst wird. Sie sehen ganz bleich aus, wie zwei Streichhölzer, die aus der Unterhose ragen. Aber egal, nach meinem Erlebnis von eben brauche ich dringend eine Ablenkung. Irgendwie scheint er das zu spüren. Er kommt stolpernd auf mich zu, und als ich mich im Bett aufsetze, fällt mir *Middlemarch* auf dem Nachttisch ins Auge, und ich bekomme sofort Herzklopfen. Mit Mystery Man habe ich eigentlich viel mehr Spaß als mit Callum. Wahrscheinlich, weil wir uns auch etwas zu sagen haben.

»Ich weiß genau, was du jetzt brauchst«, lallt Callum. Er stinkt nach Bier. Normalerweise ist mir das egal, ich will es trotzdem. Doch jetzt sehe ich *Middlemarch* neben mir liegen. Mit all den Fragen, die auf mich warten. Und die ich unbedingt beantworten will.

Callum kommt immer näher und streift seine Boxershorts ab. Sein Penis ist genauso dünn wie seine Beine. Ich rümpfe unwillkürlich die Nase. Was zum Teufel mache ich hier?

»Ich bin mit jemandem zusammen«, stoße ich hervor, und er hält inne, stolpert rückwärts, sein Kinn schlägt ihm gegen die Brust.

»Quatsch. Das wüsste ich.« Meine Offenbarung macht ihn nur einen Augenblick lang stutzig. Warum sollte er sich auch davon beirren lassen, wenn er besoffen und scharf auf mich ist? Er will Sex.

»Ich will nicht!«, rufe ich, wickle die Bettdecke um mich und rücke so weit wie möglich von ihm weg.

»Was soll das, verdammt noch mal?«, lallt er. »Erst geilst du mich auf, und dann lässt du mich abblitzen?«

»Kannst dir ja einen runterholen«, sage ich wütend, verblüfft über mich selbst. Ich hatte nicht vor, gemein zu werden, ich will bloß, dass er verschwindet. Damit ich mit Mystery Man allein sein kann.

Callum dreht sich um, stürmt aus dem Zimmer und schlägt die Tür hinter sich zu. Seine Unterhose mit den Bremsstreifen lässt er auf dem Boden liegen. Ich springe auf, greife mit spitzen Fingern danach und werfe sie ihm hinterher. Dann knalle ich die Tür wieder zu und nehme mir *Middlemarch*.

Mit dem Wälzer bin ich jetzt durch, habe ihn aber nur flüchtig gelesen. Ich wollte es einfach nur hinter mich bringen, um endlich *Menschenkind* zu lesen, Mystery Mans Fragen zu beantworten und ihm selbst wieder welche zu stellen. Schade, dass wir keine Gedichte austauschen, dann könnten wir das hier täglich machen. Auch wenn ich es nur ungern zugebe, aber inzwischen geht es eigentlich gar nicht mehr um die Bücher, sondern vor allem darum, mehr über Mystery Man zu erfahren. Ich weiß gar nicht, wann oder wieso sich das geändert hat.

Die Antworten auf seine neuesten Fragen habe ich schon ziemlich lange im Kopf, ich muss sie nur noch ausformulieren – und ich glaube, nur das kann mir helfen, mein Horrorerlebnis von vorhin, die Begegnung mit James, zu verkraften. Doch als ich mir die erste der neuen Fragen noch einmal durchlese, kommen mir Zweifel. Mein Blick wandert zu dem Sessel, in dem Bonnie eben noch gesessen hat, dann wieder zurück zu der Frage. Ich kann sie noch nicht beantworten. Es tut zu weh. Also überspringe ich sie und mache mit Frage zwölf weiter.

11. Was bereust du am meisten? (Diese Frage hast du Gatsby zu verdanken!)

12. Was ist dein Traumjob?
Du hast mich dazu gebracht, darüber nachzudenken – mit deiner Antwort auf die Frage, was du mit deinem Leben machen willst. Wenn es mit der Schriftstellerei nicht klappt, denk mal darüber nach, Lebensberater zu werden! Meine Zukunft stelle ich mir so vor, dass ich Menschen helfen möchte, sich in Bücher zu verlieben. Ich möchte Lehrerin werden. Du bist der erste Mensch, dem ich davon erzähle.

13. Was macht dich besonders glücklich?
Wein. Bücher. Eileens Bücherschrank. Cider-Eislutscher (im Ernst – hast du die schon mal probiert?). Meine Schwester zu übertrumpfen, EGAL BEI WAS. Lange Spaziergänge. Stolz auf mich selbst sein zu können. Die Erinnerungen an meine beste Freundin. Immer wieder tauchen neue auf und halten sie lebendig. Beim Scrabble den dreifachen Buchstabenwert mit einem Z abzukassieren. Mir vorzustellen, dass meine Schwester auf einem Hochrad fährt. Keine Ahnung, wieso. Dass sie ihr Leben genießt und ihre Träume verwirklichen kann (aber idealerweise auf einem Hochrad sitzend). Das hier mit dir zu machen. Das macht mich glücklich.

14. Bist du eine schnelle Leserin? (Ich hoffe es jedenfalls, weil ich dir gerade Middlemarch gegeben habe!)
Was hast du dir nur dabei gedacht?! Zum Glück ja, aber bei diesem Buch darfst du mich nicht auf die Probe stellen. Deine Fragen am Schluss haben mich etwas abgelenkt …

15. Was gefällt dir am meisten daran, in London zu leben?

Ich halte inne, knabbere an meinem Stift. Diese Frage ist der Grund, warum ich unbedingt heute Abend antworten wollte. Nach allem, was vorhin passiert ist, will ich ihm, ermutigt vom Wein, den ich mir nach meiner Rückkehr genehmigt hatte, eine ehrliche Antwort geben.

Bisher gefiel mir am meisten, dass ich hier meiner Vergangenheit entfliehen kann, aber das hat sich heute Abend geändert. Was mir jetzt am meisten gefällt, bist du.

18 James

Verdammt. Ich kann noch immer nicht fassen, wie absurd das Ganze ist! Der Roman, den ich schreibe, war von Anfang an für Erin gedacht. Ein zaghafter Versuch, mich für das, was ich getan habe, zu entschuldigen. Doch erst die Kritzelqueen hat mich dazu gebracht, ihn zu schreiben! Und nun stellt sich heraus, dass ausgerechnet Erin die Kritzelqueen ist.

Fieberhaft gehe ich alles, was sie in den Büchern gesagt hat, noch einmal durch, und langsam fügen sich die Teile zusammen. Ihre Kommentare zu Atticus. Ihre Reaktion auf das Zitat über Trauer in *Große Erwartungen*. Die Beziehung zu ihrer Mutter. Nun weiß ich, es ist Erin – und unser Austausch ergibt dadurch so viel mehr Sinn! Wer sonst hätte es sein können, wenn nicht Erin, die ich seit dem Tag, als ich ihr Vertrauen für immer zerstörte, nicht mehr lieben darf?

An jenem Tag goss es ebenfalls in Strömen. Ununterbrochen, vierundzwanzig Stunden lang, weshalb all meine Erinnerungen an die Ereignisse von damals in Grau getaucht sind. Ich versteckte mich hinter dem Kunstpavillon unserer Schule, kauerte dort, in meine Regenjacke gehüllt, und wartete auf einen sicheren Moment, um nach Hause zu gehen. Irgendwann schlüpfte ich in den Pavillon hinein und schlich mich zur Dunkelkammer. Dort war es wenigstens trocken. Ein paar Schwarz-Weiß-Fotos von toten Vögeln hingen an der Leine. Ich weiß nicht, wer sie gemacht hatte, aber ich fand sie faszinierend. Ich stellte mir vor, in einer Ausstellung zu sein, und betrachtete ein Foto nach dem anderen. Die

Federn, die platt auf dem Boden lagen. Die Flügel, die nie wieder flattern würden.

Als ich wieder aus der Dunkelkammer trat, sah ich sie. Mr Carter, unseren Englischlehrer, zusammen mit einer Frau. Sie standen an der Korktafel, auf der die neuesten Linoldrucke der siebten Klasse präsentiert wurden, und er küsste ihren Hals. Ich konnte die Frau zuerst nur von hinten sehen, während er sein Gesicht in ihrem Busen vergrub und sich dann weiter abwärts bewegte. Die Frau stöhnte. Er drehte sie um, drückte sie gegen die Linoldrucke, schob ihre Beine auseinander, seine Küsse wanderten immer tiefer. Ich sah ihre Bluse und den weißen Spitzen-BH darunter, eine ihrer Brüste war entblößt.

Die Frau keuchte, und als ich schließlich ihr Gesicht sah, schlug ich erschrocken die Hand vor den Mund. Es war Erins Mum.

»Oh, Derek«, stöhnte sie, als ich so leise wie möglich die Tür öffnete. Dann schlüpfte ich hinaus, zog die Tür vorsichtig hinter mir zu, und rannte wieder nach draußen, in den Regen zurück.

Ich war so verwirrt von dem, was ich gesehen hatte, dass ich nicht wie sonst darauf achtete, ob eine Gruppe in der Nähe war. Als ich ihre Stimmen hörte, war es zu spät. Sie hatten auf mich gewartet, und da es länger als sonst gedauert hatte, bis ich auftauchte, war klar, dass sie mich umso mehr triezen würden.

»Haste versucht, dich zu verstecken?«, sagte Marky, baute sich vor mir auf und schubste mich nach hinten. Er trug eine Kapuze über dem Kopf. »Du Schlappschwanz. Wovor haste denn solche Angst?«

Seine Augen funkelten, als er einem der anderen zunickte.

Jemand trat mir von hinten in die Knie. Meine Beine sackten weg, und ich stürzte bäuchlings auf den nassen Asphalt. Ich versuchte, mich wieder aufzurichten.

Jemand trat mich fest in den Bauch, sie bearbeiteten mich mit ihren Füßen, bis ich auf dem Rücken lag und mein Kopf auf den

Boden knallte. Der Regen prasselte auf mein Gesicht, ich konnte kaum etwas erkennen. Sie waren zu acht, standen um mich herum und starrten auf mich nieder, Kapuzen über den Köpfen.

»Wir spielen jetzt ein Spielchen, das ich mir gerade ausgedacht habe. Es heißt ›Spucken oder Pissen‹. Soll ich dir die Regeln erklären?«

Die anderen begannen zu kichern, als er das Wort Pissen sagte, damit ich nicht vergaß, mit wem ich es zu tun hatte.

Ich schüttelte den Kopf, rollte mich auf die Seite und versuchte aufzustehen. Jemand trat mich in die Rippen.

Marky war der Erste, der sich die Hose öffnete und seinen Penis rauszog. Ich schaute Felix an. In dieser Gruppe schaute ich immer Felix an, denn ich wusste, dass er der Einzige war, der vielleicht eine Spur von Bedauern zeigen würde. Er schluckte, doch dann machte er es Marky nach. Alle machten es Marky nach, zogen ihre Penisse heraus und sammelten gleichzeitig Spucke im Mund. Dann rotzte Marky, so laut er konnte, und feuerte die erste Ladung auf mich ab. Ich sah den gelben Schnodder auf mich zufliegen, bevor er auf meinem Mundwinkel landete. Ich schüttelte den Kopf. Dafür kassierte ich einen weiteren Stiefeltritt, und ich musste husten. Ich hätte schwören können, dass dabei etwas von der Rotze in meinen Mund lief.

»Das Spiel geht so«, sagte Marky laut, um den prasselnden Regen zu übertönen. »Meine Jungs hier können sich der Reihe nach aussuchen, ob sie dich anspucken oder anpissen. Und da ich mir das Spiel ausgedacht habe, darf ich beides machen.« Er stellte sich über mich und richtete seinen Penis direkt auf mein Gesicht.

»Wartet!«, schrie ich. »Ihr müsst sofort rüber zum Kunstpavillon! Erins Mum vögelt dort gerade mit Mr Carter. Ihr könnt ihre Titten sehen!« Ich schrie, so laut ich konnte. Ich imitierte ihre Sprache, ihr Tempo. Ich musste sie irgendwie dazu bringen, mit ihrem Spiel aufzuhören, und mir fiel nichts anderes ein.

Marky hielt inne. Er sah seine Jungs der Reihe nach an. Felix schaute sehnsüchtig zum Kunstpavillon hinüber. Ob er hoffte, Erins Mum nackt zu sehen oder aus dieser Nummer rauszukommen, werde ich wohl nie erfahren.

Marky machte seine Hose wieder zu und trat mir in die Schulter.

»Wehe, du lügst«, sagte er. »Dann bist du geliefert.« Er gab den anderen ein Zeichen, ihm zu folgen, und rannte los Richtung Kunstpavillon.

Ich rappelte mich zitternd auf, humpelte, so schnell ich konnte, davon und wischte mir die restliche Spucke aus dem Gesicht. Meine Beine gaben immer wieder nach. Tränen liefen mir übers Gesicht, während der Regen auf mich herabprasselte. Alles vor mir war verschwommen. Ich musste es unbedingt nach Hause schaffen, bevor sie mich wieder einholten, und ich wusste nicht, wie viel Zeit mir blieb. Ich wusste nicht, ob Mr Carter oder Erins Mum mich gehört hatten, als ich mich wegschlich. Ob sie überhaupt noch dort waren.

Das erfuhr ich erst am nächsten Morgen, als die Videos die Runde machten. Marky war der Held des Jahres, weil er alles mit seinem Handy gefilmt hatte. Die Tonaufnahmen waren das Einzige, was in der Aula zu hören war, wo wir uns alle versammeln sollten. Alle waren so in ihre Handys vertieft, dass sie nicht einmal aufschauten, als ich Platz nahm. Doch ich selbst konnte in dem Moment nur an den Brief an Erin denken, der in meiner Tasche steckte, und daran, dass ich ihn ihr unbedingt zukommen lassen musste, bevor jemand was sagte. Bei Marky war ich ziemlich sicher, dass er den Mund halten würde. Er fand es ja bestimmt gut, wenn alle dachten, dass er sie entdeckt hatte. Felix saß neben Helena und flüsterte ihr irgendetwas zu. Dann flüsterte Helena Zoe etwas zu, und alle schauten zu mir herüber. Ich sah mich nach Erin und

Bonnie um, konnte sie jedoch nirgends entdecken. Alle waren mit ihren Handys beschäftigt. Mir brach der Schweiß aus. Schließlich stand ich auf, um die beiden zu suchen. Ich fand sie dann draußen vor der Schule, im strömenden Regen, beide unter einem Schirm. Bonnie war damit beschäftigt, Erin zu trösten, die bitterlich weinte. Mir war sofort klar, dass sie wegen mir weinte und dass es nichts gab, was ich tun konnte, um das wiedergutzumachen. Das ist alles meine Schuld, dachte ich, als ich den Brief aus meiner Tasche zog und auf die beiden zuging.

Als Erin mich sah, schrie sie mich sofort an. Bonnie blieb an ihrer Seite und versuchte, sie wegzuziehen.

»Felix hat gesagt, *du* hättest es ihnen erzählt! Dass *du* sie dahin geschickt hättest! Wie konntest du nur!«

»Lass uns gehen, Erin. Er ist es nicht wert.«

Die Worte trafen mich genauso hart wie ihre Blicke. In ihren Mienen spiegelten sich Trauer und Abscheu.

»Es tut mir leid!«, rief ich unter der Kapuze meiner wasserfesten Jacke, während der Regen auf mich niederprasselte. »Es tut mir so leid! Ich habe es nur Marky und seinen Freunden erzählt!«

»Aber dir war doch klar, dass es dann gleich die ganze Schule erfahren würde!«, rief Erin.

Ich ging auf sie zu, streckte die Hand nach ihr aus. »Bitte, Erin. Können wir irgendwo hingehen und in Ruhe darüber reden?« Ich war den Tränen nahe und dankbar für den Regen, der mir trotz der Kapuze übers Gesicht lief. »Ich hab dir einen Brief geschrieben.«

»Sie will nicht mit dir reden!«, rief Bonnie. Der Schirm, den sie über sich und Erin hielt, war knalllila. Vor ein paar Tagen hatten wir noch zu dritt darunter gestanden.

Ich breitete die Arme aus. »Bitte! Es tut mir wirklich leid!«

»Dafür ist es jetzt zu spät!«, schluchzte Erin, so verzweifelt, dass ich mir nichts sehnlicher wünschte, als es ungeschehen zu machen, doch das konnte ich nicht. Es war meine Schuld, dass sie so aufgewühlt war. »Alle wissen Bescheid! Du hast sie ja eben in der Aula gehört. Sie verhöhnen mich, beschimpfen meine Mum als ›Lehrernutte‹. Das hört nie wieder auf!«

»Doch«, sagte ich leise.

Sie lachte bitter. »So wie bei dir, meinst du?« Sie schüttelte den Kopf und schaute mich ein letztes Mal an. »Kapierst du nicht, dass es genau deshalb so wehtut? Du *wusstest*, was passieren würde! Du wusstest mehr als irgendjemand sonst, dass sie mir das Leben zur *Hölle* machen würden! Und du hast es ihnen trotzdem erzählt! Das werde ich dir niemals verzeihen. Niemals!«

»Ich auch nicht«, fügte Bonnie hinzu, und dann wandten die beiden mir den Rücken zu und hasteten davon. Erin kehrte nie wieder an unsere Schule zurück. Kurz danach wechselte sie auf eine andere Schule..

Wenn sie herausfindet, dass ich derjenige bin, der all ihre Randkommentare liest, ist es vorbei.

Ich gehe am Camberwell Green vorbei, über die Ampel, die Hauptstraße hinunter, und mache einen Bogen um eine Gruppe von Betrunkenen, die vor einem Hauseingang Burger von McDonald's verschlingen.

Was hat mir Erin hinten im *Großen Gatsby* geschrieben?

Danke, dass du mir die Freiheit gibst, ich selbst zu sein.

Welche Ironie. Dass ich ihr die Freiheit, sie selbst zu sein, nur geben kann, wenn ich mich verstelle.

Geht das überhaupt? Theoretisch könnte ich die Bücher auch mitten in der Nacht zum Schrank bringen. Und immer darauf achten, keine Hinweise auf meine Identität preiszugeben. Allein von der Vorstellung bekomme ich ein schlechtes Gewissen, aber die Alternative ist noch schlimmer. Denn die Alternative besteht darin, ihr nicht mehr zu antworten, und das brächte ich nicht übers Herz. Sie weiß ja nicht, dass ich es bin. Wenn ich unsere Seitenrand-Unterhaltung beenden würde, würde sie das nur noch mehr verletzen.

Als hätte das Schicksal sich nicht schon genug über mich lustig gemacht, finde ich am nächsten Morgen *Middlemarch* im Bücherschrank. Daneben steht ein Buch, von dem ich noch nie gehört habe, *Menschenkind*. Ich schaue hinten in *Middlemarch* nach, ob ich das richtige Buch habe. Und tatsächlich, dort steht es.

Treffen wir uns in Menschenkind?

Ich stecke die beiden Bücher ein und jogge zur Bushaltestelle. Kaum bin ich in der U-Bahn, hole ich sie wieder hervor.

Als Erstes schlage ich die letzten Seiten von *Middlemarch* auf, wo die Antworten auf meine Fragen warten. Ich versuche, nicht daran zu denken, dass Erin diejenige ist, die mir zurückschreibt. Wenn ich es irgendwie schaffen kann, sie und die Kritzelqueen separat zu betrachten, würde sich ja im Grunde nichts ändern. Und dann lese ich die Antwort auf Frage Nummer elf. Was sie am meisten bereut.

Ich habe eine Freundin im Stich gelassen, als sie mich am meisten brauchte, und das werde ich mir niemals verzeihen. Sie ist gestorben, und ich glaube, ich werde den Rest meines Lebens versuchen, ihr gerecht zu werden und meinen Fehler wiedergutzumachen.

Ich lege das Buch zur Seite und schließe die Augen. Das wird nun doch zu persönlich. Ich kann Erin unmöglich mit diesem Schmerz leben lassen, weil ich weiß, dass Bonnie ihr verziehen hat. Dass sie es verstanden hat. Und doch kann ich es ihr auf keinen Fall mitteilen, weil ich ja nicht wissen darf, dass sie Erin ist, und weil ich Bonnie obendrein versprochen habe, unsere Freundschaft mit ins Grab zu nehmen. Ich hätte nie gedacht, dass es so kompliziert werden würde.

Schließlich schlage ich *Menschenkind* auf und blättere darin herum. Doch erst als die U-Bahn am Oxford Circus hält und viele Leute aussteigen, gefolgt von weitaus mehr Leuten, die einsteigen, stoße ich auf das PS, und mir krampft sich der Magen zusammen.

Wie heißt du eigentlich, wenn die Frage nicht zu persönlich ist? In Gedanken nenne ich dich immer Mystery Man, doch das kommt mir allmählich seltsam vor.

Ich schlage das Buch zu. Die restliche Fahrt denke ich nicht über den Roman nach, sondern zerbreche mir den Kopf darüber, wie ich um eine Antwort auf diese Frage herumkomme. Irgendwann wird sie es herausfinden, und wenn es so weit ist, werde ich alles verlieren. Ich kann nur versuchen, das so lange wie möglich zu verhindern.

Als ich schließlich in Highbury & Islington aussteige, fällt mein Blick auf eine riesige Werbetafel. Darauf ist ein Bild der Freiheitsstatue zu sehen, ergänzt durch den Slogan »New York vermisst dich«.

Das ist die Antwort. Natürlich.

Ich hole mein Handy hervor und schicke Elliot eine Nachricht.

19 Erin

»Ich zieh aus«, sagt Callum mit einem Räuspern, als ich ihm ärgerlicherweise in der Küche begegne. Es ist ein ganz normaler Vormittag, eigentlich müsste Callum längst auf der Arbeit sein, aber aus irgendeinem unerfindlichen Grund hängt er mal wieder zu Hause.

»Wie kann es eigentlich sein, dass sie dich noch nicht gefeuert haben?«, frage ich, während ich Kaffee mache.

Er greift an mir vorbei nach einer Tasse, stellt sie neben meine und deutet mit dem Kopf auf meine neue French Press. Wie konnte ich mit diesem Kerl jemals Sex haben?

»Wie kann es eigentlich sein, dass du noch immer arbeitslos bist?«, schießt er zurück.

Ich bewege mich so weit wie möglich von der French Press weg, bevor ich den Stempel hinunterdrücke. Callum schaut mir stirnrunzelnd zu und schüttelt den Kopf. Ich bin wirklich sehr erleichtert, dass er auszieht, aber die Miete werde ich mir auf keinen Fall allein leisten können. Ich komme ja so schon kaum über die Runden. Ich werde wohl ein paar Inserate aufgeben müssen. Und dann irgendeine wildfremde Person bei mir aufnehmen, nur um die Wohnung halten zu können. Callum weiß das natürlich genau. Und er genießt es.

Ich gieße mir einen Kaffee ein, lasse Callums Tasse leer und mache mich wieder auf den Weg in mein Zimmer.

»Kein Grund, deswegen jetzt rumzuzicken«, sagt er, und ich wirbele herum.

»Ich zicke nicht rum, ich setze nur Prioritäten. Das ist ein Unterschied. Aber das kapierst du natürlich nicht, weil du null Respekt vor Frauen hast.«

»Verdammte Scheiße, Erin«, sagt er und gießt sich einen Kaffee ein. Früher mochte ich seinen Akzent, aber jetzt geht er mir nur noch auf die Nerven. »Du hast ein paar ernste Probleme, echt.«

»Wieso bist du überhaupt hier?«, rufe ich. »Du solltest auf der Arbeit sein! Wie ganz normale Leute!«

»Das musst du gerade sagen.«

»Ich bin arbeitslos, nicht faul!«

Er legt kopfschüttelnd die Hände um die Tasse, ohne sich vom Fleck zu rühren.

»Du bist wie ein kleines Mädchen, das im Körper einer Erwachsenen gefangen ist«, sagt er. »Schickst irgendeinem Typen Liebesbriefchen, die du hinten in irgendwelche Bücher kritzelst. Kündigst deinen Job, nur weil deine Chefin gemein zu dir war. Sitzt in deinem Zimmer und heulst oder führst Selbstgespräche. Die einzige Freundin, die du hast, ist deine Schwester. Ich lebe wenigstens in der Wirklichkeit! Ich verstecke mich nicht in meinem Zimmer und kralle mich an das, was war. Echt, Erin. Werd endlich erwachsen.«

Ich wende mich ab, hole zitternd Luft. Schließe die Augen. Versuche abzuschütteln, was er eben gesagt hat. Das ist doch bloß *Callum*. Was geht ihn mein Leben überhaupt an? Seine Meinung zählt nicht.

»Gibst du mir mein T-Shirt zurück?«, fragt er dann. »Ich bin schon am Packen.«

Ich schaue an mir herunter und muss erschüttert feststellen, dass ich tatsächlich etwas trage, das ihm gehört. Ich reiße mir das T-Shirt über den Kopf und schleudere es ihm entgegen, bevor ich herumwirbele, zurück in mein Zimmer laufe und die Tür hinter mir zuknalle.

»Und es gibt *sehr wohl* Ozeane, du Spinner!«, schreie ich durch die Tür.

Mein Handy auf dem Bett leuchtet auf, eine Nachricht von Cassie.

CASSIE: Ich hatte ein so schlechtes Gewissen wegen meiner Lüge mit der Katze, dass ich mich auf ein zweites Date eingelassen habe! Ja, ich bin verrückt. Nein, ich kann sie noch immer nicht leiden. Ja, ich hab ihr die Wahrheit gesagt. Immer nach vorn schauen.

Cassie! Sie fühlt sich megaunwohl in ihrer jetzigen Bleibe. Sie hat schon so oft gesagt, sie würde sich was Neues suchen, wenn sie mehr Zeit hätte.

ERIN: Unfassbar, dass du dir ein zweites Date angetan hast! Klingt, als bräuchtest du dringend eine Aufmunterung, und VIELLEICHT hab ich genau das Richtige für dich …???,

antwortet sie.

ERIN: Mein ätzender Mitbewohner zieht aus. Also, falls du willst, kannst du bei mir einziehen.

Ich beiße mir auf die Lippe und drücke auf Senden.

CASSIE: OMG!!! Beste Nachricht EVER. Antworte dir später. Charlotte ist heute ÜBELST DRAUF! Kann es kaum erwarten, endlich zu meinem Zumba-Lunchkurs abzuhauen xxx

Während meiner WG mit Callum gab es hin und wieder Momente, wo ich dachte, er und ich könnten vielleicht Freunde werden. Das war, bevor unsere lächerliche Bettgeschichte anfing. Manchmal hat er mich zum Lachen gebracht. Manchmal, wenn er nicht gerade schweigend vor dem Fernseher hing, konnte er ganz nett sein. Aber irgendwann wurde mir klar, dass ich zu viel Hoffnung in ihn setzte, wegen James.

James ist wahrscheinlich der einzige und beste männliche Freund, den ich je hatte – bis zu dem Tag, als er unsere Freundschaft verraten hat. In einem einzigen Moment hat er drei wirklich gute Jahre zerstört, aber davor war er mit Bonnie auf einem Level. Seit unserer Zufallsbegegnung im Bus muss ich wieder an ihn denken, und anfangs kamen nur schlechte Erinnerungen hoch, aber inzwischen manchmal auch gute. Besonders seit der Sache mit Callum. James hätte niemals so mit mir oder Bonnie geredet. Er hat mich immer ermutigt. Er war derjenige, der mich zu Beginn der zehnten Klasse überzeugte, dass ich es schaffen würde, der gesamten Schule auf der Bühne der Aula einen Ausschnitt aus *Die Tribute von Panem* vorzulesen. Ich war besessen von diesen Büchern. Es ging um den Abschnitt, dass Hoffnung stärker ist als Furcht. Als er ihn las, dachte ich einen Moment lang, er bricht in Tränen aus. Dann gab er ihn mir zurück.

»Mach das«, sagte er. »Das ist stark. Damit könntest du das Leben von jemandem verändern, und du ahnst es noch nicht mal.«

»Er hat recht«, sagte Bonnie. »Leuten Hoffnung zu geben ist, als schenkte man ihnen die Flügel, mit denen sie durchs Leben fliegen können.«

»Alles klar, Bon. Dank deiner Poesie klingen meine Worte noch beschissener«, sagte James, und wir brachen alle drei in Gelächter aus.

Als ich den Ausschnitt dann auf der Bühne unserer Aula vorlas, saßen beide in der ersten Reihe und sprachen jedes einzelne Wort stumm mit.

Es ist noch immer zu schmerzvoll, sich an diese Zeiten zu erinnern. Doch nun tauchen auch gute Erinnerungen auf. Und ich mag mich nicht dagegen sträuben, denn sie bringen auch mehr und mehr von meiner besten Freundin zurück. Als James damals allen von meiner Mum erzählte, habe ich nicht nur ihn verloren. Ich habe auch alle Momente verloren, in denen Bonnie dabei war.

Am Nachmittag spaziere ich zu Savannah hinüber. Inzwischen gehe ich manchmal auch unter der Woche zu ihr. Ich freue mich schon. Seit ich den Satz *Ich möchte Lehrerin werden* hinten ins Buch geschrieben habe, geht er mir nicht mehr aus dem Kopf. Ich habe bereits nach Qualifikationskursen gegoogelt. Aber mehr habe ich noch nicht gemacht, denn was, wenn meine Nachhilfestunden mit Savannah nur aus Zufall so gut laufen?

Savannah öffnet mir die Tür, und zum ersten Mal führt sie mich durch den Flur zur Küche statt die Treppe hoch.

»Wollte mir gerade was mit Sirup machen. Wollen Sie auch was trinken? Was für alte Leute? Tee oder so?«

Ich verdrehe lächelnd die Augen. »Ein Tee wäre toll.«

»Hab ich mir schon gedacht.« Während sie den Wasserkocher füllt, schaue ich mich um. Diesen Teil des Hauses sehe ich zum ersten Mal. Mein Blick fällt auf eine Korkpinnwand, die mit Fotos und Bildern übersät ist, die Ecken eingerollt, die Farben teilweise verblasst. Sie scheint schon seit Jahren dort zu hängen, und Savannahs Alter auf den Fotos deutet darauf hin, dass sie schon lange nicht mehr aktualisiert wurde.

»Und, hat mein Dad es Ihnen schon erzählt?«, fragt sie und taucht den Teebeutel gerade mal eine Sekunde ins Wasser, bevor sie ihn wieder herauszieht und lässig in die Spüle feuert. Sie grinst mich an, keine Ahnung, warum.

»Dein Dad fasst sich ziemlich kurz, wenn er E-Mails schreibt.«

Sie nickt. »Aber Sie wissen ja bestimmt noch, dass ich einen Aufsatz über *Stolz und Vorurteil* schreiben musste, oder?«

»Natürlich.« Savannahs letzter Aufsatz vor Beginn der Abschlussprüfungen. Ich helfe ihr, sich auf die Fragen vorzubereiten, mit denen sie vermutlich zu rechnen hat, aber die Aufsätze muss sie natürlich allein schreiben.

»Ich habe meine erste Drei plus bekommen. Es ging darum, auf welche menschlichen Eigenschaften Jane Austen Wert legt, ausgehend von dem Buch.«

Ich würde sie am liebsten umarmen, aber das käme selbst in unserem eher inoffiziellen Setting unprofessionell rüber, also lasse ich es.

Stattdessen lächle ich strahlend. »Savannah, das ist ja fantastisch! Gratuliere!«, sage ich so euphorisch wie schon lange nicht mehr. »Ich bin wirklich stolz auf dich!« Auf mich selbst bin ich auch stolz.

»Danke.« Sie nimmt die dampfende Tasse am Henkel und reicht sie mir, sodass ich mir die Finger daran verbrenne. Einen so dünnen Tee habe ich vermutlich noch nie gesehen, und ich muss mir ein Lachen verkneifen. Damit hätte Savannah sofort den ersten Preis des MonstrosiTEEten-Wettbewerbs gewonnen, den Bonnie und ich uns ausgedacht hatten. Jedes Mal, wenn jemand uns einen fürchterlichen Tee zubereitet hatte, schickten wir uns ein Foto davon. *Wusste gar nicht, dass ich einen Cappuccino bestellt hatte,* schrieb sie zum Beispiel und schickte dazu das Bild eines Tees mit aufgeschäumter Milch. Ich freute mich jedes Mal, weil es mir das Gefühl gab, Teil ihres Alltags zu sein.

»Das ist meine Mum«, sagt Savannah und deutet mit dem Kopf auf das Foto, das ich anstarre, in Gedanken noch bei Bonnie. Ich blinzele, um mich auf das Foto zu konzentrieren. Savannah ist darauf ungefähr zehn, sie lächelt und trägt eine Zahnspange. Ihre Mutter lacht mit wehendem Haar in die Kamera, einen Arm um Savannah gelegt, den anderen Richtung Kamera ausgestreckt.

»Sie ist schön.«

»Sie war es. Vor sechs Jahren ist sie gestorben.«

Ich habe Savannahs Mum bisher zwar weder gesehen, noch habe ich gehört, dass über sie geredet wurde, aber damit, dass ihr etwas passiert sein könnte, habe ich nicht gerechnet. Ich schlucke betroffen.

»Das tut mir sehr leid.«

Savannah zuckt mit den Schultern, aber der Ausdruck in ihren Augen widerspricht ihrer scheinbaren Gleichgültigkeit. »Echt scheiße, dass sie nicht mehr da ist.«

Ich nicke. Zum ersten Mal seit Langem verspüre ich einen Anflug von Schuldgefühlen, weil meine Mum noch lebt, ich mich aber so verhalte, als wäre sie für mich gestorben. Von uns gibt es ganz ähnliche Fotos. Hunderte wie das, was Georgia ihr zum Geburtstag schenkte. Fotos, auf denen ich noch voller Bewunderung zu ihr aufsah, weil es mir unvorstellbar schien, dass sie je etwas falsch machen könnte.

»Ach, übrigens«, sagt Savannah und dreht sich zu mir, als hätte sie ihre Mum schon wieder vergessen. »Ein paar Mädchen aus der Stufe unter mir schreiben gerade Probeklausuren. Ich hab denen von Ihnen erzählt, und da sind viele dabei, die Sie gern als Nachhilfelehrerin hätten. Meine Schule ist in East Dulwich, und ich hab denen gesagt, Sie nehmen hundert Pfund die Stunde. Glauben Sie mir, die können sich das locker leisten.«

Ich traue meinen Ohren kaum. So viel Geld, bloß dafür, dass ich über Bücher rede?

»Wow.«

»Soll ich denen Ihre E-Mail-Adresse geben? Dad hat gemeint, ich soll Sie zuerst fragen.«

Ich versuche, cool zu bleiben. Das fühlt sich alles so zerbrechlich an. Wenn ich zu viel Begeisterung zeige, mache ich es vielleicht kaputt. »Ja. Gerne. Das wäre wirklich nett.«

»Cool«, murmelt sie und schlendert aus der Küche.

»Gut, Savannah. Bald geht's los mit den Abschlussprüfungen. Uns bleibt also nicht mehr viel Zeit, dich zur Expertin zu machen. Für die heutige Stunde verhänge ich daher folgende Regel: Harry Styles darf mit keinem Wort erwähnt werden.«

Sie dreht sich um und verdreht die Augen, bevor sie die Treppe hinaufstürmt.

Natürlich wäre es viel zu früh, aber ich bin trotzdem enttäuscht, als ich auf dem Heimweg von der Nachhilfestunde am Bücherschrank vorbeischaue und dort nichts für mich finde. Inzwischen ist mir egal, was er über die Bücher schreibt. Mich interessieren nur noch seine Antworten auf meine Fragen. Ich will wissen, wer er ist. Ich habe ein Foto von meinen neuesten Fragen gemacht und schaue es mir auf meinem Handy an. Habe ich vielleicht irgendetwas geschrieben, was ihn verletzt haben könnte? Irgendetwas, was ihn davon abhalten könnte, mir zu antworten?

16. Wie hast du gemerkt, dass du Schriftsteller werden willst?
17. Hast du Geschwister?
18. Stehst du deinen Eltern nahe?
19. Wenn du irgendwo anders auf der Welt leben könntest, wo würdest du dann leben wollen?
20. Wer ist der wichtigste Mensch auf der Welt für dich?

Mir fällt nichts auf, was ihn verletzen könnte, aber es gibt so vieles, was ich nicht weiß. Vielleicht hat er einen Bruder, der gestorben ist, oder er will nicht über seine Familie reden. Vielleicht ist er verheiratet und will die Frage, wer der wichtigste Mensch auf der Welt für ihn ist, nicht beantworten, um meine Gefühle nicht zu verletzen. Oder aber – der Gedanke ist mir gerade erst gekommen, weil ich so auf Bonnie fixiert war – ich habe ihm vielleicht Angst eingejagt, weil ich mit *Menschenkind* ein Buch mit dem amerikanischen Titel *Beloved* für ihn ausgesucht habe. Ich weiß, wie albern diese Gedanken sind. Es ist ja erst drei Tage her. Er ist wahrscheinlich noch mit Lesen beschäftigt. Aber weil er das letzte Buch so schnell zurückgebracht hat, habe ich gehofft, dass er sich diesmal auch beeilt.

Jetzt geht die Grübelei los. Was, wenn ihm etwas zugestoßen ist und ich nie davon erfahren werde, weil ich keine Ahnung habe, wer er ist? Oder er will mit dem Büchertausch aufhören, und ich werde nie erfahren, warum. Ich hätte ihn nach seiner Telefonnummer fragen sollen. Oder ihm meine geben sollen. Aber was, wenn ich es täte?

Dann würde ich einer persönlichen Begegnung mit Mystery Man einen Schritt näher kommen – und diese Vorstellung jagt mir mindestens genauso viel Angst ein, wie sie mich reizt.

Zum ersten Mal dämmert mir, was Cassie meint. Warum sie unbedingt einen Menschen finden will, mit dem sie sich wirklich verbunden fühlt. Das will ich auch. Allerdings habe ich diesen Menschen schon gefunden. Für mich kommt nur einer infrage: Mystery Man.

20 James

Elliot öffnet die Tür zu seinem Penthouse-Appartement, und als ich ins Wohnzimmer trete und das Panorama von Manhattan erblicke, fällt mir die Kinnlade herunter. Vom Hudson River bis zum Empire State Building ist alles zu sehen, eine imposante Kulisse für die luxuriösesten Möbel, die ich je gesehen habe. Möbel, die für Kinder völlig ungeeignet sind. Dunkelblaues Samtsofa, rote Wildlederstühle um einen gigantischen gläsernen Esstisch. Dann schießt Jordan an mir vorbei, springt aufs Sofa und hüpft darauf herum. Es ist wohl kinderfreundlicher, als ich dachte.

»Jetzt nicht, JJ, Zeit fürs Bett«, sagt Elliot, und mir wird ganz warm ums Herz. Ich hatte keine Ahnung, dass mein Neffe den gleichen Spitznamen trägt wie ich. Dass Elliot ihn bei seinem Sohn weiterführt.

Seine Ermahnung stößt auf taube Ohren, Jordan hüpft immer höher. Elliot sieht mich kopfschüttelnd an und schaut auf seine Uhr. Das Ding funkelt dermaßen, dass es mich einen Moment lang vom Ausblick ablenkt.

»Ist das eine …«

»Rolex? Ja. Hat Carl mir geschenkt.« Er wirft einen Blick aufs Sofa. »Ich lass mal das Badewasser ein.«

Er geht hinaus, und ich schlendere zu Jordan hinüber.

»Wenn ich diese Kissen hier auf den Boden lege, kannst du dann von der Armlehne draufspringen?«

Jordan nickt, breites Grinsen im Gesicht, sein hellbraunes Strubbelhaar tanzt ihm um die Augen.

Ich schnappe mir sämtliche Rückenkissen und lege sie in sicherer Entfernung vom Glastisch auf den Boden.

»Das ist ziemlich schwer«, sage ich, als er auf die Armlehne klettert. »Bist du sicher, dass du das schaffst?«

»Jaaaa!«, ruft er, und bevor ich überhaupt mit dem Countdown beginnen kann, springt er in die Luft und landet, vor Freude quiekend, mitten im Kissenpool. »Noch maaaal!«

»Zeit zum Baden, Kumpel!«, sagt Elliot, als er wieder hereinkommt, und Jordan bricht so heftig in Tränen aus, dass man glauben könnte, all seine Lieblingsspielzeuge würden ihm weggenommen und zerstört. »Ab achtzehn Uhr versuchen wir ja immer, etwas Ruhe reinzubringen.« Sein Blick wandert zu den Kissen, dann zu mir, und ich werde knallrot. *Wenn ich sie schon früher besucht hätte, wüsste ich das.*

»Alles klar.« Ich hebe die Kissen auf und werfe sie zurück aufs Sofa, während Elliot den tretenden und schreienden Jordan nimmt und ihn ins Badezimmer trägt. Ein paar Minuten später ertönt lautes Gekicher aus dem Bad, und kurz darauf kommt Jordan in einem Spiderman-Schlafanzug zurück ins Wohnzimmer gerannt.

»Liest du mir eine Gutenachtgeschichte vor, Onkel James?«, fragt er, und mein Herz füllt sich mit Liebe, weil er mich daran erinnert, dass ich nicht nur hier bin, um vor meinen Problemen davonzulaufen. Natürlich bin ich auch gekommen, um meinen Neffen kennenzulernen – und was eignet sich besser dafür, als zusammen mit ihm meiner Lieblingsbeschäftigung nachzugehen.

»Sehr gerne«, sage ich und meine es auch so.

Er rennt in sein Zimmer, und ich folge ihm. Als ich es betrete, staune ich abermals über die Aussicht. Er ist erst drei Jahre alt und wohnt in einer der besten Immobilien von Manhattan, und als reichte das noch nicht, hat er ein Doppelbett, ein großes Bücherregal und eine blaue Spielzeugtruhe, nur für sich allein.

»Wow … gehört das alles dir?«

Er nickt, drückt mir ein Buch in die Hand und macht einen Hechtsprung ins Bett. Elliot erscheint im Türrahmen, ein Knäuel aus Jordans Klamotten in der Hand.

»Ooooh. *Sei freundlich.* Gute Wahl, Buddy. Viel Glück damit!« Er lächelt mir zu.

Jordan tätschelt das Bett. Ich setze mich neben ihn, und dann lese ich ihm eine Geschichte über ein kleines Mädchen vor, das ganz traurig ist, weil es sich das Kleid mit Traubensaft bekleckert hat.

Bei der vorletzten Seite wische ich mir die Augen, kurz davor, in Tränen auszubrechen.

»… Damit wir freundlich sein können«, lese ich vor. »Wieder. Und wieder. Und wieder.« Ich drehe mich zu Elliot. »Verdammte Scheiße«, sage ich lautlos zu ihm, überwältigt von der Kraft dieses Buchs, das mit weniger Worten auskommt als das erste Kapitel meines Romans.

»Hab dich ja gewarnt«, sagt er lachend. »Also dann. Gute Nacht, JJ!« Er geht zum Fenster, lässt die Jalousien per Knopfdruck herunter und beugt sich zu Jordan hinab, um ihm einen Kuss zu geben. Ich bleibe liegen, unsicher, was ich jetzt tun soll, aber dann schließt Jordan mich schon in seine kleinen Arme.

»Gute Nacht«, sagt er, gibt mir einen Kuss, und dann rollt er sich auf die Seite.

Als ich aufstehe und hinausgehe, muss ich schlucken. Jordan sieht aus wie Elliot in dem Alter, und das bringt mich beinahe aus der Fassung, von dem berührenden Buch, dem Jetlag und den vergangenen sechsunddreißig Stunden ganz zu schweigen.

»Wo ist Carl denn gerade?«, frage ich, als Jordan endlich schläft, nachdem er mehrmals zurück ins Wohnzimmer gekommen und wieder ins Bett gebracht worden ist.

Elliot reicht mir ein Glas Champagner und nimmt auf dem großen weißen Sessel gegenüber dem Sofa Platz.

»L.A.«, sagt er, prostet mir zu und nimmt einen Schluck.

»Muss hart sein.« Ich schaue in Richtung von Jordans Zimmer. »Dass er so selten da ist.«

Elliot zuckt mit den Schultern. »Ich hab mich wohl dran gewöhnt.« Er fängt an, mit seiner Rolex zu spielen. »Für Carl ist es schwerer, glaube ich. Weil er so viel verpasst. Wenn er weg ist, entwickeln JJ und ich unsere eigenen Routinen – und wenn Carl dann zurückkommt, fällt es ihm irgendwie schwer, seinen Platz zu finden. Er ist ziemlich niedergeschlagen deswegen. Macht sich Vorwürfe. Will alles schaffen. Geschäftsmann, Versorger und der perfekte Vater sein.« Er seufzt, starrt in sein Glas. »Er scheint nicht zu kapieren, dass es nicht darum geht, perfekt zu sein, sondern einfach nur *da* zu sein. Und JJ etwas Aufmerksamkeit zu schenken. Nicht einfach nur Zeit, sondern Aufmerksamkeit. Er redet sich ein, es sei Quality Time, wenn er Jordan badet und dabei telefoniert, aber Jordan merkt natürlich, was los ist. Kinder sind ja nicht dumm.«

»Das wird mir auch gerade klar«, sage ich, und mein Blick wandert wieder zu Jordans Zimmer.

»Wie geht's dir denn eigentlich? Dad hat erwähnt, dass du ein Buch schreibst?«

So ist das mit Elliot. Er erzählt etwas Herzzerreißendes, über das man unbedingt reden sollte, und dann wechselt er das Thema. Ich kenne ihn. Wenn ich jetzt nachhake, macht er einen Rückzieher. Ich muss es erst einmal so stehen lassen. Wenn er mir etwas anvertraut, dann nicht, weil ich ihn gefragt habe. Er tut es immer dann, wenn ich am wenigsten damit rechne.

»Ja, das stimmt«, erwidere ich und lasse mich auf seine Verdrängungstaktik ein. »Jedenfalls bis vor Kurzem.« Ich will jetzt nicht an *Zehn Arten, sorry zu sagen* denken, denn das führt mich nur zu Erin, zum Bücherschrank und zu Erins angewiderter Miene im Bus. »Hab 'ne Pause eingelegt.«

»Und warum?« Er trinkt seinen Champagner leer und geht zur Küche hinüber, um sich nachzuschenken.

»Bin nicht sicher, ob's gut genug ist. Aber ich kenne eine Agentin, die die ersten drei Kapitel lesen will, das ist ja schon mal was.«

Er nimmt wieder Platz. »Hast du denn schon drei Kapitel?«

»Ja. Ich hab schon fast das ganze Buch fertig.«

»Warum schickst du ihr die Kapitel nicht? Dann weißt du, ob's gut ist.«

Typisch Elliot. Probleme ignoriert er einfach. Genau deshalb verlief seine Schulzeit ganz anders als meine. Genau deshalb könnte er überall Karriere machen. Er könnte so viel aus seinem Leben machen. Er könnte bestimmt mindestens genauso viel Geld wie Carl verdienen, wenn er es darauf anlegen würde. Es ist mir wirklich schleierhaft, warum er's nicht tut.

»Daran hab ich auch schon gedacht«, sage ich. Ich habe meine ersten Kapitel inzwischen so oft überarbeitet, besser können sie kaum werden. Aber es wäre doch Wahnsinn, sie zu schicken, wenn das Buch noch gar nicht fertig ist, oder? Allein bei der Vorstellung dreht sich mir der Kopf, und der Champagner und der Jetlag machen es nicht besser. »Und wie sieht's bei dir aus mit Arbeit?«

Er schüttelt den Kopf. »Keine Zeit.«

»Aber Jordan ist doch jetzt im Kindergarten, oder?«

Elliot mustert mich. »Ja. Für ein paar Stunden, und während er dort ist, muss ich das Essen vorbereiten, den Haushalt erledigen und Carls Sachen zur Reinigung bringen. Der Tag ist schon jetzt viel zu kurz. Für einen Job ist da kein Platz.«

»Aber bist du nicht wegen der Arbeit hierhergezogen? Um Karriere als Banker zu machen?«

Ich werde kurz durch ein Hupkonzert abgelenkt, das unten auf der Straße ertönt, doch Elliot scheint es gar nicht zu bemerken. »Das dachte ich zuerst auch, aber das war ein Irrtum. Ich wollte einfach nur weg. Irgendwohin, wo ich ganz ich selbst sein konnte.«

Seine Worte klingen, als hätte ein PR-Team sie verfasst. Es fällt mir schwer, ihm zu glauben, aber wenn wir mit diesem Thema fortfahren, werden wir schon am Tag meiner Ankunft anfangen zu streiten.

»Ach, übrigens«, sage ich stattdessen und wechsele das Thema. »Hast du schon mitbekommen, dass es einen Remix von Dads Song gibt?«

Elliots Augen leuchten auf. »Gut für ihn. Den sollten wir uns anhören.«

Wir schnappen uns unsere Handys, wetteifern schweigend darum, den Remix als Erster zu finden, als sei das eine große Herausforderung. Ist es aber nicht. Der Remix ist überall. Es gibt sogar ein »inoffizielles« Video, das schon mehrere Tausend Views hat.

»Du meine Güte.« Er wischt mit dem Daumen über das Display. »Wieso wussten wir nichts davon?«

»Unfassbar, oder? Glaubst du, Dad weiß davon?«

»Bestimmt nicht.« Elliot schaut auf seine Rolex, ich auf mein Handy. Es ist schon zu spät, Dad anzurufen.

»Bereit?«, frage ich und spanne die Kiefermuskeln an.

Elliot klatscht in die Hände. »Ja. Lass uns mein Handy und Earplugs nehmen, damit Jordan nicht aufwacht.« Wir stöpseln uns die Dinger in die Ohren, und dann dreht Elliot auf volle Lautstärke. Der Remix beginnt mit einem heavy Bass, ganz anders als der Elektropop-Sound von Dads Original, und dann ertönt Dads Stimme, wie ein Laser, der aus dem Hintergrund aufstrahlt. »Weißt du … weißt du … weißt du, wer ich bin?« Dann kurze Stille, und dann droppt der Beat, und die unterschiedlichen Sounds verschmelzen, der Effekt ist unglaublich.

»Scheiße, verdammt!«, sagt Elliot schließlich. »Das ist ja …«

»Der Hammer!«, sage ich.

Als der Remix zu Ende ist, sitzen wir einen Moment lang sprachlos da.

»Das könnte seine Karriere wieder ankurbeln«, sage ich dann, und im selben Moment sagt Elliot: »Das ist was für Dads Erinnerungskiste.«

Wir schauen uns an. »Glaubst du im Ernst, dass Dad noch immer auf die Bühne will?«, fragt Elliot.

»Ja, klar! Seit Jahrzehnten verzichtet er wegen uns darauf, seinen Traum zu leben. Jetzt könnte er endlich durchstarten!«

Ich denke an Mum, die sich bei unserem letzten Telefonat anhörte, als stünde sie kurz vor dem nächsten Zusammenbruch. Ich denke daran, welchen zusätzlichen Stress es für mich bedeuten würde, wenn Dad diese Chance ergreift – aber das wäre es wert. Er braucht das. Er braucht diesen Beweis, dass er sein eigenes Leben kann.

Elliot beobachtet mich. Er setzt an, etwas zu sagen, lässt es dann aber bleiben.

Unser erster Abend ist noch nicht einmal zu Ende, und schon ist es passiert. Uns sind die Themen ausgegangen.

Mein restlicher Aufenthalt verläuft hauptsächlich so, dass Jordan als Ablenkung dient, damit mein Bruder und ich möglichst wenig miteinander reden müssen. Wir entwickeln eine eigene Routine: Ich kümmere mich morgens um meinen Neffen, weil ich wegen des Jetlags ohnehin schon früh wach bin. Ich spiele Lego mit ihm und lese ihm etwas vor. Ich hatte keine Ahnung, dass es so viele Kinderbücher gibt, die einen mitten ins Herz treffen. Egal ob es um ein tanzendes Nilpferd oder um ein kleines Mädchen geht, das Papierpuppen bastelt, mir steigen jedes Mal die Tränen in die Augen. Jordan bekommt davon nichts mit, er bohrt die Finger in die Seiten und stellt vollkommen irrelevante Fragen wie »Warum sind die Blumen blau?« oder »Warum hat das Nilpferd so eine große Nase?«. Dann frühstücken wir zusammen, und anschließend wecken wir einen sehr dankbaren Elliot mit Kaffee auf. Später machen wir zusammen Ausflüge und schauen uns die Stadt an. Wir spazieren die High Line entlang, machen eine Kutschfahrt durch den Central Park. Wir nehmen den Zug nach Williamsburg und die Fähre zur Freiheitsstatue und nach Ellis Island. Wir sind den ganzen Tag unterwegs, sodass ich abends völlig k.o. bin, und all das führt dazu, dass ich fünf herrliche Tage lang kaum an zu Hause denke. Selbst Erins Bücher lasse ich liegen und falle stattdessen jedes Mal, wenn ich aufs Bett sinke, sofort in einen Tiefschlaf.

An unserem letzten gemeinsamen Tag nimmt Elliot einen Anruf von Carl entgegen, als wir uns gerade den Weg durch die Menschenmenge am Times Square bahnen. Jordan ist in seinem Buggy eingeschlafen, und Elliot zieht uns zum Eingang des Planet Hollywood, damit er Carl besser verstehen kann.

»Hi, ich hab fünf Minuten, wo ist mein Großer?«, sagt Carl.

Elliot verzieht das Gesicht und dreht das Display, damit Carl seinen Sohn sehen kann, der in seinem Buggy döst und aus irgendeinem Grund, der sich mir noch nicht erschlossen hat, ein Maßband umklammert hält. »Sorry, Babe, er ist eingeschlafen. Onkel James hält ihn ganz schön auf Trab.«

Carl seufzt. »Ich hab hier ein Meeting nach dem anderen, bis heute Abend, aber da wird er schon im Bett sein. Kannst du ihn wecken?«

Elliot lacht. »Du weißt doch, dass das keine gute Idee ist.«

»Wie ich das hasse.«

»Tut mir leid.«

Ich weiche ein paar Schritte zurück, um den Anschein von etwas Privatsphäre zu ermöglichen, aber ich kann trotzdem noch jedes Wort hören.

»Ich versuch ja, nach Hause zu kommen.«

»Bitte sag das nur, wenn du's auch schaffst.« Mein Bruder klingt, als wäre er den Tränen nahe.

»Okay.«

»Willst du James Hallo sagen?«

»Ich muss wieder los. Grüß ihn von mir.«

»Okay.«

Elliot dreht sich um, lässt den Kopf hängen. In seiner Miene spiegelt sich die Frustration seines Ehemanns.

»Tut mir leid«, sagt er. »Er ruft immer in den unpassendsten Momenten an. Und dann gibt er mir die Schuld und regt sich auf.« Er fährt sich durchs Haar, betrachtet seinen Sohn.

»Vielleicht solltest du dir Carls Gefühle nicht so zu eigen machen«, sage ich. Es macht mich fertig, meinen Bruder so zu sehen. »Du bist nicht für ihn verantwortlich.«

Elliot schiebt den Buggy wieder auf die hektische Straße zurück. Überall um uns herum sind gigantische Werbetafeln, die alles anpreisen, vom neuen Billie-Eilish-Album bis hin zum berühmtesten Brausegetränk der Welt.

»Du meinst, nicht so wie du für Mum?«, fragt er und wirft mir einen wütenden Blick zu.

Ich mache einen Schlenker, um jemanden vorbeizulassen. »Wow. Das war jetzt echt unnötig.«

»Aber es stimmt doch.«

»Tja, irgendwer muss sich um Mum kümmern. Das ist was anderes.«

»Ach ja?«

Wir biegen rechts ab, Richtung Broadway, und ich greife nach der Broschüre eines Musicals, das ich mir nie anschauen werde.

»Was meinst du mit ›ach ja‹? Natürlich ist das was anderes.«

»Du bist trotzdem nicht für sie verantwortlich«, sagt er leise.

Plötzlich spüre ich einen Kloß im Hals.

»Mag sein, aber ich sorge dafür, dass es ihr besser geht. Aber davon weißt du natürlich nichts, weil du dich ja nie blicken lässt.«

Elliots Gesicht verzieht sich zu einem kalten Lächeln. Er bleibt stehen und klatscht langsam in die Hände. »Endlich hast du's zugegeben.«

»Was?«

»Dass du sauer auf mich bist, weil ich hier lebe.« Er dreht sich zu mir. Da steht er, mit seiner funkelnden Rolex, die mich blendet. Mit seinem unglaublichen Appartement. Mit seinem Leben, in dem er Tag für Tag machen kann, was er will, während ich immer, wenn es nötig ist, zu unseren Eltern gondeln muss.

»Ich bin doch nicht … *Okay*. Vielleicht bin ich tatsächlich sauer auf dich. Weil es sich nämlich beschissen anfühlt, derjenige zu sein, der sich immer um Mum kümmern muss. Der sein eigenes Leben anhalten muss, um in ein anderes zurückzukehren.«

Elliot beugt sich vor. »Du hast dir das ausgesucht. Niemand hat dich darum gebeten. Weder Mum noch Dad. Sie haben schon immer gewollt, dass wir unser eigenes Leben führen. Ich genauso wie du.«

»Tja, vielleicht kriegst du das ja ohne Schuldgefühle hin, aber ich bringe das nicht fertig.« Ich knülle die Broschüre, so fest ich kann, zusammen.

»Das ist ja auch kein Wunder.«

»Was?«

»Wie willst du die Schuldgefühle auch loswerden, wenn du dich dafür verantwortlich fühlst, dass sie so ist, wie sie ist?«

Da stehen wir nun, auf einer der hektischsten Straßen New Yorks, und liefern uns einen Showdown. Zwingen die Leute, einen Bogen um uns zu machen, aber wir sind nicht in London, wo alle höflich bleiben. Einer nach dem anderen flucht, dass wir gefälligst Platz machen sollen. Aber es ist mir egal, ich bin viel zu aufgebracht.

»Wie soll ich mich denn nicht verantwortlich fühlen, wenn alle mich ständig daran erinnern, dass Mum erst durch meine Geburt krank wurde?«

Elliot schüttelt den Kopf. »Niemand erinnert dich ständig daran. Und es hat dich auch nie jemand dafür verantwortlich gemacht. Das tust du selbst.«

»Du hast doch überhaupt keine Ahnung, weil du einfach abgehauen bist!«, bricht es aus mir heraus. Endlich habe ich die Worte, die ich in unseren Telefonaten stets vermieden habe, laut ausgesprochen. »Mum hat mir das andauernd unter die Nase gerieben! Als du damals abgehauen bist, um durch die Welt zu jetten, hat sie das zum Anlass genommen, mir zu sagen, was sie wirklich von mir denkt. Sie hat mir für alles die Schuld gegeben. Ich habe immer wieder versucht, dich anzurufen, habe dir E-Mails geschickt, aber du hast uns einfach ignoriert. Du hast *mich* ignoriert!« Beim letzten Satz versagt mir die Stimme, und ich beiße mir auf die Lippe.

»Das musste ich auch!«, ruft Elliot. »Ich habe mir ein Jahr freigenommen, James, nur für dich! Ich bin für dich da gewesen, jeden Tag hab ich dich von der Schule abgeholt! Und dann tauchte Joel auf, und du warst nur noch mit ihm unterwegs.« Er lächelt, Tränen in den Augen. »Ich habe mich damals gefreut! Weil ich wusste, du brauchst mich nicht mehr. Und es ging mir nicht gut. Ich kam mit mir selbst nicht klar, konnte aber mit niemandem darüber reden. Und Mum hat mich damals mehr denn je in Beschlag genommen. Ständig hat sie gesagt, ich sei das Einzige, was sie glücklich machen würde.« Er gibt es zu, mit schuldbewusster Miene. Es überrascht mich nicht, doch weh tut es trotzdem. »Ich bin damals nur wegen dir geblieben, und sobald ich sehen konnte, dass du ohne mich klarkommen würdest, bin ich abgehauen. Ich musste zu mir selbst finden, aber das konnte ich nur schaffen, indem ich aufhörte, an zu Hause zu denken. Hätte ich an zu Hause gedacht, wäre ich sofort zurückgekommen. Dann hätte ich Carl nie kennengelernt. Und dann gäbe es Jordan nicht. Ich musste es so machen, damit ich der werden konnte, der ich heute bin. Aber es tut mir leid. Es tut mir wirklich leid.«

Ich wische mir die Tränen weg. Er hat alles gesagt, was ich immer von ihm hören wollte, doch ich fühle mich schrecklich, weil ich ihn dazu gezwungen habe.

»Mir tut es auch leid«, sage ich. »Ich habe nicht gemerkt, dass du selbst Probleme hattest.«

»Das konntest du auch nicht merken«, sagt er mit sanfter Stimme. »Du warst viel zu sehr damit beschäftigt, deinen eigenen Alltag durchzustehen. Keine Ahnung, wie du das geschafft hast. Ich bin so stolz auf dich.«

»Ich bin auch stolz auf dich«, erwidere ich, strecke ihm den Arm entgegen, und Elliot kommt auf mich zu und drückt mich fest.

»Gut. Kann ich dann jetzt meinen Bruder zurückhaben?«, fragt er. Und dann dreht er sich um und läuft mit dem Buggy zurück in die Richtung seiner Wohnung, als hätte unser Showdown am Times Square nie stattgefunden.

Der Bruder, der ich früher war, hätte Elliot alles erzählt, und plötzlich ist mir wieder danach. Die Situation zu Hause und mit Erin wächst mir über den Kopf, und ich brauche jemanden, der mir hilft, einen Ausweg zu finden.

»Du hast ihn schon zurück«, sage ich, und dann fange ich an zu reden. »Du wirst nicht glauben, was mir passiert ist, bevor ich hierhergekommen bin. Erinnerst du dich noch an Erin? Bestimmt erinnerst du dich noch an Erin …«

Als Elliot mich schließlich zum Flughafen bringt, hat sich etwas zwischen uns geklärt. Wir reden wieder richtig miteinander. Und ich habe das Gefühl, in Gegenwart meines Bruders wieder ich selbst sein zu können.

Jordan besteht darauf, meinen Handgepäckkoffer zum Check-in zu rollen, wodurch wir viel länger brauchen als geplant.

Elliot und ich klopfen uns zum Abschied auf den Rücken, bevor ich Jordan hochhebe, um ihn zu umarmen.

»Komm her, kleiner Mann«, sage ich, doch er zappelt, bis ich ihn runterlasse, er will lieber weiter meinen Koffer rollen. »Sei nett zu deinem Daddy, okay?«

Elliot bückt sich, um etwas aufzuheben, das mir bei Jordans Gezappel aus der Tasche gefallen ist. Das Buch, das ich bei Barnes & Noble besorgt habe, für Erin.

»Den Film haben wir uns doch zusammen angeschaut«, sagt er, als er mir *On the Road* in die Hand drückt. Und schon lande ich wieder auf dem harten Boden der Realität, der ich doch hatte entkommen wollen.

21 Erin

Über eine Woche, und immer noch nichts im Bücherschrank. Doch statt mich davon herunterziehen zu lassen, probiere ich meinen neuen und verbesserten Was-würde-Bonnie-tun-Ansatz, der darin besteht, mich auf andere Dinge zu konzentrieren und aus jedem Tag das Beste zu machen.

Als ich gerade unterwegs bin, um in den Geschäften in der Nachbarschaft Zettel für meine Englisch-Nachhilfestunden auszuhängen, ruft Georgia an. Das Frühlingswetter ist wirklich unvorhersehbar. Ich bin mit Jeans und Pulli über dem T-Shirt aus der Wohnung, doch den Pulli habe ich längst ausgezogen. Wenn ich doch nur Shorts anhätte.

»Ich hab's getan«, verkündet Georgia mit einem Stoßseufzer. In meinem Kopf rattert es. Sie hat ständig etwas vor, wovon redet sie? Dann schiebt sie nach: »Ich hab's Rishi gesagt.«

Ich bleibe wie angewurzelt vor dem McDonald's auf der Camberwell Road stehen. »Was? Und?«

»Er hat mir einen Heiratsantrag gemacht.«

»War ja klar. Typisch Rishi.«

»Erin, du hattest zwei Therapiesitzungen mit ihm, bei denen er dir zufolge keinen Ton gesagt hat. Hör auf, so zu tun, als ob du ihn kennen würdest.«

»Von mir aus. Für dich ist es genauso typisch.«

»Was soll das denn heißen?«

Direkt neben mir hält ein Bus. Leute strömen heraus, an mir vorbei.

»Na ja, das ist wie damals, als du das ganze Osterwochenende wegen deiner Abschlussprüfungen rumgeheult hast. Dad hat sich einen Übungsplan für dich ausgedacht, und du hast dann lauter Einsen bekommen, die du aber ohnehin bekommen hättest.«

Meine Gedanken wandern zu Savannah, die jetzt kurz vor den Abschlussprüfungen steht. Sie glaubt, dass sie relativ gut abschneiden wird, mit einer Drei wäre sie schon zufrieden.

»Was redest du denn da für einen Quatsch? Bist du verkatert?«

Ich lache. »Nein. Egal, vergiss es. Willst du mir auf deine typisch zurückhaltende Art mitteilen, dass du jetzt schwanger *und* verlobt bist?«

»Um Gottes willen«, schnaubt sie. »Ich hab natürlich abgelehnt. Ein Baby muss ja nicht gleich bedeuten, dass man sich lebenslänglich zu einer unglücklichen Ehe verdonnern lässt.«

»Unsere Eltern haben das aber gedacht.«

Als sie aufgelegt hat, lese ich meinen Aushang noch einmal durch. Auf einem Aushang für Englisch-Nachhilfe wären Rechtschreibfehler ja ziemlich peinlich.

Erfahrene Nachhilfelehrerin mit Prädikatsabschluss in Englischer Literatur bietet Unterstützung bei der Vorbereitung auf die Schulabschlussprüfung. 50 £ pro Stunde.

Savannah hat erlaubt, dass ich sie zitiere, aber »Ihr verdanke ich meine erste 3+!« eignet sich eher nicht so gut als Werbeslogan. Stattdessen habe ich eine E-Mail-Adresse hinzugefügt, die ich extra für die Nachhilfestunden eingerichtet und auch an Savannahs Dad geschickt habe, damit sie sie weitergeben kann.

Vier ihrer Schulfreundinnen haben sich schon bei mir gemeldet, von denen jede in den Sommerferien einmal pro Woche Nachhilfe nehmen will. Ich mache mir zwar etwas Sorgen, dass ich bei Savannah bloß Glück hatte und bei einer anderen Schülerin vielleicht feststelle, dass ich mich als Nachhilfelehrerin gar nicht eigne. Oder den Spaß daran verliere. Aber ich kann es ja zumindest versuchen. Denn so würde Bonnie es machen.

Jedenfalls habe ich mir ausgerechnet, dass ich mit Gassigehen und Nachhilfe genug Geld verdienen kann, um in London zu bleiben. Wobei die großzügige Finanzspritze, die ich als vorzeitiges Geburtstagsgeschenk von Georgia bekommen habe, natürlich auch hilft. Ich gehe noch immer einmal die Woche zu Philippa in Therapie, und sie denkt, dass es eine gute Idee für mich wäre, meine Londoner Wohnung trotz Callums Auszug zu halten, weil mir das Stabilität gibt. Den wahren Grund, warum ich solche Angst habe, meine Londoner Wohnung aufzugeben, kennt sie aber nicht. Den behalte ich für mich. Der wahre Grund ist, dass Bonnie in meinem Zimmer lebt. An dem Tag, als ich von Stockwell nach Longborough Junction zog, saß sie dort in dem Sessel meines möblierten Zimmers, als hätte sie auf mich gewartet. Bisher habe ich sie immer nur dort gesehen, und wenn ich die Wohnung verlassen müsste, würde das bedeuten, dass ich auch sie verlassen müsste.

Abends schaut Cassie wegen der Wohnung vorbei. Sie schickt mir von unterwegs eine Nachricht, entschuldigt sich dafür, dass sie definitiv zu früh dran sein wird, weil sie besser durchkommt, als sie dachte. Ich nehme das als gutes Zeichen.

Ich habe Callum Bescheid gegeben, dass jemand kommt, um sich sein Zimmer anzuschauen. Er hat mit einem Daumen-hoch-Emoji reagiert. Das ist der einzige Austausch, den wir hatten, seit ich oben ohne in der Küche stand und ihm sein T-Shirt entgegengepfeffert habe.

Ich bin noch dabei abzuchecken, ob alles schön hergerichtet ist, da klingelt es an der Tür. Im Wohnzimmer habe ich eine Kerze angezündet und die Sofakissen aufgeschüttelt. Die Küche habe ich blitzblank geputzt und eine Vase mit frischen Blumen hingestellt.

Callums Zimmer habe ich auch gelüftet. Hat es dort auch schon so gemuffelt, als ich nachts noch zu ihm hineingeschlichen bin? Ich erinnere mich nicht. Krass. Die rosarote Brille hat man wohl auch dann auf, wenn es nur um Lust statt Liebe geht.

Als ich die Tür öffne, hüpft Cassie schon aufgeregt hin und her, ihre Locken wippen im Takt. Sie trägt eine lässige fliederfarbene Hose mit passendem Blazer, darunter ein weißes Crop-Top. Ich beneide sie um ihr unfehlbares Gespür, zu jeder Jahreszeit die passenden Klamotten zu finden.

»Warst du nie in Versuchung, deinen Horrorjob zu behalten? Die Pendelstrecke ist doch ein Traum!«, ruft sie.

»Stimmt«, erwidere ich lachend. Ich führe sie in die Küche, nehme ihr den Blazer ab und werfe ihn auf die Rückenlehne eines Stuhls.

Sie lässt den Blick von der offenen Küche zum Wohnzimmer wandern und nickt. »Hier ist es viel schöner als in meiner jetzigen WG.« Sie öffnet den Kühlschrank, schaut hinein, seufzt erleichtert. »Keine Etiketten auf den Regalen. Warte … ihr teilt euch sogar die Lebensmittel? Ich erkläre den anderen ständig, dass das viel sinnvoller wäre, als wenn jeder seine eigenen kauft.«

»Ja, das tun wir.« Ich hätte nie gedacht, dass ich darauf mal stolz sein würde.

»Okay! Zeigst du mir das Zimmer?«

»Ich muss dich warnen«, sage ich und führe sie zu Callums Zimmer, das rechts neben der Wohnungstür liegt. »Es riecht nach Mann.«

Cassie verzieht das Gesicht, dann lacht sie und geht hinein. »Genug Platz für ein Doppelbett *und* Schränke! Das ist es!«

Sie dreht sich zu mir um.

»Was … echt jetzt?«

»Ja! Die Mitbewohnerin fand ich eh schon toll, dazu dann die Lage. Da war das mit dem Zimmer eigentlich gar keine Frage mehr.«

Ich klatsche begeistert in die Hände, und wir umarmen uns. »Ich kann's gar nicht glauben!«

»Ich auch nicht!« Sie zieht eine Flasche Rosé aus ihrer Schultertasche. »Wie wär's? Sollen wir anstoßen?«

»Unbedingt!«

Ich nehme ihr die Flasche ab und greife nach den beiden Weingläsern, den einzigen, die wir hier haben. Ich habe sie nach meinem Einzug gekauft, nach meiner Wiederbegegnung mit Bonnie. Früher habe ich sie oft zusammen mit einer Flasche Wein mit in mein Zimmer genommen und dann ein Glas für mich und eins für Bonnie eingeschenkt. Aber seit Callum das einmal mitbekam und mich dann sehr lange anstarrte, bevor er wieder abzog, habe ich damit aufgehört. Natürlich ist es ein großer Schritt, wenn ich Bonnies Glas nun Cassie überlasse, aber ich weiß, dass Bonnie es mir nicht übel nähme. Sie würde sich darüber freuen, wenn ich es nun einer Freundin gebe. Es liegt nicht an Bonnie, dass ich kurz innehalte, bevor ich mich mit den beiden Gläsern Cassie zuwende – es liegt an mir selbst. Es fühlt sich an, als würde ich meine beste Freundin hinter mir lassen, und vielleicht bin ich noch nicht so weit.

Cassie nimmt an dem kleinen runden Esstisch auf der anderen Seite des Küchentresens Platz. Dort habe ich bisher nur selten gesessen. Anfangs habe ich manchmal von dort aus ferngesehen, wenn ich mir etwas gekocht hatte. Aber dann blieb Callum immer öfter zu Hause, um Radrennen zu schauen, und aus irgendeinem Grund, vielleicht weil er schon vor mir eingezogen war, hatte ich das Gefühl, dass er derjenige war, der bestimmen durfte, was im Fernsehen lief. Also ging ich dazu über, in meinem Zimmer zu essen. Nur manchmal, wenn ich nicht allein sein wollte, setzte ich mich zu ihm, auf das andere Sofa. Mit Cassie zusammenzuwohnen wird bestimmt ganz anders, und auf einmal wünschte ich, sie würde sofort hierbleiben.

Am folgenden Morgen schaue ich wieder am Bücherschrank vorbei. Langsam macht sich Verzweiflung in mir breit. Als ich unter der Brücke hindurchgehe, schaue ich die Straße hoch, vielleicht kommt mir ja jemand entgegen. Ich habe noch immer Zweifel, ob ich für eine Begegnung mit Mystery Man bereit bin, aber je mehr Antworten ich von ihm bekomme, desto stärker wird mein Wunsch, ihn kennenzulernen. Am Bücherschrank ist niemand zu sehen, und als ich darauf zugehe, sinkt meine Hoffnung, dort etwas zu finden, mit jedem Schritt. Doch dann sehe ich ihn. Den leuchtend roten Buchrücken von *Menschenkind*, und direkt daneben ein anderes Buch. Vielleicht hat er ja auch beschlossen, mutig zu sein, und etwas ausgesucht, das seine Gefühle mir gegenüber andeutet. Ich schlage die letzte Seite von *Menschenkind* auf. *Treffen wir uns in On the Road?* Ich nehme mir den Kerouac und blättere ihn lächelnd durch, als etwas herausfällt und auf meinen Füßen landet. Eine Postkarte mit den Worten »New York« in Retroschrift auf der Vorderseite. Ich hebe sie auf und drehe sie um. Auf der Rückseite steht: *Bitte entschuldige vielmals die Verspätung. X*

Also denkt er auch so oft an mich wie ich an ihn. Sogar eine Postkarte hat er mir geschrieben. An der Stelle, wo sie vermutlich herausgefallen ist, entdecke ich ein paar rot unterstrichene Zeilen.

»Ein Stich fuhr mir durchs Herz, wie jedes Mal, wenn ich ein Mädchen sah, das mir gefiel und das in die verkehrte Richtung fuhr in dieser allzu großen Welt.«

Ich sehe nur die Worte in der Mitte: »Ein Mädchen, das mir gefiel.« Hatte er die Postkarte vielleicht auf diese Stelle gelegt?

Beim Durchblättern der restlichen Seiten scheint mir, als hätte er mehr als sonst geschrieben, um seine Verspätung wiedergutzumachen. Normalerweise fallen seine Randkommentare ziemlich knapp aus, doch diesmal sind sie außergewöhnlich lang geraten.

Liegt dem wirklich eine wahre Geschichte zugrunde? So viel kann ein Mensch auf einem einzigen Roadtrip doch gar nicht erleben, oder? Dean heiratet gleich DREI MAL. Ich würde mich ja schon glücklich schätzen, wenn ich es einmal hinkriege.
In diesem Buch regnet es sehr oft. Regen erinnert mich an ziemlich schlimme Zeiten, deshalb habe ich es mir lieber sonnig vorgestellt. Würde dir das Gleiche empfehlen.

Ich wechsele wieder zu *Menschenkind,* schlage die letzte Seite auf, ignoriere seine Antworten auf meine Fragen für einen Moment und lasse den Blick direkt nach unten zu meinem PS wandern. Mystery Mans Name ist nun kein Geheimnis mehr.

Mystery Man heißt … Edward.

22 James

»Edward?«, fragt Joel, als er mit Schlagpolstern an den Händen vor mir steht und ich mit meinen Boxhandschuhen dagegen donnere.

Ich habe ihm erzählt, was im Bus passiert ist, dass ich in New York war und dass ich nach meiner Rückkehr beschlossen habe zu lügen.

Ich hatte alles mit Elliot durchgesprochen, und am Ende war es ganz einfach. Ich wollte sie auf keinen Fall verlieren.

»Nichts für ungut, Alter.« Jedes Mal, wenn meine Faust einen Treffer landet, atmet Joel stoßweise aus. »Aber James … ist doch … ein ziemlich gewöhnlicher Name. Erin … hätte doch … bestimmt nie vermutet … dass du dahintersteckst.« Die letzten Worte kommen im Stakkato, dann lässt er die Hände sinken.

Ich halte die Arme nahe am Körper, so wie es uns eben gezeigt worden ist. Noch ein Kurs, den Joel bei seiner Mission, Neues auszuprobieren, entdeckt hat.

»Das konnte ich nicht riskieren«, sage ich und signalisiere ihm, dass er die Hände wieder hochnehmen soll. »Nicht nach unserer Begegnung im Bus. Außerdem ist es im Grunde keine Lüge«, füge ich hinzu. Dann ramme ich mit voller Wucht die Faust in sein Polster, um ihn und auch mich selbst davon abzuhalten, meine Tat zu verurteilen. Er reißt verblüfft die Augen auf, als er einen Moment lang das Gleichgewicht verliert.

Tatsächlich wurde ich auf den Namen Edward James Parr getauft, aber als es Mum immer schlechter ging, entwickelte sie eine regelrechte Aversion dagegen, mich Edward zu nennen, und so wurde James aus mir. Doch es war mein Taufname, an den ich dachte, als ich das Buch abends gegen elf in den Bücherschrank zurückstellte. Um diese Uhrzeit konnte ich sicher sein, dass Erin dort nicht vorbeikam. Anschließend spazierte ich um den Park herum zurück zu meiner Wohnung, und um mich von meiner Unaufrichtigkeit abzulenken, schickte ich die ersten drei Kapitel meines Buchs an die Literaturagentin, Sophia Lindsay. Und seit ich heute Morgen aufgewacht bin, zerbreche ich mir den Kopf darüber, was sie antworten wird. Hoffentlich etwas in Richtung »das sind die besten Kapitel, die ich je gelesen habe«, verbunden mit der flehentlichen Bitte, ihr auch den Rest zu schicken … aber was dann? Ich müsste Nein sagen.

Mein Buch ist fast fertig, doch statt es zu Ende zu schreiben, starre ich auf den weißen Bildschirm, bis mir die Augen brennen. Wie kann ich ein Buch schreiben, mit dem ich mich für mein früheres Handeln entschuldigen will, wenn ich gleichzeitig schon wieder etwas Unverzeihliches tue? Es kommt mir vor, als bräuchte ich Erins Vergebung, um weitermachen zu können, und wüsste zugleich, dass ich sie nicht bekommen kann. Und jetzt erst recht nicht.

Mir wird übel, als ich mit den Fäusten auf Joels Polster einhämmere. Wie konnte ich nur so dumm sein. Wenn Erin herausfindet, dass ich es bin, wird sie mich nicht nur wegen der Lüge verabscheuen. Ihr wird klar werden, aus welchem Grund ich gelogen habe. Weil ich die ganze Zeit wusste, dass sie die Kritzelqueen ist.

Mir tropft der Schweiß von der Stirn, doch meine Fäuste dreschen weiter, ich kann sie nicht stoppen.

»Meine Güte, bleib locker, James«, murmelt Joel und hält sich die Hände vors Gesicht, während ich ihm den nächsten rechten Haken reindonnere. Was habe ich mir nur dabei gedacht? Verdammt, wie konnte ich nur so egoistisch sein? Bam! Bam! Bam! Alles, was ich im Kopf hatte, war, mehr Zeit zu gewinnen.

Ich habe ihn immer noch irgendwo. Den Brief, den ich Erin geben wollte, als sie mich damals im Regen anschrie. An jenem Tag war ich auch egoistisch. Dachte allen Ernstes, Erin würde sich dafür interessieren, dass ich mich in sie verliebt hatte, obwohl ihr Leben gerade zerstört worden war. Immer mache ich alles falsch.

»Okay, Zeit zu tauschen!«, ruft der Trainer, aber ich kann nicht. Ich will keine Sekunde lang nachdenken über das, was ich getan habe. Also ignoriere ich meine protestierenden Lungen und brennenden Arme, schlage blindlings weiter. Ich habe diese Schmerzen mehr als verdient. Denn ich habe Erin schon wieder enttäuscht. Zu mehr bin ich offenbar nicht fähig, sosehr ich mich auch bemühe.

Als ich aufhöre, klingeln mir die Ohren. Gallensäure schießt mir die Kehle hoch, und ich beuge mich mit brennenden Wangen vornüber, um mich zu übergeben. Als ich so dastehe und nach Luft schnappe, habe ich das Gefühl, gleich zusammenbrechen zu müssen. Ich schwanke. Und dann lasse ich mich fallen. Lege mich auf den Rücken, werfe die Arme über den Kopf und starre keuchend zu der mit Stockflecken übersäten Decke.

Wäre ich doch nur wie Jack Kerouac. Dann könnte ich einfach weg, ohne mir Gedanken über das Leid zu machen, das ich hinterlasse. Die Lebensweise seiner Protagonisten Sal und Dean hat etwas Groteskes, doch in diesem Moment beneide ich sie: um die Freiheit, die darin liegt, seinem Leben pausenlos zu entfliehen.

»Verdammte Scheiße, Alter.« Joel beugt sich über mich. »Versuchst du, dich zu bestrafen?«

Er hat ja keine Ahnung.

In der Woche darauf ruft Dorothy mich zu sich ins Büro. Kaum habe ich Platz genommen, verkündet sie mir, dass sie vorhat, ihr Arbeitspensum zu reduzieren, und fragt mich, ob ich Geschäftsführer werden will.

»Du würdest das Zepter übernehmen«, erklärt sie. »Und Big Impressions nach außen hin vertreten.«

Da ist es. Das Angebot, das ich mir seit meinem ersten Tag hier erhofft habe. Könnte ich an diesen Punkt gelangen, hätte ich Stabilität. Erfolg. Ein geordnetes Leben. Plötzlich muss ich an Joel denken. Daran, was er mir über seinen Job sagte. Dass er ihn nicht machen würde, wenn er auch nur einen Hauch von meinem Talent hätte.

Ich bitte Dorothy um Bedenkzeit, doch statt an meinen Schreibtisch zurückzukehren, gehe ich die Treppe hinunter nach draußen.

Mir zittern die Beine, als ich zu dem kleinen Park laufe und mich auf die Bank setze, um nachzudenken. Das wäre gut für mich. Eine tolle Gelegenheit. Ich würde noch mehr Geld verdienen als jetzt schon. Die Leute sind nett. Die Arbeit ist in Ordnung. Ich bin gut darin. Aber will ich das wirklich?

Wenn ich an die letzten Jahre zurückdenke, bin ich nicht einmal sicher, wie ich hier gelandet bin. Allmählich frage ich mich, ob meine Antworten auf Erins Fragen überhaupt wahr sind. Vielleicht war das auch nur gelogen. Ich habe ihr geschrieben, dass alles aus einem bestimmten Grund passiert, aber ich mache doch keine Karriere als Corporate Trainer, weil mir das hilft, Schriftsteller zu werden. Es ermöglicht mir lediglich, das Ganze zu finanzieren. Ich habe dem viel zu viel Bedeutung beigemessen. Habe zugeschaut, wie mein Kontostand stieg, während alles andere immer unwichtiger wurde.

Keine Ahnung, ob ich das Angebot annehmen soll, aber habe ich überhaupt Alternativen?

Ich hole mein Handy heraus und rufe Dad an. Heute Morgen nach dem Joggen habe ich es nicht geschafft, aber nun sehne ich mich nach seiner Stimme. Nach etwas Normalität in meinem Leben.

»Deine Mum konnte einige Tage lang nicht schlafen«, sagt er, als wir mit dem Small Talk fertig sind. »Wir haben dann die Medikamente angepasst, und momentan ist sie einigermaßen stabil.«

Das klingt nach dem üblichen Ablauf. Sie werden mich bald brauchen, und meine erste Reaktion ist Erleichterung. Denn das bedeutet, dass ich meine Antwort auf das Beförderungsangebot verschieben muss. Dass ich London wieder für eine Weile verlassen muss. Ich schaue zum Himmel, schließe die Augen, hole tief Luft. Und zucke zusammen, als mir klar wird, was das noch bedeutet. Kein Bücherschrank mehr. Und keine Erin. Dann wäre Schluss mit dem Büchertausch. Aber auch mit dem ständigen Auf und Ab aus Freude und Schmerz.

»Soll ich kommen?«, frage ich. Keine Ahnung, welche Antwort ich hören will.

»Momentan habe ich es im Griff. Sie hatte noch keinen Zusammenbruch und hört auch auf mich, wenn ich ihr sage, dass sie sich ausruhen soll. Oder zumindest hat sie eben auf mich gehört. Um vier Uhr heute Morgen sah es noch anders aus.«

»Du musst ganz schön erschöpft sein.«

»Es geht schon«, erwidert er. Wie er es immer tut. Egal was passiert. Wenn er doch wenigstens ein bisschen jammern würde. Sich über sie beschweren würde. Welche Erleichterung das für mich wäre. Doch das hat er noch nie getan. Kein einziges Mal. Ganz selten klingt ein Hauch von Gereiztheit bei ihm durch.

»Vielleicht solltest du die Gelegenheit nutzen und dich auch etwas ausruhen.«

»Das werde ich auch tun, aber … zuerst muss ich noch aufräumen.« Mum hat also Chaos angerichtet.

»Ich komme euch bald besuchen. Vielleicht kann ich euch ja ein bisschen unterstützen.«

»Das wäre schön.«

Ich schlucke. Will ihn aufmuntern. »Mir wurde gerade eine Beförderung zum Geschäftsführer angeboten.«

Kaum habe ich es ausgesprochen, bereue ich es auch schon. Jetzt kann ich das Angebot unmöglich ablehnen. Aber zu meiner Verblüffung reagiert Dad ganz anders als erwartet.

»Willst du das denn?«, fragt er, und ich schüttele unwillkürlich den Kopf.

»Ich weiß nicht, aber es bietet sich an. Vielleicht reicht das ja.«

»Mag sein. Aber gib deinen Herzenswunsch nicht für etwas auf, nur weil es sich anbietet. Das Naheliegende ist nicht unbedingt das Beste.«

Dad hat natürlich viel verpasst, als er seinen eigenen Herzenswunsch aufgab, um sich um Mum zu kümmern.

»Weißt du eigentlich schon, dass jemand einen Remix von deinem Song rausgebracht hat?«, platze ich heraus.

»Ja.« Er lacht. Im Hintergrund höre ich, wie Wasser in eine Tasse gegossen wird. Das vertraute Klirren des Teelöffels gegen Porzellan. »Der Kerl hat meinem Agenten geschrieben, weil …« Er hält inne.

»Weil was?«

»Ach, weil er wollte, dass ich mit ihm auf Tour gehe. Auf die Bühne komme, um die Leute zu überraschen. So was Albernes. Mein Agent hat mir die Daten geschickt, nur falls ich interessiert bin, und meine Güte, der Kerl spielt überall.«

»Du solltest das machen, Dad.«

»Kommt überhaupt nicht infrage.«

»Aber es …«

»Nein, James. Nicht, wenn deine Mutter in diesem Zustand ist. Jemand muss hier die Stellung halten.« Da ist er. Der eine kleine Hinweis, mit dem er durchblicken lässt, dass er es schwer hat.

»Das kann ich doch übernehmen.«

Er seufzt. »Du musst dein eigenes Leben führen. Apropos, heute Morgen kam ein Brief für dich. Ich wollte dir noch ein Foto davon schicken. Eine Einladung von deiner alten Schule, um dort auf dem Career Day zu sprechen. Anscheinend betrachten sie dich als Erfolgsbeispiel.«

Ich runzele die Stirn. »Mich? Bist du sicher?«

»Ja. Ist an dich adressiert. Sie erwarten deine Antwort. Also, dann bis bald. Ich wecke jetzt mal Henry den Staubsauger und hoffe, er hat besser geschlafen als deine Mutter.«

Ich versuche zu lachen. Er will nur die Stimmung auflockern, aber ich kann nicht. Er tut es schon wieder. Stellt seinen Lebenstraum zurück. Ich kann ihm nicht tatenlos dabei zuschauen. Ich werde einen Weg finden, seinen Traum wahr zu machen.

»Alles klar, Dad. Bis bald.«

Er schickt mir das Foto. Tatsächlich. Das Logo meiner alten Schule und eine Einladung an Mr James Parr, auf dem Career Day im September zu sprechen. Angenommen, ich würde hingehen, wäre ich ja nicht mehr der James von früher, und alle, die ich kannte, wären weg.

Ich verlasse den Park und gehe zum Buchladen. Ich muss Erin die Wahrheit sagen. Das kann so nicht weitergehen. Wenn ich ihr das nächste Buch gebe, muss ich ihr alles erklären. Und mich von ihr verabschieden. Deshalb muss das nächste Buch etwas Besonderes sein.

Meine Smartwatch vibriert. Eine Mail. Ich starre auf mein Handydisplay.

Hallo James,
vielen herzlichen Dank für die Nachricht! Ich freue mich schon auf die Lektüre.
Beste Grüße
Sophia

23 Erin

16. Wie hast du gemerkt, dass du Schriftsteller werden willst?
Das wusste ich schon immer, ich hatte nur zu viel Schiss davor, es durchzuziehen. Ich bin mit der Angst aufgewachsen, dass das Geld nicht zum Leben reicht, und habe deshalb einen Weg gewählt, bei dem mir das garantiert nie passieren würde. Leute, die ihrer Leidenschaft nachgingen, konnte ich nicht verstehen, egal ob sie es sich leisten konnten oder nicht. Ich habe sie dafür verurteilt. Aber durch deine Frage wird mir gerade etwas klar: Ich habe sie verurteilt, weil ich neidisch war. Ich wollte es auch so machen, doch ich habe es mir verboten. Wäre ich nach der Schule ebenfalls meiner Leidenschaft gefolgt, wer weiß, wo ich jetzt stehen würde. Aber das habe ich selbst zu verantworten. Die anderen waren mutig, ich nicht.

17. Hast du Geschwister?
Einen älteren Bruder. Ich habe ihn gerade besucht. Wir haben uns im Laufe der Jahre entfremdet, aber deine Kommentare über deine Schwester haben mich auf die Idee gebracht, einen Wiederannäherungsversuch zu starten.

18. Stehst du deinen Eltern nahe?
Ich glaube, sie sind die mutigsten und besten Menschen, die ich kenne.

19. Wenn du irgendwo anders auf der Welt leben könntest, wo wäre das?
Nachdem ich gerade On The Road *gelesen habe, hätte ich ziemlich große Lust auf einen Roadtrip durch Amerika. Die Sache ist nur, dass ich schon seit einer ganzen Weile vor etwas davonlaufe, dem ich mich stellen muss, und mir ist klar geworden, dass ich mutiger werden muss. Aus diesem Grund versuche ich, mir mein Leben nicht woanders vorzustellen, sondern einfach im Moment zu leben, dort, wo ich gerade bin. (Gott, klingt das krampfig. Ich hätte einfach Florida schreiben sollen!)*

20. Wer ist der wichtigste Mensch auf der Welt für dich?
Momentan mein Neffe, weil ich mich bei ihm wie ein Superheld fühle. Außerdem hat er einen tollen Geschmack, was Kinderbücher angeht, und sie zu lesen, hat mich zu einem anderen Menschen gemacht. Vielleicht stelle ich bei unserem nächsten Austausch eins für dich ins Regal!

»Klar hast du dich in ihn verguckt! Hör auf, es abzustreiten, du bist knallrot im Gesicht.«

Cassie, Georgia und ich sitzen in einem italienischen Restaurant namens Ave Mario in Covent Garden, um meinen einunddreißigsten Geburtstag zu feiern. Von außen sieht es eher unscheinbar aus, doch drinnen gibt es eine spektakuläre Beleuchtung, riesige Spiegel und Unmengen frischer Blumen. Schon beim Reinkommen ist es absolut atemberaubend, und der Blumenduft ist fast genauso großartig wie das Essen.

»Du kennst die Geburtstagsregeln, Georgia. Gemein sein ist heute verboten.«

»Aber Cassie kennt die Regeln nicht, sie braucht sich also nicht dran zu halten.«

Obwohl sie sich heute zum ersten Mal begegnet sind, plaudern Cassie und Georgia seit der Vorspeise miteinander, als würden sie sich schon ewig kennen. Inzwischen sind wir beim Hauptgang, und sie haben sich gegen mich verschworen, insbesondere was Edward angeht.

»Denkst du an ihn, wenn dich irgendwas zum Lachen bringt?«, fragt Cassie. »Nach dem Motto, ›Edward fände das bestimmt auch lustig‹?«

»Oooh, gute Frage.« Georgia nickt, als hätte Cassie etwas Weltveränderndes verkündet. Problem der Erderwärmung gelöst. Überall Frieden.

»Ja.« Ich schiebe mir einen Bissen der seidigsten Ravioli in den Mund, die ich je gegessen habe, der Geschmack ist einfach köstlich.

»Das dachte ich mir. Was glaubst du, wie er aussieht?« Cassie deutet mit ihrer Carbonara-Gabel auf mich.

»Clive Owen«, wirft Georgia ein, den Mund voller Pizza.

»Oh ja«, sagt Cassie.

»Clive Owen in jung«, korrigiere ich. »Ihr wisst schon. *Hautnah*. *Sin City*. Dunkle Haare. Markantes Gesicht. Stechende Augen.«

»Wie schräg ist das denn? Genau so sieht mein Traummann aus.«

Ich schaue Georgia finster an. »Hätt ich euch doch nie was erzählt.«

»Sag doch nicht so was.« Cassie nimmt einen Schluck Wein. »Ich finde das total romantisch. Ehrlich. Und es gibt noch viel schrägere Arten, jemanden kennenzulernen.«

»Au ja, erzählt mal«, sagt Georgia. Sie mag Cassie, behandelt sie, als gehörte sie schon zur Familie.

»Okay. Als ich zwanzig war, habe ich einen Typen kennengelernt, weil ich aus Versehen mit seinem Koffer aus dem Flughafen spaziert bin. Er ist mir natürlich hinterhergerannt. Es hat sofort zwischen uns gefunkt! Ich dachte, das funktioniert bestimmt, aber leider wurde dann ziemlich schnell klar, dass er stinklangweilig war, also …«

Georgia gackert. Ich lache mit und nutze die Gelegenheit, um für Klarheit zu sorgen.

»Seht ihr? Deshalb lasse ich mich auch nicht so schnell hinreißen. Weil es ja sein könnte, dass Edward ätzend ist. Oder so langweilig wie der Koffertyp.«

»Ist er bestimmt nicht«, sagt Georgia.

»Aber durch ihn hab ich immerhin meine Ex kennengelernt«, fügt Cassie hinzu.

»Ohhhhh, stimmt …« Die Story kenne ich schon, hatte sie bloß verdrängt.

»Sie war in derselben Bar, saß ganz allein da, weil sie versetzt worden war. Also hab ich den Koffertyp stehen lassen und mich stattdessen zu ihr gesetzt. Wir waren zwei Jahre zusammen, also hat's irgendwie doch funktioniert. Sie war das letzte Date, dem ich im echten Leben begegnet bin. Seitdem gab's nur noch Onlinedates, eins deprimierender als das andere.«

Georgia nickt. »Ich hab das Onlinedating drangegeben. Wäre jetzt lookmäßig eh kein guter Zeitpunkt.« Sie schaut an sich herunter, und wir brechen alle drei in Gelächter aus. »Nur Vollpfosten dabei, irgendwann hat's mir gereicht. Hab die Apps gelöscht. Weil sie mir nichts gebracht haben.«

Cassies Augen leuchten auf. »Du sagst es! Sie bringen einfach nichts.«

»Ja. Und wenn's dir nichts bringt, mach dich frei davon.«

»Das werde ich!«, ruft Cassie, und ich verdrehe die Augen, weil Georgia mal wieder auf Erleuchtungsmission ist.

»Aber Mystery Man bringt dir doch was, oder? Gibt es irgendwelche Hinweise, dass er genauso empfindet?«

Ich werde knallrot, denn natürlich fallen mir sofort die vielen Buchzeilen ein, die er unterstrichen hat und die mir Hoffnung geben. Aber die zitiere ich lieber nicht, sonst halten sie mich für völlig durchgeknallt.

»Ja. Ich glaub schon.«

Mein Blick wandert zu meiner Handtasche, die auf dem Boden steht. Ich habe *On The Road* und *Die Glasglocke* dabei, falls ich nachher noch am Bücherschrank vorbeikomme. Georgia und Cassie folgen meinem Blick, und trotz ihres Babybauchs ist Georgia erstaunlich schnell auf den Beinen und greift nach dem Riemen meiner Tasche.

»Lass los«, sage ich, schnappe mir den anderen Riemen und ziehe. »Das ist privat.«

»Unter Schwestern gibt es keine Privatsphäre«, sagt sie mit zusammengebissenen Zähnen und zieht in die andere Richtung.

»Ich habe drei Schwestern und kann das nur bestätigen«, sagt Cassie schulterzuckend, während sie den Rest ihrer Carbonara auf die Gabel wickelt.

»So ein Quatsch«, sage ich und zerre, so fest ich kann.

»Wir wollen doch bloß ein bisschen was sehen«, sagt sie, und dann lässt sie los – und ich fliege nach hinten und pralle gegen einen gut aussehenden italienischen Kellner, der gerade mit ein paar Speisekarten vorbeikommt. Er fängt mich auf und geleitet mich lächelnd zu meinem Platz zurück, bevor er weitergeht.

»Wenn du dich nicht schon verguckt hättest, wäre das vielleicht dein schrägster Moment geworden«, sagt Cassie.

Nachdem wir uns von Cassie verabschiedet haben, gehen Georgia und ich zurück zu ihrem Auto. Seit sie schwanger ist, macht sie alles mit dem Wagen. Kurz bevor wir ihren Parkplatz erreichen, muss sie dringend aufs Klo und rennt irgendwo rein. Ich warte draußen auf einer Bank, schlage *On the Road* auf und lese mir Edwards Fragen durch.

21. Was ich dich schon längst hätte fragen sollen: Was ist dein absolutes Lieblingsbuch?
22. Wie lautet dein Lebensmotto?
23. Was ist deine schönste Erinnerung, wenn du an deine beste Freundin denkst?
24. Würdest du die Zeit lieber zurückdrehen oder lieber nach vorn schauen?
25. Was ist deine beste Erinnerung an die Schulzeit?

Seine letzte Frage finde ich schräg, aber sie bringt mich dazu, an die guten Zeiten in der Schule statt an die schlechten zu denken, und das gefällt mir. Ich ziehe einen Stift aus der Tasche und beantworte die Fragen so ehrlich wie möglich, und dann tippe ich mir mit dem Stift gegen die Lippe und denke mir fünf weitere Fragen aus, die ich in *Die Glasglocke* schreiben kann. Die ersten vier sind eigentlich egal, mich interessiert vor allem seine Antwort auf die letzte. Nach meinem Gespräch mit Georgia und Cassie ist mir nämlich klar geworden, dass es so nicht weitergehen kann. Irgendwann kommt der Punkt, da muss einer von uns dem ein Ende setzen. Oder einen Anfang machen.

30. Sollen wir uns mal persönlich treffen?

Anders als erwartet verspüre ich beim Schreiben dieser Worte keine Angst. Im Gegenteil, ich stehe voll unter Adrenalin. Ich bin bereit. Es ist Zeit, eine neue Seite aufzuschlagen.

Als ich gerade dabei bin, die Bücher zurück in meine Tasche zu stecken, kommt Georgia zurück.

Sie zieht die Braue hoch, und ich grinse.

Während sie fährt, spiele ich DJ und wähle Beyoncé.

»Wenn das Baby schon im Mutterleib hören kann, wird es in diesem Moment geprägt. Dann ist es auf Popmusik fixiert, wenn es zur Welt kommt. Es braucht Bildung! So früh wie möglich!«

»So früh ist aber sinnlos.«

Ich wechsele zu Cyndi Lauper.

»Oooh, glaubst du, das ist ein Zeichen, dass es ein Mädchen wird?«

»Nur weil du gerade *Girls Just Want to Have Fun* laufen lässt? Bin nicht sicher, dass das als Zeichen gilt.« Wir singen trotzdem mit.

»Und, bist du schon bereit für deine zweite Geburtstagsfeier morgen in Frome? Mum hat beim Italiener reserviert. Ich hoffe, es macht dir nichts aus, dass wir heute Abend auch schon italienisch essen waren.«

»Pasta ist immer gut.«

Ich wechsele zu *O Sole Mio*. Georgia schüttelt den Kopf und dreht leiser.

»Cassie ist wirklich nett«, sagt sie und lächelt mir zu, als wir über die Waterloo Bridge fahren. Die Lichter der Gebäude spiegeln sich auf der Themse, und zum ersten Mal seit Langem wird mir wieder bewusst, wie schön es in London ist.

»Sie ist eine wirklich gute Freundin geworden.«

»Bonnie hätte sie *geliebt*«, sagt Georgia, und mir blutet das Herz im Wissen, dass sie sich niemals kennenlernen werden.

»Ja, auf jeden Fall. Vom Wesen her sind sie zwar unterschiedlich, aber wenn es drauf ankommt, haben sie viele Gemeinsamkeiten.«

Ich wechsele zu Whitney Houston, und meine Gedanken wandern zu Bonnie. Noch zehn Tage, dann hätte sie Geburtstag. Es wird niemals möglich sein, meinen zu feiern, ohne dabei an ihren zu denken, aber ich möchte es auch gar nicht anders haben. Je mehr Wege es gibt, sie bei mir zu behalten, desto besser.

Was würde sie wohl von der Sache mit Mystery Man halten? Wenn sie heute Abend dabei gewesen wäre, hätte sie sich mit Cassie und Georgia verbündet? Sie hätte mich bestimmt geneckt, aber sich auch für mich gefreut. Denn sie wollte immer nur, dass ich glücklich bin.

»Können wir einen kleinen Umweg machen?«, frage ich Georgia, als wir uns meiner Wohnung nähern, und dirigiere sie zum Bücherschrank. Seit mir klar ist, dass ich Mystery Man persönlich treffen will, kann ich es kaum erwarten, bis es endlich so weit ist.

»Unglaublich, dass ich die Gute endlich mal zu sehen bekomme«, sagt sie, biegt auf die Cambria Road und hält direkt vor Eileen. »Hab sie mir irgendwie schöner vorgestellt.« Sie verzieht das Gesicht.

»Mir gefällt es, dass sie so zerzaust ist.« Ich springe aus dem Wagen, öffne den Schrank und stelle die Bücher hinein, vorn in die Mitte. Wenn er so tickt wie ich, wird er morgen früh vor der Arbeit hier vorbeischauen, wenn die anderen Leute zu beschäftigt sind, um anzuhalten und sich ein Buch mitzunehmen.

»Das war's?«, fragt Georgia, als ich wieder einsteige. »Hast du ihm deine unsterbliche Liebe eigentlich schon gestanden, oder kommt das noch?«

»Nein«, sage ich. »Aber ich hab ihm vorgeschlagen, dass wir uns persönlich treffen. Das hab ich mir zum Geburtstag geschenkt.«

Ihr fällt die Kinnlade herunter. »Das gibt's ja nicht! Echt?« Dann versetzt sie mir einen Stoß, ich verziehe das Gesicht, als sei ich schwer getroffen, und sie verdreht die Augen und legt den Rückwärtsgang ein.

»Schau mal da!« Sie hält wieder an und zeigt auf eine Gestalt, die die Straße überquert und auf den Bücherschrank zusteuert.

Ich folge ihrem Blick.

»Bestimmt ein Betrunkener.« Ich starre wie gebannt auf die Gestalt. Es ist ein Mann. Ein Mann in einer Barbour-artigen Jacke.

Er öffnet den Bücherschrank, scheint die Scheinwerfer unseres Wagens gar nicht zu bemerken.

Er zieht etwas heraus, dann klopft er auf das Dach des Bücherschranks, genauso wie ich es immer mache. Als wolle er sich bei ihm bedanken.

Georgia fährt ein Stückchen vorwärts. Ich strecke sofort den Arm nach ihr aus. »Stopp! Sonst bemerkt er uns!«, sage ich. Sie bremst abrupt, und ich werde nach vorn geschleudert.

Er dreht sich um und starrt blinzelnd auf unser Auto, zwei Bücher an die Brust gedrückt.

Ich werfe mich in den Sitz zurück, so geschockt, dass mir die Luft wegbleibt.

»Oh mein Gott«, flüstere ich genau im selben Moment, wie Georgia verwirrt ruft:

»Ist das etwa … James Parr?«

24 James

Ich bin erleichtert, die zwei Buchrücken im Schrank zu sehen. Erleichtert, dass es bald vorbei ist, denn wenn ich mein nächstes Buch in den Schrank stelle, werde ich ihr alles erzählen. Ich werde sie freilassen und dadurch verlieren. Ich muss nur noch das richtige Buch finden. Angeschaut habe ich mir schon einige, aber keines davon bringt das, was ich sagen möchte, richtig zum Ausdruck.

Ich nehme die beiden Bücher heraus. Als ich mich umdrehe, um zu gehen, werde ich vom Scheinwerferlicht eines Wagens geblendet. Ich muss blinzeln, bekomme aber trotzdem mit, dass die Beifahrertür aufgeht und die Scheinwerfer auf Standlicht wechseln.

»Ich habe schon darüber nachgedacht, ob ich dir vergeben kann.« Die wütende Stimme erkenne ich sofort, noch bevor ich sehen kann, zu wem sie gehört. Erin kommt auf mich zu. Ich starre sie gebannt an. Sie sieht wunderschön aus. Weiche Locken umrahmen ihr Gesicht, ihre mit Kajal umrandeten Augen funkeln. Sie trägt einen langen schwarzen Mantel und hat die leuchtend roten Lippen zu einem Strich zusammengepresst. Dagegen war ihre Miene im Bus fast schon freundlich.

»Ich habe mir gesagt, vielleicht war es gar nicht so schlimm, wie ich immer dachte. Dass du mir *niemals* absichtlich wehgetan hättest. Ich habe sogar gehofft, dass du zur Gedenkfeier kommst, damit wir *darüber reden können*.« Die letzten Worte spuckt sie förmlich aus.

Ich schlucke. Senke den Blick, schaue wieder zu ihr. Die Wut in ihrem Gesicht weicht Verwirrung. »Ich verstehe das alles nicht.

Was habe ich dir getan? Ich dachte, wir wären Freunde. Sogar *mehr* als Freunde. Aber du musst einen richtigen Hass auf mich haben. Warum sonst hättest du …«

»Aber ich hasse dich doch nicht!« Mein Magen krampft sich zusammen. Ich gehe auf sie zu, breite die Arme aus. »Wie kannst du das nur glauben?«

»Es gibt keine andere Erklärung!« Sie wendet den Blick ab, und ich überlege fieberhaft, wie ich ihren Irrtum auflösen kann. Das ist meine Chance, mich zu erklären. Sie endlich dazu zu bringen, mich so zu sehen, wie ich wirklich bin. »Macht dir das Spaß?«, schiebt sie nach. »Erst Gefühle in mir zu wecken und sie dann zu zerstören? Fühlst du dich gut dabei? Gibt dir das ein Gefühl von Macht, das du in der Schule nie hattest, weil du gemobbt wurdest?«

Ich schüttele den Kopf. »Nein. Ich wollte dich damals nicht verletzen. Ich habe mich ganz schlimm dabei gefühlt! Und jetzt fühle ich mich genauso schlimm, weil ich dich schon wieder verletzt habe. Dabei will ich doch das genaue Gegenteil. Siehst du das denn nicht?«

»Und das soll ich dir glauben?«, ruft sie mit bebender Stimme. »Ich sehe nur eine beschissene Lüge nach der anderen! Ist dein Name überhaupt James? Oder heißt du in Wahrheit *Edward?*«

Ich zucke zusammen, eine Welle von Schuldgefühlen überrollt mich, macht mich sprachlos. Sie strafft die Schultern.

»Seit wann weißt du schon, dass ich es bin? Hast du mich etwa *gestalkt?*« Sie verzieht angeekelt den Mund. Ich wünsche mir nichts sehnlicher, als dass sie mich wieder so anschaut wie damals in der Schule. Meine Verzweiflung bringt mich schließlich zum Reden.

»Nein! Ich hatte wirklich keine Ahnung, dass du es bist! Erst im Bus ist es mir klar geworden …«

»Im *Bus?*«

»Irgendwann hab ich dich hier mal gesehen, aber nur von hinten.« Ich deute auf Eileen. Was gäbe ich darum, jetzt ihre menschliche Stimme zu hören. *Glaub dem Jungen, Erin. Es klingt zwar verdammt irre, aber es stimmt wirklich …* »Damals hab ich nur deinen Mantel und deine Tasche gesehen. Und als du dich dann im Bus neben mich gesetzt hast, hab ich die Tasche wiedererkannt, aber …«

Ihre Miene verrät, dass sie sich an ihr Verhalten erinnert. Und daran, dass sie mir kaum Zeit gab.

»Du hättest in dem Moment was sagen können. Aber spätestens als ich dich nach deinem Namen gefragt habe, hättest du ehrlich sein sollen.« Sie wendet sich ein wenig ab, und als sie sich wieder umdreht, hat sie Tränen in den Augen. »Ich hab dir in den Büchern mein Herz ausgeschüttet!«

»Aber ich doch auch!« Ich gehe noch einen Schritt auf sie zu. Warum versteht sie mich denn nicht? »Ich habe dir Sachen erzählt, die ich noch nie jemandem anvertraut habe!«

»Aber das kannst du doch nicht vergleichen! Begreifst du das denn nicht?«

Eine Haarsträhne fällt ihr ins Gesicht, und ich strecke unwillkürlich die Hand aus, um sie ihr hinters Ohr zu streichen, spüre fast schon ihre elektrisierende Haut, bevor ich die Hand wieder sinken lasse. Was gäbe ich darum, sie zu berühren. Nicht wie damals in der Schule, sondern richtig. Ihr ganz nahe zu sein. Oft stand ich kurz davor.

»Du hast mir all das anvertraut, weil du wusstest, dass ich es bin. Du hattest die Wahl, ich nicht. Du hast sie mir genommen.«

Sie hat recht. Schamesröte steigt mir ins Gesicht.

»Es tut mir leid. Ich wusste nicht, was ich sonst machen sollte. Wenn ich dir gesagt hätte, wer ich bin, hättest du nie wieder von dir hören lassen. Dann wäre es aus gewesen.«

Sie schüttelt den Kopf. »Du hättest das nie entscheiden dürfen.«

Die Fahrertür geht auf. Das Auto hatte ich schon vergessen. Aber da Erin auf der Beifahrerseite ausgestiegen ist, muss es ja noch jemanden am Steuer geben.

»Hallo, James«, sagt Georgia und nickt mir zu. »Komm jetzt, Erin.«

Kaum legt Georgia den Arm um ihre Schwester, bricht Erin zusammen.

»Ich wollte es dir sagen! Wirklich!« Meine Stimme klingt so erbärmlich, dass ich mich erst recht hasse. »Ich hab das ganze Wochenende versucht, das richtige Buch zu finden!«

Georgia muss Erin stützen, hilft ihr zurück zum Wagen. Innerlich flehe ich, dass sie noch etwas sagt, doch sie bleibt stumm. Georgia packt sie auf den Beifahrersitz und greift nach der Tür.

»Ich will dich nicht verlieren, Erin!«, rufe ich. Was habe ich ihr auf den Rand geschrieben? Finde ich die Kraft, es ihr persönlich zu sagen? »Nicht schon wieder! Du hast recht. Wir waren damals mehr als Freunde. Ich habe dich geliebt! Ich war in dich verliebt, und ich bin es immer noch. Es tut mir wirklich leid.«

Georgia hält inne, lässt die Tür einen Spalt offen. Vielleicht für den Fall, dass Erin noch etwas sagen will. Dann nickt Georgia und schließt die Tür.

Ich stehe dort, die Bücher unterm Arm, als Georgia den Motor anlässt und langsam davonfährt.

Ich hätte noch so viel mehr sagen können, aber was hätte es gebracht? Erin wird nie bereit sein, mich anzuhören. Nichts, was ich ihr sagen würde, könnte je wiedergutmachen, dass ich ihr Vertrauen zerstört habe. Nun sogar schon zwei Mal.

»Scheiße!«, brülle ich. »Scheiße, scheiße, SCHEISSE!« Eileen wäre wahrscheinlich stolz auf mich. Aber Erin hasst mich jetzt bis in alle Ewigkeit.

Als ich auf dem Weg zur Arbeit aus der Station Highbury & Islington komme, ruft Joel an. Eigentlich mag ich nicht mit ihm telefonieren. Das letzte Mal, als ich mit ihm gesprochen habe, war das mit Erin noch nicht passiert. Seitdem schäme ich mich so sehr, dass ich mit niemandem reden will.

»Rate mal, wo ich bin«, sagt er, bevor ich den Mund aufmachen kann.

»Keine Ahnung.«

»Ich bin zu Hause!«

»Du bist in Frome?«

»Nein. Frome ist nicht mein Zuhause, wie oft soll ich dir das noch sagen? Ich bin in Orlando! Hab zwei Wochen Urlaub genommen. Mein erster, seit Jahren. Das Leben ist schließlich zum Leben da und nicht, um sich totzuschuften, stimmt's?«

Ich kann's kaum glauben.

»Was? Das hast du mir ja letztens beim Boxen gar nicht gesagt.«

Er lacht. »Machst du Witze? Ich hab's versucht. Aber du hast so auf mich eingedroschen, dass ich gar nicht zu Wort kam.«

An dem Tag war ich wirklich neben der Spur. Als hätte ich geahnt, dass etwas Schlimmes passieren würde.

»Am Bücherschrank bin ich Erin begegnet«, platze ich heraus.

»Verdammt.«

»Ja.«

Mein Herz beginnt zu rasen. Das kenne ich schon. Ich bleibe stehen, damit es sich beruhigt.

»Und …?«

»Sie war so wütend wie damals in der Schule, sogar noch wütender. Ich hab's total verbockt.«

»Warum hast du mir das nicht längst erzählt? Ich bin für dich da, das weißt du doch! Aber wo du gerade die Schule erwähnst: Hast du 'ne Einladung bekommen, dort 'nen Vortrag zu halten?«

»Woher weißt du das?«

»Ich hab auch eine bekommen.«

Mein Herz rast weiter, immer schneller. Die Gedanken an Erin, die Vorstellung, wieder durch dieses Schultor zu gehen … und dann noch …

»Das Beförderungsangebot, von dem du mir geschrieben hast. Nimm das bloß nicht an, hörst du? Ich denk viel über dich nach, seit ich im Urlaub bin.«

»Ach ja?« Ich bekomme kaum ein Wort heraus. Meine Brust ist wie zugeschnürt, mein Atem wird flacher. Ich laufe weiter, den Hügel hinunter Richtung Büro. Ich muss mich bewegen.

»Ja … diese …« Die Verbindung wird immer schlechter. »… Ted-Talk … nur *ein* Leben, Mann … einfach *verschwenden* …«

»Ich kann dich nicht hören. Joel?« Die Leitung ist tot. Ich starre auf mein Handy. Aber egal, was er sagen wollte, ich will es sowieso nicht hören. Das wird mir gerade alles zu viel. Als wären meine Gedanken Jenga-Steine, die in meinem Inneren zu einem Turm gestapelt werden, der kurz davor ist einzustürzen.

Ich hab's wirklich total verbockt. Erin wird mir niemals verzeihen. Dad hat mir bei unserem letzten Telefonat erzählt, Mum hätte per Kreditkarte alle möglichen Sachen fürs Teppichverlegen bestellt, das Beste vom Besten. Ich habe sie im Hintergrund pausenlos reden hören, selbst dann noch, als Dad die Tür zugemacht hat. Alles deutet darauf hin, dass ich bald wieder nach Hause muss. Und dann soll ich Dorothy auch noch Bescheid geben, ob ich die Beförderung annehme. Und einen Vortrag halten, um mich an meiner alten Schule zu beweisen. Joels abgehackte Worte laufen als Wiederholungsschleife in meinem Kopf. Mein Körper kribbelt auf einmal, mir wird schwindlig, ich stolpere. Sehe Blitze vor den Augen. Alles dreht sich. Ich habe das Gefühl, dass ich gleich …

Als ich die Augen öffne, sehe ich Helenas Gesicht.

»Da bist du ja wieder«, sagt sie, hockt neben mir auf dem Bürgersteig, als hätte es die Monate des Schweigens zwischen uns nie gegeben. »Lass uns zusammen atmen, einverstanden?« Sie atmet tief ein und aus, nickt mir zu, es ihr gleichzutun.

Ich stütze mich auf die Ellenbogen. Eine Menschentraube steht um mich herum, gafft mich an. Am liebsten würde ich aufstehen und gehen, doch mir ist flau im Magen und noch immer schwindlig. Ich bin nicht sicher, ob ich schon laufen kann.

»Er geht ihm schon besser!«, ruft Helena, doch die Menge zerstreut sich bereits. Wenn einer, der am Boden liegt, sich wieder rührt, wird es uninteressant. »Wir kennen uns, ich kann ab jetzt übernehmen.« Sie wendet sich wieder mir zu. »Meinem Freund gehört der Laden da drüben, da sind lauter bequeme Sessel.« Sie grinst. »Komm mit, ich mach dir 'nen Tee. Damit du wieder Farbe ins Gesicht bekommst.«

Ich richte mich vorsichtig auf, folge ihr in den Laden und setze mich auf den nächstbesten Sessel. Helena verschwindet nach hinten.

»Du warst nur ein paar Sekunden lang ohnmächtig!«, ruft sie, bevor ich ihr die Frage stellen kann. »Ich wollte gerade ein paar Stühle rausbringen, da habe ich dich fallen sehen.«

Ich schaue mich im Laden um, während ich darauf warte, dass mein Gesicht aufhört zu kribbeln. Und meine Ohren aufhören zu pfeifen und die Welt aufhört zu schwanken. Der Laden ist voller Möbel, was den muffigen Geruch erklärt, und an der Kasse in der Ecke steht eine gläserne Schmuckvitrine. *Helena hat einen Freund, und das ist sein Laden*. So ein Zufall!

Langsam kommt mein Kreislauf wieder in Schwung. Helena kehrt mit Tee zurück. Ich hatte es mir peinlich vorgestellt, sie wiederzusehen, doch nun bin ich dankbar für ihr vertrautes Gesicht und dafür, dass sie wie selbstverständlich das Ruder übernimmt. Sie reicht mir die Tasse, die ich mit beiden Händen umklammere.

»Danke«, sage ich. »Auch dafür, dass du mich nicht auf der Straße hast liegen lassen, obwohl ich es mehr als verdient hätte.«

»Stimmt«, sagt sie lachend. Ihre Augen strahlen. Sie ist verliebt. Zu glücklich, um sich über einen Typen aufzuregen, der sie mal ausgenutzt hat. Zumal er seine Strafe ja jetzt bekommen hat, indem er vor aller Welt zusammengebrochen ist. »Ich mach nur Spaß. Ist doch selbstverständlich. Mike ist heute auf einer Auktion, also hab ich ihm vorgeschlagen, ihn zu vertreten. Es sollte wohl so sein.« Sie neigt den Kopf zur Seite, das Funkeln in ihren Augen verschwindet. »Geht es dir gut? Was ist passiert?«

Irgendwie fühlt es sich genau richtig an, dass Helena zur Stelle war, um mir zu helfen. Obwohl ich es nicht verdiene, ist sie bereit, mir zuzuhören. Ich nehme einen Schluck Tee. Welche Wohltat.

»Mein Leben fällt gerade wie ein Kartenhaus zusammen. Ich glaub, ich dreh gerade durch.«

Mein Blick fällt auf die Tasse. In einem Buchstabenmix aus verschiedenen Schriftarten steht darauf geschrieben: »Das sind keine Stirnfalten, das ist ein Sixpack vom Denken.«

»Sorry«, sagt Helena zerknirscht. »Der Spruch ›Muss nur noch kurz die Welt retten‹ wäre passender gewesen, oder?«

Ich muss unwillkürlich lachen. Und dann sprudelt es nur so aus mir heraus. Zwischendurch steht Helena auf und dreht das Schild an der Ladentür um. Lauscht dann weiter, das Kinn auf die Hände gestützt, an denen neue Silberringe funkeln. Steht wieder auf, um noch einen Tee zu machen. Sie gibt keine Ratschläge, hört einfach nur zu. Ich erzähle ihr von Mum. Von Dads Tourangebot. Von Elliot und seiner Einsamkeit. Von meinem Beförderungsangebot und der Einladung unserer alten Schule. Ganz zum Schluss erzähle ich ihr von Erin, weil ich ihr eine Erklärung schulde. Helena schüttelt den Kopf und lächelt.

»Das mit dir und Erin überrascht mich nicht im Geringsten«, sagt sie schließlich. »Ihr zwei wart doch unzertrennlich in der Schule. Bonnie war natürlich auch dabei, aber ich dachte immer … Jedenfalls habe ich mich immer gewundert, dass ihr nie zusammenkamt, um es mal so auszudrücken.«

Ich beiße mir auf die Lippe, starre auf den Boden. Ich habe mich auch immer gewundert.

Sie lehnt sich in dem dunkelgrünen Samtsessel zurück, den sie zu mir herangezogen hat. »Weißt du, was ich mache, wenn mir alles über den Kopf wächst?«

Ich schüttele den Kopf. Was auch immer, ich könnte jeden Ratschlag gut gebrauchen.

»Ich konzentriere mich einfach auf den nächsten Schritt. Kennst du Maslows Bedürfnispyramide? Ich fange unten an und arbeite mich hoch.«

Sie tippt etwas in ihr Handy und zeigt mir das Bild eines bunten Dreiecks. Im unteren Teil des Dreiecks steht »Grundbedürfnisse«. Luft. Wasser. Nahrung. Ein Zuhause. Beim Wort Zuhause denke ich sofort an meine Eltern. Diesmal brauchen nicht nur sie mich, sondern ich auch sie. Plötzlich sehne ich mich danach, sofort zu ihnen zu fahren. Etwas Zeit mit Mum zu verbringen, bevor ich sie für wer weiß wie lange verliere.

»Danke«, sage ich und gebe Helena das Handy zurück. »Das hilft mir. Hätte ich gar nicht gedacht.«

Ihr Gesicht leuchtet auf.

»Du hast was gut bei mir. Erst durch deine Nachricht ist mir klar geworden, was in meinen Beziehungen schiefläuft. Du hattest recht. Mike will eine Zukunft mit mir … und vor ihm hatte ich nie jemanden, der das wollte.«

»Das freut mich wirklich sehr für dich«, sage ich aus vollem Herzen.

»Mich freut es auch. Na gut, ich sollte schauen, dass heute noch etwas Geld reinkommt.« Sie erhebt sich, geht zur Tür und dreht das Schild wieder um. Ich stehe ebenfalls auf, recke mich und drehe mich nach meiner Jacke um.

Dann halte ich kurz inne und wende mich wieder Helena zu.

»Was soll dieser Sessel hier denn kosten?« Ich betrachte das weiche braune Leder. Irgendwie fühle ich mich jetzt damit verbunden. Während ich mir über eine Stunde lang alles von der Seele geredet habe, hat der Sessel mich mit seiner behaglichen Polsterung umhüllt. Nicht ein einziges Mal hatte ich das Gefühl, dass es unbequem wird oder ich die Position wechseln muss. Der Sessel scheint wie für mich gemacht. »Er kennt jetzt all meine Geheimnisse, und irgendwie gehört er nun mir.«

»Ich mag den Sessel auch sehr«, sagt Helena und führt mich zur Kasse.

»Es tut mir wirklich sehr leid, wie ich dich behandelt habe«, sage ich, als ich ihr meine Karte gebe.

»Du warst ein Arsch.« Sie tippt die Zahlen in das Kartenlesegerät und hält es mir hin. »Aber ich habe mich dir gegenüber auch wie ein Arsch verhalten, damals in der Schule. Manchmal gibt es eben kein Happy End.«

Ich schiebe meine Karte in das Gerät und gebe die PIN ein.

»Aber du und Erin, das ist was anderes. Bei euch scheint es fast wie eine perfekte Geschichte.«

Sie überreicht mir die Quittung, und während ich sie entgegennehme, wandern meine Gedanken zum ersten Mal seit Tagen wieder zu dem Buch, das ich gerade schreibe. *Eine perfekte Geschichte*. Das wäre doch ein schöner Titel.

»Danke.«

»Gerne. Ich glaube, jetzt sind wir quitt. Diesmal hab ich dir aufgeholfen, als du gefallen bist. Das hätte ich schon in der Schule machen sollen. Und du hast dich entschuldigt. Viel Glück mit allem.«

Ich nicke, dann gehe ich. Also hat sie sich doch an den Moment im Speisesaal erinnert, als wir noch zusammen waren. Sie hat sich nur zu sehr geschämt, es zuzugeben – ähnlich, wie ich mich seit damals für mein Verhalten schäme. Vielleicht hat sie recht. Vielleicht sind wir jetzt quitt.

Statt zur Arbeit zu gehen, nehme ich die U-Bahn zurück nach Brixton, zufrieden darüber, dass mir demnächst der bequemste Sessel der Welt geliefert wird. Dann wandern meine Gedanken wieder zu Erin. Was sie wohl gerade macht? Sind meine Worte vielleicht doch bei ihr angekommen? Gibt es vielleicht doch eine winzige Chance, dass sie sich noch einmal bei mir meldet?

Ich öffne meine E-Mails, um Dorothy mitzuteilen, dass ich nach Frome muss, weil es meiner Mutter nicht gut geht. Da sehe ich Sophias Namen im Posteingang, und mein Herz macht einen Sprung.

> Hallo James,
> ich habe Ihre drei Kapitel nun gelesen, und sie gefallen mir wirklich sehr gut.
> Sie haben recht, Ihr Text ist ganz anders als Ihr Kapitel von damals, doch er besitzt alle Qualitäten, die mir schon früher aufgefallen sind. Die Geschichte ist wirklich gut erzählt und klingt äußerst vielversprechend.
> Ich würde mich freuen, den Rest zu lesen, wenn Sie ihn mir schicken möchten?
> Beste Grüße
> Sophia

Bis eben fühlte sich das Buch noch so an, als gehörte es zu einer vollkommen anderen Person, die ein vollkommen anderes Leben lebt. Doch nun scheint es langsam zu mir zurückzukommen.

Erst als ich Dad angerufen und mit dem Packen angefangen habe, fällt mir ein, dass ich ja noch die Bücher habe, die Erin in den Schrank gestellt hatte. Die Geschehnisse lenken mich so ab, dass ich fast schon vergessen habe, warum ich an dem Abend überhaupt dort war. Ich schlage die letzten Seiten von *On the Road* auf, wo meine Fragen stehen. Als ich die letzte Antwort lese, keimt ein Funken Hoffnung in mir auf.

25. Was ist deine beste Erinnerung an die Schulzeit?

Ich war sicher, sie würde von Bonnie erzählen, aber das hat sie in ihrer Antwort auf Frage 23 getan. Hier wollte sie offenbar etwas anderes antworten.

Der Valentinstag in der achten Klasse. Alle Mädchen aus unserer Stufe waren ganz aufgeregt, jede hatte irgendetwas dabei, eine Rose oder eine Karte. Ich fand es kitschig und peinlich, war aber auch ein wenig neidisch. Ein paar Wochen zuvor hatte ich mein Silberarmband verloren und war deswegen sehr traurig. Erzählte immer wieder, dass ich es nirgends finden könne. Als ich dann in der Englischstunde in meinen Rucksack griff, fand ich eine Schachtel mit einer Karte darin. In der Schachtel lag ein Armband, das fast genauso aussah wie das, was ich verloren hatte. Auf der Karte stand nur ein Fragezeichen. Ich dachte immer, es sei Bonnie gewesen. Aber sie sagte, sie hätte nichts damit zu tun. Ich werde wohl nie erfahren, wer dahintersteckte, aber jedes Mal, wenn ich daran zurückdenke, wird mir warm ums Herz.

Beim Lesen ihrer Worte wird mir ebenfalls warm ums Herz. Denn die Person, die dahintersteckte, war nicht Bonnie gewesen, sondern ich.

25 Erin

»Erin, ich hab dir was zu essen vor die Tür gestellt.«

Mums Stimme klingt ganz nahe. Ich warte, bis sie die Treppe hinuntergegangen ist, bevor ich in meine Trainingshose schlüpfe und das Tablett leise hereinhole.

Als Georgia und ich zu meiner zweiten Geburtstagsfeier herkamen, habe ich mich im Bett verkrochen, und seitdem bin ich hier. Georgia ist zurück nach London gefahren. Vorher hat sie mich zigmal gefragt, ob ich nicht mitkommen will, doch genau wie letztes Mal wollten meine Beine nicht.

Mum und Derek gehen arbeiten, aber vorher und nachher bringen sie mir etwas zu essen.

Während sie weg sind, lese ich die Randkommentare aus meinem Büchertausch mit James. Mehr bekomme ich nicht auf die Reihe. Er hat alle Bücher, in denen ich seine Fragen beantwortet habe, und ich alle Bücher, in denen er meine beantwortet hat. Ich glaube ihm. Anfangs wusste er wohl tatsächlich nicht, dass ich es war. Ich glaube, er hat es erst an dem Tag herausgefunden, als er geschrieben hat, sein Name sei Edward. Deshalb hat er mir als Nächstes die Fragen zu meinen Erinnerungen an Bonnie und die Schulzeit gestellt.

Der Schmerz geht nun doppelt so tief. Das erste Mal von ihm verraten zu werden, war schlimm genug, aber beim zweiten Mal bin ich zerbrochen. Zweimal habe ich ihm vertraut, und im Gegenzug vernichtet er mich.

Als ich das letzte Mal im Bett lag und nicht aufstehen konnte, habe ich sehr viel Zeit in der Schule und mit Bonnie verpasst.

Diesmal verpasse ich es, in London zu sein und Savannah auf ihre Abschlussprüfungen vorzubereiten. Die Nachhilfestunden mit ihren Mitschülerinnen aus der Stufe darunter verpasse ich auch. Sie müssen für ihre Probeklausuren lernen, ich sollte sie dabei unterstützen. Cassie ist inzwischen bei mir eingezogen, doch ich bin gar nicht da. Ich wollte ganz neu anfangen. Und jetzt das.

Die gerahmte Postkarte von Bonnie habe ich mitgenommen. Sie lehnt an der Wand und starrt mich an.

Vergiss nicht, all deine Träume wahr werden zu lassen!

Ich öffne den Rahmen und ziehe die Postkarte heraus. Fahre mit dem Finger über Bonnies Worte und rufe mir ins Gedächtnis, warum sie sie damals geschrieben hat. Sie gab mir die Karte bei unserem ersten Wiedersehen nach einer monatelangen Funkstille, die von mir ausgegangen war.

Irgendwie scheint alles miteinander verbunden zu sein. Auf der Suche nach meiner Postkarte bin ich immer wieder zum Bücherschrank zurück, und dann wartete dort etwas auf mich, das mein Leben verändert hat. Blinzelnd drehe ich die Karte um und betrachte Pu den Bären und das Ferkel. Fast kommt es mir vor, als steckte Bonnie hinter alldem. Die Suche nach der Postkarte hat mich zu James geführt – doch das ergibt keinen Sinn, Bonnie hat ihn wegen seiner Tat ja genauso verabscheut wie ich. Sie erzählte mir, in der Schule habe sie ihm die kalte Schulter gezeigt und seither nicht mehr mit ihm geredet. Kopfschüttelnd lege ich die Postkarte aufs Bett. Ich bin schon zu lange in diesem Zimmer. Ich fange an zu fantasieren. Es war nicht mein Wunsch, dass die Postkarte mich zu James führt. Ich wollte sie zurückhaben, weil sie der einzige Beweis dafür ist, dass Bonnie mir vergeben hat.

Ich akzeptiere den Schmerz, denn er ist die verdiente Strafe dafür, dass ich Bonnie im Stich gelassen habe, als sie mich am meisten brauchte.

Wenn ich zurückblicke, bin ich nicht einmal sicher, wie es eigentlich dazu kam. Ich fuhr damals nach Frome, um sie am Wochenende zu besuchen, wie ich es ihr einige Tage zuvor versprochen hatte, als sie mir von ihrer Diagnose erzählte. Ich besorgte Snacks. Abonnierte Streamingdienste mit den miesesten Fernsehserien wie *Real Housewives*. Serien, die sie ablenken würden. Die wir uns zusammen anschauen konnten, damit sie an all das nicht mehr denken musste.

Ich rechnete damit, dass Bonnie so wie immer sein würde, aber seit unserer letzten Begegnung hatte sich etwas verändert. Ich bekam keine Verbindung mehr zu ihr. Wenn ich Witze machte, lachte sie nicht mehr. Sie schien nicht zu wollen, dass ich sie umarmte oder über unser Leben sprach. Sie drohte mir nicht mehr zum Spaß, kein »Wenn du das nicht machst, sage ich allen, dass das Mädchenklo wegen *dir* drei Tage lang verstopft war« mehr. Sie war in Gedanken woanders. Kein Wunder. Heute verstehe ich das. Aber damals konnte ich es nicht begreifen. Keine Ahnung, warum. Wie konnte ich nur so blind sein?

Mit jedem Mal, wenn ich sie zu Hause besuchte, wurde es schlimmer. Ihre Chemo hatte gerade erst begonnen, doch wenn ich vorbeikam, schickten ihre Eltern mich manchmal freundlich wieder weg. Sie sagten, Bonnie sei zu krank oder ihr sei nicht danach, jemanden zu sehen. Bonnie hatte mich davor noch nie zurückgewiesen – und sie wäre der letzte Mensch gewesen, von dem ich das erwartet hätte. Das wühlte alles wieder auf, was ich mit Mum und James erlebt hatte. Und damit kam ich nicht klar. Wenn ich dann doch mal zu ihr durfte, brachte sie Ausreden vor oder gab mir auf andere Weise zu verstehen, dass ich nicht lange bleiben sollte. Manchmal machte sie ein ganz trauriges Gesicht, wenn sie mich sah. Irgendwann fing ich dann selbst mit Ausreden an. Sagte, ich sei mit meinem Freund verabredet oder Charlotte würde mich am Wochenende zu Überstunden zwingen. Ich meldete mich sogar freiwillig, um an den Wochenenden auf Events zu arbeiten. Ich redete mir ein, dass Bonnie mich nicht brauchte. Dass sie sich schon melden würde, falls doch.

Als ihr Dad mich eines Tages im August anrief, war ich schon monatelang nicht mehr bei ihr gewesen. Ich hatte ihr Textnachrichten geschickt. Auch Sprachnachrichten. Wenn sie konnte, antwortete sie. Ich war weit weg und redete mir ein, dass ich trotzdem alles tat, was notwendig war, um eine gute Freundin zu sein. Erst heute kann ich zugeben, dass ich wartete. Ich wartete darauf, dass es ihr besser ging. Dass sie endlich wieder die Bonnie von früher wurde.

Stattdessen sagte ihr Dad, es ginge ihr schlechter. Ich solle nach Frome kommen. Bonnie habe nach mir gefragt. Die Chemo zeige keine Wirkung, und sie habe beschlossen, mit der Behandlung aufzuhören und die Tage, die ihr noch blieben, so gut es ging, zu genießen. Manchmal hatte ich in Filmen gesehen, wie jemand am Telefon eine schlechte Nachricht bekam und zusammenbrach, und das war mir immer unrealistisch vorgekommen. Dramatisch übertrieben. Doch genauso reagierte ich nun selbst. Ich brach zusammen, und ein animalischer Laut drang aus meiner Kehle, als ich zu Boden sank und das Handy fallen ließ.

Ich fuhr sofort zu ihr. Sie hatte nach mir gefragt. Und wenn sie mich wirklich dort haben wollte, wollte ich natürlich bei ihr sein.

Das war der Abend, an dem wir ins The Griffin gingen und sie mir die Postkarte schenkte. Der Abend, an dem sie wieder die alte Bonnie wurde, nur für mich.

In ein paar Wochen findet wieder die Gedenkfeier statt. An ihrem Todestag. Ja, ich war da. Seit dem Tag, als wir uns im The Griffin trafen, wich ich ihr kaum noch von der Seite, aber es war zu spät. Sie hätte viel mehr von mir gebraucht. Sie hätte eine Freundin gebraucht, die sie den gesamten Weg begleitet, nicht bloß am Ende. Eine Freundin, die bei der Chemo neben ihr sitzt, ihre Hand hält und ihr sagt, wie viel sie ihr bedeutet. Die sie abholt und ihr Gesellschaft leistet und nichts als Gegenleistung erwartet. Ich war naiv, und ich hatte Angst. Ich wollte nicht wahrhaben, dass meine beste Freundin im Begriff war zu sterben. Ich hielt Abstand, um es zu verdrängen.

Ich werde mir niemals verzeihen, dass ich ihr das angetan habe, und betrachte es als ausgleichende Gerechtigkeit, dass das Schicksal mir auch nicht vergibt. Dass es mir immer wieder das Herz bricht, um mich daran zu erinnern, wie ich Bonnie das Herz gebrochen habe.

* * *

Am nächsten Morgen werde ich davon wach, dass jemand an die Haustür hämmert.

»Paket für Sie!«, ertönt eine Frauenstimme, dann hämmert es wieder an der Tür.

Ich warte darauf, dass Mum reagiert, doch ich kann sie unten nicht hören. Ich schaue auf mein Handy. Oha. Schon elf Uhr morgens. Na ja. Die Botin legt das Paket bestimmt vor die Tür.

Nein. Sie hämmert weiter, diesmal lauter. In Frome herrschen anscheinend andere Sitten bei der Paketzustellung.

Ich schlüpfe in meine graue Trainingshose, gehe die Treppe hinunter und reibe mir die Augen.

Bäm! Bäm! Bäm! Verdammt noch mal. Kann die Frau nicht morgen wiederkommen? Ich setze mein bestes »Müssen Sie mich unbedingt stören?«-Lächeln auf und öffne die Tür einen Spalt. Und schon wird sie aufgestoßen, und ich weiche zurück.

Georgia kommt hineingestürmt, tritt die Tür hinter sich zu und marschiert in die Küche.

»Jetzt reicht es!«, sagt sie. Ihr Blick fällt auf meine graue Trainingshose. »Das machst du nicht noch mal, hörst du?«

Ich verschränke die Arme und lehne mich an die Wand.

»Ich kann machen, was ich will.«

»Nein, kannst du nicht. Dieser Kreislauf muss aufhören! Du kannst dich nicht jedes Mal, wenn dir was Schlimmes passiert, in deinem Zimmer verbarrikadieren und dann auch noch wochenlang dieselbe Hose tragen. Die gehört in den Müll! Und deshalb …«– sie funkelt mich an und macht einen Schritt auf mich zu – »… ziehst du diese Hose jetzt aus!«

»Nö.«

»Doch! Sofort!«

»Kommt überhaupt nicht infrage.«

Sie geht noch einen Schritt auf mich zu, ihr Sechsmonatsbauch wölbt sich mir bedrohlich entgegen, und greift nach meinem Hosenbund. »Hör auf!«, schreie ich und versuche, ihr zu entkommen.

»Wag es ja nicht, eine Schwangere anzugreifen, das ist gefährlich!«, kreischt sie, krallt ihre Finger in meine Hose und zieht sie herunter.

»Du bist ja verrückt geworden!«, schreie ich.

»Vielleicht!«

Ich versuche, meine Schwester davon abzuhalten, mich auszuziehen, als wäre ich ein trotziges Kleinkind, aber vergeblich. Irgendwie schafft sie es, mir die Hose abzustreifen, und hält sie schließlich triumphierend hoch, die Haare wild zerzaust.

Dann läuft sie mit der Hose in die Küche, wirft sie in den Mülleimer, schaut sich um und reißt den Kühlschrank auf.

»Was machst du da?«

Sie wühlt herum, reckt mit siegessicherer Miene eine Ketchup-Tube in die Höhe, geht wieder zur Mülltonne und spritzt den gesamten Inhalt der Tube auf die Hose. Laute Furzgeräusche hallen durch die Küche, während sie eine beidhändige Salve nach der anderen abfeuert. Dann schleudert sie die leere Tube auf die Hose, knallt den Mülleimer zu und klatscht in die Hände.

Ich gehe kopfschüttelnd die Treppe hoch in mein Zimmer und steige ins Bett. Georgia kommt mir hinterher und baut sich vor dem Bett auf.

»Steh auf«, sagt sie.

»Nö.«

»Steh auf!«

»Warum? Ich hab keinen Grund aufzustehen.«

»Doch! Du hast etwas, das sich *Leben* nennt und schon viel zu lange auf dich wartet!«

»Was geht dich das überhaupt an? Lass mich einfach in Ruhe.«

Ich ziehe mir die Bettdecke bis zum Hals und drücke mich an die Wand. Georgias Augen haben aufgehört zu funkeln, sie füllen sich mit Tränen.

»Das kann und werde ich nicht. Nicht dieses Mal.«

Ich schaue zur Decke und verdrehe die Augen. Ab und zu wird Georgia von Schuldgefühlen überrollt wegen allem, was passiert ist, nachdem wir das mit Mum herausgefunden hatten. Nachdem James unsere Mutter mit Mr Carter gesehen hatte, obwohl sie eigentlich Fish and Chips für uns besorgen sollte.

Georgia entschied sich nach der Trennung unserer Eltern, bei Mum zu wohnen, wenn sie an den Wochenenden von der Uni zurückkam. Ich entschied mich für Dad. Georgia hatte keine Ahnung, wie schlecht es mir ging. Nach meinem ersten Tag an der neuen Schule wollte ich nicht mehr dorthin. Ich schloss mich wochenlang in meinem Zimmer ein. Selbst Bonnie konnte mir nicht helfen.

Als Georgia dann irgendwann ein Wochenende zu Dad kam, stand ich kurz davor, meine Abschlussprüfungen zu verpassen. Ich wollte das nicht, aber ich fand einfach nicht die Kraft, mein Zimmer zu verlassen. Da hörte ich, wie Georgia Mum anrief und ihr mitteilte, sie würde ab jetzt bei Dad und mir wohnen. Wäre Georgia nicht gewesen, hätte ich meinen Abschluss nicht geschafft. Ich wäre vielleicht nie wieder aus meinem Zimmer gekommen, aber an den Teil erinnert sie sich nicht. Nur an den Teil, als sie nicht da war.

»Ich kann das nicht noch einmal mit ansehen«, sagt sie nun.

Zitternd lehne ich an der eiskalten Wand und schaue zu, wie meine Schwester sich die Augen wischt. »Erst Mum. Dann James. Dann Bonnie. Dann dein Job. Und jetzt wieder James. Irgendwann kommt der Zeitpunkt, wo du diesen Kreislauf durchbrechen musst. Indem du dein Verhalten änderst. Und der Zeitpunkt ist jetzt.«

Ich weiß, sie hat recht, aber es ist erschöpfend, ständig neue Kraft sammeln zu müssen. Sich selbst aufzurichten, wenn einem schon wieder das Herz gebrochen und das Vertrauen zerstört wurde.

»Wir müssen nicht über ihn reden, wenn du nicht willst, aber …«

»Ich will nicht.«

»Okay. Aber … er war damals noch sehr jung, Erin …«

»Ich sagte, ich will nicht.«

»Wenn überhaupt jemand dafür verantwortlich ist, dann Mum«, sagt sie, und ich traue meinen Ohren nicht.

»Ich kann nicht fassen, dass du das sagst.«

»Na, es stimmt doch.« Georgia zuckt mit den Schultern. »Aber sie ist nur ein Mensch. Sie hat einen Fehler gemacht. Wir alle machen Fehler, und auf lange Sicht war es für sie besser so. Für Dad ebenfalls. Sie sind jetzt glücklich. Das waren sie vorher nicht.«

Sie steht auf, öffnet meinen Kleiderschrank und wirft mir eine Jeans zu. Während ich mir die Jeans anziehe, wühlt sie weiter in meinen Sachen.

Sie wirft mir einen BH, ein weißes T-Shirt mit V-Ausschnitt und eine lange dunkelblaue Jacke zu. Dann setzt sie sich zu mir aufs Bett.

»Geht es bei alldem überhaupt um James?«, fragt sie. Ihr Blick fällt auf die Postkarte von Bonnie.

Sie hebt sie auf, dreht sie um, liest die Botschaft und hält sie mir entgegen.

»Wie läuft's denn so mit dem Träume-wahr-werden-Lassen?«

»Sensationell gut«, sage ich, wurschtele mich unter dem T-Shirt, in dem ich geschlafen habe, in den BH, bevor ich das Shirt ausziehe. Dann sind die anderen Klamotten dran, die Georgia mir hingeworfen hat. Nicht die schlechteste Wahl. Hätte ich mir an einem anderen Tag vielleicht selbst ausgesucht. Wenn ich denn vorgehabt hätte, mich anzuziehen. »Ich hab's versucht«, sage ich.

Sie nickt, legt den Kopf schräg.

»Ich hab das volle ›Was würde Bonnie tun‹-Programm durchgezogen. Hat sogar was gebracht.«

»Das stimmt. Aber …«

»Aber?«

Sie lacht. »Wäre es nicht an der Zeit, dass du dich fragst, was Erin tun würde? Sie ist auch ziemlich clever.«

»Sie ist eine totale Niete.«

»Ich weiß, du glaubst, dass Bonnie dich zu alldem gebracht hat, aber das stimmt nicht. Du hast dich auf einen Büchertausch mit einem Unbekannten eingelassen. Du hast angefangen, Nachhilfeunterricht zu geben. Du bist Risiken eingegangen – und das hast du selbst entschieden. Korrigier mich, wenn ich mich irre, aber was du Bonnie versprochen hast, war nicht, an ihrer Stelle zu leben, sondern das Beste aus deinem eigenen Leben zu machen.«

Sie steht auf, öffnet die Kommode und holt ein Paar Socken heraus.

Ich rechne damit, dass sie mir das Sockenknäuel zuwirft, doch stattdessen ballert sie es mir an den Kopf.

»Aua.« Ich rutsche zum Bettrand und ziehe mir eine Socke über.

»Ich sag's jetzt noch mal: Steh auf.«

»Sag mal, wieso bezahlst du mir eigentlich Therapiestunden und versuchst dann, mir eine für lau zu geben?«

»Du bist wirklich die größte Nervensäge, der ich je begegnet bin.«

»Du nimmst mir das Wort aus dem Mund.«

Ich ziehe mir die andere Socke an, und Georgia schaut zu.

»Danke.« Ich bringe es nicht über mich, sie anzuschauen. »Dass du hergekommen bist.«

Ich schiebe meine Füße in die Converse und binde die Schnürsenkel zu.

»Danke, dass du mich reingelassen hast.«

»Eigentlich habe ich die Paketbotin reingelassen.«

»Ich weiß.« Sie steht auf und geht zur Tür. »Okay, kurze Pinkelpause, und dann stürzen wir uns ins Leben.«

Sie verschwindet im Badezimmer. Ich schaue ihr hinterher. In diesem Moment bin ich unglaublich froh, sie zur Schwester zu haben.

Als sie wieder herauskommt, stehe ich auf.

»Okay, stürzen wir uns ins Leben oder versuchen es wenigstens.«

Georgia hat die Augen weit aufgerissen, sie ist ganz bleich im Gesicht.

»Da war Blut.«

Ich schaue sie entgeistert an. »Was?«

Ihre Augen füllen sich mit Tränen. »Als ich abgewischt habe. Gerade eben. Keine Ahnung, was ich machen soll … Ich bin nicht mal sicher, ob ich es heute gespürt habe. Oh mein Gott …«

Ich laufe zu ihr und umarme sie.

»Lass uns sofort in die Klinik fahren«, sage ich.

Georgia drückt mir widerstandslos den Autoschlüssel in die Hand.

26 James

Dad öffnet mir die Haustür, ich stelle die Tasche ab, und wir fallen uns in die Arme. Nach diesem Gefühl suche ich schon, seit ich in London bin, doch anscheinend finde ich es nur hier. Mein Körper kommt zur Ruhe. Hier kann ich endlich alles loslassen.

»Du meine Güte«, sage ich, als mein Blick über Dads Schulter zu den vielen Teppichrollen wandert, die im Flur neben der Treppe liegen.

»Komm mal mit«, sagt er und führt mich in die Küche. Irgendwo im Haus dröhnt Radio 2. Dad steckt kurz den Kopf aus der Küche, dann schließt er die Tür hinter sich und senkt die Stimme. »Deine Mum will versuchen, die Teppiche selbst zu verlegen. Sie hat mit ihren Kollegen gesprochen und sich zig YouTube-Videos angeschaut. Nur damit du Bescheid weißt, was hier los ist.«

Ich nicke und schaue mich in der Küche um. Zum Glück hat sie einen Fliesenboden.

»Dann hoffen wir mal, dass sie sich demnächst nicht in einem Fliesengeschäft bewirbt.«

Dad lächelt. »Schön, dass du hier bist.«

»Ja. Finde ich auch. Dann geh ich mal Hallo sagen.«

Ich öffne die Küchentür, steige über die Teppichrollen im Flur und folge dem Radiolärm ins Wohnzimmer.

Und dann fällt mir die Kinnlade herunter. Sämtliche Möbel wurden nach nebenan ins Esszimmer gerückt, und da, wo früher Teppich war, ist nun grauer Steinboden zu sehen. In der Ecke steht ein Eimer, daneben liegen verschiedene Werkzeuge. Ein kleines schaufelartiges Ding, eine Art Schleifgerät, ein Maßband und ein großes Teppichmesser.

Mum taucht hinter mir auf und wischt sich die Hände an einem blauen Overall ab, den ich noch nie zuvor gesehen habe. Das ist ein schlechtes Zeichen. In ihren manischen Phasen fixiert sie sich auf ein bestimmtes Kleidungsstück, und der Overall gehört vielleicht dazu.

»Ich hab gar nicht mitbekommen, dass du schon da bist, JJ.« Sie schließt mich in die Arme, und an ihren Augen erkenne ich, dass sie eigentlich gar nicht mehr da ist. Sie ist jetzt die Andere, und ich spüre einen Kloß im Hals, weil ich die Chance verpasst habe, mit Mum zusammen zu sein. Es hat keinen Zweck, sie zum Aufhören zu bewegen oder ihr Tun infrage zu stellen. Sie würde gar nicht zuhören, und ich will nicht, kaum dass ich hier bin, zum Feind abgestempelt werden.

»Sieht sehr professionell aus«, sage ich stattdessen. Sie wischt sich das zerzauste Haar aus dem Gesicht und grinst. »Wie kann ich helfen?«

Das Erstaunliche an Mum ist, dass sie in diesem Zustand alles schafft, was sie sich vornimmt. Sie sieht zwar aus, als hätte sie seit Tagen nicht mehr geschlafen, aber dafür kennt sie die Namen aller Werkzeuge, hat sich genau durchgelesen, wie alles gemacht werden muss, und arbeitet so schnell, dass sie es vielleicht tatsächlich schaffen würde, innerhalb einer Woche überall im Haus neuen Teppich zu verlegen. Tief in meinem Inneren weiß ich jedoch, dass es nie dazu kommen wird.

»Wir müssen die Unterlage verlegen – angeblich ist sie weich wie eine Wolke –, und dann kannst du mit Dad den Teppich holen. Fürs Wohnzimmer haben wir letztendlich Cremeweiß genommen.«

»Klingt gut.«

Als ich nach hinten gehe, wo die Unterlage schon zum Ausrollen bereitliegt, verschwindet Mum plötzlich. Während ich darauf warte, dass sie zurückkommt, starre ich auf ihr bisheriges Werk. Keine Ahnung, wie Dad damit klarkommt. Der Fernseher ist zwischen Esstisch, Sofa und Sessel gequetscht. Gemütliche Fernsehabende sind gerade nicht mehr drin. Wenn sie mit dem Wohnzimmer fertig ist, wird sie die Möbel bestimmt dorthin verfrachten und sich das Esszimmer vornehmen wollen.

Ich gehe schließlich die Treppe hoch, um nachzuschauen, ob sie oben schon mit irgendetwas angefangen hat. Als ich mein Zimmer sehe, traue ich meinen Augen kaum. Der Teppich ist komplett herausgerissen, doch irgendjemand, vermutlich Dad, hat alles versucht, damit das Zimmer trotzdem nicht allzu schlimm aussieht. Im Vergleich zu Mums und Dads Schlafzimmer sieht es wie ein Palast aus. Abgeplatzte Bodenteile und abgerissene Sockelleisten, die überall verstreut liegen.

Hinter mir ertönt ein lautes Reißgeräusch. Ich gehe zu Elliots Zimmer hinüber. Mum hockt auf dem Boden und zerrt mit beiden Händen an dem hellgrauen Teppich.

»Mum«, sage ich stirnrunzelnd. »Wollten wir uns nicht um die Unterlage kümmern?«

»Das kann warten«, sagt sie mit gepresster Stimme und zieht mit aller Kraft an dem einzigen Teppichboden, der in diesem Haus noch übrig ist. Ich hocke mich neben sie, und zusammen zerren wir an dem Teppich. Als wir nach hinten fallen und auf dem Rücken landen, fliegen Staub und Schaumstoff durch die Luft.

Sie dreht sich zur Seite und schaut mich an.

»Befriedigend, oder?«

»Sehr.«

»Was macht London?« Sie spricht das Wort immer aus, als wäre es ein weit entferntes Land. Eine Fantasiestadt aus einem Roman.

»Alles gut. Ich hab nur ein kleines Problem.«

»Was für ein Problem denn?«

Ich überlege, wie ich alles, was passiert ist, in einen einzigen Satz fassen kann, denn nur dafür reicht ihre Aufmerksamkeit und Geduld.

»Ich bin wieder in Kontakt mit Erin aus der Schule, aber nur schriftlich, und ihr war nicht klar, dass ich es bin. Sie denkt jetzt, ich wollte sie hereinlegen.«

Mum erhebt sich und runzelt die Stirn. »Dann sag ihr, dass du sie nicht hereingelegt hast. Sag ihr die ganze Wahrheit.«

Sie läuft aus dem Zimmer und poltert die Treppe hinunter. Im Grunde hat sie recht. Ich habe Erin hinterhergerufen, dass ich sie liebe, aber das war nicht die ganze Wahrheit. Nur der Anfang. Erin muss noch mehr erfahren, um mir vergeben zu können. Ich muss ihr helfen, die Gründe meines Tuns zu verstehen. Vielleicht ändert das nichts, aber einen Versuch ist es wert.

Ich schaue zur Tür, wo Mum eben noch stand. Sie rät mir, die ganze Wahrheit zu sagen, aber selbst scheint sie das nicht zu beherzigen. Ich stehe auf und gehe nach unten in die Küche zu Dad. Er schaut gedankenverloren aus dem Fenster.

»Mum hat aufgehört, ihre Tabletten zu nehmen, oder?«, sage ich, hole ihn zurück ins Hier und Jetzt.

Dad schaut mich an, als hätte ich ihn beim Klauen erwischt.

»Sie meinte, sie bekäme davon Magenschmerzen.« Da kommt ihm eine Idee. »Du könntest ihr anbieten, für sie zu kochen. Von mir will sie nichts nehmen, falls ich ihr Pillen ins Essen mische, aber wenn du …« Dann wird ihm klar, dass eine einzige Mahlzeit mit Tabletten darin nichts bringt. Dass er seinen Sohn bittet, Medizin ins Essen seiner Mutter zu mogeln.

»Wo steckt sie überhaupt? Ist sie nicht eben die Treppe runter?«

»Tja …«, sagt Dad, geht aus der Küche, steigt über die Teppichrollen und bedeutet mir, ihm zu folgen. Mum hat sich aufs Sofa neben dem Esstisch gequetscht. Sie schläft tief und fest.

Dad holt eine Decke hinter dem Sofa hervor, deckt Mum damit zu, dann schleichen wir in die Küche zurück, und ich schließe die Tür hinter uns.

»Ich glaube, wir werden demnächst Experten für Teppichverlegung«, sage ich, und Dad lacht.

»Deine Mum spielt die Videos immer so laut, ich glaub, ich bin schon einer.«

Eigentlich hatte ich damit gerechnet, genau dann zurückzukehren, wenn Mum ihren nächsten Zusammenbruch hat, aber als ich abends im Bett liege und versuche zu schlafen, höre ich sie unten herumwerkeln. Schritte und Türenknallen, wenn sie zwischen den Zimmern hin- und herwechselt. Irgendwann dringt der Duft gebratener Zwiebeln aus der Küche in mein Zimmer. Ich habe Mum seit meiner Schulzeit nicht mehr in diesem Zustand gesehen. Wie oft hat Dad mir wohl schon versichert, es gehe ihr gut, wenn er sie in diesem Zustand erlebt hat? Er braucht mal eine Pause davon. Er verdient eine Pause, und genau dafür möchte ich jetzt sorgen. Was sagte er doch gleich am Telefon zu mir, als ich wegen des Jobangebots seinen Rat brauchte? Er sagte, ich solle meinen Herzenswunsch nicht für etwas aufgeben, nur weil es sich anbietet. Das Naheliegende sei nicht unbedingt das Beste. Und nun möchte ich ihm die Chance geben, seinem eigenen Herzenswunsch zu folgen. Wenigstens einmal in seinem Leben.

Am nächsten Morgen ist Mum wieder in ihrem Overall zugange, trägt Stühle aus dem Esszimmer in den Garten, reicht sie Dad, der sie in aller Ruhe entgegennimmt und auf der Veranda abstellt.

Ich helfe ihr, den Tisch hinauszutragen, wohl wissend, dass das Sofa viel zu schwer sein wird.

»Hilf mir mal damit«, sagt sie und deutet mit dem Kopf darauf.

»Sollen wir nicht zuerst die Unterlage auslegen?«, frage ich.

»Später.«

Wir tragen das Sofa zurück ins Wohnzimmer, danach Sessel und Fernseher. Noch bevor ich den Tisch mit dem Fernseher aus dem Weg rollen kann, ist sie schon dabei, die cremefarbene Teppichrolle aus dem Flur hereinzuzerren.

»Das hier hab ich unter deinem Bett gefunden.« Dad holt einen kleinen viereckigen Umschlag aus der Gesäßtasche seiner Jeans. »Als Mum den Teppich rausgerissen hat.«

Ich nehme den Umschlag und drehe ihn um. Auf der Vorderseite steht *Erin* in der Handschrift meines jüngeren Ichs. Er ist noch zugeklebt. So ist Dad – er würde ihn nie öffnen.

»Danke.«

Ich nehme den Brief mit auf mein Zimmer und betrachte ihn eine Weile, bevor ich meinen Finger sanft unter die Stelle schiebe, wo er zugeklebt ist, und den Brief herausnehme. Als ich ihn überfliege, kommen die Erinnerungen sofort zurück. Wie ich so schnell nach Hause rannte, dass ich im Vorgarten kotzen musste. Erst als ich endlich drinnen war, fühlte ich mich sicher. Ich rannte sofort die Treppe hoch und schrieb Erin diesen Brief, um ihr alles zu erzählen.

Liebes Nichts,

fing er an.

da unser gemeinsames Lieblingsbuch ja ein Briefroman ist, kann ich kaum glauben, dass ich dir erst heute meinen ersten Brief schreibe. Ich hoffe sehr, es wird nicht zugleich mein letzter sein.

Obwohl die Mobber mir dicht auf den Fersen waren, konnte ich nur an Erin denken. Ich wollte mich für das, was ich getan hatte, entschuldigen. Und war überzeugt, ihr trotzdem etwas sagen zu können, das es leichter für sie machen würde.

In den Jahren, als wir keinen Kontakt hatten, habe ich mich oft gefragt, ob ich mir nicht bloß einbildete, dass wir einander nahestanden. Ob vielleicht nur ich derjenige war, der so empfand, doch beim Lesen dieses Briefes wird mir alles klar. Wir hatten Insiderwitze. Spitznamen. Besondere Momente.

Erinnerst du dich noch an den Tag, als ich dir sagte, du und Bonnie hättet mein Leben verändert und ich würde alles für euch tun? Ich kann nur hoffen, dass du dich daran erinnerst, wenn du meine nächsten Zeilen liest, weil es die Wahrheit ist, egal wie es aussehen mag.

Ich verstehe bis heute nicht, wie sie mich damals einfach stehen lassen konnte, ohne mir die Chance zu geben, ihr alles zu erklären, wenn nicht an jenem Tag, dann später. Bis heute gibt sie mir das Gefühl, als sei es das Schlimmste, was ihr je angetan wurde. So viele Jahre lang habe ich mir diesen Moment immer wieder in Erinnerung gerufen und mich für meine Tat gehasst, aber wenn sie den Grund gewusst hätte, hätte sie es vielleicht verstanden. Aber sie hat nie gefragt. Sie redete immer nur davon, wie schlimm es für *sie* war, obwohl sie wusste, wie die anderen mir zusetzten. Wir hätten die Mobber zusammen bekämpfen können, aber stattdessen ließ sie mich stehen. Sie ließ mich stehen, weil sie nicht erleben wollte, was ich erleben musste.

Als ich zurück nach unten gehe, sitzt Dad am Esstisch, als hätte der schon immer in unserem Garten gestanden. Er starrt gedankenversunken auf den Apfelbaum.

»Dad, wenn du mal eine Pause von allem brauchst, eine längere Pause …«

»Ich brauche keine Pause. Du und Elliot, ihr seid immer gern auf diesen Baum geklettert.« Er deutet auf den Apfelbaum.

»Stimmt.«

»Ich weiß gar nicht, wann das aufgehört hat. Irgendwann warst du nur noch drinnen, beschäftigt mit Videospielen und Fernsehen, und das war's. Du bist nie wieder da hochgeklettert.«

»Ich glaube, das nennt sich Pubertät.«

Er seufzt. »Wie schnell das ging. Als El geboren wurde, meinte die Hebamme, ich solle es genießen. ›Die Zeit vergeht wie im Flug‹, hat sie gesagt. Ich habe das nie vergessen.«

»Und hier sitzt du nun, mit dem Angebot, einen DJ auf dessen Tour zu begleiten. Deine besten Jahre liegen vielleicht noch vor dir, Dad.«

Er dreht sich zu mir und runzelt die Stirn. »Bei dir klingt es immer so, als würde ich mich beklagen. Aber das Gegenteil ist der Fall. Ich vermisse das. Ich vermisse das alles.«

Ich starre mit ihm zusammen auf den Baum und überlege, wie ich es am besten formuliere.

»Ich möchte, dass du mit auf diese Tour gehst. Weil du es verdienst. Du verdienst es, deinem Herzenswunsch zu folgen. Dir deinen Traum zu erfüllen.«

»Das tue ich doch schon.«

»Nicht, wenn es nach dem Ratschlag ginge, den du mir am Telefon gegeben hast. Du entscheidest dich für das Naheliegende, aber das ist nicht unbedingt das Richtige.«

Dad schaut zur Sonne hoch, die hinter einer Wolke hervorkommt und auf uns herabscheint, zu Mums Ritsch-ratsch-Soundtrack des Teppichzerreißens im Hintergrund.

»Ich dachte mir schon, dass du das tun würdest«, sagt er und schließt die Augen.

»Dass ich was tun würde?«

»Dass du meinen Ratschlag benutzt, um ihn auf mich zu übertragen.«

Ich schaue zu ihm hinüber. Irgendwie sieht er älter aus als bei meinem letzten Besuch. Er trägt das Haar wie immer zu einem

Pferdeschwanz gebunden, doch da sind Altersflecken auf seiner Haut. Waren die vorher schon da?

»Wie meinst du das?«

Er dreht sich zu mir. »Mein Herzenswunsch war nie, ein Popstar zu sein. Sondern zu heiraten. Und Vater zu werden. Dieser ganze Showbiz-Kram … *das* war für mich das Naheliegende. Das bot sich an, ohne dass ich mir Mühe geben musste. Deswegen hab ich's nicht gemacht.« Er lächelt, tätschelt mir die Hand. »Weil jede einzelne Herausforderung des Lebens mir mehr über mich selbst und die Welt beigebracht hat, als das Singen es je gekonnt hätte.«

»Aber …«

»Ich erwarte nicht von dir, dass du meine Entscheidung verstehst«, sagt er. »Aber ich wünsche mir, dass du sie respektierst.«

»Kann mir hier mal jemand helfen?«, ruft Mum aus dem Haus. Dad springt sofort auf und drückt meine Schulter. Dann geht er wieder hinein.

Ich erhebe mich, schlendere zum Apfelbaum, umklammere den Stamm und hieve mich auf den untersten Ast. Er biegt sich unter meinem Gewicht. Kein Wunder, ich bin ja kein Kind mehr. Ich schaue nach oben, greife nach dem nächsten Ast, ziehe mich hoch, mein rechter Fuß rutscht aus. Früher ging das viel leichter.

»Hallooooo … kann mir bitte jemand helfen?«, ruft Mum von drinnen. Stirnrunzelnd klettere ich wieder hinunter. Dad wollte doch zu ihr. Merkwürdig. Beim Hinunterrutschen schürfe ich mir die Hände und das Schienbein auf und lande schließlich schwerfällig auf dem Boden.

»Verdammt!« Ich starre auf meine Hände. Früher bin ich zigmal auf den Baum geklettert, ohne eine Schramme.

»Ich komme!«, rufe ich Mum zu und laufe zur Verandatür. Mum ist nicht im Wohnzimmer, also stakse ich über die verdammten Teppichrollen. Warum liegen die blöden Dinger überhaupt im Weg?

Da erblicke ich Dads Füße, die aus der Küche ragen.

»Dad?« Ich renne zu ihm. Er liegt am Boden, die rechte Hand auf die Brust gepresst, das Gesicht aschfahl. Er kneift die Augen zu.

»Ruf bitte den Notarzt, Junge«, keucht er leise, und ich denke unwillkürlich: *Das kann es doch jetzt nicht gewesen sein.*

Als ich nach meinem Handy taste, kommen plötzlich ganz viele Erinnerungen an Dad hoch. Dad, der unten am Apfelbaum steht und mir und Elliot sagt, wie wir den Baum hochklettern sollen. Dad, der an der Uni mit Tupperware-Dosen voller Essen auftaucht und von mir verscheucht wird, noch nicht einmal einen Tee biete ich ihm an. Dad, der uns *Die kleine Raupe Nimmersatt* vorliest, einen Arm um jeden seiner Jungs gelegt, mit lauter Stimme, um Mums Gehämmer im Garten zu übertönen, als sie versuchte, einen Zaun zu bauen, der nie vollendet wurde. Dad, der am Schultor steht, um mich mit dem neuen Auto zu überraschen, das er gerade gekauft hatte, und an dem ich einfach vorbeilaufe, als würde ich ihn nicht kennen. Dad, der gerade verzweifelt versucht, mich dazu zu bringen, ihn zu verstehen – und alles, was ich je getan habe, war, ihn aus meiner Warte zu betrachten.

All diese Erinnerungen schwirren mir durch den Kopf, als ich seine Hand umklammere und den Notruf wähle.

27 Erin

Ich drücke aufs Gaspedal und fahre so schnell, wie es auf sichere Weise überhaupt möglich ist, Richtung Bath Royal United Hospital.

Georgia starrt aus dem Fenster, und alles in mir drängt danach, mich so zu verhalten wie bei Bonnie. Am liebsten würde ich sie ablenken und mit ihr plaudern, um zu erreichen, dass sie sich besser fühlt. Aber ich weiß, es wäre nicht richtig. Manchmal machen andere etwas durch, das man nicht nachvollziehen kann, und dann muss man einfach nur da sein. Für Bonnie war ich nicht da. Aber ich kann jetzt für Georgia da sein.

Als wir auf der A36 fahren, überholt uns ein Rettungswagen mit gellendem Martinshorn. Hätte ich vielleicht den Notarzt rufen sollen? Ich weiß nicht, wie ernst Georgias Symptom ist oder was es bedeuten könnte.

Georgia holt ihr Handy hervor und fängt an zu tippen. Wahrscheinlich googelt sie. *Nicht googeln,* schreie ich innerlich, bleibe aber stumm. Ich bin nicht diejenige, die das gerade durchmacht.

Ich versuche, ruhig zu bleiben. Die Welt kann unmöglich so grausam sein. Es darf nicht sein, dass sie das Baby verliert.

Als wir die Klinik erreichen, herrscht dort die reinste Rushhour, zig Autos kurven herum auf der Suche nach einem Parkplatz.

»Geh in die Notaufnahme. Die sagen dir dann, wo du hinmusst. Ich komm nach, sobald ich einen Parkplatz gefunden habe.«

Georgia steigt aus dem Auto, hält ihren Babybauch. Sie geht Richtung Eingang, dreht sich zu mir um, das Gesicht aschfahl. Ich nicke ihr zu. *Du schaffst das.*

Ich fahre zum anderen Ende des Parkplatzes, das ein ganzes Stück vom Eingang entfernt ist, flüstere »danke«, als ich eine Lücke entdecke, doch als ich rückwärts einparken will, kommt ein anderer Wagen herangeprescht und schnappt sie mir weg.

Ich hupe.

»Da wollte ich gerade reinfahren, verdammt noch mal!«, rufe ich, steige aus und schlage die Tür hinter mir zu. Im selben Moment geht die Tür des Wagens auf, der mir zuvorgekommen ist. »Das war mein Platz!«, rufe ich und laufe auf den Wagen zu. Der Fahrer steigt aus, schlägt ebenfalls die Tür zu und dreht sich zu mir um.

Mein Herz beginnt zu hämmern.

»Das darf ja wohl nicht wahr sein.« Ein bitteres Lachen entfährt mir, als ich den Mann anstarre, der verblüfft auf mich hinunterschaut, Haare zerzaust, dunkle Ringe unter den Augen. Eine ganz andere Erscheinung als am Bücherschrank, und dennoch unverkennbar James. »Das war ja klar, dass du mir ausgerechnet vor einer Klinik den Parkplatz wegschnappst!«, schreie ich. Er steht mir gegenüber, fährt sich durchs Haar. So aus dem Zusammenhang gerissen, sieht er ganz anders aus. Jetzt erst fällt mir auf, wie groß er ist. Wie breitschultrig er seit der Schule geworden ist. Am Bücherschrank war ich zu sauer, um es zu bemerken. Im Bus wollte ich bloß so schnell wie möglich von ihm weg. Und jetzt steht er direkt vor mir, mindestens eins achtzig, tief sitzende Jeans, graues T-Shirt, darüber ein dunkelblauer Kapuzenpulli.

Er hebt die Hände, sie sind voller Schürfwunden. Sein Pulli rutscht dabei kurz hoch und gibt den Blick auf seinen nackten Oberkörper frei. Ich schaue weg.

»Bitte hör auf«, sagt er. »Es gibt noch genug andere Parkplätze. Ich hab jetzt einfach keine Zeit für so was.« Dann dreht er sich um und geht Richtung Krankenhaus. Ich laufe ihm hinterher.

»Fahr deinen Wagen da weg! Ich muss zu meiner Schwester!«

»Meine Güte, Erin!«, ruft er, dreht sich wieder zu mir und starrt mich an. »Jetzt fängst du schon wieder an! Immer dreht sich alles nur um dich. Du bildest dir einfach eine Meinung, ohne je zu fragen, was eigentlich los ist.«

Ich weiche verblüfft zurück. Er hat mich noch nie zuvor angeschrien. Und auch noch nie so wütend angesehen.

»Was soll das denn heißen?«

»Statt mich zu fragen, warum ich hier bin, bombardierst du mich sofort mit Vorwürfen, wie damals an der Schule.«

»Damals hatte ich auch einen guten Grund, dir Vorwürfe zu machen!«

»Du hast mich aber nie gefragt, wie es dazu kam!«, ruft er. »Hast mir nie die Gelegenheit gegeben, alles zu erklären!«

Offenbar hat er nicht vor, sich bei mir zu entschuldigen. Wie soll ich jetzt reagieren? Hinter uns hupt jemand und versucht, an meinem Auto vorbeizufahren.

James zieht einen Umschlag aus der Gesäßtasche seiner Jeans und hält ihn mir hin.

»Diesen Brief hab ich dir an dem Tag geschrieben, als ich deine Mutter gesehen habe. Da steht alles drin. Die waren zu acht. Die haben mich niedergeschlagen und dann ihre Schwänze rausgezogen, um mich anzupinkeln. Da habe ich denen von deiner Mum erzählt. Um Zeit zu gewinnen, damit ich abhauen konnte. Das steht alles da drin. Mein Dad hat ihn gefunden und …« Er schaut zur Klinik hinüber, schluckt. »Das ist die Entschuldigung, die ich nie aussprechen konnte, weil du mich nicht gelassen hast. Aber jetzt scheinst du ja die ganze Zeit Entschuldigungen zu erwarten, bei jeder sich bietenden Gelegenheit. Du willst mir sogar befehlen, meinen Wagen wegzufahren.«

»Ich …«

»Es würde doch überhaupt nichts bringen, wenn ich mich entschuldige«, sagt er und zuckt die Achseln. Leute steigen aus ihren

Autos, rufen uns zu, dass wir Platz machen sollen. Doch James redet weiter. »Du willst niemandem vergeben. Das ist mir klar geworden, als ich deine ganzen Randkommentare gelesen habe.«

Mir klingeln die Ohren. »Weder Gatsby noch Estella noch Sal und Dean finden Gnade vor dir«, legt er nach. »Sobald sie etwas tun, was dir nicht passt, war's das. Für immer und ewig abgeschrieben.«

Ich bin kurz davor zu explodieren. Jetzt will er auch noch damit anfangen? Kann er haben.

»Das musst du gerade sagen!«, rufe ich. »Die Figuren aus den Büchern waren dir alle nicht gut genug! Egal ob sie vier Jobs gleichzeitig hatten, Millionäre waren oder ihren Traum lebten, du hast sie jedes Mal verurteilt. Hast es so dargestellt, als seien sie gescheitert. Aber manchmal muss man schon mit kleinen Erfolgen zufrieden sein! Zum Beispiel damit, dass man es schafft, den Tag zu überstehen! Zu mehr war ich nämlich nicht in der Lage nach allem, was passiert war! Und da wunderst du dich, dass ich dir nicht vergeben konnte? Ich habe dir mehr als irgendjemandem sonst vertraut, und du hast mein Vertrauen zerstört!«

Er blinzelt, leckt sich die Lippen.

»Und nun ist es wieder passiert! Du hast mich belogen, hast mir nicht deinen richtigen Namen gesagt.« Tränen schießen mir in die Augen, als ich ihm die Wahrheit sage. Dass ich nicht nur wütend bin, weil er mich verletzt hat, sondern weil er einer der wenigen war, von denen ich dachte, sie würden so etwas niemals tun. »Du hast mich betrogen.«

Er seufzt. »Ich wollte dich nie betrügen, Erin.« Er blickt auf seine Füße und fährt sich durchs Haar, dann schaut er mir direkt in die Augen. »Ich wollte dich behalten.«

Ein Stromstoß jagt durch mich hindurch, als plötzlich ein Hupkonzert über den Parkplatz schallt. James schaut mich einen Moment länger an, dann drückt er mir den Brief in die Hand und rennt zum Krankenhaus.

Zitternd entschuldige ich mich bei den Fahrern, steige wieder in meinen Wagen und lasse den Motor an. Im selben Moment wird vor mir ein Parkplatz frei.

Diesmal fahre ich vorwärts in die Lücke, damit sie mir nicht schon wieder jemand wegschnappt. Dann würge ich den Motor ab, während ich das Lenkrad mit beiden Händen umklammert halte, in einer den Umschlag, den James mir gegeben hat. Auf der Vorderseite steht mein Name. Seine Handschrift ist unverkennbar, nur zu vertraut aus all den Büchern. Ich starre sie an, während mir seine Worte von eben durch den Kopf schwirren. Er hat es ihnen gesagt, um ihnen zu entkommen. *Es ging ihm gar nicht darum, mich fertigzumachen. Es ging ihm darum, sich selbst zu schützen.* Da klingelt mein Handy. Ich lege den Brief ins Handschuhfach und schaue aufs Display.

Georgia hat mir eine Nachricht geschickt.

Komm zur Entbindungsstation.

Entbindungsstation? Was hat das zu bedeuten? Sie ist doch erst im sechsten Monat. Das ist doch viel zu früh für eine Geburt. Am liebsten würde ich sie fragen, was los ist, aber besser, ich lasse es. Ich muss jetzt einfach nur für sie da sein.

Ich schließe den Wagen ab und gehe mit dem Handy auf die Website des Krankenhauses, um nach der Entbindungsstation zu suchen, als plötzlich eine Frau angerannt kommt.

»Wo ist mein Mann?«, schreit sie. »Ich muss meinen Mann finden.«

Am Ende des Parkplatzes steht gerade ein Notarztwagen. Sie rennt darauf zu und schlägt gegen die Heckscheibe.

»Ist er da drin? Gareth?« Sie hämmert mit den Fäusten auf die Scheibe.

Als ich auf sie zugehe, wirbelt sie herum, den gleichen wilden Ausdruck im Gesicht, den ich gerade bei James gesehen habe.

»Sind Sie die Mutter von James?«, frage ich.

Ich bin ihr nie begegnet, aber manchmal hat er uns von ihr erzählt. Nicht viel, aber ich kann mir denken, dass sie seine Mutter sein muss, auch weil sie den Namen seines Vaters gerufen hat. Sie muss in James' Wagen gewesen sein. Warum hat er sie einfach hier auf dem Parkplatz gelassen? Sofort verscheuche ich den Gedanken, denn mir wird klar, dass ich es schon wieder tue: Ich verurteile James für sein Verhalten, ohne auf eine Erklärung zu warten.

»Mein Mann hatte gerade einen Herzinfarkt«, sagt sie, klammert sich an meinen Arm, und eine Hitzewelle überrollt mich, als mir aufgeht, was James eben meinte. Natürlich ist er nicht ohne Grund hier – sein Dad ist vielleicht gerade im Begriff zu sterben. Ich bin überhaupt nicht auf die Idee gekommen, ihn zu fragen. »Sie haben ihn mitgenommen, und ich … ich …«

Sie bricht in Tränen aus, und ich ziehe sie an mich und führe sie in die Richtung, in die James eben gegangen ist.

»Er ist ein Bastard, dieser Junge. Ein Bastard.« Sie spuckt die Worte förmlich aus, während sie sich von mir führen lässt. »Er war schon immer so. Und er wird sich nie ändern. Er ist nicht wie sein Bruder. Oh nein. Elliot ist ein guter Junge. Ein wirklich guter Junge.«

Ich kneife unwillkürlich die Augen zu, als ich das höre. Dann schiebe ich sie durch die Doppeltür des Eingangs und schaue mich um. James sitzt rechts in der Wartezone, den Kopf in den Händen, und einen Moment lang sieht er so aus wie der James aus der Schule. Verletzlich. Verängstigt. Als er das Geräusch der Türen hört, schaut er auf, und all das ist wie weggewischt. Wir schauen uns in die Augen, und er steht auf und kommt auf uns zu.

»Mum.«

»Verschwinde!«, keift sie. »Fass mich nicht an! Ich will zu meinem Mann! Ich will zu meinem Mann«, schreit sie in Richtung Rezeption, und er zieht sie sanft von mir weg, führt sie zur Wartezone.

Ich erröte und wende mich ab. Ich will ihn nicht in Verlegenheit bringen, ganz abgesehen davon, dass ich es nicht über mich bringe, ihn weiter anzuschauen, nun, wo ich weiß, warum er hier ist. Ich schäme mich in Grund und Boden. An der Rezeption frage ich nach dem Weg zur Entbindungsstation und folge den Hinweisschildern durch eine separate Tür.

Während ich mich entferne, höre ich James' Mutter weiter schreien. Sie schreit nach ihrem anderen Sohn. Dem guten Sohn.

All das hat er in der Schule durchmachen müssen. Seine Mutter war krank, dazu das Mobbing. Er hatte nur Bonnie und mich, und was habe ich getan? Ich habe ihn verstoßen. Und Bonnie dazu gebracht, dasselbe zu tun.

Ich war egoistisch, allen gegenüber. Bonnie. Georgia. James. Auch meiner Mutter gegenüber.

Als ich die Entbindungsstation betrete, rechne ich mit dem Schlimmsten. Wappne mich dafür, an ein Krankenbett geführt zu werden und Georgia alles zu geben, was sie jetzt brauchen könnte. Alles, was ich Bonnie nie gegeben habe.

»Erin«, sagt sie. Sie sitzt in der Wartezone an der Rezeption und erhebt sich.

Ich gehe zu ihr, umarme sie. »Haben sie dich noch nicht untersucht?« Ich drehe mich vorwurfsvoll zu der Rezeption herum.

»Doch, doch. Ich kann wieder nach Hause.« Sie lächelt. Ich folge ihr hinaus, an den Hinweisschildern vorbei Richtung Parkplatz.

»Was war denn los?«, frage ich.

»Ich sag's dir im Auto.«

»Sag's mir jetzt. Ist alles in Ordnung?«

»Es ist alles in Ordnung«, sagt sie, legt sich die Hand auf den Bauch, und ich atme erleichtert auf.

Wir erreichen den Wagen, und ich öffne ihr die Beifahrertür.

Als wir sitzen, dreht sie sich zu mir und beißt sich auf die Lippe.

»Es ist mir so peinlich«, sagt sie.

»Warum?«

»Es war nur eine Hämorrhoide. Deshalb das ganze Blut.« Sie kichert.

»Oh, Gott sei Dank!«

»Ich hatte solche Angst, dabei lag es nur an meinem Arschloch. Ich dachte, dem Baby sei was passiert, aber es war nur eine schwangerschaftsbedingte Hämorrhoide.«

Sie wartet darauf, dass ich mitkichere, aber mir ist noch nicht zum Lachen. Ich muss das Ganze erst noch verarbeiten.

»O Gott, wenn du schwanger bist, passiert dir der schrägste Scheiß! Meine Muschi ist total geschwollen, als hätte ich mir da unten Botox spritzen lassen. Ehrlich! Sie sieht aus wie Donatella Versace.«

Als ich stumm bleibe, hört sie mit den Witzen auf und schaut zu mir herüber.

»Kann ich dir was anvertrauen?«

»Klar.«

Sie legt die Hände auf ihren Bauch. »Eben habe ich mich zum ersten Mal mit dem Baby verbunden gefühlt. Ich war die letzten Monate so unsicher, ob ich es überhaupt haben will, aber in dem Moment, als ich dachte, ich würde es verlieren … Tja … Jetzt will ich es nicht nur, ich sehne mich geradezu danach.« Sie streichelt ihre Babykugel. »Ich kann es kaum erwarten, dass es endlich zur Welt kommt.«

Mich überkommt ein Gefühl, das ich nicht so recht einordnen kann. Mir wird ganz schwer ums Herz.

»Ich kann es auch kaum erwarten«, sage ich. »Dann wirst du endlich jemand anderen herumscheuchen. Nein, im Ernst, du wirst bestimmt eine ganz tolle Single-Mom.«

Wir schauen uns an, Tränen in den Augen.

»Gott, Erin«, sagt sie kopfschüttelnd. »Wir verbringen so viel Zeit damit, uns über andere aufzuregen. Ich habe Monate damit verschwendet, Gründe zu finden, warum ich dieses Baby nicht will. Ich hätte es doch einfach nur lieben können.«

Ich spüre einen Kloß im Hals, als mir aufgeht, warum mir so schwer ums Herz ist. Es ist wegen James. Plötzlich taucht eine Erinnerung nach der anderen vor meinem geistigen Auge auf. James, der auf der Party gegen mich prallt. James, der mich mit großen Augen im Bus anstarrt. James, der mir hinterherruft, als Georgia vom Bücherschrank wegfährt. James vorhin auf dem Parkplatz, mit angespanntem Kiefer und loderndem Blick.

»Ich glaube, ich verstehe, was du meinst«, sage ich langsam.

Georgia greift nach meiner Hand und drückt sie.

* * *

Als wir aus dem Wagen steigen, kommt Mum aus dem Haus gelaufen. Wir haben sie von unterwegs angerufen und erzählt, was passiert ist.

Sie schließt Georgia sofort in die Arme.

»Es geht ihr gut«, sage ich. »Alles in Ordnung.«

Derek taucht hinter ihr auf.

»Gott sei Dank«, murmelt er. Er hat sich anscheinend wirklich Sorgen gemacht. Zu dritt führen wir Georgia hinein, und sie geht sofort die Treppe hoch, um sich ins Bett zu legen.

Ich verspüre kurz den Impuls, ihr zu folgen, aber dann fällt mir ein, dass ich mir ja etwas anderes vorgenommen habe. Denn es gibt etwas, das ich dringend tun muss.

»Kann ich dich mal sprechen, Mum?«, sage ich. Derek schaut mich verwundert an, dann verschwindet er in der Küche.

Mum nickt, führt mich ins Wohnzimmer und nimmt auf dem Sofa Platz. Ich setze mich neben sie.

Mein Blick landet auf ihrem Gesicht. Fast bringe ich es nicht über mich. Doch dann sehe ich James vor mir, der auf dem Parkplatz steht und schreit, ich hätte ihm nie zuhören wollen. Er hat recht. Und wahrscheinlich habe ich ihn deshalb nun verloren. Ich will Mum nicht auch noch verlieren. Und ich habe Angst, dass es schon zu spät ist.

Ich hole tief Luft.

»Es tut mir leid«, sage ich und starre auf ihre Hände, die gefaltet in ihrem Schoß liegen. »Ich habe dich nie nach deiner Version der Geschichte gefragt. Ich kann nicht versprechen, dass ich sie verstehen werde, aber du verdienst zumindest die Chance, alles aus deiner Sicht zu erzählen.«

Mum kommen die Tränen. Mir auch, und ich blinzele sie weg.

»Ich wünschte wirklich, ich könnte rückgängig machen, wie das alles herauskam«, beginnt sie und schaut mir in die Augen. »Wenn ich geahnt hätte, wie dich das verletzen würde. Wenn ich gewusst hätte, was der arme James wegen mir durchmachen musste. Er hat sich die Schuld dafür gegeben, dass du von der Schule gegangen bist.«

Ich runzele die Stirn. »Woher weißt du das?«

Mum zuckt die Schultern. »Nach der Schule hat er sich manchmal mit Derek getroffen. Er wollte ein Buch schreiben und mit Derek darüber reden. Seine Idee muss ziemlich gut gewesen sein. Er wollte sich mit dem Buch entschuldigen. Und zwar bei dir … Der arme Junge. Was er in der Schule alles durchmachen musste …«

Mein Herz zieht sich zusammen. *Alle wussten davon, nur ich nicht.*

»Ich habe mich damals in Derek verliebt. So einfach war das. Es gibt keine Entschuldigung, aber dein Dad und ich waren schon seit Jahren unglücklich. Am Ende hat er es sogar zugegeben. Und es tut mir wirklich leid, was infolge all dessen passiert ist. Aber was mir niemals leidtun wird, ist, dass ich Derek begegnet bin. Niemals.« Ihr Blick verdunkelt sich. »Ich konnte unmöglich bleiben, Erin. Nicht nach allem, was ich euch angetan habe. Es war nicht fair. Natürlich wollte ich euch beide mitnehmen. Ich habe es versucht. Ich wollte euch so gern bei mir haben, aber du wolltest nicht mitkommen, und ich konnte dich ja nicht zwingen. Ich konnte nur hoffen, dass du mir eines Tages vergeben würdest.« Sie lächelt. »Ich hatte nur nicht damit gerechnet, dass es so lange dauern würde.«

Ich lächle ebenfalls. »Ich glaube, ich brauche noch eine Weile«, sage ich, und Mum verzieht kummervoll das Gesicht. »Aber ich versuche es«, füge ich hinzu, James noch immer vor Augen, und ihre Miene entspannt sich wieder.

»Es ist, wie es ist«, sagt sie, nimmt meine Hand und drückt sie.

Derek bringt ein Tablett mit einer Teekanne und zwei Tassen.

»Ich wollte Georgia auch eine bringen, aber sie schläft tief und fest.«

»Danke, Liebling«, sagt Mum und lächelt zu ihm hoch.

Ich deute mit dem Kopf auf den Beistelltisch.

»Sieht aus, als hätten Sie das Buch durch, Mr Carter – Derek. Was halten Sie davon?«

Er grinst und greift danach. »Ich fand es so perfekt, wie ein Buch nur sein kann. Tatsächlich gibt es darin einen Absatz, über den ich mit dir reden wollte.«

Er nimmt das Buch vom Tisch, auf die gleiche Art, wie er früher Bücher von seinem Pult genommen hat, und ich werde auf einmal ganz aufgeregt, so wie früher in seinem Unterricht. Schon damals wollte ich immer wissen, was ihm an den Büchern besonders gefallen hat, und daran hat sich bis heute nichts geändert. Er leckt sich Daumen und Zeigefinger, dann blättert er das Buch durch und schlägt es so weit auf, dass der Rücken knickt.

»Jeder Kontaktabbruch auf dieser Welt lässt sich durch Vergebung heilen«, beginnt er und zitiert den Abschnitt, in dem die Protagonistin erkennt, dass sie aufhören muss, ihre Familie für ihre seelische Gesundheit verantwortlich zu machen. Eine poetische und schöne Passage.

Unsere Blicke treffen sich, und wir lachen, so wie früher manchmal im Unterricht. Damals war ich fasziniert davon, wie viel Freude es ihm zu machen schien, Lehrer zu sein. *Eines Tages,* dachte ich. *Eines Tages werde ich auch Lehrerin.*

28 James

Kaum zu glauben, was gerade passiert ist. Mum ist endlich neben mir eingeschlafen, den Kopf auf meinen Arm gelehnt, während ich die Sache mit Erin noch einmal durchspiele.

Vielleicht war ich ihr gegenüber unfair. Ich habe meine ganze Wut und Enttäuschung an ihr ausgelassen. Das Chaos und die Anspannung, nachdem ich den Notarzt gerufen hatte.

»Was ist denn los?«, rief Mum, als sie die Treppe hinuntergerannt kam. Und dann sah sie, dass die Sanitäter Dad auf einer Bahre davontrugen.

Normalerweise entscheiden Dad und ich zusammen, was für Mum das Beste ist. Was wir ihr erzählen und was nicht. Ich war hin- und hergerissen. Einerseits wollte ich sofort ins Auto springen und Dad zur Klinik hinterherjagen. Andererseits musste ich mich um Mum kümmern. Ich hatte keine Ahnung, wie ich beides gleichzeitig hinbekommen sollte, denn ich war ja allein.

Zum ersten Mal seit Langem rief ich Elliot an und bat ihn um Hilfe.

»Wir kommen«, sagte er und legte auf.

Ich war unschlüssig, wie viel ich Mum von Dad erzählen sollte. Mums bisher schlimmste Depression wurde durch den Tod meiner Oma ausgelöst. Mum verkroch sich damals monatelang im Bett. Das war in dem Jahr, als ich Bonnie an der Bushaltestelle sah. Dad hätte die richtigen Worte gewusst. Er weiß sie immer.

»Elliot kommt nach Hause, Mum«, sagte ich schließlich, und sofort leuchtete ihre Miene auf, wie ich es mir gedacht hatte.

Wir fuhren dann zur Klinik. Die Strecke war ich ja schon gewohnt, doch diesmal war alles anders. Diesmal saß Mum neben mir, nicht Bonnie. Immer wieder schaute ich zum Beifahrersitz, als könnte sie dort auftauchen. Sie hätte die ganze Zeit geplaudert. Mich irgendwie zum Lachen gebracht. Mich mit Geschichten über sie und Erin oder über London und ihre Arbeit abgelenkt.

Während ich das Lenkrad umklammerte, versuchte ich, mir vorzustellen, was im Notarztwagen mit Dad passierte. Die einzige Gewissheit, die ich hatte, war, dass die Sanitäter versuchten, sein Leben zu retten.

»Er wird bestimmt wieder gesund, Mum«, sagte ich, aber vielleicht wollte ich mich damit nur selbst beruhigen. »Er war noch bei Bewusstsein. Der Notarzt war schnell bei uns. Ich habe ihn rechtzeitig gefunden.« Was ich für mich behielt, war, dass er nicht sterben durfte. Weil ich ihm erst noch sagen musste, dass es mir leidtat.

»Wenn er nicht wieder gesund wird, ist es deine Schuld«, sagte Mum und schaute mich finster an. Diese Version von ihr machte mir am meisten Angst. »Du hast ihn schikaniert.«

»Ich habe ihn nicht schikaniert.« Ich bog links auf die A36 und überquerte den Fluss. Diesen Teil der Strecke mochte Bonnie immer am liebsten.

»Oh doch. Du wolltest ihn nicht in Ruhe lassen. Hast ihn ständig wegen seiner Musikkarriere unter Druck gesetzt.«

»Ich wollte doch nur dafür sorgen, dass er diese Chance nicht verpasst.«

»Dann hättest du erst gar nicht zur Welt kommen sollen«, zischte sie. »Dein Vater hat damals eine Tour abgelehnt. Und einen Albumdeal. Nur, damit er sich um dich kümmern konnte.«

Ich schluckte, hielt den Blick auf die Straße geheftet.

»Das stimmt nicht«, erwiderte ich. Es durfte einfach nicht stimmen. Ihr Mund wurde zu einem Strich. Sie sagte die schlimmsten Sachen, und sie tat es mit voller Absicht. »Das war, damit er sich um dich kümmern konnte.«

Fast hätte ich die Schilder verpasst, als ich an dem Friedhof vorbeifuhr, der sich rechts von uns erstreckte. Bonnie und ich hatten immer Bemerkungen darüber gemacht, wie grausam das war. Ein Friedhof in unmittelbarer Nähe der Klinik, an dem man auf dem Weg dorthin vorbeimusste. Sie lachte jedes Mal darüber. Ihren Sinn für Humor bewahrte sie sich bis zum Schluss.

»Und trotz alledem hast du ihn angeschrien, und jetzt ist er im Krankenhaus.«

»Ich habe ihn nicht angeschrien.«

»Und ob du das getan hast.«

Da wurde ich wütend, und es brach aus mir heraus.

»Wenn du nicht das ganze Haus auseinandergenommen und Dad gezwungen hättest, in einer Bruchbude zu wohnen, hätte er vielleicht nicht so viel Stress gehabt«, rief ich, als ich vor uns eine Parklücke erblickte und sofort hineinfuhr. Ich hätte nicht laut werden sollen. Ich wusste ja, dass es nicht meine Mum war, die all das sagte, aber sie versuchte, mich für alles verantwortlich zu machen. »Dad musste sich um mich kümmern, weil *du* nicht dazu in der Lage warst. Es könnte genauso gut *deine* Schuld sein, dass er jetzt hier ist.«

Als ich ausstieg und die Tür hinter mir zuschlug, begann jemand zu hupen, und als ich aufschaute, war Erin dort, und all die Wut, die ich noch auf Mum verspürte, übertrug sich auf sie.

Aber ich kann darüber jetzt nicht nachdenken. Nicht jetzt. Nicht, während ich hier sitze und auf Neuigkeiten zu Dad warte.

Hat Mum womöglich recht? Bin ich vielleicht doch schuld daran? Habe ich bei Dad alte Wunden aufgerissen, als ich versucht habe, ihn zu der Tour zu überreden? Habe ich ihm damit das Herz gebrochen? Aber eigentlich hat er doch das Gegenteil gesagt. Dass es die beste Entscheidung war, die er je getroffen hat. Dass er seinen Frieden damit gemacht hat. Wenn es jemanden gibt, der damit nicht klarkommt, dann bin ich das.

Ich wische mir die Augen und schaue zu der Rezeptionistin hinüber. Sie flüstert mit einer anderen Mitarbeiterin und schaut in meine Richtung. Ich sehe, wie sie lautlos »Gareth Parr« sagt und wie ihre Kollegin ebenso lautlos erwidert: »*Weißt du, wer ich bin?*«

Ich habe nur deshalb nie verstanden, wie Dad sich diese Chance entgehen lassen konnte, weil ich sie an seiner Stelle sofort ergriffen hätte. Ich war einfach nicht bereit, diese Vorstellung aufzugeben. Hätte ich es doch nur getan. Dann wäre es mir vielleicht besser ergangen. Dad hat das ja heute im Grunde auch gesagt. Er hat sich ganz bewusst dafür entschieden und ist glücklich damit. Und das muss ich akzeptieren, ob ich will oder nicht.

Den ganzen Abend und die ganze Nacht hindurch bekommen wir gelegentliche Updates, während wir auf den steinharten Plastikstühlen sitzen und ausharren. Er ist auf der Intensivstation. Sie tun alles, was in ihrer Macht steht. Sie melden sich, sobald es Neuigkeiten gibt.

Irgendwann am nächsten Tag – ich habe Mum abermals im Wartebereich beruhigen müssen, bevor sie dann endlich eingeschlafen ist – taucht mein Bruder auf.

»Ich habe eben mit der Rezeption gesprochen. Es kommt gleich jemand.«

Es tut so gut, die Last mit jemandem zu teilen. Mum schläft tief und fest. Ich erhebe mich vorsichtig, hebe ihren Kopf sanft von meinem Arm und bette ihn auf meinen Stuhl. Dann umarme ich Elliot.

»Danke, dass du gekommen bist.«

»Ist doch klar. Was ist denn passiert?«

Ich berichte von den Teppichen. Vom Esstisch im Garten. Davon, wie ich auf den Baum geklettert bin. Wie ich Mum rufen hörte. Den Notarzt rief. Und mit Mum hierherfuhr. Ich erzähle ihm alles.

»Hast du ihn denn angeschrien?«, fragt Elliot mit leiser Stimme, während wir Mum betrachten.

Ich schüttele den Kopf und schaue zur Tür. Wann kommt denn endlich ein Arzt und sagt uns, dass Dad es schaffen wird?

»Ich habe ihn nicht angeschrien, ehrlich nicht. Ich habe ihm nur gesagt, dass er auf diese Tour gehen soll und dass ich …«

»Warum hast du denn schon wieder damit angefangen?«

»Weil er es verdient, das Leben zu haben, das er leben wollte, bevor ich geboren wurde.«

Elliot deutet mit dem Kopf zu ein paar Stühlen, die ein Stückchen weiter stehen, und setzt sich auf einen davon.

»Er hat dieses Leben schon lange vor deiner Geburt aufgegeben. Er hat es an dem Tag aufgegeben, als er nach Frome zog. Du weißt doch, dass Dad gar kein Popstar sein wollte, oder? Er war froh, als er Mum kennenlernte, weil ihm das den Grund lieferte, aus der Nummer rauszukommen.«

»Ich weiß, das sagt er oft, aber ich glaube nicht, dass er das wirklich ernst meint.«

»Wie solltest du auch.« Elliot lehnt den Kopf an die Wand, schaut zur Doppeltür, dann wieder zu mir. »Du kennst nur einen einzigen Maßstab für Erfolg, und Vater-Sein zählt nicht dazu.«

Seine Worte treffen mich wie Faustschläge, die mir die Luft zum Atmen nehmen. Am liebsten würde ich es abstreiten, aber dann würde ich wohl lügen.

»Weißt du«, sagt Elliot und betrachtet sein Handydisplay, auf dem ein Foto von Jordan zu sehen ist, »ich bin wirklich jeden Tag stolz darauf, Vollzeitvater zu sein, so wie Dad. Das ist für mich Erfolg.« Er deutet mit dem Kopf auf das Foto. »Ihn aufzuziehen. Zu sehen, wie er sich entwickelt. Für ihn da zu sein, wann immer er mich braucht. Fällt dir irgendein Moment ein, wo wir Dad mal brauchten und er nicht da war? Mir nicht. Er wollte für uns da sein, er hat sich das ausgesucht. Und er will es noch immer. Ich kann froh sein, wenn ich als Vater auch nur halb so gut bin wie er. Und es ist mir egal, was du davon hältst. Du fängst immer wieder davon an, dass ich mir einen Job suchen soll oder dass Dad seine Karriere wiederbeleben soll. Aber wir wollen das gar nicht. *Du* willst das. Ich würde mir sofort eine Domino's-Uniform anziehen, wenn es sein müsste, um meinen Sohn zu ernähren. Ich würde als Straßenkehrer arbeiten. Als Kloputzer. Wenn man Kinder hat, tut man alles für sie.«

Ich schlucke. Wische mit dem Fuß über den Boden. Elliot hat recht. Dad war immer da, wenn ich ihn brauchte, und sogar dann, wenn ich sicher war, ihn nicht zu brauchen. Ich weiß nicht, warum ich das nie anerkannt habe.

»Vielleicht solltest du deine Vorstellung von Erfolg mal überdenken.« Elliot richtet seine warmen braunen Augen auf mich. Sie sehen aus wie die von Mum, wenn es ihr gut geht. »Du reißt dir den Arsch auf in einem Job, den du eigentlich hasst. Du redest dir ein, dass du erfolgreich bist, weil du viel Geld verdienst und regelmäßig befördert wirst. Geh doch mal ein Risiko ein und mach das, was du *wirklich* willst. Scheitern gehört zum Erfolg dazu. Also hör auf, solche Angst davor zu haben.«

Wie konnte ich nur die ganze Zeit glauben, dass mein Bruder mich nicht kennt, bloß weil er damals weggegangen ist und wir zwei Jahre lang keinen Kontakt mehr hatten? Wie konnte ich nur glauben, dass er mich nicht versteht? Er kennt mich besser als jeder andere Mensch. Er hat bloß nicht das Bedürfnis, es mir ständig unter die Nase zu reiben, so wie ich es immer bei anderen tue. Es war ein Irrtum von mir zu glauben, dass ihm irgendwann die Worte ausgehen. Er bleibt lieber still.

»Ich finde übrigens, dass du ein toller Vater bist.« Das hätte ich ihm schon sagen sollen, als ich ihn besucht habe. Und auch davor schon. »Ich war hin und weg in New York. Was du alles für ihn tust. Er hat wirklich Glück, dass du sein Dad bist.«

»Ich weiß.« So ist das mit Elliot. Er braucht keine Bestätigung so wie ich. Hat er noch nie gebraucht.

Mum wacht auf. Elliot geht sofort zu ihr, legt ihr die Hände auf die Schultern, um sie zu beruhigen. Ich bin wirklich erleichtert, ihn hier zu haben. Und nicht mehr der Einzige zu sein, der für Mum verantwortlich ist.

Eine Ärztin erscheint. Sie spricht mit der Rezeptionistin, die mit dem Kopf in unsere Richtung zeigt. Wir erheben uns alle drei und gehen zu ihr hinüber.

»Er hatte einen sogenannten akuten Myokardinfarkt ohne ST-Hebung. Einen partiellen Arterienverschluss«, erklärt sie und führt uns durch die Doppeltür.

»Wird er wieder …«

»Er braucht jetzt viel Ruhe. Eine gute Ernährung. Täglich einen kleinen Spaziergang, falls er das schafft. Und er muss täglich blutverdünnende Medikamente einnehmen. Wir müssen ihn hierbehalten für eine Koronarangiografie.«

»Aber wird er wieder gesund?«

»Immerhin ist er schon fit genug, um einer der Schwestern ein Ständchen zu bringen. Das Lied kennen Sie ja bestimmt …«

Elliot grinst und wirft mir einen Blick zu. »Na klar. *Weißt du, wer ich bin?*«

»Bühnenshows sind für ihn aber noch nicht drin«, fügt die Ärztin lachend hinzu.

»Keine Sorge, was das angeht«, sage ich, als die Ärztin uns in ein Zimmer führt. Dad sitzt im Bett, Kissen im Rücken, an einen Haufen Geräte angeschlossen.

»Da seid ihr ja«, sagt er lächelnd zu uns, bevor er sich der Schwester zuwendet, die gerade mit seinem Monitor zugange ist. »Meine Familie«, sagt er stolz, und wenn ich nicht längst verstanden hätte, was Elliot mir begreiflich machen wollte, würde ich es spätestens in diesem Moment kapieren. Dads größter Erfolg im Leben sind wir, damals wie heute.

Ich gehe zu ihm, setze mich ans Bett und nehme seine Hand.

»Danke, Dad.« Ich muss schlucken, und er schaut mich mit strahlenden Augen an.

»Du brauchst mir doch nicht zu danken«, sagt er. Natürlich weiß er sofort, was ich meine, ich brauche es gar nicht auszusprechen. »Der beste Job, den ich je hatte.«

29 Erin

»Nur damit kein Missverständnis entsteht: Wir hassen James jetzt nicht mehr?«, fragt Bonnie von ihrem Sessel in der Ecke meines Zimmers.

Sie ist jünger. Sie ist die Bonnie aus der Schule. Die Bonnie, die mir nicht von der Seite wich, als James mich das erste Mal verletzte. Ich sehne mich danach, sie in die Arme zu schließen. Den Kokosduft ihrer Haut und das Body Spray von Lush zu riechen, in das sie sich immer eingehüllt hat. Ich sehne mich danach, dass sie mich tröstet, mir übers Haar streicht und mir sagt, dass alles gut wird. Dass sie immer für mich da ist.

»Ich fürchte, es ist jetzt eher das Gegenteil«, sage ich und fahre mit dem Finger über seine Handschrift in dem Brief.

»Das war doch schon immer so«, sagt sie lachend.

Es ist nun einige Wochen her, seit ich James draußen vor dem Krankenhaus begegnet bin. Als er mir den Brief gab, hat er mir nicht alles gesagt, was drinstand. Das meiste ließ er mich selbst herausfinden. Dass er in mich verliebt war. Dass er die gleichen Gefühle für mich hatte wie Charlie in *Das also ist mein Leben* für Sam. Dass es selbst dann, wenn wir niemals zusammenkommen würden, genauso war, wie ich damals zu Mr Carter gesagt hatte. Dass Charlie sich erst durch seine Liebe zu Sam öffnet. Dass er sich erst dadurch entwickelt. So war es auch für James. Er hat das Buch nicht nur deshalb geliebt, weil er sich damit identifizieren konnte. Er hat es geliebt, weil es ihn an mich erinnerte.

Ich stelle mir vor, wie es gewesen wäre, wenn ich diesen Brief in der Schule gelesen hätte, nach allem, was damals passiert war. Ob es etwas geändert hätte? Ob ich dann vielleicht erfahren hätte, wie es sich anfühlt, ihn zu küssen? Da wir immer mit Bonnie zusammen waren, haben wir es nie herausgefunden, und dann war die Freundschaft vorbei.

Bonnies jährliches Spendenevent soll nächsten Monat stattfinden, und ich weiß noch immer nicht, welches Kostüm ich tragen soll. Ich habe sie schon gefragt, doch bisher hat sie nichts dazu gesagt.

Es klopft an der Tür. Cassie. Sie kommt immer erst dann herein, wenn ich »Herein!« rufe. Ich liege auf meinem Bett und drehe mich lächelnd zu ihr um. Als sie die Bücher und den Brief bemerkt, die neben mir liegen, verzieht sie das Gesicht.

»Liest du immer noch all seine Kommentare? Das nennt sich übrigens Masochismus.«

Ich nicke und reiche ihr ein Buch als Beispiel. *Der große Gatsby*.

Sie runzelt die Stirn, als sie etwas im hinteren Teil des Buches liest. Sie zieht an ihrer Oberlippe, die Brille rutscht ihr die Nase hinunter. Dann schlägt sie das Buch zu, gibt es mir zurück und schiebt sich die Brille hoch.

»Da dachte ich, du veränderst bloß das Leben deiner Nachhilfeschülerinnen, aber sein Leben hast du anscheinend auch verändert! Du hast ihn wohl daran erinnert, dass er Schriftsteller werden wollte. Das ist klasse, Erin.«

»Er hat meins auch verändert. Erst als ich eine von seinen Antworten gelesen habe, ist mir klar geworden, dass …« Ich halte inne. Von meinem Traum, Lehrerin zu werden, habe ich bisher nur James – Mystery Man James – erzählt. Er fühlt sich zu zerbrechlich an. Als könnte er kaputtgehen, wenn ich ihn laut ausspreche.

»Was?«, fragt Cassie und geht zu Bonnies Sessel, um sich darauf niederzulassen. Schon sitze ich kerzengerade im Bett, kurz davor, sie davon abzuhalten, aber das würde sich ja verrückt anhören. *Du darfst da nicht sitzen. Da sitzt meine tote beste Freundin.*

»Ich will Lehrerin werden«, sage ich stattdessen, lenke mich mit diesem Geständnis ab. Cassies Miene leuchtet auf, sie klatscht in die Hände.

»Das ist genau dein Ding!«, ruft sie. »Du bist ja längst eine. Du bringst Savannah und ihren Freundinnen etwas bei. Und James. Du bist schon auf dem Weg. Und …« Sie beißt sich auf die Lippe. »›Miss Connolly‹ klingt echt klasse.«

Mein Blick wandert von Cassie zu Bonnies gerahmter Postkarte. *Vergiss nicht, all deine Träume wahr werden zu lassen!*

Cassie folgt meinem Blick.

»Ich glaube, sie würde sich sehr für dich freuen«, sagt sie. Wenn sie wüsste, wie viel mir ihre Worte bedeuten. Umso mehr, weil sie sie sagt, während sie auf Bonnies Sessel sitzt.

»Ich war ihr nicht immer eine gute Freundin«, gestehe ich. »Als sie krank wurde, habe ich sie kaum noch besucht. Ich hatte Angst.«

Ich rechne damit, an Cassies Miene zu sehen, dass sie mich verurteilt. Doch sie steht auf, kommt zu mir herüber und schließt mich in die Arme, so wie ich es mir eben noch von Bonnie ersehnt habe. Sie duftet anders als Bonnie. Sie duftet nach Vanille und dem Gucci-Parfüm, mit dem sie sich immer vollsprüht, aber ich bin einfach nur dankbar für die Umarmung.

»Natürlich hattest du Angst«, sagt sie. »Woher sollen wir denn auch wissen, wie wir mit etwas umgehen sollen, das wir noch nie durchgemacht haben. Wir können daraus nur lernen. Und es nutzen, um bessere Menschen zu werden.«

Ich nicke, an ihre Schulter gelehnt, und meine Gedanken wandern zu Georgia. Ich bemühe mich wirklich, so für sie da zu sein, wie ich für Bonnie hätte da sein sollen. Auch wenn es nicht genug ist, es ist immerhin etwas.

Da klingelt mein Handy, und als ich sehe, wer mich anruft, springe ich auf und zeige es Cassie. Ein Videoanruf. Ich hole tief Luft, bevor ich ihn annehme.

»Hallo«, sagt Savannah, ihr Mund ein dünner Strich, ihr Blick betrübt.

Ich schlucke. »Was auch immer jetzt kommt, eines sollst du wissen, Savannah«, sage ich. »Du hast dich wirklich ins Zeug gelegt, und egal wie das Ergebnis lautet, ich bin wahnsinnig stolz auf dich. Hörst du?«

Cassie beißt die Zähne zusammen und starrt mich an.

»Okay.« Savannah nickt, schaut an der Kamera vorbei. Ich hätte sie begleiten sollen. Hätte ihr beistehen sollen, als sie das Ergebnis bekam, hätte sie umarmen sollen, aber ich weiß, das ist nicht meine Aufgabe als Lehrerin. Ich kann sie nur so gut wie möglich vorbereiten. Mehr kann ich nicht machen. »Da bin ich wirklich froh, denn … ich habe eine Zwei!«, kreischt sie dann, strahlt übers ganze Gesicht und beginnt zu gackern.

»Du kleine …« Mir fällt gerade noch rechtzeitig ein, dass man vor Minderjährigen ja nicht fluchen darf. Stattdessen lache ich mit ihr. »Du hast eine Zwei!«, rufe ich und strahle ebenfalls übers ganze Gesicht.

Cassie vollführt einen stummen Freudentanz.

»Danke«, sagt Savannah, während im Hintergrund Geplapper zu hören ist. Jemand schlägt vor, Eis essen zu gehen. »Ohne Ihre Hilfe hätte ich das nie geschafft.«

»Du hast mir aber auch geholfen«, erwidere ich. Ohne das Austen-Buch wäre ich Savannahs Vater nie begegnet, hätte Savannah nie Nachhilfe gegeben und hätte nie herausgefunden, was ich aus meinem Leben machen möchte. Das habe ich ihr zu verdanken. »Deshalb möchte ich dir ebenfalls danken. Und jetzt feier schön.«

»Mach ich«, sagt sie. »Tschüss, Miss Connolly.«

»Tschüss, Savannah.«

Dann ist sie weg, und ich beiße mir auf die Lippe und schaue Cassie an.

»Miss Connolly hat gerade ihren ersten Erfolg als Lehrerin gelandet!«, sagt sie und umarmt mich. »Zur Feier des Tages koch ich uns was. Und wenn wir meine berühmten Spaghetti bolognese vertilgt haben, suchen wir einen Lehrer-Qualifikationskurs für dich raus.«

Dann geht sie hinaus, und mein Herz quillt über vor Liebe und Dankbarkeit. Was für ein Glück, dass sie jetzt hier wohnt anstatt Callum.

Kaum ist sie weg, sitzt Bonnie wieder im Sessel. Ich ziehe eine Grimasse. »Hat sie sich auf dich gesetzt? Tut mir leid.«

»Das muss dir doch nicht leidtun. Ich freue mich total für dich! Nur …« Sie schaut an sich herunter, während sie sich im Sessel zurücklehnt. Sie trägt eine leuchtend grüne Jacke und eine schwarz-weiße Hose. »So etwas würde ich *niemals* tragen! Wenn du mich schon in deiner Fantasie weiterleben lässt, zieh mir bitte passende Klamotten an.«

Ich grinse. »Jetzt hilfst du mir ja doch noch.«

Bonnie starrt mich stirnrunzelnd an, als ich nach meinem Handy greife. Endlich habe ich eine Kostümidee für das Spendenevent!

30 James

Kaum sehe ich meine alte Schule vor mir, kommen die vertrauten Gefühle zurück. Als ich die Ärmel meines Hemds hochkremple, bricht mir der Schweiß aus. Warum mache ich das überhaupt? Warum habe ich zugesagt? Ich dachte, es könnte mir helfen, mich meinen Ängsten zu stellen, aber nun, wo ich hier bin, kommen mir Zweifel. Ich glaube nicht, dass ich das schaffe.

Eine Gruppe Jungs lungert am Eingang herum, und ich halte kurz inne, von Flashbacks überwältigt. Als ich noch hier zur Schule ging, hätte der Anblick mich dazu gebracht kehrtzumachen. Doch jetzt taucht Joel vor mir auf. Er durchbricht den Kreis und winkt mir zu.

»Lasst mich mal bitte durch, Jungs«, sagt er, und die Gruppe löst sich auf. »Heute kommt mir alles viel kleiner vor als damals.« Er deutet mit dem Daumen hinter sich, kommt auf mich zu und begrüßt mich mit einer Umarmung. »Die Klassenzimmer. Die Leute …«

Ich lache, schüttele die Erinnerungen ab. »Liegt wahrscheinlich daran, dass wir jetzt größer sind.«

»Genau.« Unsere Blicke treffen sich, und ich begreife, worauf er hinauswill. Er versucht, den Ort zu verändern, bevor ich ihn betrete, damit ich mich anders fühle als damals.

»Dann lass uns mal loslegen«, sage ich und gehe ein paar Schritte vor. Er klopft mir auf den Rücken, dann läuft er neben mir her. Ganz ohne Wetteifer geht's wohl nicht.

»Alter, du musst allein loslegen«, sagt er.

Ich bleibe stehen. »Was?«

»Es macht ja keinen Sinn, über einen Job zu reden, den ich gar nicht mehr habe.« Er fängt an zu strahlen. Mir fällt die Kinnlade herunter.

»Was? Du hast *gekündigt?*«

»Ja.« So breit hat er schon seit Wochen nicht mehr gegrinst. Ach was, seit Jahren nicht. »Das in London war alles nur Mist. Ich hab das auch noch *Leben* genannt. Ist das zu fassen?« Er wirft mir einen Blick zu. »Ich war fest davon überzeugt, ein Leben zu haben, aber in Wahrheit hatte ich bloß Arbeit. Geld und Sicherheit. Ich bin nach Orlando zurück in der Hoffnung, dass es sich dort wie zu Hause anfühlt. Aber das tut es nicht. Das tut es nirgends.« Er schaut auf seine Füße, wischt mit dem Sneaker über den Boden. Sieht aus wie ein Yeezy. Die Dinger kosten mehrere Hundert Pfund. »Da wurde mir klar: Wenn ich ein Zuhause will, muss ich mir selbst eins bauen. Es hängt von mir selbst ab.« Er schaut mich eindringlich an. »Alter, du hast so viel, wofür du dankbar sein kannst. Ein Job bedeutet gar nichts. Liebe schon. Eine Leidenschaft zu haben. *Das* bedeutet Zuhause. *Das* bedeutet Leben. Genau daraus ist das Leben gemacht. Der Rest ist nur Füllstoff. Und falls du dich wunderst: Ja! Ich hoffe, ich kann dich dazu inspirieren, demnächst das Gleiche zu tun. Aus deiner Komfortzone rauszukommen und endlich das zu tun, was du wirklich willst.«

Eine Gruppe von Schülern läuft an uns vorbei und in die Aula, wo wir bereits erwartet werden.

»Aber heute musst du wohl noch mal Theater spielen.« Er klopft mir auf den Rücken und geht voran, in die Aula. Strafft die Schultern, als er von Mr Marsden begrüßt wird, dem Rektor.

Ich dachte immer, Joel hätte die totale Kontrolle über sein Leben, aber anscheinend war es genau umgekehrt. Sein Leben hatte die Kontrolle über ihn. Doch das ist nun vorbei. Weil er wieder einmal Mut bewiesen hat. Er hat etwas beendet, das für ihn nicht funktionierte. Er hat sich befreit. Damals, als wir mit der Schule fertig waren, habe ich zu ihm aufgeschaut, weil er so zielstrebig Karriere machen wollte. Ich dachte, das wollte ich auch. Aber jetzt wollen wir es anscheinend beide nicht mehr.

In der Aula wimmelt es von Teenagern. Es sind so viele, man kann sie kaum auseinanderhalten. Sie sind noch so jung. Springen von Stühlen, schubsen sich gegenseitig. Lachen, rufen sich zu. Wie konnte ich nur zulassen, dass eine Handvoll Kids, die nichts mit sich anzufangen wussten, die Kontrolle darüber bekamen, was ich aus meinem Leben machte?

Mr Marsden kommt auf mich zu, schüttelt mir die Hand.

»James! Schön, dass Sie hergekommen sind. Ich war ganz verwundert, als ich sah, über welche Branche Sie heute reden werden. Ich hatte immer gehofft, Sie würden sich der Schriftstellerei zuwenden, aber meine Schüler schaffen es immer wieder, mich zu überraschen.«

Ich lächle. Wie sehr sein Gesicht sich verändert hat. Sein Haar ist inzwischen grau. Aber sein Blick hinter der dick umrandeten Brille ist noch genauso weise wie früher.

»Ich schreibe immer noch ab und zu«, sage ich. »Ihre Hoffnung war also nicht vergebens.«

»Das freut mich«, sagt er und führt mich hinter die Bühne. »Der Vortrag muss nicht unbedingt lang sein, Hauptsache, Sie wecken das Interesse der Schüler. Sie brauchen Inspiration.«

Ich nicke, schaue auf die A4-Blätter mit Vortragsnotizen, die ich mir ausgedruckt habe. Das Interesse der Schüler hatte ich eher nicht im Kopf, als ich den Vortrag vorbereitete. Ich überfliege den Text, den ich in den letzten Tagen verfasst habe. Den ich mir mit Dad eingeprägt habe. Mit dem ich Elliot gelangweilt habe. Den ich Mum vorgetragen habe, während sie schlief.

Ich höre den anderen Rednern kaum zu. Als Mr Marsden meinen Namen ankündigt, gehe ich auf die Bühne und stelle mich ans Mikrofon.

Elliot hat mir versichert, ich würde das Publikum gar nicht sehen können. Von wegen. Als ich den Blick nach vorn richte, sehe ich endlose Reihen gelangweilter Teenager.

Ich räuspere mich, dann fange ich an.

»Dass ich in meinem jetzigen Job gelandet bin, hat viele überrascht, vor allem mich selbst.« Das ist der einzige Satz, den ich auswendig kann. Jetzt muss ich aufs Blatt schauen. »Eigentlich wollte ich etwas ganz anderes machen. Ich wollte Schriftsteller werden. Aber manchmal hat das Schicksal eigene Pläne, und ehe ich michs versah, wurde ich Partner bei einem Corporate-Training-Anbieter. Schon klar …«, sage ich, als ich sehe, wie in der ersten Reihe die Augen verdreht werden. Mir bricht der Schweiß im Nacken aus. »Das klingt weder glamourös noch spannend, aber …« Einer der Jungs, die vorn am Schuleingang standen, sitzt direkt vor mir. Er dreht sich zu seinem Freund und flüstert ihm etwas zu. Gleich geht es bestimmt los. Das Blatt Papier in meiner Hand beginnt zu zittern, als ich darauf warte. Auf das Lied, das sie immer über mich gesungen haben. Sie müssen irgendwie davon erfahren haben. Sie wissen, wer ich bin.

»Weiter!«, ruft jemand, und ich schlucke, starre auf die Worte auf meinem Blatt, sie verschwimmen vor meinen Augen. Ich kann sie kaum noch erkennen. »Leistung.« »Erfolg.« »Gehaltserhöhung.« Alles beginnt zu schwanken, mein Atem geht immer schneller. Plötzlich sehe ich die Erin von damals vor mir, wie sie auf dieser Bühne steht und einen Ausschnitt aus *Die Tribute von Panem* vorliest, während Bonnie und ich im Publikum sitzen und zuschauen. Den Abschnitt darüber, dass Hoffnung stärker ist als Furcht.

Ich hole so tief Luft, wie ich kann, atme durch die Nase ein und durch den Mund aus, so wie Helena es mir beigebracht hat, als sie mich am Boden liegend fand. An dem Tag, als sie mir Maslows Bedürfnispyramide zeigte. An der Spitze des Dreiecks steht die Entfaltung des eigenen Potenzials.

»Wisst ihr was?«, sage ich und lege das Blatt mit meinen Notizen nieder. »Einige von euch wären sicher brillante Unternehmenstrainer. Andere landen vielleicht in einem Scheißjob – sorry –, weil ihr eure gesamte Schulzeit damit verbracht habt, diejenigen zu verspotten, die sich ins Zeug gelegt haben, während ihr gefaulenzt habt.« Ich richte den Blick auf den Jungen, der eben gelacht hat. »Aber im Grunde spielt es keine Rolle, was ihr letztendlich macht oder wie ihr dort landet. Wichtig ist nur, dass ihr Freude daran habt. Dass ihr jeden Tag aufwacht und es kaum erwarten könnt anzufangen.« Ganz hinten sehe ich Joel, Hände in den Taschen, er starrt mich an. »Ich bin nicht hergekommen, um euch zu sagen, dass ihr einen Job finden müsst, der gut bezahlt oder hoch angesehen ist. Wenn ihr gut seid in dem, was ihr tut, und konsequent an euch arbeitet, werdet ihr davon leben können, egal was ihr macht. Verkauft bloß nicht eure Seele, um dorthin zu gelangen.«

Mitten in der Menge lacht jemand, weiter hinten wird applaudiert.

»Das sag ich auch immer!«, ruft jemand.

»Aber egal, was ihr vorhabt: Vielleicht gibt es auch etwas, das euch unerreichbar oder lächerlich oder zu schwierig erscheint. Gebt das nicht auf. Haltet daran fest. Erinnert euch daran. Umgebt euch mit Leuten, die euch immer wieder daran erinnern. Und wenn es nur eine einzige Freundin ist. Oder ein einziger Freund.« Ich schaue zu Joel hinüber und nicke ihm lächelnd zu. Er grinst und reckt den Daumen hoch. »Denn wenn die Zeit gekommen ist, werdet ihr bereit dafür sein. Und damit loslegen. Und euch wünschen, ihr hättet schon früher damit begonnen.«

Ich lasse den Blick schweifen. Alle schauen mich an. Doch es fühlt sich ganz anders als früher an. Ich fühle mich nicht mehr klein oder wie eine Witzfigur, schäme mich nicht mehr. Ich bin einfach nur ich.

»Viel Glück!«, sage ich, und Joel fängt hinten an zu johlen und zu klatschen, und dann fangen die anderen ebenfalls an.

Ich gehe nach hinten, schaue mir die restlichen Vorträge an, dann verabschiede ich mich und mache mich zusammen mit Joel wieder auf den Weg. Wir kommen am Kunstpavillon vorbei, wo ich Zeuge des Moments wurde, der mich dazu brachte, Erin zu verraten. Joel drückt meine Schulter, als wir daran vorbeigehen, weiter zum Schulhof und am Speisesaal vorbei, wo ich unzählige Male gemobbt wurde. Mit höhnischem Gesang. Schlägen. Kaugummi-Attacken. So viele Demütigungen.

Dann kommen wir zu der Stelle, wo früher die Fahrradständer waren. Jeden Tag hämmerte mein Herz vor Angst, wenn ich darauf zulief. Jedes Mal betete ich, dass ich es dort vorbeischaffte. Dann musste ich nur noch rennen oder in Elliots Auto springen. Die Fahrradständer sind nun verschwunden. An ihrer Stelle befindet sich ein Blumenbeet. Es leuchtet farbenfroh.

31 Erin

Im Cheese and Grain wimmelt es von Bravehearts, Boxern und Bunnys. Auch Bob der Baumeister läuft herum, und ein gigantischer aufblasbarer Busen mit einer riesigen, vollkommen unecht wirkenden Brustwarze. Und inmitten des Getümmels der Ballerinen, Bräute, Batmans und *Baywatch*-Kostümierten stehe ich, verkleidet als Bonnie.

Ich hatte Bonnies Eltern gebeten, mir eines ihrer Lieblingsoutfits zu schicken. Ein pinkes Chanel-Top mit pinker Pelzjacke und hellblauer Jeans, dazu goldene Kreolen, ein goldener Chanel-Gürtel und weiße Sneakers. Oft meinte sie zu mir, wenn sie all das Geld zurückbekäme, das sie für Kleidung ausgab, würde sie noch mehr Klamotten shoppen. Dann hatte sie am ehesten das Gefühl, sie selbst zu sein.

Nur Georgia fehlt heute Abend. Sie ist bei Mum geblieben mit der Begründung, es sei selbst ihr zu deprimierend, auf einer Gedenkfeier nüchtern zu bleiben. Dabei hätte sie diesmal das perfekte Kostüm, bräuchte sich nicht mal eins zu besorgen. Als Babybauch mit echtem Baby drin bekäme sie vielleicht sogar Extrapunkte. Stattdessen ist Cassie mitgekommen. Sie habe schon so viel über Bonnie gehört, dass die Feier vielleicht so eine Art ersatzweises Kennenlernen sein könne. Sie hat sich die Haare zurückgegelt, damit sie kürzer wirken, und sich als Backstreet Boy gestylt. Bonnie hätte das bestimmt gefallen.

Ich führe Cassie zur Bar und suche die Halle nach den beiden Leuten ab, die ich als Erstes sehen muss. Sie stehen in der Ecke neben der Bühne und bereiten Tombola-Lose vor.

»Danke, dass Sie mir das geschickt haben«, sage ich zu Bonnies

Eltern. Sie schauen auf und lächeln. Als ihr Dad mich mustert, wird sein Blick leer.

»An das Outfit kann ich mich noch gut erinnern. Furchtbar, diese bauchfreien Oberteile.«

»Ich find's auch furchtbar, wenn ich ehrlich bin«, erwidere ich, und sie lachen leise.

»Es tut mir wirklich sehr leid, dass ich nicht für Bonnie da war.« Ich hatte solche Angst, es auszusprechen, doch es geht überraschend leicht. »Ich war nicht die Freundin, die sie gebraucht hätte, das ist mir inzwischen klar geworden.«

Sie schauen einander an, bevor sie nicken. »Wir waren enttäuscht, als du nicht mehr gekommen bist«, sagt ihre Mum. »Aber wir wussten, dass es nicht nur an dir lag. Sie hat dich von sich gestoßen. Uns alle eigentlich.«

Ich beiße mir auf die Lippe und nicke, Tränen in den Augen. »Ich hätte das nicht zulassen dürfen. Ich hätte sie trotzdem besuchen sollen.«

»Deine Mum kam damals öfter vorbei«, sagt Bonnies Dad. Ich runzele die Stirn. Davon hat Mum mir nie erzählt. »Sie hat damals vermutet, dass es an deiner Verlustangst lag. Sie hat uns gesagt, wenn es überhaupt jemanden gebe, dem man Vorwürfe machen solle, dann sei sie das. Aber es geht nicht darum, jemandem Vorwürfe zu machen, Erin. Bonnie war nicht allein. Sie hatte Menschen um sich. Gute Menschen.«

Ich nicke. Ich hätte einer davon sein sollen, aber ich werde damit leben müssen, dass mir die Stärke dazu fehlte. Ich bin nur froh, dass andere sie hatten.

»Und du bist ja zurückgekommen. Du warst da, als es darauf ankam.«

Wir umarmen einander, und als ich mich wieder von ihnen abwende, sehe ich Cassie, die mir von einem Tisch aus zuwinkt und eine Flasche Wein hochhält.

»Wow!« Sie schaut sich in der Halle um. »Die Leute legen sich ja mächtig ins Zeug.«

»Du kanntest Bonnie ja nicht, aber sie hätte es genauso erwartet.«

Es fällt mir schwer, mich zu konzentrieren. Das Gespräch mit Bonnies Eltern habe ich jetzt hinter mir und kann nur noch an James denken. Sobald die Tür aufgeht, schnellt mein Blick dorthin, denn es könnte ja sein, dass er den Saal betritt. Ich bin nicht einmal sicher, ob er überhaupt auftaucht, aber ich hoffe es. Denn wenn er es nicht tut, ist alles, was ich vorbereitet habe, umsonst.

»Ich glaube, ich verliebe mich gerade ein bisschen in Frome«, sagt Cassie und schaut sich wieder in der Halle um. Sie deutet mit dem Kopf zu einem Bienen-Mann, der bei einer Gruppe steht und schallend lacht.

»Das geht allen Leuten aus London so.«

»Würdest du wieder hierher zurückziehen?«

Eigentlich habe ich mich hier immer sehr wohlgefühlt. Ich mag die malerischen Gassen, die so anders und unverwechselbar sind. Die Pubs, die ebenfalls einzigartig sind, jeder mit einem ureigenen Charakter. Leute wie Mum und Derek klagen zwar oft über die Gentrifizierung der letzten Jahre, doch gleichzeitig genießen sie die vielen neuen Restaurants und die individuellen Geschäfte, die als Folge davon eröffnet haben. In Frome habe ich meine glücklichsten Momente erlebt, und hier fühle ich mich Bonnie am nächsten. In London hatten wir zwar auch gute Zeiten, aber in Frome haben wir unsere Freundschaft besiegelt. Hier haben wir unser unzerstörbares Band geknüpft.

»Irgendwann vielleicht«, sage ich, und Cassie grinst.

»Wahrscheinlich willst du erst noch ein paar Monate mit der besten Mitbewohnerin deines Lebens genießen, stimmt's?«

Unsere Blicke treffen sich, und wir prosten einander zu.

»Auf dich!«, sagt Cassie. »Und darauf, dass du mit deinem Qualifikationskurs angefangen hast! Ist das nicht toll? Noch ein Jahr, dann kannst du dich offiziell Lehrerin nennen!«

»Auf dich und deine Unternehmensgründung!«, erwidere ich. »Bald kannst du Charlotte für immer den Rücken kehren!«

Wir grinsen uns zu und nehmen einen Schluck. In dem Moment betreten Bonnies Eltern die Bühne, als Bananas in Pyjamas verkleidet.

Diesmal hält Bonnies Dad die Begrüßungsansprache und dankt uns allen dafür, dass wir Jahr für Jahr wiederkommen, um uns an Bonnie zu erinnern. Dann erzählt er eine Geschichte, in der Bonnie aufs Meer zuläuft, und er bringt Bonnies Lebensfreude so perfekt auf den Punkt, dass alle vor Rührung lachen und weinen, noch bevor er zu Ende gesprochen hat.

»Ich bin dankbar dafür, dass sie gelebt hat, und dankbar für alles, was sie mir beigebracht hat. Wir lieben dich, Bonnie, und werden nie aufhören, dich zu lieben.« Er legt den Arm um seine Frau und drückt ihr die Schulter, bevor er sich räuspert und den Talentwettbewerb ankündigt.

»Wow«, sagt Cassie lautlos zu mir.

Der Wettbewerb wird auch diesmal wieder mit einem Tanz von Bonnies Schwestern eröffnet, die seit letztem Jahr sichtlich in die Höhe geschossen sind. Danach singt jemand eine Version von *Candle in the Wind,* aber so furchtbar, dass alle sich von der Bühne abwenden, weil sie es nicht mehr ertragen. Im Anschluss bringen ein paar Mädchen, die ich nicht kenne, einen Song von den Spice Girls, und ein Junge spielt Schlagzeug in einem Gorilla-Kostüm, wie in der Werbung mit dem Phil-Collins-Song. Wo ist James?

Bonnies Dad erscheint wieder auf der Bühne, um die nächste Nummer anzukündigen. Wenn James nicht zuschaut, ist das Ganze zwecklos. Als ich gerade aufstehen will, um zu gehen, höre ich meinen Namen. »Erin Connolly.« Bonnies Dad schaut mir direkt in die Augen. Ich kann ihn unmöglich hängen lassen. Nicht schon wieder. Ich habe keine Wahl. Ich muss da hoch, egal ob James zuschaut oder nicht. Ich greife in meine Tasche, hole ein Buch hervor und gehe Richtung Bühne.

Als ich die Stufen hochgehe, höre ich Gemurmel. Wahrscheinlich wissen die Leute, wer ich bin, oder es liegt an meiner Verkleidung. Ich stelle mich ans Mikrofon.

»Ich werde einen Ausschnitt aus *Das also ist mein Leben* vorlesen, einem von Bonnies Lieblingsbüchern.«

Es wird mucksmäuschenstill im Saal. Mit zitternden Händen schlage ich das Buch auf. Ich kann die Worte längst auswendig, aber ich brauche das Buch trotzdem. Um nach unten schauen zu können statt ins Publikum. Ich räuspere mich, dann fange ich an. Ich habe den Abschnitt ausgesucht, in dem Charlie, Sam und Patrick im Auto durch den Tunnel fahren. Den Moment, in dem die drei ihre Freundschaft besiegeln.

> »Jedenfalls trat Patrick aufs Gas, und kurz bevor wir in den Tunnel fuhren, stand Sam auf, und der Wind verwandelte ihr Kleid in Meereswellen. Dann, als wir in den Tunnel rasten, wurden alle Fahrgeräusche verschluckt, und an ihre Stelle trat ein Song vom Kassettendeck […] Sam stieß einen Freudenschrei aus, und da waren wir dann: Downtown. Lichter auf den Hochhäusern, und alles, was einen staunen lässt.«

Ich komme zum letzten Absatz, richte mich auf, straffe die Schultern. Cassie lächelt mir zu, reckt den Daumen in die Höhe. Ich versuche, James zu finden, doch ich kann niemanden erkennen. Alles, was ich tun kann, ist, klar und deutlich weiterzulesen, dann versteht er hoffentlich, dass dieser Text für ihn ist. Ich dachte, das sei der beste Weg, um ihm verständlich zu machen, was in mir vorgeht.

»Sam setzte sich wieder hin und fing an zu lachen. Patrick fing an zu lachen. Ich fing an zu lachen.«

Ich lese den Abschnitt nicht vor, weil er von den dreien im Roman handelt, sondern weil er von uns dreien handelt. Von James, Bonnie und mir. Von unserer Freundschaft. Ich möchte, dass er weiß, dass ich mich daran erinnere.

Vor mir teilt sich eine Gruppe von Blaubeeren, um jemanden durchzulassen, der langsam Richtung Bühne geht. Mir verschlägt es für einen Moment den Atem, weil ich sofort Bonnies Kleidung erkenne. Ihre geliebten High Heels von Louboutin, den kastanienbraunen Jumpsuit, den ich mir fast selbst als Kostüm ausgesucht hätte. Dann sehe ich knallrote Lippen, eingerahmt von einer leuchtend blonden Perücke. Ich schließe die Augen, um mich auf den letzten Satz zu konzentrieren. Und dann sage ich ihn auswendig.

»Und ich schwöre, in diesem Moment waren wir grenzenlos.«

Beim letzten Wort wird meine Stimme zittrig. Ich denke an James und mich. An alles, was wir schon zusammen durchgemacht haben. Dieser Satz beschreibt uns. Wir sind unendlich. Unsere Beziehung ist grenzenlos, es gibt kein Maß dafür. Wir werden immer zusammen existieren.

Ich schlucke und klappe das Buch zu, damit jeder weiß, dass es das Ende der Lesung ist. Cassie erhebt sich und beginnt, unter lautem Johlen zu klatschen, damit alle begreifen, dass ich fertig bin. Verhaltener Beifall ertönt.

Mit meinem Auftritt wollte ich zwar keinen Applaus ernten, aber ich bin trotzdem enttäuscht über die Reaktion der Leute. Doch das spielt keine Rolle mehr, als die Person, die ebenfalls als Bonnie verkleidet ist, auf mich zustakst, unbeholfen wie eine Babygiraffe.

Ich lehne mich lachend in meinen flachen Sneakers zurück, als ich ihn erkenne. Natürlich! Und wir haben schon wieder die gleiche Kostümidee gehabt.

Ich gehe zum Bühnenrand, steige die Stufen hinunter und schaue kurz zu Cassie hinüber. Mir schlägt das Herz bis zum Hals. Dann gehe ich auf James zu und wappne mich dafür, ihm alles zu sagen, was ich mir vorgenommen habe.

Seine Miene ist düster, der leuchtend rote Mund zu einem Strich verzogen.

»Wir waren unendlich«, sagt er und sieht mich durchdringend an.

Ich nicke schluckend. »Und wir werden es immer bleiben, egal was passiert.« Seine Miene bleibt unverändert. Wie kann ich ihm begreiflich machen, dass ich mich verändert habe? »Was ist mit deinem Dad, hat er …?«

»Es geht ihm gut.«

Jetzt, wo ich vor ihm stehe, vibriert mein ganzer Körper vor Energie. Ich sehne mich danach, ihn zu berühren. Endlich zu erleben, wie es sich anfühlt, seine Hand zu halten.

Auf der Bühne beginnt jemand, *While My Guitar Gently Weeps* zu spielen, und plötzlich erscheint der Anflug eines Lächelns auf James' Gesicht.

»Ich kann kaum glauben, dass du da hoch bist und das vorgelesen hast.«

»Ich kann es auch kaum glauben«, sage ich leise. »Ich habe deinen Brief gelesen. Es tut mir so leid, wie ich mich verhalten habe. Das war egoistisch.«

Er schaut mich erstaunt an. Sein Blick streift kurz meine Lippen. Ich kann gar nicht mehr verstehen, wie ich ihn in meiner Vorstellung in jemanden verwandeln konnte, der so anders ist. Alles wegen eines einzigen Fehlers. Was würde Bonnie wohl denken, wenn sie mich jetzt hier sehen könnte? Würde sie mich für verrückt halten, weil ich ihm nun vergeben habe? Oder für verrückt, weil ich das Ganze jetzt erst loslassen konnte?

Mein Blick wandert zu Cassie. Ein Buddha-Mann sitzt mit ihr am Tisch, auf meinem Platz. Sie scheinen in ein Gespräch vertieft.

»Übrigens habe ich mich nicht nur bei dir entschuldigt, sondern auch bei ein paar anderen Leuten. Bei meiner Mum, Bonnies Eltern …«

»Warum denn bei Bonnies Eltern?«, fragt er erstaunt.

»Weil ich nicht für Bonnie da war.«

»Dafür brauchst du dich nicht zu entschuldigen. Sie hat das verstanden.«

Seine hellblauen Augen blicken mich unverwandt an, während ich versuche zu begreifen, was er gerade gesagt hat. Seine Miene verändert sich. Eben sah er noch mitfühlend aus, doch jetzt wirkt er panisch.

Bonnies Dad kündigt die letzte Nummer des Talentwettbewerbs an, und aus dem Augenwinkel sehe ich, wie Cassie mit dem Buddha hinter der Bonnie-Fotowand verschwindet. Ich schüttele den Kopf.

»Was willst du damit sagen?«

»Ich war bei ihr.« Er schaut mich eindringlich an. »Während der Chemotherapie. Ich habe sie zu fast jeder Behandlung gefahren. Anfangs wollte sie das nicht. Sie hat mich gehasst und es mich die gesamte erste Fahrt hindurch spüren lassen. Aber sie hatte keine Wahl. Ihre Eltern konnten sie nicht jedes Mal hinfahren. Sie war auf Unterstützung angewiesen.«

Ich versuche, ihm weiter zuzuhören und den Mund zu halten, bis er ausgeredet hat, aber das alles ergibt überhaupt keinen Sinn.

»Davon hätte sie mir erzählt.«

»Das konnte sie nicht. Das wäre unverzeihlich gewesen«, sagt er und zuckt mit den Schultern. Ich schlucke. Setze fieberhaft die Puzzleteile zusammen. James und Bonnie. Eifersucht steigt in mir hoch. Er mit ihr. Zu zweit. Ohne mich, als ich eigentlich hätte da sein sollen.

»Bonnie hat dir vergeben, Erin. Sie hat verstanden, warum du nicht da warst. Sie war sogar froh, dass du sie nicht in diesem Zustand gesehen hast. Dass du sie so in Erinnerung behalten würdest, wie sie vor dem Krebs war.« Er lacht auf. »Das hat sie übrigens oft gesagt. Ich würde sie am schlimmsten in Erinnerung behalten, und du sie am besten. Und mit unseren gemeinsamen Erinnerungen würden wir sie wieder ganz machen.«

Bonnie hat ihn nie erwähnt. Kein einziges Mal. Weder in ihren Sprachnachrichten noch bei unserem letzten Treffen. Ich fühle mich von ihr betrogen. Von beiden zusammen. Sie haben sich heimlich getroffen. Und vereinbart, mir nichts davon zu sagen. Plötzlich wird mir speiübel. Der Wein. Das Lampenfieber vor meinem Auftritt. Das Bild, das ich nicht mehr aus dem Kopf bekomme, von James und Bonnie zu zweit. Wir waren nie zu zweit. Wenn ich damals in der Schule gewusst hätte, dass wir auch zu zweit hätten sein können, hätte ich wegen meiner Gefühle für James vielleicht etwas unternommen. Ich hatte immer gedacht, das ginge nicht. Dass es uns entweder zu dritt oder gar nicht gab. Mir schießt die Galle hoch, und ich renne zur Toilette, Hand vor den Mund, platze ins Damenklo, dränge mich an der Gruppe von Bunnys vorbei, die vorm Spiegel stehen und sich die Schnurrhaare nachziehen. Als ich in die Toilettenschüssel kotze, fängt mein Handy an zu vibrieren.

Ich wische mir den Mund mit Klopapier ab, hole das Handy aus der Tasche. Es ist Georgia.

Kaum habe ich das Gespräch angenommen, sagt sie: »Das Baby kommt.«

32 James

Sie ist weg. Als wir miteinander geredet haben, war ich nicht aufmerksam genug. Ich war in Gedanken noch bei ihrer Lesung, und als sie Bonnie erwähnte, sagte ich das Erste, was mir in den Sinn kam. Ich hatte ja schon länger vorgehabt, es ihr heute Abend zu sagen, hatte alles genau geplant, aber leider ist es schiefgelaufen. Sie ist schon wieder vor mir geflohen, ist eben erst durch die Tür verschwunden, und ich steuere nun auf Joel zu.

Ich hatte gehofft, dass mein Plan uns einen Neuanfang bringen könnte und das, was vor dem Krankenhaus begonnen hatte, zu Ende führen würde. Stattdessen habe ich sie überrumpelt. Aus meinem Mund klang es so, als sei es ein Geheimnis zwischen Bonnie und mir gewesen, auf ihre Kosten.

»Alles in Ordnung?«, fragt Joel und zieht sich seine riesige Buddha-Hose hoch.

Ich presse die Lippen zusammen, schüttele den Kopf. »Nein. Sie ist vor mir davongerannt.«

»Was zum Teufel hast du diesmal angestellt?«

Ich schaue zur Tür. Ich hätte Erin hinterherlaufen können, aber was hätte das gebracht? Es fällt ihr offensichtlich schwer, meine Entschuldigungen anzunehmen. Sie braucht Zeit.

»Ich habe ihr von Bonnie erzählt. Ich glaube, sie hat es schlecht aufgenommen.«

»Immerhin kennt sie nun die Wahrheit, oder?«, erwidert Joel, stets bemüht, das Positive zu sehen. »Nun gibt es keine Geheimnisse mehr zwischen euch.«

»Nun gibt es gar nichts mehr zwischen uns, fürchte ich.«

Aber er hat recht. Als ich versucht habe, ihr die Sache mit Bonnie zu erklären, hat sich Verwirrung in ihrer Miene gespiegelt, doch vor allem Schmerz. Wenn ich ihren Schmerz in irgendeiner Weise lindern konnte, war es das wert. Selbst wenn ich sie nun verloren habe.

»Dabei hätte ich wetten können, dass es diesmal ein Happy End gibt«, sagt Joel kopfschüttelnd.

»Ich auch, Alter. Aber das Schicksal scheint zu wollen, dass es mit uns vorbei ist.« Ich reibe mir die Stirn, versuche, meinen eigenen Schmerz wegzuwischen. Erin ist alles, was ich jemals wollte. Doch immer, wenn wir uns näherkommen, schaffe ich es, diese Nähe wieder zu zerstören. Woran liegt das nur? Ich hoffe schon so lange, eines Tages mit ihr zusammenzukommen, dass ich anscheinend den Bezug zur Realität verloren habe. Sie wird mir niemals vergeben können. Weder jetzt noch in Zukunft.

Meine Gedanken wandern zu dem Buch, das ich schreibe. Ich stecke schon eine Weile im letzten Kapitel fest, und nun weiß ich endlich, woran das liegt. Mir war das Ende noch nicht klar, aber nun kenne ich es.

Ich verlasse die Gedenkfeier, streife mir die lächerlichen High Heels ab und laufe barfuß nach Hause. Unten an der Catherine Hill verabschiede ich mich von Joel. Dann schleiche ich die Treppe zu meinem Zimmer hoch, schnappe mir mein Laptop und fange an zu tippen. Ich schreibe das Ende, das offensichtlich ist, nicht das, was ich mir wünsche. Und bevor ich es mir anders überlegen und einen Rückzieher machen kann, beantworte ich Sophias E-Mail und hänge meinen Roman an. Ich nenne ihn *Eine perfekte Geschichte*.

Am nächsten Morgen wache ich früh auf und gehe nach unten, um mir einen Kaffee zu machen. Elliot, Carl und Jordan kämpfen noch mit ihrem Jetlag, und Mum hadert damit, dass Dad wieder in der Klinik ist. Ihm soll ein Stent eingesetzt werden. Mum verschanzt sich in ihrem Zimmer, seit sie davon erfahren hat. Ich habe Elliot erklärt, was zu tun ist. So kann er die Zeit, die er verpasst hat, nachholen, und ich bekomme die Zeit, mich von Mums Tiraden zu erholen.

Während der Kaffee durchläuft, schaue ich mir auf YouTube ein paar Tutorials an. Dann gehe ich mit meiner Tasse ins Wohnzimmer, schiebe den Fernseher und den Sessel zurück ins Esszimmer und fange an, die Teppichunterlage auszurollen.

Irgendwann taucht Elliot auf. Er trägt einen Pyjama, wie damals, als wir noch Kinder waren und morgens hinuntergingen, um zusammen fernzusehen.

Ohne ein Wort zu sagen, geht er zum Sofa, das noch dort steht, weil ich es allein nicht verrücken kann. Er hebt das eine Ende hoch, ich das andere, und mit vereinten Kräften tragen wir es aus dem Weg. Dann rollen wir gemeinsam die Unterlage aus, und ich gebe ihm das Teppichmesser, damit er sie zurechtschneidet. Anschließend werfe ich ihm eine Rolle Klebeband zu, und wir beginnen an unterschiedlichen Enden des Zimmers, die Unterlage am Boden festzukleben.

»Wie war's denn gestern Abend?«, fragt er schließlich.

»Erin war auf der Bühne und hat gesagt, dass sie mir vergeben hat«, antworte ich.

Elliot weiß inzwischen über alles Bescheid. »Das ist doch toll.«

»Dann habe ich ihr von der Sache mit Bonnie erzählt, und sie hat die Flucht ergriffen.«

Er hält inne. »Ah. Gib ihr etwas Zeit. Wenigstens weiß sie nun davon.«

»Mhm. Das letzte Mal hat sie aber Jahre gebraucht, um mir meinen Fehler zu vergeben.«

Er stützt sich mit der Hand auf dem Boden ab und runzelt die Stirn. »Dass du dich um Bonnie gekümmert hast, war doch kein Fehler. Das wird sie sicher bald erkennen.«

Ich werfe ihm einen Blick zu. Was für ein Glück, dass ich meinen Bruder wiederhabe.

Wir verfallen erneut in Schweigen, arbeiten weiter.

»Tut mir leid, dass ich nicht hier bei Mum gewesen bin. Das ist verdammt hart. Obwohl es bei dir nie so geklungen hat, wenn wir telefoniert haben.«

Wir kleben die Unterlage weiter fest und bewegen uns dabei aufeinander zu.

»Gestern Abend hat sie mir übrigens was Interessantes erzählt. Nämlich, dass ihre Mum mit Elektroschocks behandelt wurde.«

Ich halte inne und starre ihn verblüfft an. »Du meinst Granny?«

»Ja. Es ging ihr damals schon lange nicht gut. Und bei ihrer Mum war es vorher genauso gewesen. Du hast Mum das nicht angetan, James. Das war einfach unvermeidlich. Sie wäre so oder so krank geworden.«

Ich runzele die Stirn, starre auf den Boden. Kann das wahr sein? Dass sie auch ohne mich krank geworden wäre?

»Ich glaube, das muss ich erst mal verdauen«, sage ich. Das stellt alles infrage. Alles, was ich mir seit frühester Kindheit eingeredet habe.

»Ach, was ich dir noch sagen wollte.« Er wechselt sofort das Thema, damit ich Zeit habe, die neue Info über Mum sacken zu lassen. »Carl ist hier auf Stellensuche. Ich übrigens auch.«

Verblüfft starre ich ihn an. Dann grinse ich breit.

»Im Ernst?«

»Worüber freust du dich mehr? Dass wir vielleicht hierherziehen oder dass ich mir endlich Arbeit suche?«

Ich schüttele lachend den Kopf. »Hattest du mir nicht klargemacht, dass du schon einen Vollzeitjob hast?«

»Stimmt.« Er seufzt. »Carl gefällt es hier. Auch, weil er jetzt so viel Zeit mit Jordan verbringen kann. Er ist hier ein ganz anderer Mensch.«

»Klingt super.«

»Ja.«

Nun sind wir Seite an Seite, drücken das letzte Stück der Unterlage an. Dann stupst er mich mit dem Ellenbogen.

»Freu dich nur nicht zu früh. Ob das klappt, steht noch in den Sternen.«

»Eins nach dem anderen.«

»Eins nach dem anderen.«

Wir gehen in den Flur, um den cremeweißen Teppich zu holen, den Mum fürs Wohnzimmer ausgesucht hat. Verdammt, ist der schwer! Mit vereinten Kräften und viel Gezerre schaffen wir es, ihn hochzuwuchten und hineinzumanövrieren. Als er endlich drinnen ist, rollen wir ihn vom Eingang des Esszimmers bis zum Ende des Wohnzimmers. Wir sind völlig außer Atem, meine Stirn ist schweißüberströmt. Schließlich lasse ich mich auf den Teppich fallen und lege mich auf den Rücken. Durch die Unterlage ist er tatsächlich ganz weich, wie ein Kissen.

Elliot legt sich neben mich, und wir starren keuchend zur Decke hoch. Wir bleiben so lange liegen, bis unsere Atmung sich normalisiert hat.

Jordan kommt hereingerannt, das Haar vom Schlaf zerzaust.

»Onkel James, kannst du mir bitte eine Geschichte vorlesen?«

»Ich habe eine bessere Idee«, sage ich und ziehe ihn zu mir herunter. »Ich habe eine eigene Geschichte, die ich dir erzählen könnte. Sie handelt ein bisschen von deinem Dad und auch ein bisschen von deinem Opa, und *du,* mein Freund, bist mein Zielpublikum! Wollen wir mal schauen, ob sie dir gefällt?«

»Jaaaaa!«, kreischt er und lehnt sich auf mir zurück. Elliot schaut lächelnd zu uns herüber und erhebt sich.

»Dann bring ich Mum mal ihre Tabletten«, sagt er, geht hinaus, und Jordan schaut mich gespannt an.

Die Idee zu der Geschichte kam mir schon vor einer Weile, als ich die Schreibblockade hatte. Und ich gehe ohnehin gern mehreren Ideen gleichzeitig nach. Damit ich, falls Sophia das, was ich ihr geschickt habe, nicht gefällt, noch etwas anderes aus dem Ärmel ziehen kann. Es geht um einen Vollzeit-Dad, der ein Teilzeit-Superheld ist.

»Danny war ein ganz besonderer Junge«, beginne ich meinen Test. »Denn sein Daddy besaß Superkräfte.«

»Juchhu!«, ruft Jordan begeistert – und das ist mir in diesem Moment Bestätigung genug.

Sechs Monate später

33 Erin

»Bist du sicher, dass du keine Hilfe brauchst?«, ruft Georgia aus dem Wohnzimmer, sie ist gerade damit beschäftigt, die kleine Wren zu stillen, während ich die letzten Kartons packe.

»Deine moralische Unterstützung ist schon genug!«, rufe ich zurück.

Wenn ich Wren sehe, habe ich alles wieder vor Augen. Wie ich mir Cassie schnappe, hastig die Gedenkfeier verlasse und mit dem Taxi zur Klinik rase, wo Georgia schon in den Wehen liegt und sich an Mums Arm krallt. Im Kreißsaal reichen wir ihr Snacks und Wasser, während sie immer wieder fluchend nach der Lachgasmaske greift und schreit, dass sie nicht mehr kann. Kurz darauf kommt die kleine Wren zur Welt, rotgesichtig und empört brüllt sie sich sofort in unsere Herzen.

Georgia konnte den Blick gar nicht mehr von ihrer Tochter abwenden, doch sobald es mir erlaubt wurde, hob ich Wren sanft hoch und legte sie mir in die Armbeuge. Und als ich auf sie hinabschaute und ihr winziges, perfektes Gesicht betrachtete, ging mir das Herz auf. In diesem Moment spürte ich, wie es sich anfühlte, unendlich zu sein. Ich brauchte dafür nicht mit einem Auto durch einen Tunnel zu rasen, ich brauchte nur meine Nichte im Arm zu halten. Sie trug ein Mützchen, das sich kräuselte, als sie die Stirn runzelte. Sie gab immer wieder Geräusche von sich, während die unterschiedlichsten Ausdrücke über ihr Gesicht huschten. Schmollmund. Überraschung. Sehr angespannt. Total relaxed. Friedlich.

So habe ich noch nie zuvor empfunden. In meinem Herzen öffnete sich ein Raum, und eine ganz neue Art von Liebe durchflutete mich. Nach Bonnie war ich sicher gewesen, nichts mehr empfinden zu können. Doch wie sich zeigt, ist es doch möglich. Es ist sogar möglich, Trauer und Liebe gleichzeitig zu empfinden.

»Mum freut sich wirklich sehr, dass du wieder hierherziehst.« Georgia erscheint auf meiner Türschwelle. Sie ist fertig mit Stillen, und die kleine Wren liegt mit offenem Mund in ihrem Arm.

»Ja«, sage ich in der hohen Stimme, die für meine Nichte reserviert ist. »Hab in der Therapie aber trotzdem noch mal über sie hergezogen.«

»War ja klar.« Georgia lacht.

»Philippa hat's zwar nicht gesagt, aber ich glaube, sie wird mich vermissen.«

»Mein Geld wird sie auf jeden Fall vermissen.«

Seit Cassie mich gefragt hat, ob ich nach Frome zurückziehen würde, hat der Gedanke mich nicht mehr losgelassen. Wie würde es sich wohl anfühlen, dorthin zurückzugehen, um etwas zu tun, wovon ich schon immer geträumt habe? Und jetzt werde ich tatsächlich an meine alte Schule zurückkehren.

Derek hatte mir erzählt, dass eine der Englischlehrerinnen zum Ende des Schuljahrs in Rente geht. Es wurde eine Nachfolge gesucht, und die Stelle wird genau zum Ende meines Qualifikationskurses frei. Auch wenn ich nicht sicher bin, ob ich als Lehrerin jemals so gut sein werde wie Derek, fühlt es sich richtig an, die Stelle anzunehmen. Ich möchte versuchen, wie er die Begeisterung für das Fach weiterzugeben. Vielleicht kann ich dabei sogar die Zeit aufholen, die ich dort verpasst habe.

Georgia überreicht mir Wren und schaut sich in meinem Zimmer um. »Es sieht so leer hier aus.«

Ich streichle Wrens Wange, und mir wird ganz warm ums Herz. Ihre zarte Haut. Ihre perfekten Gesichtszüge. Wie friedlich sie immer aussieht. Es kommt mir vor, als hätte die Liebe, die ich für sie empfinde, dazu beigetragen, den Schmerz über den Verlust von Bonnie zu lindern. Ein wenig nur, aber immerhin.

»Ich muss jetzt mit Wren nach Hause fahren, die Umzugsleute kommen gleich. Du kommst dann morgen, wie verabredet?«

»Na klar!«

Zu meiner Verblüffung war Georgia nicht verzweifelt, sondern erleichtert, als ich ihr die Neuigkeit erzählte. Wie sich herausstellte, hatte sie seit Wrens Geburt nämlich selbst überlegt, nach Frome zurückzukehren, es aber nicht über sich gebracht, mir das zu sagen. Sie wollte näher bei Mum und Derek sein, die es kaum erwarten können, ihr mit dem Enkelkind unter die Arme zu greifen, also zieht sie ebenfalls um. Rishi wird selbstverständlich nachkommen. Und bis wir etwas Eigenes gefunden haben, können wir bei Mum wohnen. Wir werden alle wieder vereint sein, unter einem Dach. Das hatte Mum sich ja damals gewünscht, nach allem, was passiert war. Jetzt geht ihr Wunsch nach vielen Jahren also doch noch in Erfüllung.

Bei Cassie läuft es ebenfalls gut. Sie zieht mit ihrem neuen Freund zusammen, Joel. Sie hat ihn bei Bonnies Gedenkfeier kennengelernt, und als die beiden das außergewöhnliche Drama ihrer zwei engsten Freunde auf der Tanzfläche mitbekamen, hat es bei ihnen gefunkt. Endlich ist Cassie jemandem persönlich begegnet, wonach sie sich ja immer gesehnt hatte. Joel lud sie dann auch gleich zu einem ersten Date ein, das einen Tag später stattfand, und als sie ihm ihren Vortrag darüber hielt, dass sie auf der Suche nach etwas Ernstem sei, seufzte er erleichtert. Kurz zuvor war er von einem Trip aus den USA zurückgekehrt, auf dem er beschlossen hatte, sein Leben zu ändern und das Beste daraus zu machen. Und sich eine gemeinsame Zukunft mit einer Partnerin aufzubauen.

Bei diesem Date vertraute er Cassie auch an, was James ihm gesagt hatte. Dass es zwischen uns nichts mehr gebe und dass es mit uns vorbei sei. Dass er nur zur Gedenkfeier gekommen sei, um mir die Wahrheit über Bonnie zu sagen. Damit es keine Geheimnisse mehr zwischen uns gebe. Er wolle die Sache beenden und nur noch nach vorn schauen.

Ich hatte Cassie gedrängt, mir davon zu erzählen, doch danach wollte ich nichts mehr über James hören. Ich bat sie, seinen Namen nicht mehr zu erwähnen, um mir meine Fröhlichkeit bewahren zu können, auch für sie, ohne ihn vermissen zu müssen. Seitdem gleichen unsere Gespräche einer vorsichtigen Gratwanderung. Über Joel wird natürlich noch geredet, über seinen besten Freund aber nicht mehr.

So groß der Schock auch war, von der Sache mit James und Bonnie zu erfahren, inzwischen empfinde ich auch große Dankbarkeit. Für alles. In dem Moment, da er mir als Bonnie verkleidet gegenüberstand und sagte, sie hätte mir vergeben, sah ich nicht mehr ihn, sondern meine beste Freundin. Ich sah Bonnie. Ich hörte Bonnies Stimme. Oder zumindest stellte ich es mir vor. Bonnie war also auch nicht perfekt gewesen. Sie hat mich in Bezug auf James belogen, und irgendwie macht das alles etwas erträglicher. Es ist eine Erleichterung, sie wieder als Mensch in Erinnerung zu haben statt als Heilige.

Das ist aber nicht der Hauptgrund für meine Dankbarkeit. Ich bin James dankbar, weil er die Stärke besaß, für Bonnie da zu sein, als ich es nicht konnte. Wenn ich jetzt an ihre Chemo denke, ist sie in meiner Vorstellung nicht mehr allein. James sitzt neben ihr und hält ihre Hand. Ich sehe die beiden reden und lachen, wie damals in der Schule. Wie sie es wahrscheinlich auch weiter getan hätten, wenn ich nicht darauf bestanden hätte, ihre Freundschaft zu zerstören. Sie haben sich wiedergefunden, und darüber bin ich wirklich froh.

Ich helfe Georgia, Wren in den Kindersitz zu legen und anzuschnallen, und bestehe darauf, sie zum Auto zu tragen. Als sie wegfahren, winke ich ihnen hinterher, und weil das Wetter so schön ist, beschließe ich, einen Spaziergang zu machen. Einen kleinen Erinnerungsspaziergang durch mein Viertel, um mich zu verabschieden.

Ich schlendere die Southwell Road entlang, die Cambria Road hoch und durch den Tunnel. Das ist die Strecke, die ich früher gelaufen bin, manchmal bis zu fünf Mal am Tag, in der Hoffnung, etwas von Mystery Man zu finden. Von James.

Um der alten Zeiten willen spaziere ich zum Bücherschrank. Eileen sieht schlimmer aus denn je. Auf der Tür ist kaum noch Farbe, und ein Stück vom Dach ist weggebrochen. Das Holz darunter sieht faulig aus. Auch an den Seiten blättert die Farbe ab, bald wird sie ganz verschwunden sein. Eileen wäre sicher sehr traurig darüber.

Als ich die Tür öffne, spüre ich sofort den vertrauten Adrenalinschub. Hier hat ein wichtiger Teil meines Lebens stattgefunden. Vielleicht nehme ich ein letztes Buch mit, als Andenken.

Ich überfliege die Titel und ziehe ein Buch heraus, bei dem ich mir nicht sicher bin, ob ich es schon gelesen habe. Ich lese schnell den Klappentext. Ja, kenne ich schon. Ich stelle es wieder zurück. Als ich auf das obere Regal schaue, fällt mein Blick auf ein Buch, das mein Herz sofort höherschlagen lässt. *Eine perfekte Geschichte* von Edward James Parr. Das gibt's doch nicht. Ist das nur ein Zufall, oder …

Ich schlage die erste Seite auf, und als ich die Widmung lese, beginnt mein Herz zu rasen.

Für Erin. Mit besonders breiten Rändern.

Mit zitternden Händen durchblättere ich das Buch, und tatsächlich. So breite Ränder habe ich noch nie gesehen. Sie bieten geradezu traumhaft viel Raum für Kommentare.

James ist der Verfasser dieses Buchs, und sein erster Vorname lautet Edward. Auf dem Buchrücken prangt das Verlagslogo, und auf der Vorderseite, unter seinem Namen, stehen in anderer Schriftart die Worte »Unkorrigierte Fahnen«. Eine frühe Fassung seines Buchs. Er hat es tatsächlich vollendet.

Ich schlage die letzten Seiten auf, so wie früher. Unter dem Wort »Ende« steht in Handschrift:

Erin Connolly: Ich liebe dich, seit du mir zum ersten Mal im Speisesaal die Hand gereicht hast. Seit der Party. Seit ich am Valentinstag das Armband in deine Tasche gesteckt habe. Seit ich dich letztes Jahr an Bonnies Gedenktag im Buchladen gesehen habe. Seit der Glasscherbe in deinem Fuß. Seit ich Wer die Nachtigall stört *mitgenommen habe, ohne zu wissen, wer du bist – inzwischen weiß ich es. Seit dem Bus. Seit ich dir vor diesem Bücherschrank gesagt habe, was ich für dich empfinde. Seit dem Krankenhaus. Seit du auf der Bühne standest und den Ausschnitt aus* Das also ist mein Leben *vorgelesen hast. Seit jeher. Schon immer. Es tut mir leid, dass es für uns kein Happy End gab. Ich hätte es mir gewünscht.*

Mir schwirrt der Kopf. Das verstehe ich nicht. Er hat Joel doch gesagt, dass es vorbei ist mit uns. Und jetzt sagt er, er wollte ein Happy End? Und nun erklärt sich auch noch die Sache mit dem Armband. Er war‹s. Das war er schon immer.

Mir wird flau im Magen. Kann es sein, dass ich das alles irgendwie falsch verstanden habe? Schon wieder? Und jetzt stehe ich auch noch kurz davor, mein Londoner Leben aufzugeben und nach Frome zurückzuziehen. Morgen verschwinde ich von hier.

Ich mache den Bücherschrank wieder zu und schaue mich um, bevor ich hastig zurück nach Hause laufe.

Was wir hatten, war echt. Vielleicht ist es doch noch nicht vorbei. Warum sonst hat er mir dieses Buch hinterlassen? Trotz meines Verhaltens versucht er es weiter, er gibt einfach nicht auf. Ich verdiene ihn gar nicht, das weiß ich – aber ich will ihn! Ich will ihn, weil er diese Stärke hat. Weil er mitfühlend ist. Und offen. Und ehrlich. Ich dachte, es sei zu spät, doch vielleicht habe ich mich geirrt.

Ich setze Wasser auf und schicke Cassie ein Foto des Buchs. Sie ist bei Joel, ich habe die Wohnung für mich allein. Ich muss unbedingt herausfinden, was James wirklich denkt. Ob wir vielleicht doch eine Zukunft haben. Cassie antwortet.

CASSIE: OMG!!! Die Liebesgeschichte GEHT WEITER! Versuche gerade rauszukriegen, was James TATSÄCHLICH meinte. Joel ist »nicht sicher«, ob James wirklich wollte, dass es vorbei ist. Dein Name ist wohl seit der Gedenkfeier tabu. MÄNNER!!! Sie treiben mich in den Wahnsinn.

Er hat es also auch nicht mehr ertragen, von mir zu hören.

Ich bereite mir einen Tee zu, dann mache ich es mir auf dem Wohnzimmersofa unter einer Decke gemütlich und beginne zu lesen. Schon der erste Satz zieht mich so in den Bann, dass ich nicht mehr aufhören kann.

Unsere gesamte Geschichte, mit all ihren Entschuldigungs- und Erklärungsversuchen, steckt in diesem Buch. Ich verliebe mich sofort in die Figuren – bestimmt auch deshalb, weil ich in James verliebt bin. Und eigentlich nie aufgehört habe, in ihn verliebt zu sein. Ich war überzeugt, nie wieder Liebe empfinden zu können, aber die Ereignisse des vergangenen Jahres – und die Ankunft von Wren – haben mich verändert. Sie haben mir klargemacht, dass ich bereit bin. Die Liebe, die ich in mir habe, reicht nicht nur für Bonnie, sie reicht auch noch für andere. Ich muss Bonnie dafür nicht aufgeben. Alles kann zusammen bestehen.

Ich lese die ganze Nacht hindurch, wische mir immer wieder Tränen aus den Augen, besonders am Schluss. Das Buch endet nicht so, wie ich gehofft habe. Ich möchte, dass Carmen dem

Mann, der sie liebt, vergibt. Ich möchte, dass die beiden es noch einmal miteinander versuchen. Ich frage mich, wie ich es interpretieren soll, dass sie ihm nicht vergibt. Warum hat James sich für dieses Ende entschieden? Ist es für alle gedacht, die dieses Buch lesen, oder nur für mich? Damit ich erkenne, wie dumm ich gewesen bin? Wie viel ich verloren habe? Natürlich sind wir dazu bestimmt, zusammen zu sein! Seit jeher.

Mir bleibt gerade noch genug Zeit, das Buch zurückzubringen, bevor ich zu Georgia fahre. Ich habe es mit Kommentaren gefüllt. Jeden Satz unterstrichen, der mir etwas bedeutet. Eigentlich fast das gesamte Buch.

Dann schlage ich die leere Seite ganz hinten auf, nehme mir einen Stift und schreibe eine Frage hinein. Die mutigste Frage von allen.

Treffen wir uns im Happy End?

Dann stecke ich das Buch in die Tasche und stehe auf. Doch bevor ich gehe, muss ich noch etwas erledigen. Etwas, das ich bisher vermieden habe. Das Einzige, was diesen Umzug schwierig macht.

Ich schiebe die Tür zu meinem Zimmer auf, stehe halb in der Gegenwart und halb in der Vergangenheit, als ich an den Tag zurückdenke, an dem ich Bonnie zum letzten Mal im Hospiz besucht habe.

* * *

Ich war nicht bereit an jenem Tag. Ihre Eltern hatten mich morgens angerufen und gesagt, ich solle so schnell wie möglich kommen. Es ginge ihr deutlich schlechter seit der Nacht. Es sei an der Zeit. Ich konnte das nicht verstehen. Am Tag davor hatten wir noch gelacht. Uno gespielt. Ich hatte Bonnie die Fingernägel lackiert, in Türkis, ihrer Lieblingsfarbe. Ich hatte mit ihr darüber gesprochen, welches Outfit sie bei unserem nächsten Pub-Abend tragen könnte. Sie hatte mich reden lassen. Hatte nicht eine Sekunde lang den Anschein erweckt, es könne außerhalb des Möglichen sein.

»Nein«, stieß ich hervor, als ich an der Reihe war, zu ihr hineinzugehen.

Als ich sie sah, ballte ich die Fäuste. Sie lag im Bett, die Augen geschlossen, atmete mühsam.

»Nein, nein, nein, nein, nein …«

Ich eilte an ihre Seite, nahm, so behutsam ich konnte, ihre Hand. Ihre Haut war durchscheinend wie Transparentpapier. Ihre Nägel leuchteten noch immer türkis. Es war doch erst einen Tag her.

»Bonnie, ich bin's. Erin.« Ich wartete darauf, dass sie die Augen öffnete und mich angrinste. Ein tiefes, heiseres Lachen von sich gab. Stattdessen zuckte ihre Augenbraue, und ihre Stirn zog sich zu einem flüchtigen Runzeln zusammen.

Ich biss mir auf die Lippe. Wir hatten bestimmt noch Zeit. Das war nicht mein Abschiedsmoment.

»Wasser?«, fragte ich und griff nach der Flasche, doch sie drehte den Kopf leicht weg.

Sie hatte sogar schon aufgehört zu trinken.

»Das mache ich nicht«, sagte ich mit zitternder Unterlippe, schüttelte den Kopf. »Ich werde mich nicht verabschieden. Ich weigere mich. Heute ist nur ein schlechter Tag. Du musst dich nur ein wenig ausruhen, dann kannst du wieder raus.«

Ich war sicher, sie würde gleich die Augen öffnen. Doch sie drückte mir nur ganz leicht die Hand.

»Bonnie, bitte. Bitte geh nicht.« Am liebsten hätte ich sie geschüttelt. Wenn ihre Eltern nicht hereingekommen wären, hätte ich es vielleicht sogar getan. Mein Kopf sank auf das Bett, als ich die Arme um ihren Körper schlang und in das Laken schluchzte, das sie bedeckte. »Du darfst nicht gehen«, flehte ich.

Nun sitzt sie im Sessel, in meinem Zimmer, und die Bonnie, die ich an jenem Tag vergeblich herbeisehnte, ist zurück. Sie ist bunt. Lebendig. So sehe ich sie nicht oft. Das ist die Bonnie, die ich kannte, bevor der Krebs kam.

Das Funkeln in ihren Augen, die wippenden Locken, der warmherzige Blick – alles wieder da. Sie grinst mich an, so wie früher, wenn wir uns nach der Arbeit trafen.

»Ich habe mich nie von dir verabschiedet«, sage ich. »Das tut mir wirklich leid.«

Mein Zimmer ist inzwischen fast leer. Meine Sachen sind schon weg, nur die Möbel, die dem Vermieter gehören, sind noch da. Einschließlich Bonnies Sessel.

»Ist schon in Ordnung.«

»Ist es nicht. Aber wenn ich es laut ausspreche, wird es real.«

»Ich weiß.«

Ich betrachte ihr Gesicht, überglücklich, sie so zu sehen.

»Jetzt hab ich es begriffen. Ich werde nie bereit sein, es zu sagen, oder? Aber ich muss es trotzdem tun.«

Sie lächelt. Nickt. »Ehrlich gesagt, werde ich froh sein, dich aus diesem Sessel rauszukriegen.«

Sie zwinkert mir zu, und ich lache, obwohl mir die Tränen kommen.

»Aber eins musst du mir noch sagen. Woran kann ich erkennen, dass du weiterhin bei mir bist?«

Sie schaut aus dem Fenster, dann wieder zu mir. »Ich bin immer bei dir. Ich bin in dir. Um dich herum. Ein Teil von dir. Wie … wie der Schneemann.«

Ich runzele verwirrt die Stirn.

»Weißt du noch, als er am Ende von *Der Schneemann* fast ganz geschmolzen ist, Schal und Hut daneben, aber trotzdem nicht weg? Jedenfalls nicht richtig. Denn es schneit ja weiter. Und das erinnert den Jungen an ihre gemeinsame Zeit.«

Ich nicke.

»Schnee passt aber nicht zu mir«, sagt sie und zieht die Nase kraus. »Ich will lieber die Sonne sein. Jedes Mal, wenn die Sonne scheint, bin ich da. Einverstanden?«

Sie wirkt nun schläfrig. Ich hatte ganz vergessen, dass sie gern spontan ein Nickerchen hielt. Oft saßen wir auf dem Sofa und plauderten, und zack!, hatte sie die Augen zu und war eingeschlafen.

»Einverstanden«, flüstere ich und nicke. Lecke mir die Lippen, bereit, es auszusprechen. Das zu sagen, was ich an jenem Tag hätte sagen sollen. Aber ich weiß nicht, wo ich anfangen soll.

Ich schaue auf den Boden vor mir. Ein Sonnenstrahl dringt durchs Fenster und landet auf meinem Fuß.

Ich schaue hoch. Und lache.

»Hab's dir doch gesagt«, grinst Bonnie. »Da bin ich schon.«

Ich höre auf zu lachen.

»Bonnie?«

»Ja, Erin.«

»Ich werde niemals jemanden so lieben wie dich.«

»Ich weiß«, sagt sie und erhebt sich. »Geht mir genauso.«

»Selbst nach allem, was passiert ist?«

»Erst recht nach allem, was passiert ist.«

Ich nicke. Nun ist der Moment gekommen. Ich muss es tun.

»Jetzt geh endlich, oder ich erzähle allen von dem Tag, als du ohne Unterhose zur Schule kamst und die ganze Mittagspause geheult hast.«

»Tschüss, Bonnie«, lache ich. Drehe dem Sessel den Rücken zu, gehe zur Tür und öffne sie. »Ich kann dir gar nicht genug für alles danken, was du mir gegeben hast.«

Dann drehe ich mich doch noch einmal um, muss sie ein letztes Mal sehen. Meine Bonnie.

»Es war mir ein Vergnügen. Und Erin? Ich bin so stolz auf dich. Vergiss nicht, deine Träume wahr werden zu lassen!«

Ich muss lächeln. Auch wenn es mir jetzt gerade nicht gut geht, eines Tages wird es das wieder. Und an den Tagen, an denen es mir schlecht geht, wird bestimmt die Sonne scheinen.

Ich gehe aus dem Zimmer, schließe die Tür hinter mir und lege einen Moment lang die Hand darauf. Ich muss nicht noch einmal nachschauen. Ich weiß auch so, dass sie nun weg ist.

Und dann nehme ich meine Tasche mit dem Buch und spaziere damit die Straße hoch, Richtung Bücherschrank.

34 James

Ich habe so lange nach dem perfekten letzten Buch für Erin gesucht, dabei hatte ich es schon die ganze Zeit. Das Buch, das ich selbst geschrieben habe.

Und dass ich es überhaupt schreiben konnte, verdanke ich der Kritzelqueen, die mich ermutigt, inspiriert und mir das nötige Selbstbewusstsein gegeben hat. Das Buch ist mehr als nur eine Erklärung für Erin, es ist ein Dank.

Ehrlich gesagt bin ich ein bisschen sauer darüber, dass es so lange gedauert hat, bis jemand es mitgenommen hat. Ich hatte es vor über einem Monat in den Bücherschrank gestellt und seither mehrmals am Tag nachgeschaut, ob es noch dort ist. Ich habe sogar gesehen, wie jemand es herausgenommen, den Klappentext gelesen und es dann wieder zurückgestellt hat. Kein gutes Omen dafür, dass es ein Bestseller wird.

Wenn ich nachschauen ging, hatte ich immer ein Ersatzexemplar dabei, nur für alle Fälle. Als das Buch dann weg war, habe ich das Ersatzexemplar hineingestellt, weil ich ja nicht sicher sein konnte, dass Erin es mitgenommen hat.

Doch jetzt weiß ich: Sie hat das Buch tatsächlich. Niemand außer ihr wollte es mitnehmen, aber egal. Es war ja ohnehin nur für sie bestimmt.

Dass sie es hat, weiß ich von Joel, weil er den Namen Erin mir gegenüber nur noch erwähnen darf, wenn er hört, dass sie das Buch hat. Dann soll er mich sofort kontaktieren. Als ich gerade zu Hause im bequemsten Sessel der Welt sitze und über eine neue Buchidee nachdenke, schickt er mir eine Nachricht. Er kostet es regelrecht aus.

JOEL: Erin hat das Buch! ERIN! ERIN ERIN ERIN ERIN ERIN. Sie hat DAS BUCH. Erin hat dein Buch.

Joel arbeitet jetzt bei einem Verein für Obdachlosenhilfe und hat wesentlich mehr Zeit als früher. Seither wirkt er richtig glücklich, erst recht, seit er mit Cassie zusammen ist.

Es ist schon spät am Abend, als er mir die Nachricht schickt, und Erin wird wahrscheinlich Tage brauchen, um das Buch zu lesen. Womöglich wird sie es nie zurückbringen. Ich habe keine Ahnung, wie sie inzwischen über mich denkt, und ich sage mir die ganze Zeit, dass es nun endgültig vorbei ist mit uns, aber ich muss mir Gewissheit verschaffen.

Ich stelle den Wecker auf fünf Uhr morgens, und als er klingelt, ziehe ich den großen Rollkoffer mit allem, was ich brauche, hinter mir her durch den Ruskin Park Richtung Bücherschrank. London werde ich kaum vermissen, wenn ich zurück nach Frome ziehe, aber der Park wird mir fehlen. Auch er hat mich beim Schreiben inspiriert. Benannt ist er nach John Ruskin, einem Autor, der sich auf kein Genre festlegen ließ. Er schrieb alles: Romane, Gedichte, Essays, sogar Kinderbücher.

Mein Dad der Superheld ist neulich einem Verlag angeboten worden. Vielleicht wird es nicht genommen, aber ein Exemplar habe ich schon drucken lassen, für Jordan.

Elliot, Carl und Jordan sind inzwischen nach England gezogen. Das hat mich dann dazu gebracht, auf die Beförderung bei Big Impressions zu verzichten. Stattdessen habe ich es wie Joel gemacht und gekündigt. Ich war davon ausgegangen, dass Dorothy stinksauer sein würde, aber sie stand auf, lächelte und umarmte mich. Sie sagte, sie sei froh, dass ich mich endlich dazu durchgerungen hätte, meinen Traum zu verwirklichen, und hat mir angeboten, als Freiberufler weiter Kurse zu geben, bis ich Arbeit in Frome finde. Der Schritt, vor dem mir immer so graute, hat mir nun das Leben ermöglicht, das ich mir erträumt habe. Doch ohne die Menschen in meinem Umfeld wäre es nie dazu gekommen. Erin hat die Flamme in mir entzündet. Joel hat mir meine Leidenschaft fürs Schreiben ins Gedächtnis gerufen. Und Elliot hat mir meine Angst vorm Scheitern bewusst gemacht und, dass das Scheitern zum Leben dazugehört.

Ich freue mich schon darauf, bald nur noch ein Zuhause zu haben. Und Mum und Dad besuchen zu können, wann immer ich will, nicht nur dann, wenn sie mich brauchen. Manchmal brauche ich sie nämlich auch noch.

Als ich den Bücherschrank erreiche, öffne ich meinen Koffer, trete ein paar Schritte zurück und betrachte Eileen im Licht einer Straßenlaterne. Ich reibe die Hände an der Jeans ab, gehe in die Hocke und hole den Hammer heraus. Dann nehme ich die grauen Schindeln aus dem Koffer und lege sie vorsichtig auf den Boden neben dem Bücherschrank. Schon erstaunlich, wie schnell man zum geschickten Handwerker wird, wenn man in einem ganzen Haus neuen Teppich verlegen muss.

Dann nehme ich den Spachtel, um die alte Farbe abzukratzen. Die arme Eileen zuckt bestimmt jedes Mal zusammen, wenn ein Farbrest auf den Boden fällt.

»Bald kommen bessere Tage, Eileen. Versprochen.«

Als Nächstes nehme ich Schleifpapier und schmirgele den Bücherschrank. Meine Hände sind schon ganz rissig, als ich mit dem kompletten Ding fertig bin. Allmählich wird es hell, die ersten Leute laufen an mir vorbei Richtung Tunnel, auf dem Weg zur Arbeit. Ich fahre mit der Hand über das Holz, um zu prüfen, ob es schon glatt genug ist.

Nun hole ich zwei Eimer Farbe aus dem Koffer, ziehe die Tür des Bücherschranks auf, nehme sämtliche Bücher heraus und stelle sie vorsichtig auf dem Boden ab. Dann öffne ich den Eimer mit dem Hellgelb – die Farben habe ich mithilfe einer Farb-App ausgesucht – und trage die erste Schicht auf. Während sie trocknet, klebe ich die Glaseinsätze mit Kreppband ab, dann öffne ich den Eimer mit dem leuchtenden Blau, das ich für die Tür ausgesucht habe, und lasse den Pinsel vorsichtig über das Holz gleiten. Anschließend repariere ich das Dach mit den grauen Bitumenschindeln und vergewissere mich, dass nirgendwo Wasser eindringen kann.

Ich trete ein paar Schritte zurück und betrachte mein bisheriges Werk. Eileen wäre bestimmt zufrieden. Sieht so gut wie neu aus. Endlich habe ich das Gefühl, mich bei ihr revanchiert zu haben für alles, was sie mir geschenkt hat.

Ich hole ein Speck-Sandwich aus dem Koffer und setze mich auf die Mauer hinter dem Bücherschrank, um es zu essen. Da höre ich unter der Brücke Schritte. Ein Mann kommt mit einer Teenagerin auf mich zu. Der Mann bleibt stehen und starrt erst den Bücherschrank, dann mich an. Er deutet auf die Regale.

»Hier habe ich es gefunden, Savannah. Genau hier. Damals war der Schrank aber nicht so gut in Schuss.«

»Das betrachte ich als Kompliment«, sage ich lächelnd.

Er schaut auf seine Uhr. »Ungewöhnliche Zeit für eine Instandsetzung.«

Bevor ich etwas erwidern kann, sind sie wieder weg.

Ob Erin wohl schon angefangen hat, das Buch zu lesen? Ob sie mir diese letzte Chance gewährt, ihr eine Erklärung zu liefern? Alles, was ich ihr nicht persönlich sagen konnte, steht in diesem Buch. Jetzt liegt es an ihr.

Eigentlich möchte ich jetzt die nächste Schicht Farbe auftragen, doch die erste ist noch nicht trocken. Also schaue ich die Bücher in meinem Koffer durch, nehme mir *Rachel im Wunderland* von Marian Keyes und setze mich wieder auf die Mauer hinter dem Bücherschrank.

Irgendwann klingelt mein Handy.

»Alles in Ordnung?«, frage ich, als ich den Festnetzanschluss meiner Eltern sehe.

»Alles in Ordnung«, antwortet Dad, wieder ganz der Alte. »Hab gerade Tantiemen von der Verwertungsgesellschaft bekommen.«

»Tatsächlich?« Ich muss lächeln.

»Ich hab jetzt genug Geld, um so viele Exemplare von deinem Buch zu kaufen, dass du die Bestsellerliste toppst!«

»Das ist toll, Dad! Aber vielleicht gibst du es lieber für einen Urlaub aus. Für dich selbst.«

»Dafür reicht es auch noch. Deine Mum ist schon dabei, uns was rauszusuchen.«

Ich bekomme sofort Magengrummeln vor Sorge, aber falls sie krank wird, ist ja auch noch Elliot da, um zu helfen.

»Du verdienst es. Hast du dich bei DJ Tenderbass bedankt?«

»Hab ich. Er kommt auf 'nen Tee vorbei, wenn er im Cheese and Grain auftritt.«

Ein weltbekannter DJ, Tee trinkend am Küchentisch meiner Eltern? Die Vorstellung ist schräg, aber allmählich lerne ich, dass vieles gar nicht so naheliegend ist, wie man denkt. Manchmal kommen Gelegenheiten erst viel später oder in ganz anderer Form, oder überhaupt nicht.

»Dann grüß ihn von mir, und herzlichen Glückwunsch noch mal, Dad.«

Irgendwann kommt die Sonne hinter einer Wolke hervor, und sie leuchtet so stark auf mich herab, als stünde ich im Scheinwerferlicht. Eileen ist mein Co-Star, sie erstrahlt in neuem Glanz und verzaubert die Welt. Die Sonne ist aus dem Nichts aufgetaucht, und keine Ahnung, warum, aber ich weiß sofort, was das bedeutet.

Mein Herz beginnt zu rasen, und ich muss unwillkürlich lächeln, als ich Schritte unter der Brücke höre. Ich bin nicht überrascht. Ich weiß genau, wer da näher kommt. Und schon fällt ein Schatten auf mein aufgeschlagenes Buch und taucht meine Randkommentare in Dunkelheit.

Blinzelnd schirme ich meine Augen gegen die Sonne ab und schaue hoch.

»Ich fand's toll«, sagt Erin und hält mir mein Buch hin, und ich stehe auf, um es entgegenzunehmen. Unser erster persönlicher Büchertausch.

Ich blättere es durch, nicht sicher, wonach ich suchen soll, bis ich die Worte auf der leeren Seite am Schluss finde.

Treffen wir uns im Happy End?

Ich lasse das Buch zu Boden fallen und schließe sie in die Arme. Sie schmiegt sich an mich, und zum ersten Mal sind wir uns so nah, dass ich das tun kann, wovon ich schon mein halbes Leben lang träume.

Ich beuge den Kopf zu ihr hinunter, sie reckt mir das Gesicht entgegen, und schon berühren sich unsere Lippen. Ich kann keine Sekunde länger warten, lasse alle Gefühle der letzten fünfzehn Jahre in diesen Kuss fließen, damit sie nicht mehr den geringsten Zweifel daran hat, was ich für sie empfinde.

Mir dreht sich der Kopf vor lauter Glück. Ich habe keine Kontrolle mehr über meinen Körper. Es verlangt mir alles ab, stehen zu bleiben. Sie weiter festzuhalten.

In der Ferne hallen Schritte. Erins Lippen öffnen sich, und ich drücke sie noch enger an mich. Ich weiß nicht, ob ich jemals das Gefühl haben werde, ihr nahe genug zu sein. So war es schon immer.

»Das Ende von deinem Buch hat mir aber nicht gefallen«, flüstert sie, als wir Stirn an Stirn innehalten. »Dieses Ende ist viel besser.«

»Ich bin immer dafür bereit gewesen. Ich habe nur auf dich gewartet.«

»Du hast Joel gesagt, das mit uns sei vorbei.«

Ich schüttele den Kopf, nehme ihre Hände und ziehe sie an meine Brust. »Ich dachte, du wolltest es so. Ich habe das nie gewollt. Ich habe immer nur dich gewollt, Erin. Und will dich noch immer.«

Sie streichelt mein Gesicht und küsst mich wieder. Sanft. Zart. Einmal. Zweimal. Dreimal.

»Ich will dich auch«, sagt sie.

Ich schließe sie in die Arme und lasse den Blick zu meinem Koffer wandern.

»Ich bedanke mich gerade bei Eileen«, sage ich, deute mit dem Kopf auf die Farbeimer und greife nach einem Pinsel. »Willst du mir helfen? Sie braucht noch eine Farbschicht.«

Erin nimmt mir den Pinsel ab, und ich bekomme sofort Herzklopfen, als unsere Hände sich wieder berühren.

Sie grinst und taucht den Pinsel ins Gelb, während ich mit dem Blau weitermache.

»Ich muss ständig daran denken, wie Bonnie sich jetzt freuen würde«, sagt Erin. »Danke, dass du für sie da warst.«

»Es war die größte Ehre meines Lebens«, sage ich und schlucke, weil ich sofort von Erinnerungen überflutet werde, aber nun sind es schöne Erinnerungen. »Stimmt es eigentlich, dass du mal ohne Unterhose zur Schule kamst?«, frage ich, und Erin starrt mich verblüfft an.

»Was hat sie dir noch erzählt?«

Ich tue so, als würde ich nachdenken.

»Wir hatten ja viel Zeit zum Reden. Ich glaube, ich weiß so ziemlich alles. Ich kenne all deine Geschichten, Erin.«

Sie lässt ihren Pinsel zu Boden fallen, zieht mich an meinem T-Shirt zu sich, küsst mich wieder und wieder auf den Mund, während die Sonne sich hinter die Wolken verzieht. Ich schließe die Arme um sie und drücke sie fest an mich, um ihr so nah wie möglich zu sein.

Es ist zu spät, um das Ende meines Buchs umzuschreiben, aber als ich Erins warmen Körper spüre, sehe ich eine ganz neue Geschichte, die vor uns liegt. Eine Fortsetzung. Mit einem richtigen Happy End.

Danksagung

Beim Schreiben dieses Buchs war ich mir von Anfang an der Tatsache bewusst, wie viele Bücher es auf dieser Welt gibt (natürlich *unzählige!*), und wenn Sie es bis hierhin geschafft haben, heißt das, Sie haben unter all diesen Büchern meines ausgewählt. Als Debütautorin empfinde ich das als enorme Ehre, die ich sehr zu schätzen weiß. Ich danke Ihnen.

Auf jeden motivierenden und ermutigenden Podcast zum Thema Schreiben und jeden Schreibratgeber kommt immer auch ein anderer. Einer, der Statistiken verkündet. Der einem sagt, wie schwierig die Reise sein kann. Solche Statistiken machen mir immer wieder bewusst, wie dankbar ich für meine Agentin Jemima Forrester bin. Ich kann mich wirklich glücklich schätzen, überhaupt eine Agentin zu haben, aber in einer Welt, die von Statistiken beherrscht wird, ist es ein wahrer Glücksfall für mich, dass ich Jemima gefunden habe. Sie ist die treibende Kraft. Sie kümmert sich wirklich um ihre Autor*innen, und ihre Begeisterung für dieses Buch und für mein schriftstellerisches Schaffen war der beste Ansporn, den ich mir hätte wünschen können. Ich danke ihr für ihre Weisheit und ihren Glauben an mich. Für ihre Unterstützung und Ermutigung. Für ihre brillanten Ideen in puncto Plot und Witz. Nahezu alles, worauf ich in diesem Buch stolz bin, hat seinen Ursprung in Gesprächen mit ihr. Um Erin zu zitieren: Ich kann ihr gar nicht genug für alles danken, was sie mir gegeben hat. Wirklich. Und unsere Plauderstunden und Videochats bei einem Teller Ceviche sind dabei noch gar nicht eingerechnet. Außerdem danke ich dem gesamten Team von David Higham Associates.

Ich danke meiner klugen und brillanten Lektorin Amy Batley dafür, dass ihr jede Stelle aufgefallen ist, an der dieses Buch noch Verbesserungspotenzial hatte, und dass sie mich angefeuert hat, mein Bestes zu geben. Sie hat einen untrüglichen Blick dafür, was eine Geschichte voranbringt, und ohne sie wäre *Wir treffen uns im nächsten Kapitel* nicht so geworden, wie es nun ist. Ihre aufschlussreichen Randkommentare haben einen großen Unterschied bewirkt und mir geholfen zu verstehen, warum etwas noch nicht so recht funktionierte. Sie bei jeder Manuskriptfassung dieses Buchs an meiner Seite zu haben, war wie ein Sprung aus dem Flugzeug mit dem sichersten Fallschirm, der überhaupt existiert (ich bin mir nicht sicher, ob dieser Vergleich funktioniert, aber ich vertraue darauf, dass sie ihn ändert, falls nicht!). Ich danke ihr dafür, dass sie Erin und James so gut verstanden hat und stets wusste, was sie brauchten. Danke an Lucy Stewart für den Zuspruch, die Unterstützung und die beruhigenden Worte sowie die genialen Anmerkungen in Rekordzeit. Ich liebe es, mit dir zu arbeiten. Danke auch an das gesamte engagierte und wunderbare Team von Hodder & Stoughton für den köstlichen Kuchen, die herrliche Aussicht von der Dachterrasse und die überaus warmherzige Gastfreundschaft.

An die internationalen Verlage, die das Buch herausbringen werden: Bei der Vorstellung, dass es Erin und James in verschiedenen Ländern und Sprachen geben wird, bin ich jedes Mal überwältigt. Danke.

Auch wenn die Romane, auf die ich mich in meinem Buch beziehe, teilweise von Autor*innen stammen, die schon verstorben sind, war es mir eine große Freude, beim Schreiben so viele Klassiker wiederzuentdecken. Ähnlich wie das Buch von James konnte auch mein Werk davon profitieren, dass ich von einigen der Besten lernen durfte.

Ich danke meinen Freundinnen und Freunden für den Mut, ihre Geschichten mit mir zu teilen – sie waren eine wichtige Inspiration bei der Entwicklung der Lebenswege von Erin und James. Danke an Emily Sharkey, Sophie Berkeley und Raj Duhra für ihr Vertrauen.

Dem Bücherschrank in der dunklen Ecke von Loughborough Junction danke ich dafür, dass es ihn gibt und dass er mir den Schauplatz für dieses Buch geliefert hat.

Danke an alle, die mich von Anfang an ermutigt haben weiterzuschreiben: Katy Loftus, Jericho und das Festival of Writing, Cornerstones und Tessa Shapcott, die Romantic Novelist's Association und ihr Förderprogramm »New Writers Scheme«, Debi Alper und die Autorin Julie Cohen. Julies Großzügigkeit hat meinen Weg als Schriftstellerin nachhaltig beeinflusst. Ich danke ihr für den Einblick in ihren brillanten kreativen Geist. Ich kannte und liebte ihre Bücher bereits, bevor ich sie kennenlernte, aber dann durfte ich auch noch von ihrem phänomenalen Unterricht profitieren. Viele der Methoden, die ich beim Schreiben verwende, habe ich von ihr übernommen: wie man einen Plot aufbaut und glaubwürdige Figuren erschafft, wie man immer tiefer gräbt, wie man das Unmögliche möglich macht. Ihr unaufhörliches Fragen nach dem »Warum« hat meine Denkweise geprägt. Ich habe unglaublich viel von ihr gelernt.

Danke an die Autor*innen, die sich so großzügig die Zeit genommen haben, mir Ratschläge zu geben: Lia Louis, Lynsey James, Freya Berry, Christina Pishiris, Cesca Major, Lorraine Brown und Helen Selvey. Danke an Marian Keyes, deren Bücher mir klargemacht haben, was möglich ist. Ihretwegen wollte ich Autorin werden. Mit ihren Büchern schafft sie es, den Leser*innen Lebendigkeit und Humor zu vermitteln, und genau das möchte ich ebenfalls erreichen.

Ich danke Charlie Covell, der eine der ersten Manuskriptfassungen gelesen und mich sehr ermutigt hat.

Ich danke Sally Phillips für ihre frühe, sofort bereitwillige Hilfe. Du warst immer so nett zu mir. Ich danke meinen Freundinnen und Freunden dafür, dass es ihnen nichts ausmacht, wenn ich wochenlang in andere Welten abtauche, und dass sie immer für mich da sind, wenn ich wieder aus der Versenkung auftauche. Danke für euer Verständnis und für den Wein. Besonders möchte ich mich bei Em, Zsuz, Rosie, Vicki & Stumpy bedanken. Ihr seid mein Fels in der Brandung, und alles in diesem Buch über Freundschaft ist euch gewidmet. Danke für die bedingungslose Liebe und das viele Lachen. Ich schätze mich glücklich, euch seit fast 30 Jahren in meinem Leben zu haben.

Ich danke meiner Stiefmutter Jude, die mich gelehrt hat, was Liebe und Verlust bedeuten. Sie zeigt mir, dass es möglich ist, auch nach dem Tod weiterhin da zu sein. Ihre Stärke während der Krebserkrankung hat mir geholfen, Bonnie zu erschaffen. Ich denke jeden Tag an dich und werde dich nie vergessen.

Ich danke meinem Großvater: Er war der erste Schriftsteller, den ich kennenlernte, der Typ, der vor Ideen übersprudelt, aber noch keinen Plan hat. *»Mein nächstes Buch handelt von einem Mann, der ein düsteres Geheimnis mit sich herumträgt.« »Oh! Welches Geheimnis denn, Opa?« »Weiß ich noch nicht, ich hab's ja noch nicht geschrieben.«* Ich hoffe, du bist stolz darauf, dass ich in deine Fußstapfen getreten bin.

Mum, Dad und Charley: Ich bin unfassbar froh, dass ihr meine Familie seid, und ich würde niemals tauschen wollen. Ich danke euch für die lustige WhatsApp-Gruppe, für all das Lachen und die Liebe. Und dir, Mum, danke ich besonders dafür, dass du jedes einzelne Manuskript gelesen hast, das ich verfasst habe, seit ich elf war. Du hast mich stets bei meinen Entscheidungen unterstützt, ohne dich hätte ich sie nicht treffen können. Danke, dass du schon mein ganzes Leben lang an meiner Seite bist und mich ermutigst.

Danke, Maria, für deine unendliche und unermüdliche Liebe und Unterstützung. Dafür, dass ich immer wieder über die Figuren sprechen darf, die ich im Kopf habe, und für die behutsamen Vorschläge, Stellen zu verändern und zu verbessern. Dafür, dass du meine Launen erträgst, wenn ein Abgabetermin naht, und mich ermutigst, kurz spazieren zu gehen, wenn ich schon wieder stundenlang vor mich hin tippe. In diesem Buch steckt ganz viel von dir, vor allem die Liebe. Danke, Penny. Du sorgst dafür, dass ich in der Realität und mit beiden Beinen fest auf dem Boden bleibe. Danke, dass du allen – egal ob es Wildfremde oder deine Lehrer*innen sind – sagst: *»Meine Mummy war früher Kellnerin, aber jetzt ist sie Autorin.«*

Und danke an Bea Fitzgerald – ohne ihr phänomenales Hirn gäbe es dieses Buch nicht. Ihr verdanke ich alles.